柳鸣九文集

卷 8

法国二十世纪文学景观（下）

海天出版社（中国·深圳）

图书在版编目（CIP）数据

柳鸣九文集.8,法国二十世纪文学景观.下/柳鸣九著.
—深圳：海天出版社,2015.6
ISBN 978-7-5507-1343-7

Ⅰ.①柳… Ⅱ.①柳… Ⅲ.①柳鸣九—文集②文学研究—法国—20世纪 Ⅳ.① I217.2 ② I565.065

中国版本图书馆 CIP 数据核字（2015）第 066798 号

柳鸣九文集.卷8
LIUMINGJIU WENJI JUAN 8

出 品 人　陈新亮
项目负责人　于志斌
选题策划　林星海
责任编辑　曾韬荔
责任校对　钟愉琼　黄海燕
责任技编　蔡梅琴
装帧设计　李松璋

出版发行　海天出版社
地　　址　深圳市彩田南路海天综合大厦（518033）
网　　址　www.htph.com.cn
订购电话　0755-83460202（批发）　0755-83460239（邮购）
设计制作　深圳市斯迈德设计企划有限公司（0755-83144228）
印　　刷　深圳市新联美术印刷有限公司
开　　本　787mm×1092mm　1/16
印　　张　25.75
字　　数　334 千
版　　次　2015 年 6 月第 1 版
印　　次　2015 年 6 月第 1 次
定　　价　88.00 元

海天版图书版权所有，侵权必究。
海天版图书凡有印装质量问题，请随时向承印厂调换。

在巴黎拉雪兹神甫公墓区的法国作家墓前

柳鸣九与当代法国作家克洛德·莫里亚克

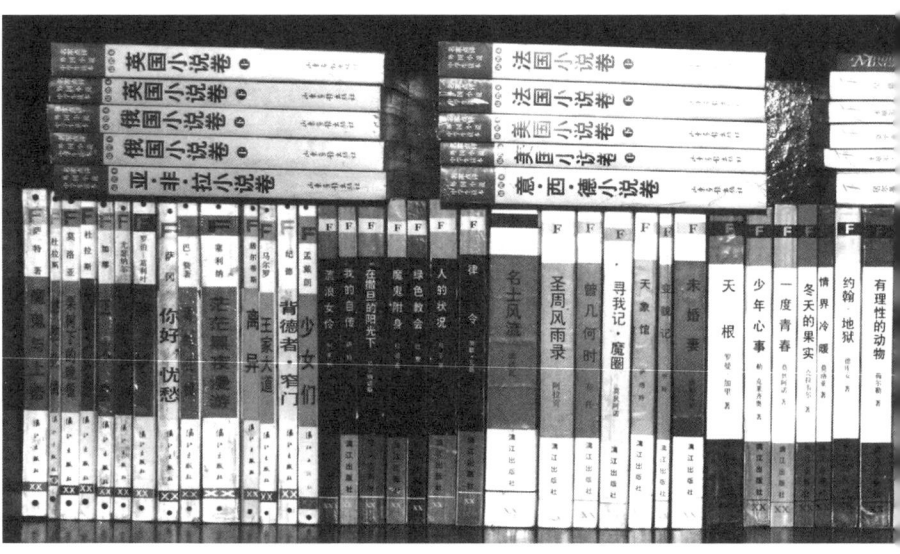

柳鸣九主编的"法国二十世纪文学丛书"七十卷

柳鸣九在枫丹白露

柳鸣九在巴黎

原版《从选择到反抗》

法国二十世纪文学景观(下)

柳鸣九 著

目 录

一、哲理文学的第二道精神灵光

重新公正地评价萨特 ………………………………………… 002
历史唯物主义的度量与萨特的存在
　　——萨特戏剧三种 ………………………………………… 012
来自恶心感与迷惘感
　　——萨特:从《恶心》到《墙》 ………………………… 028
严酷无情的自我精神分析
　　——萨特自传:《文字的诱惑》 ………………………… 038
萨特逝世二十周年祭 ………………………………………… 055
一份历史文化与自我个性的真实记录
　　——西蒙娜·德·波伏瓦的四部回忆录 ………………… 061
一代知识精英的自我写照
　　——西蒙娜·德·波伏瓦:《名士风流》 ……………… 082
西方当代社会中人的"世纪病"
　　——西蒙娜·德·波伏瓦:《美丽的形象》 …………… 096
《女客》中的自传性成分
　　——萨特"三重奏"写照 ………………………………… 101

二、哲理文学的第三道精神灵光

加缪总论 ……………………………………………………… 108
《局外人》的社会现实内涵与人性内涵 …………………… 143

从西西弗到正义者
　　——加缪的剧作三种 ·················· 157

三、小说艺术的新实验

新小说派说明了什么?
　　——《新小说派研究》编选者序 ············ 168
克洛德·西蒙的荣誉与他的代表作 ············ 177
没有嫉妒的"嫉妒"
　　——罗伯-葛利叶:《嫉妒》 ·············· 190
艺术中不确定性的魔力
　　——罗伯-葛利叶:《去年在马里昂巴德》 ······ 200
罗伯-葛利叶后期的作为
　　——《重现的镜子》及其他 ·············· 208
"新小说"的杂色
　　——布托:《时间表》 ·················· 214
"碎片"艺术的小说代表作
　　——索莱尔斯:《女人们》 ··············· 223
传统中的现代,现代中的传统
　　——乔治·佩雷克:《人生拼图版》 ·········· 232
一部"准小说"式的"反精神自传"
　　——弗朗索瓦·齐博:《去他妈的戒律》 ······· 243
附:有朋自巴黎来 ·························· 250

四、自我个性张扬的才人

一颗早慧失落的流星
　　——拉迪盖的两部小说 ………………………………… 252
20世纪流浪汉体小说的杰作
　　——塞利纳:《茫茫黑夜漫游》 ……………………… 261
对男性上帝的报复
　　——柯莱特:《流浪女伶》 …………………………… 273
入文学殿堂居高位的"小偷"
　　——让·惹内:《小偷日记》 ………………………… 281
现实与超现实之间
　　——鲍里斯·维昂:《岁月的泡沫》 ………………… 286
变位法的奇效
　　——埃梅:《变貌记》 ………………………………… 294
自传文学中的探索
　　——玛格丽特·杜拉斯:《悠悠此情》 ……………… 301
一部可望获经典地位的作品
　　——玛格丽特·杜拉斯:《长别离》 ………………… 309
规范之外的伤痕爱情
　　——玛格丽特·杜拉斯:《广岛之恋》 ……………… 314
西西弗式的奋斗
　　——玛格丽特·杜拉斯:《抵挡太平洋的堤坝》 …… 320
忧愁的情调与浪子的灵魂
　　——萨冈的小说三种 ………………………………… 326
两种文化差异背景下的标题风波 ………………………… 335

五、五彩缤纷的寓言哲理

一个特定精神过程的神话
　　——图尔尼埃:《礼拜五或太平洋上的虚无缥缈境》 ……… 340
色彩缤纷的睿智
　　——"新寓言"派作家图尔尼埃及其短篇小说 …………… 351
对现代西方文明的极端厌弃
　　——勒·克莱齐奥:《诉讼笔录》 ………………………… 363
卢梭风致的精灵
　　——勒·克莱齐奥:《梦多》及其他 ……………………… 374
莫迪亚诺的魅力
　　——《寻我记》《魔圈》《夜巡》及其他 ………………… 379
莫迪亚诺在20世纪80年代的变奏
　　——《一度青春》《往事如烟》《凄凉别墅》 …………… 389

一、哲理文学的第二道精神灵光

重新公正地评价萨特

让-保罗·萨特于1980年4月15日在巴黎逝世。不论是什么国度，不论是什么党派，不论是政治界、哲学思想界、文学艺术界，人们都不能不关注这一悲讯，都不能不感到若有所失。当这个人不再进行思想的时候，当他不再发出他那经常是不同凡响的声音的时候，人们也许更深切地感到了他的丢失了的分量。他在西方思想界所空下来的位置，显然不是短时间里就有人能填补的。不同观点的人，对他肯定会有这种或那种评价，但随着时间的推移，在将来，当人们回顾人类20世纪思想发展道路的时候，将不得不承认，萨特毕竟是这道路上的一个显著的里程碑。

萨特的经历纯粹是一个知识分子的经历，也可以说相当单纯，即始终是作为一个从事精神生产的智力劳动者。他生于一个海军军官的家庭，两岁丧父，母亲改嫁，从小跟随外祖父外祖母生活。外祖父是一个学识渊博的语言学教授，萨特在他这里，得到了良好的文化熏陶。中学期间，萨特成绩优异，爱好文学，进行了广泛的阅读，曾产生过拯救人类于痛苦的浪漫理想。1924年，他进入以培养了不少杰出人物著称的法国著名学府巴黎高等师范学校，攻读哲学。1929年，他在大中学教师学衔会考中名列前茅，取得哲学教师的资格，并认识了他后来的终身伴侣女作家西蒙娜·德·波伏瓦。短期服役后，从1931

年到 1933 年，他在外省担任中学教师。1933 年，他作为官费生赴柏林的法兰西学院研究德国哲学家海德格尔与胡塞尔的学说，开始形成了他的存在主义的哲学思想体系。1934 年以后，他继续从事教学并开始写作。第二次世界大战爆发后，他应召入伍，1940 年在前线被俘，1941 年获释后继续任教。1945 年，他创办《现代》杂志，此后，他成为职业作家，一直到他逝世。

萨特的一生是在精神文化领域里不断开拓、不断劳作的一生。对于一个身体并不好、从三岁起就瞎了一只眼睛的人来说，要完成深造的学业并留下五十卷左右浩瀚汪洋的论著，那是多么不简单的事！他是哲学家，师承了海德格尔的学说，但成就与影响远远超过了那位德国的先行者，而成为存在主义哲学首屈一指的代表。他的主要哲学著作《想象》《存在与虚无》《存在主义是一种人道主义》《辩证理性批判》《方法论若干问题》，已成为 20 世纪资产阶级哲学思想发展变化的重要思想材料。他是文学家，他把深刻的哲理带进了小说和戏剧，他的中篇《恶心》、短篇集《墙》和长篇《自由之路》早已被承认为法国当代文学名著。他得心应手的体裁是戏剧，在这方面，他的成就显然高于他的小说，他一生九个剧本并不为多，但如《苍蝇》《间隔》等，在法国戏剧中都占有重要的地位。他也是一个文艺批评家，著有《什么是文学》和三部著名的文学评传：《波德莱尔》《圣日内》和《福楼拜传》。他又是一个政论家，他的文集《境况种种》有十卷之多，其中除了关于法国文学、欧美文学的评论和文艺理论著作外，还有对于第二次世界大战期间斗争的回顾，对殖民主义的抨击，对世界和平的呼吁，对阿尔及利亚战争、越南战争以及一系列世界政治事件所发表的意见。几乎可以说，萨特在精神文化、社会科学领域的多数部门中，都留下了丰硕的成果，仅仅只在其中一个部门里取得这样的成就已经是不容易了，何况是在这样多方面的领域里呢。无疑，这是一个文化巨人的标志。因此，萨特的影响不仅遍及法国和整个西方世界，而且还达到了亚洲、非洲的一些地区。现在，当我们来估量萨特的历史地位时，已经很难想象一部没有萨特的当代思想史、一部没有萨特的当代文学史，会是什么样子。

要对萨特作出评价，首先就要遇到他的存在主义哲学思想这个艰深而玄妙的难题，而在这个问题上，人们的意见是相当纷纭的。事实上，萨特也受过不少责备和挑剔。萨特的存在主义哲学的核心，不外是"存在先于本质"论、"自由选择"论以及关于世界是荒诞的思想，即认为，人生是荒诞的，现实是令人恶心的，人的存在在先，本质在后，人存在着，进行自由选择，进行自由创造，而后获得自己的本质，人在选择、创造自我本质的过程中，享有充分的自由，然而，这种本质的获得和确定，却是在整个过程的终结才最后完成，等等。对此，人们当然可以提出种种批评：把存在与本质割裂开来，这岂不是形而上学？强调个体的自由选择，岂不是主观唯心论、唯意志论，甚至是为一切罪恶的行为提供理论根据？既然在萨特的哲学里，生活是荒诞的，人是自由的，不仅对法律道德是自由的，而且对宗教信仰、理想也是自由的，那岂不是为那些颓废、消极、放纵的垮掉的一代提供了哲学基础？如果要着意从立论上、概念上、逻辑上去指摘萨特哲学思想的错误和矛盾，也许还不止这些。到目前为止，除了马克思主义的辩证唯物主义、历史唯物主义，还有什么"完美无缺"的思想体系呢？狄德罗的唯物论被认为是机械的、形而上学的，归根到底仍是唯心主义的，黑格尔也被称为客观唯心主义者。然而，这两个远非"完美无缺"的哲学家，却得到马列主义经典作家多么崇高的评价啊！我们对待萨特，难道不应该这样吗？如果有人力图把萨特贬成一个哲学上的侏儒，去寻章摘句对萨特进行"彻底批判"、"彻底扬弃"，那就随他们去吧，我们的任务却是，指出萨特哲学思想中可取的部分和合理的内核。这样做肯定要比把萨特批得体无完肤费力且不讨好，但却甚为值得，这倒不是为了死者个人，而是作为一个社会主义大国的研究界所应尽的责任。

如果撩开萨特那些抽象、艰深的概念在他哲学体系上所织成的厚厚的、难以透视的帷幕，也许不妨可以说，萨特哲学的精神是对于"行动"的强调。萨特把上帝、神、命定从他的哲学中彻底驱逐了出去，他规定人的本质、人的意义、人的价值要由人自己的行动来证明、来决定，因而，重要的是人自己的行动，"人是自由的，懦夫使自己懦弱，英雄把自己变成英雄"。这种哲学思想强调了个体的自由创造性、主观能动性，显然大大优越于命定论、宿命论，它把人的存在归结为这种自主的选择和创造，这就充实了人类的存在的积极内容，大大优越于那种消极被动、怠惰等待的处世哲学，它把自主的选择和创造作为决定人的本质的条件，也有助于人为获得有价值的本质而作出主观的努力，不失为人生道路上一种可取的动力，至于萨特所认为的世界是荒诞的，人是孤独的、痛苦的，人生是悲剧性的，这种观点的确表现了一种苦闷失望、悲观消极的思想情绪，但这不正反映了哲学家对资本主义现实的不满？萨特曾经把自己的存在主义哲学称为"一种人道主义"，他无疑是资产阶级人道主义思想传统在20世纪最有创造性的一个继承者，他在20世纪资本主义社会现实荒诞的条件下，发扬了资产阶级人道主义的积极精神，追求人的真正的价值，提倡人面对着荒诞的现实争取积极的存在的意义。特别难能可贵的是，萨特作为一个资产阶级思想家，对于马克思主义又始终抱着一种善意的、亲近的态度，与某些资产阶级思想家本能的敌对和随意的谩骂是完全不同的。他承认马克思主义的价值，虽然他并不完全了解马克思主义，甚至还有误解；他试图把存在主义和马克思主义结合起来，虽然他把自己的哲学视为对马克思主义的"补充"，看来似乎有些狂妄。总的说来，他对马克思主义的态度还是赞赏和向往的，这就显示了他作为一个超脱了狭隘阶级局限性的思想家的风度。

对于一个哲学体系的评价，从理论上、方法上作出"定性分析"固然重要，但更重要的是看这种哲学的实践，看它在现实生活中的作用。正是在这个意义上，对哲学家萨特的估价，必须和作为文学家、社会活动家的萨特联系在一起。

萨特第一部哲学著作《想象》发表于1936年，而他的存在主义哲学代表作《存在与虚无》发表于1943年，这正是法西斯势力这一种"恶"在欧洲日益猖獗并正在造成巨大灾难的时期。萨特在发表哲学著作的同时，又以文学创作宣传他的哲学思想，公正地说，他这些论著和作品，在当时的条件下，是带着与这种"恶"相对抗的性质的。他的第一部小说，也是他自己最重视的小说《恶心》，纯粹是哲理性的，它通过一个知识分子单身汉安东纳·洛根丁的日常生活，表现了萨特本人对资本主义社会现实的感受和思考。其中主人公那种对现实的恶心感，对客观世界的不可知感，对环境的无以名状的恐惧感、迷惘感，对生活的陌生感以及在人与人关系中的孤独感，显然是作为人对当时阴云密布、灾难即将临头的欧洲现实一种自然而然的反应被作者加以细致描写的，也可以说是在那种历史条件和形势下，萨特对人的状况和人与社会关系的状况的一种批判性的认识，其中当然包含着对那个时代社会现实的一种否定。如果说《恶心》带有某种抽象的性质，那么，小说《墙》则具有鲜明的政治色彩。作者在这篇小说里描写了西班牙战争期间反革命的白色恐怖，揭露了法西斯军队如何像"疯子"一样"逮捕所有和他们想法不同的人"，特别揭露了他们对政治犯那种惨无人道的精神折磨和肉体迫害，表现了他对那正在欧洲肆虐逞凶的反动势力的憎恶。他同一时期的另一篇小说《艾罗斯特拉特》则是他"自由选择"的哲学思想的一种文艺图解，写的是一种恶人的"自我选择"，主人公对人类极端蔑视、疯狂仇恨，宣称自己是"一个不爱人类的人"，并要上街用他手枪中仅有的6颗子弹去杀"半打人"。艾罗斯特拉特本是古希腊的一个无赖，为了要使自己的名字留传后世得以不朽，放火焚烧了狄安娜神殿，由此，他的名字就成了"以无赖的行为使自己出名"的同义语。萨特以这个名字称呼他小说中的主人公，正表现了他对那种以反人道来标榜自己的恶棍的否定，表现了他对恶的"自由选择"的否定，可见，在萨特的哲学里，自由选择是包含着善恶是非的标准的。而且，萨特也没有停留在抽象的善恶上，他总是力图联系现实的斗争来表示自己的态度。当整个欧洲几乎都笼罩在希特勒的阴影之下，法国处于屈辱的被占领状态的时候，萨特又写作了著名的剧本《苍蝇》，剧本根据埃斯库罗斯的悲剧《俄瑞斯忒斯》三部曲改编，写阿伽门农的儿子为父报仇的故事。他在古代悲剧的题材中，注入了他存在主义的哲理，俄瑞斯忒斯就是一个作了英雄的自我选择而成为英雄的人物，他为了给父亲报仇，敢于承担责任，采取行动，杀死母亲，因而获得了自身的意义和价值。萨特在剧本中清楚地表现这样的寓意：只要是为自己的自由而采取行动，就能获得肯定的意义。这在当时无异于向法兰西同胞发出了进行反抗的暗示，因而剧本遭到了德国占领当局的禁演。

　　第二次世界大战结束后，欧洲满目疮痍，希特勒的浩劫所造成的严重后果还没有消失，原子弹和冷战又在人们的心里投射了新的阴影，道德标准、价值标准完全动摇，理想破灭。萨特的论著和作品所宣传的世界是荒诞的、人生是没有意义的思想，正投合了人们对现实生活怀疑、悲观的认识和他们苦闷、消极的情绪。但是，如果一种哲学只使人陷于痛苦的绝境不能自拔的话，那它是不会有生命力的。萨特的存在主义哲学的力量在于，它一方面指出了现实的荒诞，另一方面又给在荒诞之中挣扎的人们指出了一条出路——自我选择。因而，在他们看来，这种哲学似乎替自己找到了一个在不合理的现实中的比较合理的支撑点，给了他们一种用来摆脱苦闷和失望的精神力量。这就是萨特的思想在战后整个西欧风靡一时的社会心理基础。值得注意的是，这种社会心理并不是来自生活中那种营私牟利、飞扬跋扈、制造灾难的反动腐朽的阶级力量,而恰巧是,或者主要是来自现实生活中在一定程度上受损害、受宰割、被欺骗、牺牲了的人们,也就是中小资产阶级。因而,萨特的存在主义就不是反动资产阶级的意识形态,而是中小资产阶级知识分子阶层的思想的哲学形式,它具有某种合理的因素和积极的意义,而萨特在战后所发表的一些作品里,也正力图给他抽象的哲学命题填进具体的、积极的社会内容。

先是他的长篇三部曲《自由之路》。三部曲的第一部、第二部《懂事的年龄》与《延缓》于1945年问世,第三部《心灵之死》发表在1949年。萨特在三部曲里,通过一个知识分子主人公的生活道路,再一次给他所主张的"自我选择"提供了一个具体范例,说明了他这一哲学概念中正面的、积极的含义。小说以第二次世界大战前夕和战争初期的年月为背景,主人公玛第厄像萨特本人一样,也是一个出身于资产阶级家庭的哲学教师,他完全陷在现实的荒诞、个人的苦恼中,他自己也不满意并力图摆脱,他曾经想到西班牙去参加斗争,但犹疑、矛盾,没有采取行动的决心,他虽然在意识形态上愿意参加共产党,但又怕妨碍自己的自由。战争的风暴、民族的危难逐渐把他拔出个人的狭隘的天地,使他感到自己所追求的个人自由是那么空虚,他投入了斗争,在一次抵抗德国侵略者的狙击战中,作出了自己的"自由选择",以英勇的行动成了英雄。在他死后,他的朋友、共产党人布吕内继续进行斗争。同时还有他著名的哲理剧《间隔》。这个剧本同样也阐释了"自由选择"的主题,只不过是从另一个角度进行。它通过表现三个生前有恶德、有污点或有罪过的男女,在地狱里互相纠缠、互相矛盾冲突、互相折磨的卑劣而痛苦的景象,实际上提出了一种道德上的告诫。在萨特看来,这一男二女正因为是作出了卑劣的自我选择,他们的本质是低劣的,所以他们现在才那样难堪,以至在他们之间,别人像地狱一样使自己难以忍受。正像他把那个仇恨人类、具有恶的本质的无赖蔑称为"艾罗斯特拉特"一样,萨特又把那种卑劣的人与人的关系概括为"他人,就是地狱"这一在当代文学史上也许是最为著名的哲理警句,这一警句,既是萨特对资本主义现实中丑恶的人与人的关系的深刻揭示,同时也包含着对那种推托自己的责任、把命运归咎于别人、怨天尤人、消极等待、不进行积极的自我选择的人的嘲笑和讽刺。这个剧本上演后,以其深刻的哲理和巧妙的戏剧性而受到了热烈的欢迎,成为萨特剧中经常上演的保留剧目,并被批评家誉为法国当代戏剧的经典作品。除了这两部作品以外,萨特从战后的40年代直到他晚年所写的文学作品,绝大部分都有积极的思想内容和进步的社会意义:剧本《死无葬身之地》(1946)表现被德国占领当局逮捕的游击队员威武不屈的英雄主义;《毕恭毕敬的妓女》(1947)尖锐地揭露了美国的种族歧视和上层统治阶级的卑劣;《涅克拉索夫》(1956)对法国反动势力进行了讽刺;《阿尔托纳的隐藏者》(1960)抨击了法西斯的残余势力;根据欧里庇得斯的悲剧改编的《特洛亚妇女》(1966)影射了殖民战争的不正义。

萨特另一个极为重要的方面,是作为一个思想家投入了当代政治社会的斗争。在这方面,他是资本主义社会现实的批判者,是反动资产阶级的非正义和罪行的抗议者,是被压迫者和被迫害者的朋友,是社会主义、共产主义的同路人。20世纪40年代,他参加过反法西斯斗争,从俘虏营出来后,他组织过"社会主义与自由"的抗敌组织,参加过全国阵线领导下的作家委员会,为法共领导下的地下刊物撰稿。50年代,他谴责美帝的侵略战争,"为了抗议法国政府对这种帝国主义行为的屈从",他与法共接近,关系密切,成为法共的同路人;虽然他对50年代中期共产主义运动中的一些事件不理解,但也曾为无产阶级专政的必要性进行过辩护。60年代,他冒着被捕的危险,反对法国对阿尔及利亚的殖民战争,并不止一次揭露法国殖民者在那里的暴行。1964年,瑞典皇家学院决定授予他诺贝尔奖金,他坚决拒绝，表示"谢绝一切来自官方的荣誉"。60年代后期，萨特曾公开谴责苏联出兵侵略捷克斯洛伐克。70年代，他积极支持工人罢工和学生运动，当法国左派的《人民事业报》受到政府的压制时，他挺身而出，保护这个刊物，并亲自走上街头叫卖。在苏联入侵阿富汗时，他还表示了强烈的反对。萨特用自己的行动写下的这份"政治履历表"，充分显示出一种不畏强暴、不谋私利、忘我地主持正义的精神和任自己的感情真挚地流露而不加矫饰和伪装的襟怀坦白的政治风格。他以这种精神来指导他的文学活动，主张"倾向性的文学"，要求作家用文学来为战斗行动服务。这就使萨特成为法国历史上那种作家兼斗士的光荣传统的当之无愧的继承者。如果说，属于这个传统的，18世纪有为最大的冤案卡拉事件的昭雪而向封建统治、反动教会作了勇敢斗争的伏尔泰，19世纪有与拿破仑三世的独裁政权进行了长期不妥协斗争的雨果和为德莱斐斯冤案而与整个资产阶级国家机器对抗的左拉，20世纪有把自己的斗争汇入了社会主义时代潮流的罗曼·罗兰与法朗士，那么，在20世纪中叶，则有让－保罗·萨特补充了他们的行列。

萨特曾被称为"20世纪人类的良心"，但对此，资产阶级批评家曾进行了奚落：他的错误太多了，成不了良心。类似的批评也曾来自社会主义国家：他在政治上太"反复无常"了，不可取。萨特作为一个资产阶级思想家，的确有根本的局限，他在政治上、思想上也有过不止一次错误，但是，在近半个世纪以来当代极为复杂、变化多端的政治环境中，试问能保持一贯正确、绝对正确的究竟有多少？只不过萨特比较表里如一、不隐蔽自己的观点、不掩盖自己的矛盾、不文过饰非而已，"万能的上帝啊，请您把那无数的众生叫到我跟前来！让他们听听我的忏悔……然后，让他们每一个在您的宝座前面，同样真诚地暴露自己的心灵，看看有谁敢于对您说：'我比这个人好！'"

萨特在生前不为资产阶级所喜欢，他们认为他是资本主义世界里一个"骂娘的人"。但他作为思想家,在我们社会主义国家里也受到过不公正的对待,批评者认为,他"为资本帝国主义制度作辩护",他发出了"反动资产阶级临死前的悲鸣",他企图把马克思主义与存在主义调和起来,更是包藏着"极大的祸心"。这对于主观上对中国的社会主义抱着善意、对马克思主义也严肃认真的萨特来说,也许是最大的不幸。这一个精神上叛逆了资产阶级因而被资产阶级视为异己者的哲人,能在什么地方找到自己的支撑点?萨特应该得到现代无产阶级的接待,我们不能拒绝萨特所留下来的这份精神遗产,这一份遗产应该为无产阶级所继承,也只能由无产阶级来继承,由无产阶级来科学地加以分析,取其精华,去其糟粕。

萨特的逝世,给一个社会主义大国的理论界提出了一个艰巨的研究课题。我们相信,通过对萨特的研究,人们将不难发现,萨特是属于世界进步人类的,正如托尔斯泰属于俄国革命一样。

历史唯物主义的度量与萨特的存在

——萨特戏剧三种

当面前放着萨特这几部凝聚着他存在主义哲理的作品的时候，你自然要面临这样一个问题：对萨特、对萨特的存在主义、对萨特的文学创作究竟应该作什么样的评价？究竟可以作什么样的评价？

本来，凡是"应该的"，就应该是"可以的"，即"可以被容许的"，二者理应同一。然而，在现实中，二者并不同一的情况却经常发生：被认可的，不一定是应该的；而应该的，倒不一定被认可。前些时候，一些人士对萨特的批判与对《萨特研究》一书编选者序的批判，似乎就多少说明了这一点。

你认为日丹诺夫对西方20世纪文学的偏激批判不符合实际，应该对它提出质疑与批评吗？你认为应该按照解放思想的精神纠正过去对萨特的不切实际的指责吗？有人就出来严正地大喝一声：不行！日丹诺夫的精神不可丢，"批日丹诺夫就是要搞臭马列主义"！[①]

如果你根据萨特在战后广泛巨大的影响，指出他标志着20世纪人类思想发展的一个阶段，把他比喻为一块里程碑、路标，有人同样出来严加制止：不行，这是"原则性的错误"，把他比喻为里程碑，就是要把他抬高到马、恩、列、斯、毛的地位？里程碑几个世纪才出

[①] 1980年全国外国文学学会第二次年会（成都）上的一个发言；发言者从这里开始，后来又陆续发表了倾向、观点相同的批判文章《也谈现代派》（刊1983年第9期《文艺报》）、《也谈萨特》（刊《外国文学研究》1984年第3、4期）、《〈存在主义〉前言及编后记》（载《文艺理论译丛》第2辑）。

现一块嘛，怎么能这样对资产阶级思想家"盲目崇拜"？

如果你对萨特逝世表示了应有的追悼纪念之情，有人同样就站出来冷嘲热讽说你在"悲戚"①，要不是怕过于失态，简直就想骂你"如丧考妣"。似乎，照这位日丹诺夫的坚决捍卫者看来，对于萨特的去世，人们应该表示"欢欣鼓舞"才是。

如果你着眼于萨特的主流，指出他对马克思主义的态度"总的说来还是赞赏的和向往的"，是"亲近的、善意的"，有人同样就出来挑出萨特一些错话，攻其一点，不及其余，长篇大论证明萨特"反对马克思主义"，最后落实到指责你在萨特问题上丧失了阶级立场。②

如果你对萨特的思想与作品作了一些肯定的评价，指出其中"有合理的部分与合理的内核"，有人就声色俱厉地指责你"要把人们重新引导到主观唯心主义和无政府主义的泥潭中去"，指责你"制造思想混乱"。③

所有这一切，矛头既是指向萨特的，也是指向《萨特研究》的编选者的，似乎后者更是"重点对象"。这种批判者想把对方"批倒批臭"的心情是那么急切，甚至根本没有搞清楚《萨特研究》的编选者序中所引用的一段话是出自卢梭的手笔，就把它当作这篇序言作者的话而大加批驳与诮讽④了。

既然在萨特问题上已经有那么几位批判者以学术秩序与理论秩序的维持者自命，亮出了棍子，而且，直到不久前，那位声称过"批评日丹诺夫就是要搞臭马列主义"的批判者又在就萨特问题声称："理论斗争是必要的。"⑤因此，如何评价萨特与他的文学创作，就仍然是

---

① 《也谈萨特》，见《外国文学研究》1984年第3期。
② 同上。
③ 《怎样评价萨特和他的思想》，见《萨特及其存在主义》，人民出版社，1982年。
④ 见《怎样评价萨特和他的思想》与《也谈萨特》。
⑤ 见《文艺理论译丛》第二辑《存在主义》部分的前言及编后记。该辑出版日期为1984年12月，中国文联出版公司版。

一个非常尖锐的问题。

　　不言而喻，萨特评价问题上的"左"的倾向是由来已久的。建国初期，向"老大哥"一边倒之中，日丹诺夫对西方20世纪文学一概否定、一笔抹杀的论断被视为经典，影响极深，是形成这种倾向的一个缘由；另一个缘由则是50年代中期以后"左"的政治路线愈演愈烈，把意识形态领域里"阶级斗争的弦"绷得愈来愈紧。当时，对萨特一概是"批字当头"，如："思想上消极颓废"、"为帝国资本主义制度作辩护"、"是反动资产阶级临死前的悲鸣"，等等，从这些与萨特的客观实际相距很远的套话式的判词，不难看出那种批判盲目到了什么程度。这种认识与这种态度是当时对待整个人类文化，特别是资本主义时代以来的人类文化的错误与偏颇的一部分，是一种历史性的文化蒙昧主义的表现，尽管它是以神圣的名义，采取了居高临下、道德化的形式，似乎带有一种巨大的道义上与思想上的优越性。这种文化蒙昧主义影响所及不是个别的人，而是整个一代人，以至在改革开放所开辟的一个实事求是、思想解放的新时期里，仍然有一部分人的头脑被这历史的亡灵所笼罩，这些同志总向往"穿着古罗马的崇高衣装"来演出威武雄壮的理论斗争的戏剧，并不时跃跃欲试。当然，他们所进行的理论斗争虽与过去一脉相承，但多少也有一点变化，如在批萨特的时候，也讲一两句"萨特在政治上是反法西斯的"之类的话，以示公允。然而，事实上，反法西斯仅仅是萨特在政治上的起点与最低水平，从这个起点他继续前进而达到了接近社会主义的高度，在政治上有许多难能可贵的行动与表现，而这些却偏偏被貌似公允的批判者一笔抹杀了。因此，如果说有了什么变化的话，那就是新的"左"倾的理论批判比以前更讲究策略、"左"得更精致了一些，只不过，它实质上仍然是过去那种对外来文化的封闭摒拒的态度的"变奏"。这种态度在根本上无疑是与当前的时代精神、开放政策相抵触的，这种情况多少也反映了文化观念每前进一步、历史每前进一步是多么的不容易!

其实，如果以马克思主义实事求是的精神，以马克思主义历史唯物主义的态度与方法对萨特进行科学的评价，本来是不难得出公正的结论，本来是没有必要大动理论干戈的。众所周知，萨特在政治上是西方文化界、思想界有名的左派、激进派，而并非保守派、右派，更不是反动派。他反法西斯，这不在话下，而且，他从50年代初就开始成为法共著名的同路人、亲密的战友，当时社会主义阵营方面的一个"大积极分子"。从那时一直到七八十年代，他在一些重大的国际政治事件（如朝鲜战争、越南战争、阿尔及利亚战争、保卫世界和平运动、苏联出兵捷克与侵占阿富汗等）上的政治态度，与我们都是基本一致的，或者至少也可以说是平行发展的，只在匈牙利事件上例外。还值得特别注意的是，从60年代后期，他又开始与本国激进的群众运动结合，支持学生的革命和"毛派"青年的政治斗争。不难理解，萨特一直是右派憎恶、嫉恨的对象，也是资本主义国家政权力图禁闭的对象，他的住处曾经不止一次被炸，反动分子的游行队伍曾高呼过"枪毙萨特"的口号，他自己也曾多次被警方拘捕。对于这样一个资产阶级的叛逆者，为什么我们不能予以公正的接待？如果担心公正的接待会带来"冲击波"对我们构成某种威胁，那岂不是有点杞人忧天吗？

不，我们关心的是意识形态的纯洁性，萨特的存在主义哲学是一种有害的东西，它会在我们的青年人中造成思想混乱。有人一定会这样说。毫无疑问，萨特的存在主义是一个有缺陷有毛病的体系，但究竟是否"有害"，那就要通过对它的精神实质作准确地把握才可断定。在我看来，萨特的存在主义哲学基本上不是一种对世界如何认识的世界观，也不是对社会历史如何认识的社会观，而基本上是一种人生观，是对某种人生态度的提倡，它的核心就在于"自我选择"。在萨特的哲学里，不论现实的状况如何，人的存在意义如何，人都是要进行"自我选择"的。"自我选择"当然有种种不同,而萨特所肯定与所提倡的,是善的"自我选择"、英雄主义的"自我选择",而不是恶的"自我选择"、懦夫的"自我选择"。这就是萨特存在主义哲学的精神实质。这种人生哲学尽管带有抽象的性质,尽管不是完美无缺,尽管不如共产主义人生观高远开阔,但无论如何总不至于是一种精神污染与精神毒品。如果"自我选择"、"自我设计"是积极的,被填进了进步的社会内容,符合社会主义的方向与规范,那么,今天有的青年人要讲点"自我选择",又有什么不好?又会有什么危害?这是一种促进与释放人的主观能动性与进取性的哲学,它在任何需要人的主观能动性与进取性的地方,总不至于毫无积极作用,总不至于相反地起破坏的、消极的作用。为什么就不能让"自我选择"的概念在我们伦理学观念的范围里占一席地位,哪怕是一席小小的地位?应该承认,从50年代中期以来,我们所能使用的伦理学概念与语言是愈来愈少,到了那一场浩劫里,只剩下了像"高举"、"斗私批修"、"兴无灭资"之类少得可怜的几个口号,今天的情况既然已经大不相同,为什么不能让我们的伦理学、人生哲学从人类优秀进步的文化宝库里吸收一些有用的观念、语言、词汇,使我们的伦理哲学具有更为丰富多彩的内容与形式?

也许有人会担心,"自我"这个概念会带来资产阶级个人主义,会损害集体、否定党的领导、危害社会主义的机体,与共产主义世界观是对立的,会成为一种精神污染。关于自我与社会的关系,将来到共产主义社会会是怎样的,我们目前还很难具体地预言,但至少在我们现在的历史阶段里,对"自我"显然是不能随意加以否定与抹杀的,我们还要讲究自我的完善、自我的自觉、自我的能动、自我与社会的协调、自我对社会的责任与贡献。完善的、积极的自我,绝不是我们社会中的消极因素、带危害性的东西,相反,高质量、高素质的个性"自我",正是一个发展进步、欣欣向荣的社会所必需的,也是一个社会的发展水平与文明化程度的标志之一。而人类优秀进步的文化遗产中关于"自我"的思想、观念、哲理,对今天我们的自我完善、自我选择、自我设计,无疑又是大有裨益的,对于这种哲学为什么我们一些同志不变摒弃的态度而为善于吸收、善于利用的态度呢?用大家熟知的话来说,也就是"取其精华"、"外为中用",为什么不能将此口号付诸实践呢?

至于污染问题,有的人总习惯于对外来的观念备加防范,尽力摒拒,习惯于把外来的观念视为祸害与毒品,甚至把一切坏的东西都视为开放与引进的结果。但是,谁都知道:起决定性作用的是内因;现实中的一切,决定于内在的原因,如将此一切完全归之于外来的观念与影响,则无异于张冠李戴。事实上,在现实生活中起这种那种决定性坏作用的,恰巧并不是某一个观念,更不是某一个概念或某一个语义,而恰巧是决定于现实的内因、具体而实在的现实关系中消极落后的事物,而一种哲学、一种概念、一种语义、一种提法在现实中所能发生作用的范围,则完全取决于社会现实所容许的程度。如果社会现实中不存在一定的土壤,如果社会现实中不存在一定的需要,那么,任何外来的观念是不可能得到接待的;如果社会现实中存在一定的土壤、一定的需要,那么,对任何外来的观念加以摒拒则是无济于事的,即使成功地拒之于国门之外,或者,即使根本没有外来的观念"侵入",那么,从现实的土壤上、在现实的需要中,也会产生出形态相似、内容相近的思想观念来。这是历史唯物主义所揭示的严酷规律,如果你是彻底的唯物主义者,你就得正视它。

当然,萨特作为一个资产阶级的进步思想家、文学家,绝非至圣完人,而有其阶级的局限性。在政治上,他有过失误,对马克思主义讲过错话,他的哲学体系,当然也经不起我们一些哲学家锋利的解剖刀缕细必究的剖析。对于他所有那些缺点与错误,我们从来无意去粉饰他美化他,也从来没有如有的人毫无根据地所指责的那样把他"吹捧成马克思主义者",我们没有要去供奉他的热情,就像有人供奉日丹诺夫那样。但是,我们坚持一点:对于他,应该看主流,应该看发展。就以他对马克思主义的态度而言,既然他在晚年这样明确地说过:"马克思主义是我们时代不可超越的哲学","我们只有在两者之间作选择,不是社会主义就是野蛮"①,那么,为什么只揪住他早期或中期所讲的错话,硬要把他打成"反马克思主义的敌人"呢?何况,早从50年代起,他在讲错话和在表述了他对马克思主义的错误理解的同时,也对马克思主义讲过这样一些热情洋溢的话:"马克思主义作为一种'改变世界的哲学',把我们从那种向过去时代讨生活的资产阶级的已经死亡的文化里拯救出来","像月亮吸引潮汐一样吸引了我们。"②

如果有的批判者稍多有一点发展的观点,或者稍多有一点分清主次的常理常情,那么,也许就不至于寻章摘句、长篇大论地对萨特加以"彻底批判"了。而且,这里有一个对优秀文化遗产的基本态度问题。不言而喻,凡是文化遗产,都是前人留下来的,其中绝大部分都是过去时代的阶级思想家、文学家所创造的,当然不是无产阶级的、马克思主义的,如果要以无产阶级、马克思主义的名义对这些遗产嗤之以鼻、进行"彻底批判"与"横扫",那是最容易不过的事,愈是无知的人,这样做来愈是便当。但这种态度恰好不是马克思主义的,不是无产阶级的。无产阶级应该是人类一切优秀文化遗产的继承者,人类一切优秀文化遗产都应该得到无产阶级合理的继承。只要这个原则得到确认,那么,当我们面对着一份有价值的文化财富时,首先就应该具有一种"取其精华"的愿望与精神,具有一种历史唯物主义宽大的度量,而不应该首先"破字当头"、"批字当头";作为一个文化工作者,对一份有价值的文化财富,重要的是应具有一种建设性的态

---

① 萨特:《七十岁自画像》。
② 萨特:《辩证理性批判》。

度，即善于从中吸取其合理与有益成分的态度，《萨特研究》编选者序只不过是企图这样做的一次尝试而已。遗憾的是，有的批判者不论是如何说明自己这种"保卫"那种"维护"的意图，实际上就是反对从萨特这份有价值的文化财富中吸取有用的、合理的东西。为此，他们对萨特攻其一点，不及其余，把他描绘成思想上的敌人、哲学上的侏儒（当然是比他们自己低矮得多、渺小得多的侏儒）！如果对巴尔扎克、托尔斯泰也照此办理，那何尝又不能从他们的身上挑出一大车缺点错误从而证明他们也都是"黑人"？如果用对待萨特的这把锋利的解剖刀去对待雨果、狄更斯，那最后剩下来的恐怕也是一摊不堪入目的血肉与残骸。

正因为缺乏一种历史唯物主义的度量，有的批判者对《萨特研究》编选者序这样一篇万把字的东西也难免不"疾恶如仇"，把它视为大敌，竟不惜用几倍、十几倍的篇幅加以批打，语言之尖刻实为近年来学术界、文化界所罕见，仅仅"里程碑"一词，就引起批判者莫大的愤慨与讽刺挖苦的灵感。其实，里程碑者，即路标也，里程碑、路标，在实际生活中几乎到处都是，既有高耸的，也有凌空的，既有显著的，也有几乎隐埋在地面的，怎么能说把萨特比喻为里程碑就意味着在理论上"把他抬高到马、恩、列、斯、毛的地位"？如果像有的批判者那样，把里程碑说成是"几个世纪才出现一块"的某种神圣的事物，那么，我们应该指出，他所说的这种神圣的事物其实并非生活中常见的里程碑、路标，而是生活中少见的、难得的纪念碑了。

所幸以上的事情发生在20世纪80年代，发生在改革开放之后，它只像一小片阴云从时代的晴空中匆匆而过。文化问题是全社会的需求问题，全社会自然会对文化作出合理地选择与评判，这不是少数人说了算的问题，更不是几个批判者批了算的问题，即使少数人、几个人说了算、批了算，历史终归会作出公正的裁决与结论。萨特问题似乎也说明了这一点，在这个问题上，广大的读者表示了自己的意见，他们的卓识与勇气使我深感钦佩,不止一次被制止再版的《萨特研究》终于再版了,历时一两年的"萨特问题风波"毕竟成为过去,尽管萨特评价问题仍有其尖锐性,但现在要进行科学评价的条件显然要比过去好得多。

在我们面前是萨特的几个剧本。萨特的纯文学的成就,在一定的程度上是由他的剧本奠定的。数量并不太多,写作与改编一共十一个,主要的则为八个,即《苍蝇》(1943)、《间隔》(1945)、《死无葬身之地》(1946)、《毕恭毕敬的妓女》(1946)、《脏手》(1948)、《魔鬼与上帝》(1951)、《涅克拉索夫》(1956)、《阿尔托纳的隐藏者》(1960)。

一般说来,萨特的剧本几乎无一不具有他的存在主义哲理的色彩,但程度与情况也有不同。在我看来,基本上可以分为两类:一类可称为写实性的哲理剧,如《死无葬身之地》《毕恭毕敬的妓女》《阿尔托纳的隐藏者》等,它们都带有哲理性,不过,其哲理是寓于对社会现实生活的现实主义的描绘之中;另一类则可称为寓言性的哲理剧,在这里,哲理是通过神话或寓言故事来表现的。不言而喻,在后一类作品里,作者在表现自己的哲理上拥有更大的自由与更大的空间,因而这类作品中的哲理浓度也就更大,哲理性也就更强,对于萨特这样一个以哲学思想取胜的文学家来说,也许更具有代表意义,在一定程度上,可说是萨特真正意义上的代表作。在我看来,属于这种情况的,就是本集中的这三个剧本。

萨特存在主义哲学的核心既然是自我选择,因此,自我选择的哲理也就成为贯穿他整个文学创作的一根"轴承",而这三个剧本,在这"轴承"上都占有重要的地位。

这"轴承"当然是从《恶心》与《墙》开始。应该说,在《恶心》里,自我选择的思想并不是作品的主旋律。在这里,对恶心感的描绘与对恶心、荒诞的揭示占了主导的地位，正因为在这部小说里恶心与荒诞弥漫在每一处，在现实中占压倒一切的优势，人的自我选择倒显得无能为力、无济于事。主人公罗根丁也曾有自我选择的意图与尝试，他力图在历史研究中有所作为，但结果是一事无成、精疲力竭。同样，在《墙》里，自我选择的努力在荒诞的现实面前也无济于事，甚至得到相反的结果，事与愿违。"我"本来想同时达到保护自己的同志与捉弄法西斯军队的目的，但他捉弄性的假话却恰好偶合地导致了同志的被捕。萨特早期作品中这种人的力量、人的主观能动性在客观现实的泥沼中被困陷、被嘲弄、被丢失、被磨灭的形象表现，既与当时的时代历史条件有关，也与萨特这一阶段的思想状态有关。《恶心》与《墙》创作的时期，正是法西斯势力在欧洲日益猖獗、眼见将席卷一切的时候。面对着这种巨大的威胁与即将来临的灾难，人们所感到的只是无能为力与束手无策。《恶心》与《墙》中"自我选择"主题的低沉与无力，正是这种历史条件与人们普遍的精神状态在萨特创作中打下的烙印。而从萨特本人的思想发展来说，他在30年代中期还是一个相当典型的脱离社会斗争的资产阶级知识分子。1936年法国反法西斯的统一战线——人民阵线成立时，他就有意与之保持了距离，没有参加投票，自称是"教授共和国里的自由派知识分子"。出自这样一个作家之手的作品，自然也就不会具有高昂奋亢的主观战斗精神。

萨特思想发展的第二阶段是从第二次世界大战爆发开始的。战争促使他思考一些他过去未曾思考过的问题，"'社会'这一概念总算是进入了我的头脑，我突然明白，自己是一个社会动物"。他的思想进入到一个新的阶段，"现在，我不想用哲学来保护自己，那是卑劣的，也不想使生活适应我的哲学，那又何其迂腐"，最后，"战争使我懂得必须干预生活"，这种新的精神状态给他的"自我选择"的哲学注入了新的活力，而其集中表现就是他不朽的名剧《苍蝇》。

《苍蝇》写于第二次世界大战期间严酷斗争的年代,以古希腊文学中俄瑞斯忒斯为父报仇的故事为题材,在古代的悲剧框架里,作者有意识地填进了积极的哲理与非常具体的政治内容。

就积极的哲理而言,《苍蝇》具有一种坚定、昂扬、悲壮的"自我选择"的哲理思想。说这里有坚定的"自我选择"的思想,是因为俄瑞斯忒斯回到阿耳戈斯城面临着复仇与不复仇的抉择时,却遇到了两方面的阻力,一是天神朱庇特以神权的威力制止他复仇,一是哲学教师以息事宁人的哲理劝他放弃复仇。既然代表着超自然的力量、可以决定人世一切的神与代表着人世间公认的事理的哲学家都反对他复仇,障碍真可谓大,何况他复仇的对象还包括15年前串通情夫谋杀了丈夫,但却是他自己的亲生母亲的克吕泰涅斯特拉。这里自然还有出于血缘关系的人性因素的牵制,至于他面前的杀父仇人、生母的同伙埃癸斯托斯作为统治者所拥有的可怕的暴力当然更不在话下。然而正是在这样一个境况中,在这样一个困难重重、阻力巨大的境况中,俄瑞斯忒斯仍然坚定不移地、勇敢毅然地作出了"自我选择"。说这个剧本表现了昂扬的"自我选择"的哲理,是因为,一旦俄瑞斯忒斯作出了"自我选择",任何艰难险阻、任何公道哲理、任何常情常理、任何不可抗拒的超自然的力量,都对他的自由意志无可奈何,都对他的自我选择无能为力。当天神朱庇特以整个宇宙的名义对他进行谴责时,请看他那对抗威严的神权、藐视一切超自然力量的大无畏的磅礴气概:"让大地化为灰烬好了,让岩石堵住我的去路好了,让花草在我所经之处枯萎好了,你那整个宇宙不足以评判我的是非,朱庇特,你是诸神之王,你是石头与群星之王,是海浪之王,但你不是人类之王。"至于说剧本表现了悲壮的"自我选择"的主题,则是因为,萨特笔下的俄瑞斯忒斯在极为严峻的处境中,在悲剧性的条件下,仍保持了一种敢于对"自我选择"承担责任的精神,一种自我牺牲的殉道者的精神。他复了仇,伸张了正义,然而他却遭到天神的愤怒谴责、城邦里愚昧民众的唾弃、他姐姐厄勒克特拉的诅咒、复仇女神仇恨的追捕。他勇敢地、坚毅地承受了这一切，内心里毫无反悔、懊恼。而且，他还在城邦居民的咒骂中，奋勇地把玷污着整个城邦的苍蝇群引走，让它们在他自己永无尽头的行程中紧叮着自己不放，而使城邦从苍蝇的覆盖下得到拯救，完成了他崇高的、悲怆的英雄主义业绩。

就现实的政治内容而言，《苍蝇》中处于埃癸斯托斯暴政统治下的阿耳戈斯城无疑是作者对被纳粹占领的法国的影射，而俄瑞斯忒斯复仇除暴的故事，则是作者十分明显地向自己祖国人民所发出的抗击侵略者的启示与号召。古代衣装下透露出如此强烈的现实政治斗争的内容，使得德国占领当局在此剧上演后不久即加以禁演。《苍蝇》中寓意故事与现实内容的结合，明确为正义斗争服务的意图，清楚地显示出剧本主题思想的积极意义，显示出萨特存在主义哲学的核心"自我选择"的积极性质。

如果说《苍蝇》从正面显示了"自我选择"哲理的积极的理想主义的一面，那么，《间隔》则从反面显示出"自我选择"哲理所具有的告诫性的一面。从不止一个方面的意义来说，《间隔》都是与《苍蝇》相对的；现代的日常生活与古代的神话故事相对；平庸猥琐、《奥尔良的葬礼》式的图景与崇高的格调、悲壮的意境相对；卑劣的"自我选择"与英雄主义的"自我选择"相对。这里的三个人物都是不折不扣的"卑鄙小人"，无论哪一个都有道德上的污点与罪过，用萨特存在主义的哲学概念来说，他们都曾作过卑劣的"自我选择"，他们的"存在"都是卑劣的，"存在先于本质"，因而他们的本质也就是卑劣的。本来，人的本质是在人的存在之后显现出来的，但在《间隔》里，萨特作了一个逻辑上的引申，并把这种引申寓于一个地狱的故事里，他让这三个人物的活动延展到地狱，让他们的本质在这里得到充分的形象的显现，让他们在这里纠缠在一起，进行新的表演。

于是，我们就看到了一幅甚至比《奥尔良的葬礼》更灰暗、更猥琐、更肮脏的人与人关系的图景：互相戒备、互相隐瞒、互相矛盾、互相冲突。他们每个人都陷在一种悲剧性的环境中，自己为他人的看法而存在，自己为他人的看法而苦恼、而提防，以至他人即地狱、他人即酷刑。而这种痛苦、尴尬的状况的出现，其根源还在于每个人的存在与本质是卑劣的，每个人曾经作过卑劣的"自我选择"。萨特的《间隔》揭示了这一连串的哲理，这些哲理既包括对资本主义条件下人与人关系的言简意赅的针砭，也有对恶的自我选择、对卑劣的自我选择的告诫，它从另一个方面显示了萨特的"自我选择"哲学的道德倾向与积极性。

从战后50年代起，萨特的思想无疑又进入了一个新的阶段。在政治实践上，他成了社会主义、共产主义的同路人，成了一个把写作与社会活动结合起来的斗士；在思想上，他开始认真研究马克思主义，思想立场向马克思主义有所接近、有所靠拢，直到六七十年代，他更进一步与法国的学生、工人、进步青年的革命活动结合起来，成为一个投身于群众运动的思想家。在这一个时期，萨特本人无疑也在进行"自我选择"，这既是在风云变幻的国际环境里，在矛盾错综复杂的社会现实生活里进行辨识性、方位性的"自我选择"，也是在自己哲学思想的迷宫里进行不断突破、不断前进的求索性的"自我选择"。他本人的这种状况，无疑也给他的"自我选择"的哲理赋予新的色彩，即社会的、政治的色彩。早在1945～1949年，他就发表了长篇小说《自由之路》的三部曲：《懂事的年龄》《延缓》与《心灵之死》，描写了知识分子在第二次世界大战前阴云密布的政治环境中，在大战期间火热斗争的日子里的"自我选择"，具体的政治上与社会意义上的"自我选择"，而并非抽象的、俄瑞斯忒斯式的"自我选择"，预示着他自己即将进行政治社会方位的"自我选择"。而在1951年，也就是在他政治上与思想上进入新的阶段的起点上，又引人注目地有了他杰出的名剧《魔鬼与上帝》，它似乎又从哲理的高度上对他自己日后一连串新的"自我选择"预先作了一个概括与"导论"。

《魔鬼与上帝》是萨特剧作中与《苍蝇》在格调上和气魄上最为相近的杰作，它不仅同样披着古代崇高的衣装，而且，它的主人公像俄瑞斯忒斯一样，所思考与处理的也不是个人的琐事，而是巨大的课题。同样，他也不是生活在狭小的个人感情的天地里，而是把自己保持在一个高层次的意境中，不是在个人的际遇中喜怒哀乐，而是搬演着历史的社会的场面。因此，它与《苍蝇》前后呼应，但其中所寓意的哲理却又比《苍蝇》更有所发展。在《苍蝇》里，"自我选择"的哲理本身还带有抽象的性质。是的，作者崇尚与歌颂了英雄主义的"自我选择"、善的"自我选择"，但留下了一个问题：英雄主义与善的标准是什么？决定于什么？以什么为转移？到《魔鬼与上帝》里，作者就进一步探讨了这个问题并作出了回答。他通过主人公格茨首先从抽象的观念出发选择了恶，而后又从抽象的观念出发选择了善的过程，揭示出一个哲理：抽象的观念并不能导致正确的选择，而选择本身如果只以抽象的善恶观念为内容，也并不能解决自我选择的问题。他有意识地让格茨在奉行抽象的恶的观念与奉行抽象的善的观念时都遭到失败，而最后安排他选择了具体的人群，选择了正在进行具体的社会斗争的人群。《魔鬼与上帝》中格茨历程的三部曲所显示的意义，正如萨特自己所概括的，是"格茨信仰的转变，他开始皈依人。在抛弃绝对的伦理之后，他发现了历史的伦理、人类的伦理与具体的伦理"，"他从笃信上帝到无神论，从抽象的伦理、不着边际的伦理到具体的介入"。[①]

从绝对的伦理到具体的历史的伦理，从抽象的观念到社会的真理到具体参加社会的斗争，这即使不是一个质的飞跃，也是一个明显的突破与长足的发展。这是20世纪知识分子走向时代真理的必由之

---

① 萨特1951年6月2日答记者问。

路，在 20 世纪的思想领域里已经屡见不鲜。罗曼·罗兰接近社会主义，法朗士与巴比塞走向共产主义，在思想历程上无不经历了这种突破或飞跃，尽管他们各自的思想基础与思想内容各有不同。因此，在《魔鬼与上帝》里，披着古代衣装的一介武夫格茨，其实就是萨特心目中的一种精神化身，是求索精神的化身，是发展着、变化着、前进着的思想者的象征，他的历程凝聚着当代西方知识分子追求真理的经验。而对萨特来说，格茨的道路与归宿是带有理想主义的性质的。他自己说过："我使自己笔下的格茨，做了我所做不到的事。"这就是说，萨特本人是向往着格茨的历程的。他在写作《魔鬼与上帝》的时候，是否决心像格茨那样从抽象的善恶观念走到具体的时代社会的真理，对社会现实生活进行具体的介入？是否因自己"做不到"而根本不准备去做？不论他当时的思想状态如何，但后来他以自己从 50 年代一直到七八十年代的实际行动证明了，他确实是朝格茨式的归宿而努力。以至我们今天从他此后的履历表完全可以说，《魔鬼与上帝》是萨特 50 年代以后探索时代真理、走向时代真理、进行新的"自我选择"、进行具体的"介入"的一个预告与"宣言"。毫无疑问，在这个剧本里，萨特一贯的"自我选择"哲理本身也充实了新的内容，达到了新的高度，并且还以萨特此后的实际行动而具有了新的生命。

这就是萨特文学创作中"自我选择"哲理的起点与终结。当然，要挑剔这终结的毛病与缺陷是不难做到的，如像格茨最后与群众结合了，但他声称："我将一个人头顶着这一无所有的天空，因为我没有别的方法可以和大家待在一起。"这就有相当浓的超人的气味。是否就对此不屑一顾呢？应该看到，萨特毕竟是一个资产阶级思想家，如果他的"自我选择"的哲理走到了社会主义、集体主义，那他就不是资产阶级思想家，而是无产阶级的思想家了。问题在于，既然面对的是一个资产阶级思想家，我们就应该看到他做到了其他资产阶级思想家所没有做到的事，他达到了其他资产阶级思想家所没有达到的高度，而不是指责他没有作出无产阶级思想家所应达到的高度。如果以这种历史唯物主义的度量对待萨特，萨特肯定不会受到不近情理的意识形态的审判；如果从萨特的客观实际出发，并且能像马克思对待黑格尔、亚当·斯密、傅立叶的思想仓库中那些有用的东西那样，那么，我们将不难发现，萨特的"自我选择"的哲理并非不能汇入时代真理的海洋。

来自恶心感与迷惘感

——萨特：从《恶心》到《墙》

中篇小说《恶心》与短篇小说集《墙》，是萨特的两个文学起点。《恶心》于1935年开始写作，次年完成，出版于1938年；《墙》中的短篇则分别写于1936～1938年7月之间，出版于1939年。两者的写作与出版稍有先后，但基本上都是同一年代的产物。

这时的萨特，30岁出头，从高等师范学校毕了业，当过中学的哲学教师，到德国留学进修过，专攻存在主义哲学，发表过哲学论文与他第一部哲学专著《想象》(1936)。事业有了个开头，但写作他的哲学代表作《存在与虚无》还是两三年以后的事。对于这位力图用文学形式来阐释其观念体系的哲人、同时又是用哲理来提高其作品品味的文学家来说，《恶心》与《墙》正是他初期阶段思想与艺术的结晶。

比较起来，《恶心》更为重要。这不仅因为萨特自己宣称过，《恶心》是他最为满意的小说，而且因为这部作品在一定程度上是萨特存在主义哲学代表作《存在与虚无》的图解，被视为萨特最早的一篇"哲学宣言"。因此，萨特前期的这两个文学起点之间，也就存在着主从的关系，既然《恶心》是萨特前期哲学思想的全面图解，带有哲学宣言的性质，那么，同样也力求表现若干哲理的小说集《墙》，自然就是《恶心》的延伸、演绎、派生物、附属品了。只有理解了《恶心》中的哲理，才能理解《墙》的内涵与倾向。

《恶心》显而易见完全是一部哲理小说。它以主人公洛根丁的日记为形式,但又并无一般日记体小说所具备的完整的故事情节与贯穿其中的人物关系。洛根丁从国外旅行回国,定居在布城,着手为18世纪的一个侯爵写一部传记。在此期间,他在这个城市里没有碰到任何足以构成故事的人物与事件,他只有最平淡不过的日常生活,他的日记只记述了生活中的琐事,特别是记述了他在平淡日常生活中的感受,对所遇见的人的感受,对周围事物细节的感受,对街道的感受,对树木、对路上石子的感受,对色彩、对灯光的感受……而且是敏感的、神经质的,甚至是病态的感受。然而,小说的意义恰好在于这些感受之中。这里有寓意性、哲理性,甚至有戏剧性、巨大的戏剧性:"突然之间,帷幔突然撕开了,我明白了,我看清楚了。"①这一戏剧性变化之巨大,不亚于一场变革,不亚于哥伦布发现新大陆,因为他所发现的自己感受中的变化,蕴含着一种对全部现实、对现实与人的关系的全新的认识。

洛根丁所发现的就是"恶心":"我搞清楚了我一直想要搞清楚的事,从正月以来在我身上发生的一切,我都明白了。恶心没有离开过我,我相信它也不会很快就离开。"②这恶心,对洛根丁来说,就是他所感受的现实存在,就是被显现出来、被揭示出来的现实存在,是自己的存在与外部客观的存在相遇的结果。他来到这个城市,有了这种感受,搞清楚了这种感受,这也就是对现实存在有了不同于过去的认识,这岂不是认识上的一个戏剧性变化?

正是通过洛根丁的体验,萨特在《恶心》中建立了他的存在观。在他的存在观体系中,外部的现实世界是一种存在,即"自在的存在",人的主体则是另一种存在,即"自为的存在",当自为的存在触及自在的存在,两者形成一种关系时,就产生了一种感受,一种体

---

① 萨特:《恶心》,《萨特小说集》第150页,法国"七星丛书"本。
② 同上。

验,一种反应,那就是"恶心"。而真正的"触及"、自为的存在与自在的存在之间形成的真正的关系,并不就是"注视",不是对外部世界"一种外表,一层油漆"的感觉,而是对"事物的血肉"①的感知。正如洛根丁在公园里的体验所启示的那样,外部世界的存在只有通过恶心才被真正地显露出来,被揭示出来,而人主体的存在、自为的存在,也只有在对外部世界存在的恶心感中才真正显示了自己。这里,自为存在对自在存在的触及,自在存在被显露、被揭示在自为存在的面前,实际上就是主体人的思维问题。萨特笔下的洛根丁又悟出,只是在这种思维中,人才是自为的存在:"我存在,是我自己在维持我的存在。我的躯体,一旦它开始有了,它就会自行活下去,但是我的思想,是我在维持它,我在展开它"②,"我存在着,我活着,我思想所以我存在,我存在因为我思想。"③显而易见,萨特继承了17世纪法国大哲学家笛卡尔的"我思故我在"的公式,把思维提高到作为自为存在的最基本、最必要的条件,作为自为存在的最基本、最不可缺的内容这样的高度,后来,他又在使他获得诺贝尔奖的著名自传《文字的诱惑》中,结合自己的存在状态,将这个公式具体化为"我写作故我存在"。因此,要谈存在,就必须谈思维,谈真正意义上的精神活动,如果没有思维,没有真正意义上的精神活动,那就不必奢谈存在,这就是萨特的存在主义的前提与基础。从这个意义上来说,萨特的存在主义哲学,是"上帝的选民"的哲学,他的洛根丁本身就是一个"上帝的选民",存在哲理对于他是存在的,正如对那个每天都需要一个汉子的饭店老板娘是不存在的一样。

那么,自为存在对自在存在的感受内容、认知内容、思维内容有哪些?萨特在《恶心》中全部明确的答复就是:恶心。正如我们在小

---

① 萨特:《恶心》,《萨特小说集》第151页,法国"七星丛书"本。
② 同上书,第119页。
③ 同上书,第120页。

说中所看到的，主人公洛根丁来到布城准备过平静的学者生活时，他却突然感到难受，他发现他所看到的一切、所遇见的一切，都莫不使他感到恶心。这种恶心不单纯是生理的反应，而是一种认知，但它又不单纯是抽象的认知，而是具体形于一种生理反应。毫无疑问，作为一种认知、一种感受、一种体验，萨特的恶心是一种对现实世界的否定性的认识、感受与体验。它既然是一种主体的反应，那就正映照出外部现实世界、周围的自在存在之中有着令人恶心的性质，正如洛根丁所体验到的："恶心，我感到它就在那边，在墙上，在内衣的吊带上，在我周围所有的东西之上"[①]，甚至"恶心待在黄蒙蒙的灯光之中"[②]。既然外部世界的存在、自在存在只有通过恶心才被显露出来，那就说明了外部世界就是一个令人恶心的世界。总而言之，在萨特看来，外部世界的根本性质就是恶心。

应该看到，萨特在《恶心》中还提出了另一个重要的思想，并且日后在《存在与虚无》中将之发展为他哲学体系中的一个重要的范畴，那就是偶然性。在他看来，不仅自在存在是偶然的，自为存在也是偶然的，是偶然被抛到这个世界上来的，当然，自为存在触及自在存在，两种存在相遇也是偶然的。萨特借用洛根丁的感受这样说："根本的问题是偶然性，我想指出的是，在定义上，存在并不是必然性。存在，就是在那里，如此而已；存在物显现在那里，任凭人去碰见，但是人们永远也不能扣除它们……偶然性不是一种假象，不是一种可以被人消除的外观，它就是绝对，因而也就是十足的无缘无故，一切都是无缘无故的，这个公园，这座城市以及我自己。"[③]这样，在萨特的哲理体系中，现实的世界就被视为充满恶心与偶然性的世界。正如洛根丁在小说中所说："'荒诞'这个词，

---

① 萨特：《恶心》，《萨特小说集》第26页，法国"七星丛书"本。
② 同上书，第34页。
③ 同上书，第155页。

现在从我笔下产生了"①一样,萨特也就把这个世界概括为、归结为一个荒诞的世界,一个无用的、令人绝望的世界。萨特的这种世界观、存在观,虽然带有浓厚的悲观绝望的色彩,但它必然会派生出对现实世界的一种彻底否定的立场,一种摒拒的立场、批判的立场,这正是我们将在他前期的小说集《墙》中所看到的。

以上是就外部世界客体而言。另一方面,就人的主体而言,既然在萨特的哲理中,人的自为存在只有在对外部世界存在的恶心感之中才真正显示出自己,那么,恶心感也就是人对世界、对存在、对人生的一种清醒的认识(正如荒诞感在马尔罗、加缪那里是人的一种清醒认识一样),也就是人之作为自为存在的一个标志。不言而喻,萨特是赞赏恶心感,是提倡恶心感的,也就是提供一种清醒的认识,一种否定的、批判性的立场。有了对荒诞世界、恶心世界的清醒认识,有了对荒诞世界、恶心世界的摒拒立场、否定立场、批判立场,也就有了行动的起点,有了超越"偶然性"的起点,超越"恶心"、"荒诞"的起点。这种超越是完全可能的,因为在萨特看来,人是自由的,人可以自由选择,可以通过自由选择确获本质,赋予自为存在以意义,从而超越荒诞性与偶然性。虽然关于人命定是自由的、人的自由就是自我选择的自由、人不过是他自己所造成的、人的存在先于本质等一系列存在主义自由观,萨特是在日后的论著中才详加阐释的;虽然对积极的自我选择的提倡,萨特是后来通过《自由之路》中的马第厄、《苍蝇》中的俄瑞斯忒斯、《魔鬼与上帝》中的格茨才完成的,但在《恶心》中,他在洛根丁的身上也种下了自我选择的意向,在小说的结尾,洛根丁毕竟有了明确的选择计划,他决定放弃原来为18世纪一个名不见经传的侯爵写历史传记的工作,准备到巴黎去从事艺术创作,以求将来获得成功后"能够毫不厌恶地回顾自己的一生"②。

① 萨特:《恶心》,《萨特小说集》第152页,法国"七星丛书"本。
② 同上书,第210页。

从各方面来看，《恶心》要算是萨特全部存在主义哲理的一个胚胎，一个雏形，是他思想发展的一个起点，是他一生战斗历程的第一站。当我们理解了它的基本哲理与基本倾向之后，对与它几乎同时产生的小说集《墙》就不难加以说明了。

如果说《恶心》完全是一部哲理小说，那么，《墙》则基本上是一个社会写实性的小说集，其中五篇小说都是以社会现实、世态人性为描写对象，不像《恶心》那样充满了人物的哲理性的感受与思考。当然，由于萨特对自己哲学体系与思想观念的异常执着，他总不会放弃在自己笔下的社会生活图景中抹上些许哲理的色彩，也正是这些许哲理色彩，显露出了《墙》与《恶心》同调、与《恶心》存在着内在的联系。

首先，使人注意到的是，《恶心》中对外部存在偶然性、荒诞性的清醒认识，到《墙》里转化为一种对社会现实的尖锐的否定性的看法；《恶心》中对存在的恶心感，在《墙》中具体化为对社会人生的反感与批判；而荒诞性、偶然性、恶心的存在物，则化为了具体的墙，堵塞人之生路的墙（如在《墙》中），阻碍人际沟通的墙（如在《卧室》中）。在这个小说集里，萨特所选取的观察角度、揭示角度与批判角度是如此无情，因而使得他所展示出来的社会生活图景显得格外可怕，正如读者所看到的，在这个被"墙"所围囿起来的小世界里，只有冷酷、残杀、政治迫害、精神病、法西斯暴行、阶级不平等、人与人之间的隔膜与闭塞、阳痿、同性恋、性荒诞、狂热的民族主义与反犹主义……是一个恶心、扭曲、丑恶、阴暗、荒诞的世界。对这个世界，萨特表露出了毫不含糊的否定与强烈的厌恶。《恶心》中那一个热衷于阐明哲理的哲人，到这里成了一个对社会生活明确表态、用自己的笔来进行干预、具有鲜明进步政治倾向的现实主义者。

在短篇《墙》里，可以看到令人发指的法西斯罪行。为了镇压革命，法西斯军队不仅滥捕滥杀无辜，而且对被宣布了死刑的人，故意在临刑前进行冷酷的折磨。短篇的写实之中充满了作者强烈的愤慨，它向读者标出事情是发生在西班牙战争期间，其揭露的矛头直指佛朗哥的法西斯政权，带有鲜明的政治色彩。而萨特之所以写作这个短篇，是由于他在1936年任教于拉翁时，恰逢西班牙战争爆发，友人博斯特曾请他设法帮助越境前往西班牙投入斗争。这一写作背景标明了萨特当时的进步的政治立场与他以笔介入现实斗争的开端。

《卧室》是对资产阶级生活方式与心满意足心态的讽刺，是对资产阶级家庭关系中间隔、堵塞之墙的揭示。达尔贝达夫妇把自己作为资产者所拥有的富裕经济状况、舒适的家庭生活以及各自所享用的外遇与香糕，视为最正常、最合理的生存状况，在其中充满了安全感、满足感、自得感，自以为是健全理智的体现，是标准生活的代表，他们无论如何也不能理解自己的女儿爱娃为什么不离开有神经病的丈夫而另找情夫，他们与爱娃之间存在着阻碍思想进行最起码的沟通的墙，他们还主观臆测女儿是在迷恋与丈夫的性生活，其实，爱娃只不过是要逃避他们那种心满意足、庸俗的生活而已。

《艾罗斯特拉特》是一篇带有寓意性的作品，其中的那个主人公并不是写实性的人物形象，而带有象征的意味。在他身上，可以看到20世纪一个极端主义思潮的影子。这种思潮对人类怀着冷酷、残忍的偏执，与人道主义的思想，与博爱、善良等一切人类正常而美好的感情截然对立，水火不容，这就是法西斯主义与近法西斯主义的思潮。小说中，具有这种反动狂妄思想的主人公，竟丧尽天良，在街道上对行人进行无缘无故的枪杀。根据西蒙娜·德·波伏瓦的证实，这篇小说写于1936年，当时，正是法西斯主义在欧洲泛滥的年代，而这篇小说所描写的暴行，与《墙》中所揭露的法西斯惨无人道的罪恶，正是同属一种性质、一种倾向的。因而，我们可以说，《艾罗斯特拉特》是一篇在思想、道德、伦理上具有反法西斯主义的意义的作品。

《闺房秘事》是资产阶级中性荒诞、家庭荒诞的揭示。小说中有一对夫妻露露与亨利,亨利患有阳痿症,露露虽然另有情夫,并且还有同性恋的女伴,但却没有离弃丈夫。她仍然爱丈夫"软绵绵的,像个神甫",而亨利更是不能没有露露,仅仅因为他认为自己是露露的丈夫,露露是他的妻子,应该是"属于他的"。露露终于出走了,原因却与家庭生活、与性爱毫无关系,只是由于亨利对待妻弟的态度所引起的。露露在外面与情夫厮混了几天以后,又回到了丈夫的身边,合法婚姻的家庭生活与婚外的性爱关系又恢复了原有的惯性。这里,家庭形式与婚姻关系都不是以性爱为基础,性爱也不导致家庭与婚姻,不论是夫妻之间的离与合,还是情人之间的离与合,都是"无缘无故的",缺乏充分理由的,都是偶然性,都是恶心的、荒诞的。

《一个领袖的童年》是对资产阶级子弟金玉其表、败絮其中的精神发展史的暴露,是对资产阶级社会中"栋梁之材"形成历程的无情讽刺。主人公是一个工厂主的儿子,从小在资产阶级的特定环境里就养成了将来要当领袖人物、担负社稷重任的自命不凡感。家庭、社会、教育、朋友圈子与他自己,都以各自的方式朝这个方向来造就他。最后,他发现自己成长起来了,对于担负领袖人物的重任充满了信心。然而,读者所看到的不过是,父母的宠爱是如何培养了他自我中心的性格,其家庭显赫地位所带来的人事环境中的屈从气氛是如何养成了他盲目自大、不可一世的优越感,周围道德沦丧的风气是如何使他内心里充满了淫乱的念头,社会环境是如何使他完成了吸毒、同性恋与玩女人的"课程",而资产阶级的政治与新闻舆论是如何使他形成了极右的社会政治观点,使他成为一个狂热的反动的小右派,一个冷酷无情、无所顾忌的反犹太的法西斯分子。当他走到这一步的时候,他那个阶级的人都认为他成了,他自己也感到一个真正的领袖人物已脱颖而出。萨特在戳穿这一精神历程的全部丑陋性、反动性、荒诞性的时候,实际上是对资产阶级的家庭、道德、文化、教育、政治、新闻等进行了全面的批判,仅仅从他在小说中对弗洛伊德学说与超现实主义者的带否定倾向的描写,就可以看出他在思想上激进的程度。

萨特的存在主义哲学的精髓,主要不在于对恶心、荒诞的世界、人生如何认识,而在于面对这恶心、荒诞的世界、人生,应该采取什么态度、如何行动,这就是他的自我选择的哲理。本着对这种哲理的提倡,他日后结合着不同阶段的现实斗争,塑造出了一系列作出积极的或英雄主义的自我选择的人物形象:参加了反法西斯抵抗斗争的知识分子,把向恶势力复仇、把涤荡罪恶视为己任的古希腊英雄,最后抛弃了抽象的善恶观念而与人群结合的军事统帅,等等。《墙》是他初期的作品,其中自我选择的主题还没有发展到后来的那一步,如果其中也有自我选择思想的若干萌芽的话,那么倒是一种自我选择无能为力、无济于事的思想。在《闺房秘事》中,女主人公也感到了她生活中的恶心,她似乎也企图作出某种选择,但她终究跳不出她那像泥沼一样的生活,她仍然回到了她原来的惯性。在短篇《墙》中,主人公的自我选择的意向显然是很明确的,他所作出的自我选择也是完全正确的,具有革命性与道德感,他宁可自己被枪毙也不供出一个革命者的藏身之处,他为了愚弄法西斯军官谎报了一个地点,但这个革命者却因为自己临时转移藏身之处而碰巧被捕。现实是如此荒诞,如此被偶然性所控制、所主宰,以致人的自主性在这里完全陷入了绝境。

小说集《墙》是在这样的时代背景下创作的:欧洲大陆经历了1929~1933年、1937年两次经济危机,一片萧条阴暗,而法西斯主义的乌云在欧洲上空又日益浓厚,特别是1936年德、意法西斯侵略西班牙得逞,帮助了西班牙的法西斯叛军取得胜利后,整个欧洲眼见自己即将堕入一场灾难与浩劫而无能为力。果然,不久以后,德国法西斯军队就席卷欧洲,法国也将沦于被占领的屈辱之中。在这样一个阴云密布、灾难将临的背景上,对现实的厌恶与反感,对前途出路的悲观绝望，都是可以理解的。

小说集正是萨特这个时期对现实的厌恶感与对人生迷惘感混合的产物，只是在不久以后法兰西民族抵抗斗争的洗礼中，萨特才涤荡了这种迷惘感，认识了前进的道路，创作出了不同于《墙》的基调较为高昂的作品，上升到一个新的高度。

严酷无情的自我精神分析

——萨特自传:《文字的诱惑》

"我思故我在",17世纪法国著名的哲学家笛卡尔曾经提出过这个有名的公式。300多年后,萨特在他的自传里则这样说:"我写作故我存在。"

似乎是无独有偶。从表面上看,笛卡尔认为只有当"我"思维时"我"才存在,强调了思维对人的重要性,把思维抬到这样高的地位以至成为人之所以作为人的唯一本质与标志,对人的本质与人的存在作了具有普遍意义的最高的哲学概括。其实,在笛卡尔的哲学中,思想是一种先验的东西,它并不取决于、依存于由于偏见与认知能力的局限而必然处于怀疑状态中的求真理者"我",它具有一种绝对的超物质的性质,其完整性只可能来自上帝。

至于萨特的"我写作故我存在",从其表面的词义来看,它只是讲作为一个作家的他自己,讲他作为一个作家的存在意义,似乎并不是一种具有普遍意义的最高的哲学概括。其实,它却是他的"存在先于本质"这一根本哲理的具体化,人的存在在先,本质在后,有什么样的存在,才有什么样的本质。在这里,萨特抛弃了上帝、抛弃了人对上帝的依附,也抛弃了人的超验的、抽象的本质与对人的绝对理念,而以人的具体生存状态与客观实际为其出发点与依据,把实实在在的具体的存有的状态作为抽象本质的基础。就他自己而言,我写作,故我存在,我如此存在,才是我这样一种本质的人。在这里,

"我写作故我存在"虽然只是人存在的一种方式,但却体现了萨特存在主义的基本哲理命题,具有普遍的意义,它可以变换为其他种种存在:"我战斗故我存在"、"我开创故我存在"、"我耕耘故我存在",以至于千百种、千万种。只不过,在萨特关于人的基本哲理中,"存在"还具有深广丰富的精神文明的内涵。"存在"并非是生理人、自然人或植物人式的"存在",而是社会人、文明化的人、具有自主意识与决断意志的人的"存在"。因此,在这个意义上,萨特的"我××故我存在",实际上是一种精英者的哲学公式,而非芸芸众生、行尸走肉者的存在公式。《文字的诱惑》①就是这样一部由一个精英者所写的,解析自己的精英存在方程,供精英们阅读的书。它贯穿了作者的存在主义哲理,可以说是萨特的存在主义人生哲理的一个标本。

这本书动笔于1953年。这时的萨特已经是名震全球的大哲学家、大思想家、大文学家了。虽然这时离他生命的终点还有27年之久,但他已经完成了他在各个领域里的绝大部分作品。在哲学方面,《想象》《想象的事物》《存在与虚无》《存在主义是一种人道主义》等,早在四五十年代就已经完成,只剩下了《辩证理性批判》与《方法论若干问题》是后来60年代的事;在小说创作方面,他完成了《恶心》《墙》《自由之路》三部曲之后,早在40年代末就已经搁笔;在戏剧方面,奠定了他不朽地位的三个哲理剧《苍蝇》《间隔》与《魔鬼与上帝》以及社会写实剧《毕恭毕敬的妓女》《死无葬身之地》《肮脏的手》均已轰动剧坛,还没有写的只有《涅克拉索夫》与《阿尔托纳的隐藏者》;而在文艺批评与文学传记方面,《什么是文学》《福楼拜传》《波德莱尔》与《圣日内》也都已经问世,正是在这已经功成名就的1953年,他开始写他的自传《文字的诱惑》。

写作,就是他的存在的标志。在这一点上,他与他所研究过、所

---

① 在我国已有两个译本,即沈志明的《文学生涯》与张放的《文字的诱惑》。本文中的引文皆从这两个译本,但有所更动,有的大段落引文则由笔者从Gallimard原文版另行译出,不分别一一注明。

论述过的波德莱尔、圣日内以及福楼拜都没有什么不同。他接连地对波德莱尔与圣日内进行了相当大规模的论述,后来又为福楼拜贡献了两大卷巨著,显示了他对写作者的存在进行解析的巨大兴趣。既然围绕着人的存在问题进行了艰深的思考,那么对自己所熟知的写作者这一种人的存在也就自然会有更多的关注与兴趣;既然对其他的写作者进行了解析与论说,那么为什么不转向自己了解得最深切,审视与解剖起来最方便、最现成的自我这个写作者呢?于是,自然而然就开始了这部自传的写作。在这个意义上来说,萨特不仅仅写了上述三部作家评传,而是一共写了四部,他的自传就要算是其中之一。

传记或自传的写法大体上有两大种倾向,一种以编年史的叙述为主,夹带着一些分析与反思,主要兴趣在于纪实。另一种是在叙述的基础上以剖析省视为主,目的在于发掘本质与精髓。萨特是哲学家,对形而上学的内容有执着的追求,他总想找到他所论述的对象的内核。在《波德莱尔》中,他感兴趣的是诗人身上的"内疚问题",是他那种"自己是多余的人"的感受,是萨特自己所认同、所强调、所宣扬的那种对世界的"恶心"感;在《圣日内》中,他感兴趣的是圣日内向往着成为一个圣徒,但由于小小的过错而被社会抛弃后那种敢于对自己的过错承担责任的精神;在《福楼拜传》中,他感兴趣的是"家庭里的一个白痴"成为了《包法利夫人》的作者这一过程中的精神奥秘。与此同时,作为一个作家,萨特也追求形象与真实,他在自己的作家论著中力求把所分析与论述的对象写活到像小说中的人物那样栩栩如生的程度。不论是哪种追求,当他把自己当作被解剖与描绘对象的时候,当他为自己写自传的时候,无疑都更为容易实现。当然也有更为不容易、更为艰难的一方面,对此,我们暂且不论,留待以后再予以说明。

这部自传虽然动笔于1953年,但其间多经修改补充,直到1963年才发表,而它的篇幅又并不长,不过10多万字,它所追述的生活也很短，是他从童年时期到1917年，也就是他才12岁时的生活。为什么一段既不漫长也并不难追述的童年生活，萨特竟花费了这样长的时间去认真酝酿、琢磨？最明显的原因是，他并不是要把这本书写成儿时纪实，他对童年趣事毫无兴趣，如果他真去写童年趣事的话，那对他也许简单得多。事实上是，他在这本书里几乎集中了全部精力去追述他与文字的因缘，而与这一特殊对象的因缘就决定了他以后整个一辈子的道路、职业与所作所为，决定了他何以成了世人后来所认知的作家让－保罗·萨特，也就是说，他在追述与解释他作为一个写作者的存在的最初那些根由。从这个意义上来说，他在这本书里所做的，就是解剖他后来发展成为一个大作家大哲人的最初的那个雏形，就是分析他作为写作者的存在的某些基因。

从一个只有12岁的小孩身上难道就可以看到一个未来的存在主义大师的身影？一个存在主义文学家的雏形难道在童年时期就已经形成？当狄更斯12岁由于家境贫困而不得不到一家皮鞋油作坊当学徒时，谁能想象他日后将写出《匹克威克外传》《奥列佛·推斯特》等一系列杰作；当只念了三年小学的高尔基11岁开始在学徒、童工、仆役的悲惨生活中熬煎的时候，他自己做梦也没有想到他将成为俄苏文学中的首席代表。对他们来说，路是人走出来的，作为写作者的存在是后获的。而要从12岁以前的生活与个性中就找出一个未来的思想复杂、精神独特的作家的基本根由，这是可能的吗？但萨特在这部自传里偏要进行这样一桩费劲的工作。为此，就需要深入的挖掘，需要精细的剖析，更需要有无情的审视与严格的自省。这就是我上面所说的写这样一部自传之更为艰难的一面。

萨特有他自己的特殊性，他的童年与少年生活至少不像狄更斯与高尔基那样愁于衣食，那样迟才与文字这个东西接触。他小资产阶级的小康之家，他在家庭里所处的受宠爱的地位，使他在幼小的年龄就与文字开始有了因缘。这三个基本的事实状况，构成了一片特定的三色土,从这片土壤上,萌生出萨特作为写作者的生存状态的萌芽,由这萌芽就有了以后的让-保罗·萨特。萨特站在1953年已功成名就的存在点上,溯本求源,寻根究底,回顾着、审视着、剖析着他最初是如何朝这种生存状态走去,是如何有了这种存在状态的胚芽以及这种胚芽是如何发展的。这样,就产生出他这本独特的书,这部叙述与分析他与文字的因缘、文字对他的诱惑、他在文字堆里滚打了一辈子的根由的书。而写作这样一本虽有叙事性但更以剖析性为主的书的意图,也就决定了这本书既没有多少趣闻逸事,也没有多少童稚意蕴,甚至也没有编年史的连续性以及当时原始心态图景的完整性,倒另有一番独特之处。

举一例:当这个萨特还只有几岁的时候,在外祖父所办的实验语言学校的一次庆祝会上,主持人宣布了一个在我们现在看来似乎很平常的消息:"现在我们这里就缺一个人,他就是西默诺。"然而,这个宣布,用萨特自己的话来说,"却直刺了我的心"。因为在萨特看来:"这一奇妙的缺席改变了西默诺的形象……在这熙熙攘攘的大厅里只要一提他的名字,空虚便如一把刀子一样直插进来。我赞叹一个人能有自己的地位。他的地位就是由普遍的等待造成的空虚……我明白了这样一个道理:肉体的存在永远是多余的,西默诺先生处于一种非本质的纯洁状态,他却保持着钻石的不可压缩的透明性。"萨特想到了自己:"我感到自己的命运无可挽回地注定了,卢森堡公园里的卵石、西默诺先生、栗子树、卡尔玛密都是存在物,唯我不是。因为我既无惰性,无深度,也无不可透性,我什么也不是,一种抹不掉的透明物。"因此,当他"听到西默诺先生这个冷冰冰的人,这块磐石在这个宇宙竟尤其不可缺少,我的嫉妒到了无以复加的程度"。这时,这个才几岁的儿童从抱着他的一个妇女的怀中挣脱出来,他有了这样的感悟:"既然属于我的命运就是每时每刻都要存在于某些人之间,存在于地球的某一地点,并且知道自己在此是多余的,我就要成为对其他一切男人来说,在地球的其他一切地方缺少我就像缺少水、面包和空气一样重要的人。"

一个不到10岁的儿童,有这些哲理性的思考,你相信吗?在这里,萨特实际上叙述的并不是一个几岁儿童当时所实际具有的思维,不是萨特作为儿童的当时的"本我",而是萨特已成为一个存在主义哲学家时的"超我",他把哲学家萨特的存在主义概念与思考问题的方式赋予了儿童萨特,既可以说是把儿童萨特当时朦胧的心理状态放在哲学家萨特的存在主义放大镜下,加以扩张、定性,也可以说是用哲学家萨特的存在主义理论对儿童萨特的某些精神倾向的萌芽、心理活动的原始状态作出理论化的解释。像这种情况的章节,书中还有不少,因此,与其说这部书是对于自己童年时代的心理状态与生活情况原原本本的追叙,不如说是对"我"的一种剖析,对形成现时的"我"的原来那种"胚胎"状态的剖析,也就是说,对现时的"超我"的一种精神溯源,一种精神分析。

这种精神分析是相当严酷无情的,在自己成为一个作家的长年累月的发展过程中,一些精神因素、一些作家素质是如何出现的呢?在这里,这些因素与这些素质并不是被萨特写得不同凡响、崇高神圣,而是相当平庸,甚至有点可笑,它们在某种程度上都是他小资产阶级童年生活的产物。

其一,表演欲。这种表演欲根植于萨特童年时期的家庭生活中,曾经给萨特以深刻影响的外祖父就是一个富有表演欲的人,他喜欢摆各种姿态与舞台造型,"对他来说,什么都可以成为一种借口,摆出一种动作,固定一种优美的姿态,纹丝不动,他醉心于这种永恒的短暂时刻,他成为自身的雕塑家",他在生活中有一个口头语:"摆好姿势"。在他的诱导下,小萨特与外祖父在街上亲热的动作,也成了一种天伦之乐的表演,以"在行人眼里构成一幅吸引人的情况"。而市民家庭中那种浅薄的宠爱气氛,使这种表演性格的萌芽又不断地得到滋润，他平凡不过的行为居然也得到家人的赞赏，即使是"吃饭时津津有味"，大家也来表示祝贺："他胃口这样好，真乖。"因此，"我在众目睽睽下吃饭，俨如一位国王"。这样，在他的性格里，就出现了一种他自视为职责的东西："表现自己，讨人喜欢。"随之，在他身上又形成一些定型的习惯："我以一种耐心而温和的声音对我的女仆、对送信人、对狗说话"；对街上的穷苦人，"我特别留意送给他们一个动人的平等相待的微笑"，等等。由于形成了"我太注意吸引别人而忘记了自己"的习性，由于"我热衷于演戏，就像刻意进入角色以求能够吸引观众屏息聆听的演员那样"，他在童年就不满足于堆沙堆、乱涂乱画等一些"不能引起大人对我啧啧称赞"的活动，而转向了装腔作势地识字与阅读，一旦他在识字阅读方面的表演被视为神童的标志，这就更促使他与文字结下了不解之缘。萨特对自己表演欲的无情剖析，不仅说明了他走上写作道路的一个契机，而且使我们对他一辈子的文学生涯与社会生活中所体现的性格有了深切的了解。无疑，从童年时就已经形成的表演欲性格，在他日后的行为中都打下了深深的烙印。不可否认，萨特作为一个写作者是很注意轰动社会效应的，这是他从一个思想家、作家发展成为一个社会活动家的一个不可忽视的原因，从他50年代以后直到70年代反对阿尔及利亚战争、支持学生运动、上街叫卖《人民事业报》等表态与行动，难道不可以看出他的基本性格所决定的那种追求行为效应的深层意识？

其二，自命不凡感。萨特的这种由来已久的自命不凡感，首先来自他在那小资产阶级家庭的特殊地位。他幼年丧父，"可悲的状况引起了家人的尊重，并建立起了我的尊严"，而家庭中的溺爱与捧场，则在他身上造成"一种装腔作势的狂傲：我知道我的价值"。其次是来自那小资产阶级家庭中、特别是他外祖父那种见识有限的识人方式，当这些见识有限的人像井底之蛙一样谈论起自己的同事们如何具有这种那种重要性，是不可或缺的，甚至是"顶天立地的英雄"的时候，当这些言谈淹没掉一个儿童的时候，自然就会在这个儿童身上造成这样一种观念："我周围的这些人都是不可取代的人物，他们为期不远的离世将使欧洲陷入悲哀，也许会陷入野蛮"，联想到自己，自然就会在他的内心中响起这样一种神奇的声音："这个小萨特可是个大行家，一旦他离世，法兰西不知道要受多大的损失呢？"正是在这样一种心理背景上，当小萨特在那次庆祝会上听到宣布某人缺席的消息时，竟产生了那样的精神反应与精神感悟，虽然这种精神反应与精神感悟被哲学家萨特大大概括起来、拔高起来，完整定型、明确定性为一种哲理的思考。不可否认，正是这种自命不凡感，这种对自己的缺席将给人带来多么巨大遗憾的估计与期待，事实上不止一次在文人萨特的行为中表露出来。1965 年，当他强烈反对美国在越南所进行的战争时，他本来可以应邀到美国康奈尔大学去讲演，到那里去进行抨击。然而，他却戏剧性地予以拒绝以示对美国进行越战的抗议。同样，1964 年，他还曾拒绝了诺贝尔文学奖。这两次拒绝的方式似乎都是为了要以自己的"缺席"来引起谁也弥补不了的空虚，它们都使人不由得想起了小萨特心底里的那种根由。

其三，使命感。萨特从小就是一个早熟敏感的孩子，他自称自己有一种名副其实的神经官能症，他"深深感到自己无用"，"是多余的"，"应该消失"。既然"我的成长是一种平淡无奇的发展"，那么也就"时刻处于被废除的状态"，"处于已经被判决的状态"。因此，5 岁的时候，他就感到死亡"窥视着我"，"夜晚在我凉台上游荡"；7 岁的时候，他就"到处都能碰到死神"。然而，他觉得死亡是他"不可忍受的"，他"全力以赴拒绝这种判决"。首先，是上帝给了他精神寄托的力量："我要耐心等待上帝向我透露它对我的打算和我本身的必要性"，他猜想，在上帝的安排中，"我可能已经是有了归属的杰作"。在这个时候，上帝与宗教对他来说都是治病手段，是向自己证明自己存在必要性的最终依据，是精神上的一种寄托。他说得很中肯："如果人们不让我有宗教信仰，我自己也会创造出宗教来的。"然而，问题并没有解决，精神危机依然存在，因为世俗生活中所流行的上帝形象，并不是他灵魂"所期待的上帝"，人们给他的上帝是一个"大老板"，是一个"骗人的偶像"。何况，他家庭里的成员、外祖父、外祖母、母亲都不仅没有虔诚的宗教感情，反倒有"不在乎的态度"，甚至"讨厌"、"怀疑"宗教，在他所生活的那个环境里，宗教信仰至多不过是"用来炫耀的一个名词而已"。于是，"我越来越少地去想仁慈的上帝了"，最后，"这个勉强在我身上活了一阵"的上帝就完全死了。"上帝死了"，对人来说既是一个宗教信仰危机的终结，又是人自主精神与科学信仰的起点，是近代人类精神的解放与重建的标志。如果说，它在人类思想史上是一个伟大的分界线的话，那么在萨特身上也同样具有重大的意义。既然自己不能从上帝那里找到存在必要性的启示，既然自己的存在不是为了一个虚无缥缈的天国的目的，那么自己就必须赋予自己一个现世的目的，赋予自己一种实在的使命，使这目的与使命成为自己存在必要性的根据。否则，自己的生存如果没有一个目的，没有一个使命的话，那么自己的存在也就毫无意义了："那时，我情愿要么一死了事，要么全世界都期待我。"如何才能做到"以天下为己任，扭转乾坤以拯救人类"、如何才能做到"20亿人都在躺着睡觉，只有我独自一人为他们站岗放哨"？正是在这种自我设计、自我想象中，正是在这种对灵魂寄托处的探索中、对精神支撑点的寻求中，萨特一步步走上了写作的道路。

其四，补偿心理。这是一种几乎人皆有之的普遍心理：不能实现自己理想的人，往往把实现理想的希望寄托在自己亲近者的身上；欲望得不到满足的人，往往在想象中陶醉过瘾；自己不具备某种特长或优越性的人，往往乐于制造出对自己的假想；自己在某个方面具有某种缺陷的人，往往力图在其他方面获得自己的优越性，等等。不论这种心理的表现形态如何多种多样，但是其根本的特点是主观愿望的他移与形式的转化,以取得一种对自我来说是虚幻的满足。不过,尽管它是一种虚幻的异化的满足,然而它却毫无疑义地是人要顽强实现自我的一种意志,是人的生命力的一种表现。这种情况在文学艺术里甚为明显,作品中的理想王国往往是作者济世无能的一种自然满足。司汤达心爱的人物于连·索黑尔的俊美与在情场上的无往而不胜,正是他自己其貌不扬、在情场上不尽如人意的一种自我补偿。萨特在自述里曾不止一次明确地指出了补偿心理对他的推动,他的家庭里就存在着由来已久、世代相传的遗憾与补偿心态。他的自述一开始就告诉人们,他的曾外祖父原来是一个小学教师,因为家庭负担过重而不得不改行当了杂货商人。但他决意要得到一种补偿:"既然他自己放弃了培养人才这一行,那么将来他的一个儿子一定要成为造就灵魂的人。"然而,家庭的补偿心理在他外祖父这一代并没有完全实现,外祖父只是一个德语教师,他唯一的一本著作是《德语读本》,除了对这本教科书翻来覆去进行修订外,他就达不到更高的成就了。于是,这个家族的补偿心理就自然又落到萨特的身上。但这种家族补偿心理对萨特来说,还只是一个外因,他在自己的自我土壤上同样也萌生出补偿心理,他曾这样无情地解剖自己:"童年时代的我,曾向往高于一切的地位,我对高楼顶部阁楼的偏爱,可能有雄心与虚荣心的影响,可能也有对我自己的矮小身材有某种补偿心理。"这个怀有补偿心理的矮个子,为什么仅仅只会偏爱高高的阁楼呢?为什么不会向往更多的东西呢?自然,他会希望"自己生活在辽阔的太空里,与万物的精灵同在",自然,他也会希望"发自我本人的光辉自上而下地照遍了全社会的阶梯"。萨特的这种自我表白,使人不由得想到那个因身体畸形而转向制造罪恶的理查三世那著名的补偿心理的自白。[①]尽管补偿方向截然相反,一善一恶,不可相提并论,但如果萨特没有一种严酷无情的自我剖析精神,他是不可能对自己的深层意识如此进行

---

① 莎士比亚:《理查三世》第一幕第一场。

挖掘的。

　　这就是萨特对自己进行定性分析后所得出的几种自我元素，正是这几种自我元素才使得他有可能走上写作的道路。至于他如何开始进行写作，那也是一个漫长的幼稚可笑的过程。首先是对外祖父书房里像石头一样竖立着的书形成了一种儿童的盲目拜物教，幼稚地把教书先生的外祖父视为"圣人"，把他的工作视为一种"神圣的事业"，早在不识字的阶段就对书建立了一种本能的迷信。不久，母亲给他朗读儿童故事使他敏感到了书本与词语的魅力，而有了识字的兴趣，不久就开始了小大人那种一本正经然而只不过是"连猜带蒙"的读书生活；逐渐接触到文学史上那些杰出人物后，他由爱好读书到对写书的神秘有了好奇，这是进入了另一个阶段的一次飞跃。在这里，正像人类的原始艺术的产生根源一样，生命的原动力与游戏的本能，对小萨特最初幼稚的艺术想象与写作活动又起了推动的作用。他开始自己想象并编造故事，在这些俗气的浪漫故事里，他自己毫无例外都是英雄，有时是把一帮坏蛋从美好社会里驱逐出去的警察，有时是抗击土耳其人的无敌勇夫，有时是"100个人对付我，我杀死了其中90个"的骑士。这样，就先在想象中找到自己的英雄事业、在地球上生存的理由、存在的意义。接着，他又在外祖父的引导下，开始了"写作"：起初"我写作是装模作样冒充大人"，诌了一些应答诗、打油诗；而后，就是"放弃韵文，改写散文"，其实不过是肆无忌惮地对一些无聊的读物进行抄袭而已；逐渐，在抄袭中他增多了一些自己的想象，虽然在这些作品里自己仍充当侠义的骑士或献身的殉道者，但他的涂鸦之作不外是"凶杀故事、侠义奇遇、荒诞事例、词典条目的大杂烩"。这样，萨特就到了他12岁的年龄，此时，他实际上并没有显示出任何出色的文学才华，他也没有写出任何令人刮目而视的诗文，不论他的涂鸦是如何幼稚、如何俗气，外祖父却赞美他"有文学头脑"，妈妈也赞叹"我的小宝贝是个写作的人才"。而对他自己来说，他总算开始了写作，总算走上了写作的道路，他的存在有了一个开端，他找到了在这个地球上存在下去的理由，他给自己赋予了在世上存在下去的"委任状"。

不难看出，在他的追述与剖析中，萨特所运用的是马克思主义与心理分析学相结合的方法。关于《文字的诱惑》的成书过程，根据萨特本人的自述，"在1954年写出本书的第一稿，后来到1963年我又重写"[1]。而从1952年起，萨特开始靠拢法共与当时的社会主义阵营。1960年，他又出版了《辩证理性批判》一书，这部著作被萨特自称为"是一部马克思主义著作"[2]。不论中国人将如何看待萨特是否是一个马克思主义者以及他与马克思主义的关系究竟如何，但他写作《文字的诱惑》一书这个时期，正是他思想上明显"左"倾的时期，他接受了马克思主义的影响并力图在他认定的程度上运用马克思主义的方法，却是毫无疑义的；也不论他对马克思主义有多少保留以及中国人将如何看待这些保留的性质，但一直到晚年，他始终认为"马克思主义有些主要方面是站得住的：阶级斗争、剩余价值，等等"[3]。我们不必夸大《文字的诱惑》一书中的马克思主义的成分，但显然它是一部介于《存在与虚无》与《辩证理性批判》之间、带有桥梁意义的作品。它明显地运用了物质决定精神、现实生活环境决定性格特征的原理与方法，他以这种方法分析了在特定的、具体的家庭生活环境中某些心理基因的形成，分析了他如何在当时西方社会现实的条件下、在神怪荒诞读物大肆流行的环境里，进行了离奇、低劣、庸俗的涂鸦。当然，萨特对马克思主义的保留，的确不容忽视。一个保留是，他力图以他的存在主义来补充马克思主义关于人生存状态与其自主意识的哲理之不足，也就是他所谓的"坚持存在主义在马克思主义内部

---

[1] 萨特：《七十岁自述》，柳鸣九编选：《萨特研究》第62页。
[2] 同上书，第65页。
[3] 同上书，第103页。

的自主性"①。再一个保留是,他要以心理分析学来补充马克思主义对于人自身心理机制缺少研究与论述之不足。这两种保留或补充在《文字的诱惑》一书都表现得很明显,存在主义的思维方式在字里行间到处可见,而精神分析的方法则经常出现在他的剖析中。显然,在他看来,马克思主义的方法只能说明某一种精神思想在特定条件下的产生,而某种精神意识、某种心理基因一旦形成,其运作规律则是在马克思主义的视野之外,对这种心理规律与活动方式的具体考察,就必须有赖于精神分析的方法了。萨特晚年曾经说过,他自己就曾请一位精神分析学的朋友给他做过一次精神分析②,这位朋友没有做的事,终于还是由他自己来做了。尽管萨特在这本书里并不以为然地提到了弗洛伊德的"本我"、"自我"与"超我"以及"俄狄浦斯情结",然而,他实际上却是对他自己的"超我",即充满了复杂的高层次的思维活动与价值标准的人进行了多角度、多方法的解剖,使他这本书既具有客观现实生活的科学性,又具有极大的心理深度。

怀着"我是人们所需要的啊,人们等待着我的著作"这种使命感、自命不凡感,以此作为自己存在的支撑点,萨特走过了漫长的路程,到了他写《文字的诱惑》的时候。存在先于本质,他的存在,就是写作,就是成为一个举世闻名的大作家。但他的本质呢?他是如何看待他自己的本质、是如何评价自己的本质呢?如果说,他在解析自己存在的几种基因时,已经"使读者看出我憎恨我的童年以及从童年中存留下来的一切"的话,那么,他在面对着举世闻名的大作家萨特这一"自我"时,就更表现出了一种严酷的自我批判。

他对自己"负有写作的使命"、"全副武装,准备保护人类免受一切可怕的危险"、"写作的目的在于拯救自己的同胞"等等这些使命与

---

① 萨特:《七十岁自述》,柳鸣九编选:《萨特研究》第62页。
② 同上书,第102页。

存在支撑点，毫不留情地加以嘲讽，指出其内在的利己主义的本质："我自称是百姓群众的救护者，其实私下是为我自己得救"，"我长期以来把艺术作品视为超验的结果，认为每部作品的产生都会有益于世人，我挖掘出这一极端的信仰，据为己有以给我自己平庸的志向镀一层金"，揭示出了这些使命成为摆脱自己的精神危机、寻找自己生存理由与生存自得感的实质。

他把自己的文章才能贬低到了令人惊奇的程度："我确实不具备写作的才能……我读死书，是个死用功的人，我写的书充满了汗水与艰辛"，甚至他这样妄自菲薄："我长年累月、夜以继日地埋头写作，用墨水涂满了那么多纸张，抛售了那么多不请自来的书……这简直是很滑稽的事。"至于对童年时代的自我，他所作的描述往往达到了自虐的程度："一个死者生前所射出的几滴精子"，"我是家里的寄生虫"，"我是一只狗，我是苍蝇……"等等。

萨特可以这样审视自己，他可以用一种绝对的纯粹的标准来严格要求自己，我们却不能这样对他进行评价与盖棺论定。他仍然是世界上的一个伟大的作家。如果他以上这些自述是一个功成名就的伟人站在高远的境界俯视着自己时的一种感受的话，是一种虚怀若谷的宏大气魄所体现的过谦之词的话，那么，他对自己的唯心主义倾向的严格批判却具有对一个思想家来说更为实质性的意义。

萨特在自传里这样概括自己作为一个思想家的总的倾向："我的精神状况是属于柏拉图学派式的，习惯从概念到客体。"这种唯心主义倾向是如何形成的？如何表现的？最初的根由还在于萨特从小几乎是在书堆里长大的特定生活。在这种生活中，他是通过词语来了解事物、通过书本来认识世界，而不是通过客观实体来理解词语与书本。从感性到理性的过程，在他这里正好来了一个颠倒。因此，他"能从概念上发现更多的真实性，而不是从客体上发现更多的真实性"，他对宇宙世界的认知也就形成了这样一种独特的方式："宇宙按级排列在我的脚下,每种事物都可怜巴巴地索取个名称,给每一个事物取个名称,这同时就是创造事物","总之我把对一切事物的理解都搞颠倒了,我把个别当成了一般,把例外当成了规律。"这种"把语言看成世界"的精神倾向到了写作过程里,就是理解与词语代替了观察与真实,如:"在卢森堡公园里,我开始被一棵梧桐树的幻影吸引,我并不观察树本身,正相反,我望着太空,蛮有把握地等待着,不一会儿,树的树叶便以一个简单的形容词或有时是以一个句子的形式出现了:我给宇宙增加了一个沙沙作响的翠绿色树冠。"这样,在作家萨特那里,世界只不过是词语、概念的组合而已:"如果我能巧妙地组合文字,事物便落入文字符号的罗网里,我也就逮住了事物。"而他作为作家,他的存在"就是对无数语言规则运用自如,就是能够给事物命名",他的写作,则是"把新的生灵刻画在语言里,或是按我持久不变的幻觉,以语句为圈套活捉种种事物"。萨特如此彻底地分析与清算了自己的唯心主义倾向,他深有感叹地告诉世人,这种倾向,他"后来用了30年时间才得以克服"。如果我没有理解错的话,在这里,萨特实际上是对自己60年代之前几乎所有的论著与作品,作出了一个唯心主义倾向的总判决,而他说的"得以克服",则是指他五六十年代以后愈来愈投入了社会实践活动与现实斗争。

萨特对自己这种不是从客观实际出发,而是从词语出发的唯心主义的揭示,无疑具有普遍的深刻意义。实际上,这种以词语来代替现实,以词语来掩盖现实,以词语来歪曲现实、颠倒现实的现象,广泛地存在于人类的政治、法律、道德、文化等等领域中。如果说,萨特的唯心主义是不自觉的话,是他自己敢于清算并力图加以克服的话,那么,有意识地玩弄词语来进行欺世盗名行径的,在历史上颇有人在,自觉地玩弄词语来掩盖某种真相的亦不乏其例,至于那种以为把词语修饰得严谨漂亮就等于把客观事物安排得妥妥当当的自欺欺人现象,更是屡见不鲜。词语本来是表述事物、沟通思想情感的工具,但也可能成为掩饰、歪曲甚至抹杀事物的手段，妨碍沟通、阻塞交流的手段。关键在于是从主观意向出发还是从客观实际出发。萨特从唯物的立场上所作出的这种严于责己的自我批判，无疑能给人以有力的启迪，促使人进行深思，它明显地具有醒世的作用。

这是一个渐入老境的人对自己写作生涯的总回顾，是一本充满了复杂感情的书，这里，有思想者"精神苦役"的悲凉感、辛酸感，请见这一段文字，足以令人怆然泪下："我常常使自己勉为其难，也叫别人勉为其难，以聚精会神、竭我心智开始，以高血压、动脉硬化告终，我接受的命令似已缝进我的皮肉，如果我一天不写东西，就感到伤口作痛，如果我轻而易举，下笔千言，也会感到伤口作痛。这种刺痛的鞭策至今仍使我深感其苦，它犹如史前时代的螃蟹，被海水冲到长岛的海滩上，还显得煞有介事，也像这些螃蟹一样，它毕竟熬过了好长的时光而存活了下来。很久以来，我羡慕拉申拜德街上那些看门人，每当傍晚或夏日，他们来到行人道上，跨坐在椅上，眼睛悠闲地东瞧瞧西望望，却并不负有观察人世的苦差。"在这本书里，还有对自己的事业与对自己的冷静认识："文化救不了世，也救不了人，维护不了正义"，"如果我把不现实的救世观念束之高阁，还能剩下什么呢？只是光光的一个人，和所有别的人一样，具有与他们同等的价值，并不比他们更可贵。"这本书里，也有对自己的激励与顽强不息的自我超越意志："反正书还是有用的"、"写作总还是有一些意义的"、"我最好的书就是我现在写的书，其次才是最近出版的书"，"随着时间无情地向前推移，在我自己的眼里，我愈来愈不行，昨天我干得不好，那是昨天的事，而今天，我已预感到我明天将对自己加以严厉的评判"，"尽管年老体衰，我仍然想要感受年轻登山运动员的那种狂热劲"。在这本书里，就这样杂然纷呈着一个伟大人物的复杂心态，显出"光光的一个人"的不同凡响的卓越人格。主要是由于这本书，萨特被授予了诺贝尔文学奖的荣誉。

人不是神，人就是人。人有人的各种局限性与弱点，即使是一个伟人。一个人要做出一番事业、成为一个伟人固然很难，但做了一番事业成为一个伟人后却严于自我剖析、严于自我批判，敢于不粉饰自己的局限性、不神化自己、不赋予自己任何形式的不同于一般人的"神性"，则似乎更难。特别是当世上存在着流行着凭借权势、地位或声望，以种种方式进行自我粉饰、自我吹嘘、自我膨胀、自我标榜、自我供奉、自我歌颂的时候，这种严于自我剖析、自我批判的行为则更显示出他高尚的非凡的人格力量，也是对自己的价值真正具有自信心的表现。人之伟大与渺小往往只有一步之差，不仅对于人之如何行动、如何创造业绩而言是如此，而且对于人之如何对待自己也是如此。萨特在自传里敢于把笔尖往自己的弱点上、自己的痛处上戳，在这一点上，就从渺小平凡上升为崇高非凡。萨特的自传继卢梭的《忏悔录》之后，为世人提供了一个典范，它有助于引导世人探究渺小与伟大之间的临界线，有助于引导世人跨过这一条临界线。

萨特逝世二十周年祭

1980年4月15日，萨特逝世于巴黎鲁塞医院，终年75岁。法国在职总统德斯坦对此发表谈话称："我们这个时代陨落了一颗明亮的智慧之星。"法国各地的唁电像雪片一样飞来，世界各国的舆论也纷纷表示哀悼。4月19日，萨特遗体下葬蒙帕那斯公墓，数万群众自发跟随柩车，哀荣之盛况宏伟之至，无疑要算法国20世纪最隆重、最触动公众感情的一次葬礼。

作为精神文化领域里的一位巨人，萨特留下了丰硕的业绩，其论著、作品有五十卷左右之多。在哲学上，他是20世纪存在主义首屈一指的代表，其专著《想象》《存在与虚无》《存在主义是一种人道主义》《辩证理性批判》与《方法论若干问题》等，已成为20世纪西方哲学思想发展史中的经典。哲学家萨特的强有力的方面在于，他不仅是体系与思辨的大师，而且善于把他的哲学带进人的生活，与人的生存状态活生生地结合起来，他哲学思想的核心"自我选择"已发展成为一种生活哲理，影响着第二次世界大战之后一代又一代人，在法兰西、在全球范围，其生命力都是强旺不衰。

在文学上，萨特的建树是多方面的，他是20世纪世界文学中一位哲理文学巨匠，他把自己的"存在主义哲理"与现实生活形象水乳交融地结合在一起，以清晰鲜明的古典文学形式诠释崭新的现代思维内容，创造一系列既有形象感染力，又具有深邃意蕴的杰作，其境遇剧《苍蝇》《间隔》《死无葬身之地》都曾是脍炙人口的作品,或在舞台上、或在现实生活里都不同程度地产生过轰动效应。他的小说巨著《自由之路》,可视为法国知识分子的心路史诗,他的短篇小说也隽永而充满魅力。他的自传《文字生涯》篇幅不大,价值很高,可与卢梭的《忏悔录》比美,其严酷的自我剖析精神堪称典范,显示出了作者独特的人格力量。他的多种文艺理论与多部文学传记,都以特具深度、分量厚实而著称。他的大量政论杂文则充满了激昂的战斗力,在现实社会中产生过巨大影响。

萨特是法国文学中作家兼斗士这一特定传统中重要的一人,这个传统可以上溯到18世纪的启蒙作家伏尔泰,后又被雨果、左拉与法朗士这些伟大的作家所继承,萨特像这个传统中的先行者一样,十分自觉地、积极地介入自己时代的社会政治斗争。在第二次世界大战期间,他参加过抵抗运动的实际斗争,还用自己的笔作为武器,他号召抗暴复仇精神的剧作《苍蝇》就是抵抗文学的名著。从20世纪50年代到七八十年代,他一直是西方社会现实的批判者,是国际暴力的抗议者,在朝鲜战争、阿尔及利亚战争问题上都发表过高亢激进的声音。在国际上两大阵营对峙的那一个历史时期里,萨特显而易见地站在社会主义阵营一边,因此,他一直被视为共产党、社会主义的同路人,直到60年代后期,在"布拉格之春"与阿富汗战争之后,他才改变了对苏联的态度,但这并不意味着他在思想上"左"倾的结束,事实上,他在后期已经成了法国极"左"派的精神支柱。

萨特可谓是轰轰烈烈地度过了一生,在20世纪的思想史、文学史上,没有一个人像他这样能在生前不断地享受着巨大的社会轰动效应,也没有人像他这样善于制造社会轰动效应。如在战后相当长的一个时期里,他的哲学思想与文学作品大为流行,风靡欧美以及日本等,狂热信奉的青年甚至在服饰上与语言上都力求标榜出对萨特的信仰。此时,萨特俨然如一代宗师、一朝教主接受着青年一代的膜拜,虽然不久前他在 1945 年的一次会上还这样宣称过:"存在主义,我不知此乃何物。"又如 1964 年,瑞典皇家学院决定授予他诺贝尔奖,他坚决予以拒绝,表示"谢绝一切来自官方的荣誉",诺贝尔奖的授奖台这个高不可攀的地方有史以来竟头一次受到了轻视与冷落,"此时无声胜有声",萨特的缺席比他的出席更引起全世界的惊愕与震动。再如,到了 20 世纪 60 年代后期,他又在"自我选择"哲理的善恶标准中注入了新的内容,即实践介入的内容、与群体结合的内容,再加上他频繁的激进社会政治活动,他进一步成为法国极"左"青年的精神领袖,他走上街头叫卖极"左"派的报纸,就引起了全球的关注。所有这些都显示出了萨特生前在精神文化领域中那种挥斥方遒、闲庭阔步的王者之风,而他的逝世与葬礼则最后给他戴上了耀眼夺目的光圈。

20 年过去了,世界发生了沧海桑田式的变化,万事如此多变,萨特头上的光圈是否依然辉煌?月尚有阴晴圆缺,盈满到了顶点,也就是缺损的开始,萨特亦在所难免。萨特逝世后的 20 年,正是他的光圈有所暗淡、声誉有所下降的 20 年,他原来如日中天般的声望受到多方面的无可置疑的挑战与冲击。

有来自意识形态方面的冲击。萨特自诩为一个思想独立的自由知识分子,我行我素,天马行空。他继承了西方文化中人道主义、自由主义与个性主义的原则,并有创造性的发展,但他同时又是当代西方社会、西方政治、西方规范最激烈的批评者,因此,他被传统力量贬称为"骂娘的人";他对马克思主义表示了由衷的赞赏,对当代社会主义潮流表示了友善与亲近,但他同时又采取独立的立场,他的思想更是明显地与严格的社会主义思想规范诸多不合,因此又被社会主义方面视为异己者。他逝世后不久,就在中国被当作"精神污染"加以批判,其规模之大,是出人意料的,特别是他"自我选择"的哲理更成为了批判的重点。

对他光圈的冲击也有来自道德方面的。众所周知,萨特虽然是一个有人格力量的人,但却并不是传统意义上的有德之士。在私人生活上,他公然无视传统的观念与规范,他与西蒙娜·德·波伏瓦结成终身伴侣,但未结婚,而且双方都充分保持各自的性自由。这一状况仅仅像表露在海面上的冰山尖端,在水下还有着冰山隐而未露的巨大体积,它难免不由于复杂的人事原因而时有暴露,1993年比安卡·朗布兰在法国的《被勾引的姑娘的回忆》就是一个突出的事件。现已被世人所知,萨特、波伏瓦与另外的女性第三者结成异性恋与同性恋混杂的"三重奏"性伙伴关系远不止上两桩,比安卡就是其中的一桩。她在这本回忆录里追述了她在17岁时被萨特与波伏瓦"始乱之,终弃之"的受伤害的经历,此书出版后甚为轰动,很快就被译成其他文字在世界流传,报纸杂志也格外热衷,大加报导与评论……这无疑对萨特头上的光圈、对他与波伏瓦关系的佳话均造成了很大的冲击。此外,还有不止一部萨特传记也都披露了萨特这一类令人尴尬的老底。

对缩小萨特的光圈起了特别重大作用的,还是社会历史进程本身。任何人、任何事都要接受时间的检验,只有通过了时间考验的,才具有持久的价值、永恒的价值。20世纪充满了各种社会政治思潮、各种意识形态体系、各种国家民族、各种势力集团的复杂矛盾与激烈冲突,这个世纪的历史进程是反复多变、曲折复杂的,在这样的环境与条件下,习惯于对各种问题表述观点与意见的思想界人士,"一贯正确"只可能是一种可望而不可即的理想境界。如果慎之再三,如履薄冰,步入历史误区的可能性相对会少一点,但萨特作为一个作家、哲学家,不仅非常社会化、政治化,热衷于卷入各种思想文化争端与社会政治斗争,而且凭借他的声望与才华、信仰与自信,他在具体的政治社会事件与极"左"思潮中,投入得太执着、太淋漓尽致了,丝毫没有给自己留下一个作家最好应该保持的适当距离,没有采取一个思想家最好应该具有的高瞻远瞩的超然态度,倒把自己的阵营性、党派性（虽然他并未正式参加法共）表现到了最鲜明不过的极致程度，因此，当他所立足的阵营与政派在历史发展中露出了严重历史局限性而黯然失色，甚至成为历史陈迹的时候，人们就看到了萨特振振有词、激昂慷慨所立足的基石、所倚撑的支点悲剧性地坍塌下去了，看到他在那个地方所投入的激情、岁月、精力、思考、文笔几乎大部分付诸东流，萨特的十卷文集《境况种种》中相当一部分内容就是如此。虽然萨特与西蒙娜·德·波伏瓦生前都十分重视这一套文集，把它们视为萨特留给后代的一份主要精神遗产，但时至今天，世界文化领域里一茬又一茬的新读者群，已经很少有人对其中的政治与社会评论感兴趣了。

虽然20年来，萨特的声望受到了一些冲击，但他在思想史上、文化史上的精神业绩仍是不可磨灭的，他巨人般的历史地位仍是不可动摇的。他过去是，现在是，将来仍然是欧洲哲学史的一代宗师，其论著将在人类思想文库中占重要的一席地位，特别是他那与生活、与"存在"紧密结合的"自我选择"哲理更有很强大的生命力。

同样，萨特留下来的文学遗产仍具有能经受长久时间考验的强大思想力量与艺术生命力。他表现了"存在"哲理的寓言性戏剧与同时具有丰满生活形象的小说作品，不仅其深刻隽永的内涵足以令人反复思考，回味无穷，而且其纯净的经典式的艺术形式足以给不同时代的人提供巨大的美感享受。即使是他的一部分时事针对性特别强烈的"境遇剧"，也并非一概"过时"，倒由于历史社会事态的发展而焕发出新的生命力，如他揭露法西斯残余势力的《阿尔托纳的隐藏者》，在当今欧洲又出现纳粹幽灵的时候，就仍有其现实意义。萨特在文学理论方面的建树是很卓越的，对我们有很高的研究借鉴价值。至于他多种具有深刻哲理的传记作品，则像藏量丰厚，但至今仍未被开采挖掘的巨大矿山。

在萨特逝世20周年的时候，法国的报刊发表了《萨特又回来了》的专题报导与评述。其实，世界性的文化人物既不存在消失而去，也不存在重新而来的问题。他们和他们的精神业绩都是客观存在，他们一直在那里，并没有离开，在那里任人论说、评判，只不过在历史发展、沧桑世事中，对这些杰出人物的评价，往往如潮汐一般，时有涨落。

一份历史文化与自我个性的真实记录

——西蒙娜·德·波伏瓦的四部回忆录

西蒙娜·德·波伏瓦于5年前（1986）去世，她留下了一笔即使在整个法兰西民族文化史上亦堪称有分量的精神遗产，她以不朽者的身份进入自己的历史坐席，在世间赢得了一连串色彩缤纷的名声：存在主义者、女权主义理论的先驱、激进的左派人士、社会主义阵营的朋友、享有殊荣的小说家、圣西门式的散文作家、惊世骇俗的女才人、萨特的既非妻子又非情妇的终身伴侣与战友、契约式爱情的发明者之一……

西蒙娜·德·波伏瓦所留下的文化遗产，大体上由七八部长篇小说与短篇小说集、七八部理论著作、六七部散文作品、六七种回忆录与自传组成，如果要在这一大片文字海洋中指出几个突出于水面之上的陆屿顶峰的话，那么，我以为就要数她荣获龚古尔文学奖的小说杰作《名士风流》、她那被称为女权主义圣经的理论著作《第二性》与她篇幅巨大的回忆录了。

西蒙娜·德·波伏瓦的回忆录主要有四部，即：《一个循规蹈矩的少女的回忆》（1958）、《年富力强》（1960）、《势所必然》（1963）与《归根到底》（1972）。此外，她的《安详辞世》（1964）与《老年》（1970）以及《永别的仪式》（1981），也是回忆录或自传性的作品，而在此后三种之中，又以《永别的仪式》较为重要，它与前四大部回忆录构成了一个编年史般的整体。《一个循规蹈矩的少女的回忆》记述了她童年时代与少女时代的生活,到她1928年完成高等教育为止。《年富力强》回顾了从她开始就业自立并在文学创作的道路上迈出了最初的几步,直到度过了第二次世界大战艰难岁月的经历,时间是从1929~1945年。《势所必然》是她自大战结束后到60年代初期的生活记录,也就是在以萨特与她为代表的存在主义文学风靡于法国以至整个欧洲的那个阶段里种种活动的实录。《归根到底》所叙述的时代,是60年代初到70年代初的10年。这时,不论是萨特还是西蒙娜·德·波伏瓦都已经度过了自己文学创作的高峰时期而进入了功成名就的晚年。《归根到底》自然就是西蒙娜·德·波伏瓦带有对自己的事业打句号的意味的回忆录。只是因为萨特的重要性与1980年他的逝世所引起的哀思,才使西蒙娜·德·波伏瓦在1981年又出版了一部新的回忆录《永别的仪式》。它集中记述了与萨特有关的一切,时间从1970年起,到1980年止,正好补充了《归根到底》之后的10年,而在《永别的仪式》出版之后5年,即1986年,西蒙娜·德·波伏瓦就与世长辞了。这样,她78年的人生中,只有最后的5年是在她的回忆录记述之外。

在20世纪法国文学中,西蒙娜·德·波伏瓦无疑是一个最大的回忆录作家,她的四部主要回忆录的巨大规模与篇幅,至今仍然是无人出其右的。这不仅仅是一个在此领域中有多大的写作规划、笔耕劳动量有多少的问题,更重要的是一个回忆素材有多大的储藏量以及这些素材具有多少社会价值的问题。写回忆录,首先要有"自我"的富矿,有可供回忆、值得回忆并且为世人感兴趣的生活经历。这种"富矿",既不应该如我们所常见的那样是虚构装点出来的,也不应该是夸大膨胀而成的,而必须是一种客观的有价值的社会存在。在这方面,西蒙娜·德·波伏瓦具有无可置疑的优势,她具有写回忆录的充分而为社会广泛承认的自我价值,她50岁写出第一部回忆录时,已经是一个具有好几种响亮名声的大人物了。而且,她不是一个人,她是两个人。她与萨特是一个不可分割的精神实体，而与她结为一体的这个人，既是法国20世纪文学中一个第一流大作家，又是标志着20世纪人类思想发展中一个特定阶段的里程碑。这两个人的精神价值珠联璧合，自然格外生辉，而由于他们又都是社会时势的热烈关心者，是时代重大事件自觉积极的介入者，他们在时代历史进程中留下自己足迹的同时，他们的生活也就拥有了丰富的、时代社会的现实内容。此外，他们是交游广阔的人，他们所交往的不仅有同时代思想文化界几乎所有的精英，而且也有周围一些具有鲜明特色的普通人物。前一类交往自有其特殊的价值，后一类交往也颇具万花筒似的五光十色。所有这些，构成了西蒙娜·德·波伏瓦数10年生涯的"富矿"，构成了她写回忆录深厚的生活基础，当她投入了她自己后期的主要精力把所有这一切记述下来之后，她这四部主要的回忆录，就以色彩缤纷的宏大景观、万钟齐鸣的协奏声势、百川汇合的浩荡气派呈现在世人的面前。

法国文人喜欢写回忆录或自传性作品，也许这是法国人爱自我表现的天性在文人身上升华为一种自我崇拜的特点使然，这种自我崇拜是如此自觉，甚至司汤达就把自己的自传性作品标题为《自我崇拜回忆录》。不少人都力图通过写回忆录来获得传世不朽的价值，或者通过回忆录来使自己已有的自我价值再度明确地凝现，要不然就是要通过回忆录来使自己已有的自我价值成倍地放大并投射在历史的舞台上。这样，法国文学史上的回忆录与自传作品之多，几乎可以随手拈来。以较为著名的而言，16世纪有多比涅的《写给孩子们的自传》，17世纪有布西伯爵的《回忆录》与雷兹红衣主教的《回忆录》，18世纪有圣西门伯爵的《回忆录》、博马舍的《备忘录》以及卢梭赫赫有名的《忏悔录》，19世纪有夏多布里昂的《墓外回忆录》、维尼的《日记》、拉马丁的《回忆录》、司汤达的《自我崇拜回忆录》、都德的《一个作家的回忆》与《巴黎30年》、列那尔的《日记》、龚古尔兄弟的《日记》。到20世纪，在西蒙娜·德·波伏瓦之前，有罗曼·罗兰的《回忆录和日记片断》、莫里亚克的《内心回忆录》、萨特的《文字的诱惑》；与她大体同一时期的，有尤瑟纳尔的回忆录三部曲：《虔诚的回忆》《北方档案》以及后来的《世界迷宫》。在她之后的，则有娜塔丽·夏洛特的《童年》、罗伯-葛利叶的《重现的镜子》；如果不拘泥于狭义的回忆录的界说，那么，在本世纪前期，普鲁斯特的《寻找失去的时间》[①]与后期杜拉斯的《悠悠此情》，实际上也可被视为回忆录作品。因此，从法国文学史的背景来看，西蒙娜·德·波伏瓦作为回忆录作者，正是处于这一源远流长、声势浩大的川河之中，她从这源流中汲取了什么营养？观照了什么先例？从属于什么传统？

在法国文学史上这一声势浩大的回忆录创作的长河中，我们似可分辨出三个略有不同的传统：一是以追求所见所闻的社会生活的真实性为主要目的的传统；二是以追求自我真实性与自我解析深度为目的的传统；三是以追求用艺术的方式来复活过去的时光与空间为目的的传统。

第一个传统可以18世纪的圣西门的回忆录为代表。圣西门（1675～1755）是路易十四时代的贵族，长期供职于宫廷，19岁起开始记录自己在贵族上层的所见所闻，65岁时动手写他的《回忆录》，记载与描述了从1691～1723年32年间法国宫廷与上流社会中的事件、人物、逸闻、趣事，回忆录共二十一卷，是17世纪末到18世纪前期贵族社会的一份内容丰富的形象实录，很具有历史资料的价值。布西伯爵、雷兹红衣主教以及博马舍、夏多布里昂的回忆录，基本上都属于这种类型；甚至后来龚古尔兄弟的《日记》也可以归入这个传统，只不过龚古尔兄弟所记述的，主要是他们身处文坛的交往与见闻而已。这个传统无疑最为壮大，也最符合回忆录原本的严格含义。

第二个传统的开创者非卢梭莫属，这位伟大的18世纪启蒙思想

[①] 该书目前常见的中译名为《追忆似水年华》。

家，一生颠沛流离，经历坎坷，屡遭迫害，他满怀激情写下的《忏悔录》记述了自己感人的一生，既不乏为自己声辩的不平之鸣，又充满了袒露自我的诚实与勇气，成为一部敢于暴露自己、严于剖析自己的奇书。要继承卢梭所开创的这个传统，在自传或回忆录里进行严格的卢梭式的自我精神分析殊非易事。这种方式似乎最与写回忆录为自我弘扬的目的背道而驰，似乎就是一种自我否定，在文学史上这个传统也是最势单力薄的，只有那种有大智大勇、完全能超越世俗之见、对自我的价值充满了信心的人物才敢进入这个行列，而西蒙娜·德·波伏瓦的终身伴侣就是这样一个人物，他的《文字的诱惑》就是这样一部回忆录。

第三种传统是20世纪的产物，是十足现代性的方式，开创者是普鲁斯特（1871~1922），经典之作是他的巨著《寻找失去的时间》。这部巨著也被视为长篇小说，然而就其内容基本上是作者的身边琐事与社交圈子里的所见所闻而言，却具有了回忆录的性质。作者的意图从标题中即可看出，那就是复活自己所经历过的那些时光。这样一种奇思妙想，也就决定了作者那种"玛德莱娜点心"式的自由联想的方式，决定了作者将致力于使过去那些时光中种种色彩、声音、形象、事件、感受、印象全都复活再现，决定了作者写作方式的独特艺术。

这三种传统与方式，在法国散文领域中是如此明显而强大，任何一个从事回忆录或自传作品写作的人，都不可能不感到它们的存在，不可能不以它们为观照、奉它们为先例，不论写作者本人是否自觉。也许，在回忆录这个领域，只有马尔罗一人跳出了这三个传统，而以天马行空的方式来书写他的回忆，正因为如此，他把自己的回忆录题名为《反回忆录》。西蒙娜·德·波伏瓦在她的回忆录中，显然是同时以追求时代历史的真实性、自我个性分析的真实性与时空环境、气氛细节的真实性为目的，这样，她的四部主要回忆录也就具有了多方面的意义与价值。

当自己时代历史的书记,这曾是巴尔扎克之后很多法国作家的宏愿梦想,如果通过艺术创作达到这一步是非常艰巨的话,那么通过回忆录来达到这一步则容易得多,当然也得要写回忆录的作者有此用心、有此自觉。西蒙娜·德·波伏瓦是有此用心、有此自觉的。她在回忆录中以个人逐年的生活为经线,而在经线的周围编制出历史时代与社会环境的衬景。她经常不忘记对历史发展简要地进行阶段性的综述;她绝不遗漏地记下她所听到的那些重要广播与她所读到的报刊上的重大新闻;她很注意搜集那些像露珠映照在天空一样反映了时代特征的种种细节:市容、街景、街头发生的事件、告示、墙壁上的涂抹,等等;她像采风一样记载了她所听到的各种传闻、消息以及她所认识或不认识的人由于时代社会的原因而遭遇到的这种悲剧或那种喜剧。既然她是身处于被称为"世界中心"的巴黎,她在回忆录中所做的这一切能构成什么也就不言而喻了。何况,她与萨特参加了那样多的世界性的政治活动、社会活动,从20世纪40年代的反法西斯斗争到五六十年代保卫世界和平的运动,反对朝鲜战争、越南战争,成为法共的同路人,等等。此外,他们还在世界上做了那么多的旅行,足迹遍布了欧洲各国、美洲、拉丁美洲、非洲以及亚洲的日本、中国……他们在政治社会活动中以及在世界各国的经历与所见所闻,几乎都是以细致的笔触描述出来的。作者所有这些努力使得回忆录几乎成为20世纪30年代到70年代法国以至欧洲的一部大事记、编年史,一幅视野广阔的世界图景。这就是这四部回忆录所具有的圣西门式的历史社会价值,这种历史社会的价值在20世纪是一般文学家的回忆录所难以提供的,而只有像西蒙娜·德·波伏瓦与萨特这样既是文学家又是社会活动家、"介入者"的作家兼斗士才能提供的。从这四部书里,对历史感兴趣的人,可以找出20世纪中期欧洲历史发展的真实脉络;对社会主义思潮感兴趣的人,可以得到意想不到的启发;对社会风习感兴趣的人,可以拾获某些生动的细节。

关心文学的人，很容易就可以在西蒙娜·德·波伏瓦的回忆录中看到 20 世纪中期西方文学发展的零星但却丰富的光影。她是一个时刻注视着当前文学进程的人。通过大量阅读文艺作品与经常观赏影剧，她紧紧地追踪着文学的最新动态。她在回忆录里几乎是逐年记载了她所有这些经久不懈的关注、阅读与艺术观赏。由此，回忆录也就构成了何年出现哪些重要的文学作品、上演了哪些重要影剧、出现了何种倾向与时尚的一部"编年史"，构成了西方文学发展的某种侧影。而且，萨特、西蒙娜·德·波伏瓦与好些国家文学艺术领域里的世界性大人物均有接触与交往，如美国的海明威、意大利的莫拉维亚、苏联的爱伦堡，等等，这也大大增添了这部"编年史"的生动具体的历史内容。

对于这个时期的法国文学来说，西蒙娜·德·波伏瓦的回忆录更是一份相当详尽的历史资料，特别是文坛掌故的一个"档案库"。在这里，作者与本时期几乎所有大作家、大艺术家交往以及对他们的种种见闻，都记录得很详尽。这些人物的性格品调也有生动的勾画与写照，诸如加缪在各个时期的活动与表现、马尔罗的高傲、莫里亚克的保守、娜塔丽·夏洛特的独特、科莱特的健谈、毕加索的才气、科克多的风雅、阿隆的老练、日内的奇特、阿拉贡与特丽奥莱的偏激、鲍里斯·维昂的感情用事，等等，都给人以深刻的印象。应该说，作者对这些杰出人物的勾画是带有相当强烈的主观色彩的，这里固然有亲疏之故，也掺杂了个人的好恶，但主要原因往往是思想倾向、政治倾向的不同。作者与萨特对这种党派营垒性的不同与分歧的格外重视与执着，多少妨碍了他们摆脱固定偏狭的角度与一时性的立场观点，而以更开阔的文化视野、更超越的文化价值观来欣赏这些与他们比肩而立的杰出人物。这种宽宏大度的欠缺，不仅存在于对与自己政治倾向相左的莫里亚克、马尔罗的回忆上，而且对与作者、与萨特长期保持了亲近友谊、在为人上大有可取的加缪亦未能免。

当然，西蒙娜·德·波伏瓦的回忆录最主要的价值还在于它是存在主义文学这"一战"后最重大的精神现象历史发展的一份最有权威的记载。这种曾经风靡世界、成为整整一代人的信仰的哲理，并非神圣的宗教，何况任何宗教在起源发轫的时候，也都会显露出其日后将被神圣外衣遮盖的难看的老底。说来颇有一点可笑，萨特建立自己存在主义哲理体系的最初一步，是他对德国现象学哲理的着迷，而他这种兴趣又是来自这样一桩趣事：1933年的一天夜晚，蒙巴纳斯街上的煤气灯饭店，西蒙娜·德·波伏瓦、萨特与过去巴黎高师的老同学、当时正在柏林的法兰西学院攻读胡塞尔哲学的雷蒙·阿隆一起共进晚餐，"阿隆指着他手里的那杯酒说：'小兄弟，你如果是一个现象学家的话，你就可以对这杯鸡尾酒大做文章，从这里面搞出哲学来。'萨特听了，激动得脸色发白……他多年来梦寐以求的，正是根据自己对事物的接触与感觉来论说事物，并从中弄出哲学。"①在这次晚餐之后，萨特开始如饥似渴地读胡塞尔，并决定翌年补替阿隆的缺赴柏林的法兰西学院，迈出了他哲学历程的第一步。

萨特的存在主义哲学主要不是对客观世界图景的描述与解析，而是对人的主体意识的强调，是对主体的自我选择、自我负责的强调，其核心则是主体的自由；它并不是一种纯理论研究的结果，不是思辨逻辑的产物，不是意识形态体系的结晶，而主要是一种人生的主张、人生的信仰；它主要不是来自某种理论遗产的继承、某种基本原理的演绎与展拓，而更多的是来自一种人生的体验与人生的意志。在回忆录《势所必然》第二章中，西蒙娜·德·波伏瓦有一段颇具启发性的记载。那是在1945年，人们开始把存在主义的标签正式贴在萨特与西蒙娜·德·波伏瓦身上的时候：

这年夏天，在塞尔夫出版社，也就是说多米尼甘夫妇组织的

---

① 西蒙娜·德·波伏瓦：《年富力强》第一卷，第156页，folio丛书本，巴黎，1960年。

一次讨论会上，萨特拒绝加布里埃尔·马尔塞把"存在主义"这个标签贴在他身上，他说："我的哲学是一种关于存在的哲学，存在主义，我不知道此乃何物。"我跟萨特一样也对这个标签感到恼火，在我见到这个名词之前，我就写出了我那些小说，我是根据自己的人生体验，而不是根据理论体系来写小说的，但我们的抗议纯系徒劳，我们终于还是接受了人们用来专指我们的这个称号。①

在这里，最重要的是明确地指出了两点：一个是"我的哲学是关于存在的哲学"，这点对于澄清人们对萨特哲理的模糊认识颇有意义。根据萨特对自己哲理的这一解释与我们对萨特、波伏瓦创作中思想内容的理解，"存在主义文学"应名为"存在文学"，亦即探讨人存在之意义的文学。另一个重要之点则是明确地指出了存在主义文学的思想倾向来自"我的人生体验"，而不是来自"理论体系"。为了对这一点有更具体的认识，我们不妨略多注意回忆录中关于作者与萨特在写出有存在主义思想倾向的论著与作品以前，即青年时期学业年代的生活方式与思维方式的记载。这个学业年代，从1929年作者认识萨特开始，到1937年萨特发表第一篇存在主义小说《墙》为止，我们可以把此阶段称为他们两人的自我选择、自己设计、自我塑造的时期，也是存在主义哲理开始形成的时期。在这个阶段里，他们精神上自由自在，生活上自由不羁，处于一种意气风发的生存状态之中。他们以自由选择的方式求知，对任何精神食粮，不论是传统的还是反传统的，不论是精美佳肴还是粗糙的五谷杂粮，都自由选取，兼收并蓄；在两人的关系上，他们选择了保持相对性自由的契约式的伴侣关系；在现实生活里，他们什么都要试试，从与一些放浪形骸的人混在

---

① 西蒙娜·德·波伏瓦：《势所必然》第一卷，第60页。

一起到萨特因"对梦、对朦胧的幻觉、对病态的错觉特别感兴趣"[①]而注射了引起精神病态的致幻针剂,等等,总之,正如回忆录所说的,"我们毫不犹疑地根据自己的意志行事,自由是我们唯一遵循的规则"[②]。不难看出,从这种自由选择式的生存状态上升到自由选择的哲理,就只有一步之差,就只是一个水到渠成的问题了。

此种生存状态带有浓厚的世俗的尝试欲,如果把基于它的"自我选择"哲理称为"无神论的存在主义",其理由也是完全充足的。问题在于,萨特与西蒙娜·德·波伏瓦作为存在主义者,还不仅仅限于"无神论的存在主义",它显然带有某种社会主义时代的色彩,他们在某种程度上映出了社会主义思潮的光,像月亮反射出太阳的光一样。正如我们在回忆录中所看到的,青年时期的萨特与西蒙娜·德·波伏瓦就其经济生活地位来说,是属于小资产阶级的下层,他们不时囊中羞涩,还厚着脸皮玩弄过小骗局吃白食,在这种地位上形成的政治、社会思想倾向只可能是"左"倾的:"在我们看来,资产阶级作为一个阶级是我们的敌人,因此,我们希望它完蛋,我们原则上同情工人阶级,因为他们身上没有资产阶级的毛病,由于他们朴实粗糙的需求,他们为物质生活而进行的面对面的斗争,他们在自己的真理中充分地正视了人类的状况。"[③]这个基本观点形成以后,几乎就像一条红线一样贯彻于这两个人一生的生活与斗争之中。

如果说这一基本立场观点在萨特的存在主义"自我选择"哲理体系中并没有明确表现的话,那么,在这两个人的文学作品里就有了比较明显的反映。我们不妨把1937年萨特发表《墙》到50年代初视为他们两人的第二阶段,即在文学上自我表露、自我大发扬的阶段,或者说是存在主义自我选择哲理的文学表现阶段。在这个阶段里,构

---

① 西蒙娜·德·波伏瓦:《年富力强》第一卷,第240页。
② 同上书,第52页。
③ 同上书,第40页。

成萨特存在主义文学的重要支柱的一系列论著与作品都陆续问世：《墙》（1937）、《恶心》（1938）、《苍蝇》（1941）、《存在与虚无》（1943）、《间隔》（1945）、《自由之路》（1945）、《存在主义是一种人道主义》（1946）、《毕恭毕敬的妓女》（1946）、《脏手》（1948）、《魔鬼与上帝》（1951）、《圣徒日内，殉道者或逢场作戏的角色》（1952）。在这个阶段里，西蒙娜·德·波伏瓦也发表了她几乎所有重要的论著与小说：《女宾客》（1943）、《他人的血》（1945）、《吃闲饭的嘴》（1945）、《人总是要死的》（1946）、《存在主义与各民族的智慧》（1948）、《第二性》（1949）。可以说，萨特与西蒙娜·德·波伏瓦的文学业绩主要都创作于这一阶段，他们作为存在主义的名声大振于这一阶段，他们作为特定的精神文化的代表人物的本质获得于这一阶段。正是与此同时，他们青年时期形成的基本立场观点表现出来了，他们作为资本主义社会的批判者的姿态显示出来了，在他们这一阶段的文学业绩中，除了纯粹哲理性的作品与以古代生活为题材的作品以外，几乎都贯彻了他们鲜明的倾向性的立场观点，几乎都具有对资本主义不合理现实的揭示，对资产阶级及其价值观念、思想道德状况的批判，对反动政治势力如法西斯势力的暴露，即使是在《恶心》这样几乎是纯哲理性的作品里，我们也可以看到对资本主义社会现实的荒诞感与恶心感，那种无可缓和的否定性的主观反应。

  在现代社会两大对抗的阶级力量面前，这两位存在主义作家在创作中偏向哪一方本是一清二楚，不言而喻的，但萨特的《脏手》一剧却引起了怀疑，在我国，甚至引起了谴责，被视为有反共的倾向。这里，存在着一个作家的主观动机与作品在复杂条件下的客观效果不一致的问题。对于前一个方面，人们不能完全无视，否则将陷入偏颇。关于萨特主观方面的意图与当时的客观情况，波伏瓦的回忆录作了这样的说明与解释：

托洛茨基被刺事件使他孕育了此剧的主题……他虚构了一个出身于资产阶级的年轻共产党员雨果,这个人物想通过一次行动来抹去他阶级出身的痕迹,但是,即使当了一次刺客,他付出的这一代价也未能摆脱自己的主体性……正如萨特在多次会见有关人士时所说,他根本不是想要写一出政治剧。《脏手》之所以成为政治剧,是因为他把几个共产党员人物写成了主角。在我看来,此剧绝不是反共的。在剧中,共产党人被表现成反摄政王、反法西斯资产阶级的唯一可靠的力量。如果党内一个领导人为了抗敌的利益,为了自由、社会主义与群众的利益,把另一个领导人干掉了,那么我跟萨特一样,也认为这样做的领导人应该免受一切道德条规的谴责,因为这是战争,他是在进行战斗。当然,这并不意味着共产党是由凶手刺客组成的……在《脏手》中,萨特的同情是倾注在贺德雷这个人物身上。雨果之所以决定刺杀他,是要证明自己也能去杀人,其实他并不知道路易反对贺德雷是否有道理。而当他的党内同志要求他保持沉默时,他就对这次昏头昏脑的行动承担了责任。这个剧本到后来解冻时期能够在有的共产党国家上演,是萨特完全没有料到的。不过1948年它在巴黎上演的情况则完全不同。

在巴黎上演后,资产阶级报刊并未立即表态,它在等着瞧共产党作何反应。共产党人发出了一片嘘声……于是,资产阶级就把鲜花盖在萨特身上。一天下午,在一家酒店的露天座,克洛德·鲁瓦走过来与我握手,他还没有让自己降低到也对萨特进行攻击的地步,我对他说:"真是太不幸了,你们这些共产党员竟没有把《脏手》看作是你们自己的。"实际上,当时覆水难收,无法弥补,观众都为雨果说话,因此,剧本显得像反共。人们都把贺德雷被刺事件与情报局所犯的罪责等量齐观……党内的困难被展示在那些人面前,他们在党外怀着敌意来看待党。他们把一种实际上只对他们自己才存在的含义强加给剧本。正因为如此，萨特有好几次拒绝了在外国上演这个剧本。①

这里，特别值得注意的是萨特的创作意图、他对人物的褒贬以及面对剧本在复杂条件下的客观效果所采取的态度，波伏瓦本人这段回忆鲜明的思想倾向与急于表白的语气也颇能说明问题。如果根据所有这些进行实事求是的分析，那么中国的一些批判者对萨特、对存在主义文学也就大可不必"相煎何太急"了。

我们把20世纪50年代初期直到萨特与波伏瓦的晚年视为他们的第三阶段，他们的"大介入"阶段，也就是存在主义自我选择哲理运用于社会斗争实践的时期。在这个时期，他们并非没有重要的文学作品问世，但萨特除了出版了《辩证理性批判》《文字的诱惑》《福楼拜传》这几部力作外，其主要精力已经投向社会活动与政论的写作；西蒙娜·德·波伏瓦在这个阶段主要进行了几部回忆录的写作，她最重要的小说《名士风流》虽创作于这个阶段，但它在一定意义上也是属于自传体小说的性质。他们的这个介入社会政治的阶段，可以上溯到第二次世界大战期间，民族的灾难使萨特与波伏瓦改变了长期不参加政治活动、不介入现实斗争的立场。1941年，他们曾与梅洛-蓬蒂等人成立了名为"社会主义与自由"的抗敌组织，只是由于客观条件不允许才宣告流产，而萨特又不得不一心一意去写他的剧本，作为他唯一可以采取的抵抗方式。他们两人的"大介入"可以1952年要求释放亨利·马丁事件为标志。在这个事件中，萨特公开与法共站在一起，这定下了他日后整个历史时期中介入行动的基调。从此，他与西蒙娜·德·波伏瓦在对抗的两大阵营之间，明显地站在社会主义阵营一边，抗议美国及其盟国的各种政策与所进行的战争，参加共产党与社会主义力量的各种活动，足迹遍及苏联、中国、古巴、东欧，会见

---

① 西蒙娜·德·波伏瓦：《势所必然》第一卷，第210～213页。

过世界共产党、工人党中赫鲁晓夫、铁托、陶里亚蒂、卡斯特罗等等这些显赫的人物,支持苏联,盛赞新中国,声援一切社会主义运动与民族解放运动,成为国际上有名的共产党的同路人。为此,他们先后与莫里亚克、列维-斯特劳斯论战,相继与长期在《现代》杂志中共事的梅洛-蓬蒂等人分道扬镳,与多年的好友加缪公开决裂,以至梅洛-蓬蒂在自己的《辩证法的历险》中,把萨特的政治言行称为"极端的布尔什维克主义"[1]。即使是1956年匈牙利事件给了萨特沉重的一击[2],他在1957年年初所发表的《斯大林的幽灵》一文中,"仍然重申虽然苏联领导人犯下了种种错误,他还是赞同已经在苏联成为活生生现实的社会主义。"[3]60年代以后,萨特与波伏瓦对国内外群众运动与极"左"思潮的支持,又表明他们的思想并没有倒退,而在某些方面又发展到了更为激进的程度。历史事实最具有雄辩的力量,在西蒙娜·德·波伏瓦这几部回忆录的记载面前,谁也不能否认,她与萨特是20世纪两位给资本主义、资产阶级带来很多麻烦,给社会主义、共产党人增添不少助力的思想家、社会活动家和文学家,尽管他们没有参加共产党,尽管他们一直声言要在两个阵营、两种党派之间保持独立、走中间路线。从这个意义上来说,从其"自我选择"哲理的社会实践与介入的倾向与效果来说,他们是两个具有一定程度社会主义色彩的存在主义者,是20世纪条件下主体自由观与社会主义思潮结合的产物,当然也是社会主义这一思潮在自由派知识分子中所引起的一股潮汐。

---

[1] 西蒙娜·德·波伏瓦:《势所必然》第二卷,第61页。
[2] 当时,萨特与波伏瓦正在意大利,听到匈牙利事件被镇压的消息的当天晚上,他们与意大利共产党员、画家古图索夫妇在饭店里共进晚餐,情景如下:"古图索感到非常失望,但他不能想象能够斩断自己与党之间千丝万缕的联系,为了缓和自己的绝望情绪,他话说个不停,拼命喝威士忌,眼里噙满了泪水,萨特几乎与他完全一样,也感到难以舍弃自己长期以来与共产党人和衷共济所做的种种努力。"(西蒙娜·德·波伏瓦:《势所必然》第二卷,第111页)
[3] 西蒙娜·德·波伏瓦:《势所必然》第二卷,第118页。

自从有了卢梭的《忏悔录》以后,在法国这样一个国度里,个性的真实已成为自传或回忆录价值所在的重要标准之一,最大程度的自我袒露、最严格无情的自我分析,似乎已是这类作品取得强烈社会反应、得以传世不朽的必要条件。离西蒙娜·德·波伏瓦最近的一个范例,就是萨特的自传《文字的诱惑》。在这部自传里,萨特对自己作为一个作家进行了深入坦率的精神分析,其严酷无情几乎达到了自虐的程度,正是主要因为这部自传,瑞典皇家科学院决定向萨特颁发诺贝尔文学奖。这种价值取向在20世纪80年代又有了一个突出的例子,那就是杜拉斯的自传小说《悠悠此情》的成功。这部出自71岁高龄的女作家之手的作品,坦诚地记述了她15岁时一次性爱私情,出版的当年即获龚古尔文学奖,成为法国最畅销的一本书,并且很快被译成多种文字流传于世界。

显然,西蒙娜·德·波伏瓦在自己的回忆录里,也力图追求自我个性的真实,力图展现出自己作为一个不平凡女性的真实状态,或者说,一种特殊的女性状态。对于"女性",西蒙娜·德·波伏瓦在她有名的论著《第二性》中提出了"女人并非生来就是女人,女人是后天变为女人的"这一重要的思想。在波伏瓦看来,人类历史社会中,女性状态就是不独立的、从属于男性的状态,这种状态造就了女性不同于男性的一些社会属性以及男性上帝根据自己的需要与爱好而加在女性身上的一些神话。波伏瓦在自己的论著里向这种传统状态宣战,提出了妇女从法律、宗教、习俗、传统中争取解放的问题。要实现这个任务,就要先弄清妇女的状况,要弄清妇女状况,在波伏瓦看来,既不能指望男性,也没有天使可以依赖,只能靠某些得天独厚的妇女,而女作家西蒙娜·德·波伏瓦,当然就是她自己所认为的这种"得天独厚的妇女"。如果说她在《第二性》中是力图从理论上"弄清妇女的状况"的话,那么,她在回忆录中则力图提供一个反抗传统、追求独立自由的女性形象。

作为一个反抗传统、追求独立自由的女性形象,西蒙娜·德·波伏瓦身上一个突出的特点,就是"对文学成功的渴望",她把文学创作视为"自己具有独立性"的标志,认为在文学创作中可以"通过一种虚构的形式"来讲"自己要讲的话"。①为此,她进行了顽强的努力,经历了相当长时间的习业阶段,在她35岁出版第一部小说《女客》以前,她经历过多次失败。而且,为了文学创作,"我从未产生过生儿育女的愿望",因为"我知道要成为一个作家,我必须有大量的时间与自由"②。按照传统观念看来,她这种决心,既牺牲了人性的天伦之乐,又是一种应该加以责难的"有失天职"。"二战"后不久,萨特与波伏瓦作为存在主义作家声名远扬,他们几乎每讲一句话,报纸上就要发表评论,到处都流传着关于他们的传闻,街头上摄影师对他们不停地拍照,为听他们的演讲,听众拥挤得有人当场晕倒……面对这种盛名,如果说萨特还有什么沉重而神圣的职责感以及"我的名声,对我来说,就是他人的敌意"③之苦恼的话,那么,西蒙娜·德·波伏瓦却感受着一种满怀叛逆情绪的欢乐:

> 我从来不相信文学有什么神圣的品性,当我14岁的时候,上帝就已经在我心里死去,而且没有什么东西来取代它,绝对只存在于否定之中,正如地平线之所以存在,就在于它不断地在我们视线中消失……我曾经渴望自己像艾米莉·勃朗特、乔治·艾略特那样,成为传奇性的人物;但我完全明白,一旦我瞑目去世,上述梦想所带来的一切都会化为乌有。既然我在一步一步走向死亡,我也就是在随时代的消逝而逐渐完蛋……我只希望在世时被很多人阅读、被人尊敬、被人爱。我不在乎什么后世,或者

---

① 西蒙娜·德·波伏瓦:《年富力强》第一卷,第118页。
② 同上书,第90页。
③ 西蒙娜·德·波伏瓦:《势所必然》第一卷,第70页。

说，几乎不怎么在乎。我习惯于我这身作家的皮……我喜欢看见自己的名字登在报纸上，有些时候，关于我们的传闻以及我作为十足的巴黎名人的角色，都使我飘飘然，沾沾自喜。①

这是一个女人在男性上帝占统治地位的世界里、在只有少数杰出的男性才能问津的精神文化创造的领域里得到了社会承认后所体验的欢乐，它无疑带有一种发泄性与报复性，有时甚至还发展到惊世骇俗的程度。即使人们以男性的偏见将臭名声强加在她头上，"这几乎没有使我产生什么烦恼，我在坏名声中自得其乐"②。正如我们在回忆录中所看到的，西蒙娜·德·波伏瓦如数家珍似的列举了她在《第二性》出版后所遭到的种种不堪入目的攻击："性贪婪、性冷淡、淫妇、慕雄狂患者、女同性恋者、流产百次的女人、偷偷当娘的女人，等等。"③

从这些强烈的反应与狂怒的攻击中，她从反面感到了一种成功的乐趣，一种突破了传统女性状态的乐趣，与男性上帝平起平坐的乐趣，一种高踞于精神领域之巅峰眼见脚下一片鼓噪的乐趣，一种自我实现了的乐趣，一种确认了自己力量的乐趣，她这样总结说：

> 我并不否认自己的女性特征，我也并非未承受女性特征的决定性，我只是对它不在意而已。我一直像男性一样享受着自由，承担着责任。依附性是压在大部分妇女头上的不幸，不论她们自己对它或不堪其苦或安之若素或自得其乐，它终归是妇女的不幸；自从我写出了《第二性》以后，我这个看法是愈来愈坚定了，而这种依附性，我把它摆脱了。自食其力，这并不是生活目

---

① 西蒙娜·德·波伏瓦：《势所必然》第一卷，第71页。
② 同上书，第71页。
③ 同上书，第260页。

的本身;但是,只有先做到自食其力,才能达到坚实的人格独立。如果我现在满怀深情回忆自己刚到马赛的那些日子,我就会想起当时的感受像是站在一架高大楼梯的顶点,因为自己职业上获得成功与战胜了种种困难而觉得充满了力量。①

在这一自我小结中,西蒙娜·德·波伏瓦那一超越于传统女性状况的自我形象是再清晰不过了。

也许,在世人眼里,西蒙娜·德·波伏瓦反传统的自我个性,主要是体现在她的性爱关系上。早在刚认识萨特不久的1929年,他们两人就结成了萨特所构想的协议式的生活伴侣关系。根据萨特的建议,这协约最初为期两年,在此期间,"双方以尽可能亲密无间的方式共同度过两年的时间"②,后来,这一协约关系延续下去,直到两人最后的死别。这不是一种以法律形式固定下来的家庭关系,而只是人们通常所说的"同居关系",但又不是严格的、持续的"同居"。虽然他们这种关系在现实生活中并非罕见,但却蕴含着他们两人反传统的思想与态度,即对传统的家庭形式的无视:"我们都没有家庭观念。"③特别具有反传统意味的是,他们又在那种生活伴侣关系中,注入了一种惊世骇俗的成分,那就是某种程度的性开放。同样,这份发明权也应归于萨特:"23岁时,他就不打算拒绝其他各种女性的诱惑,他用他喜欢的词汇向我解释说:'在我们之间有一种不可取代的爱,如果我们能同时体验体验其他邂逅艳情,那也不失为一种乐事。'我们两人的想法完全一致,我俩的关系一直持续到我们生命终结的那天,这种关系却又从来未排斥我们分别与其他各种各样的人进

---

① 西蒙娜·德·波伏瓦:《年富力强》第二卷,第五章第422页,Gallimard出版社袖珍丛书本,1960年。
② 西蒙娜·德·波伏瓦:《年富力强》第一卷,第28页。
③ 同上。

行交往时所得到的过眼烟云般的快乐。"①在这样的理解与默契中,萨特的生活里不断有各种各样的艳遇,西蒙娜·德·波伏瓦也曾两次公开有过情人,即美国作家纳尔逊·阿尔格林与《现代》杂志的撰稿者、比波伏瓦年轻17岁的克洛德·朗兹曼。他们对社会传统、道德习俗的藐视甚至达到这样的程度,早在1936年,就公开把波伏瓦的学生奥尔嘉·高萨绮薇茨吸收进来,建立了"三重奏"的生活。以后,他们一直根据"彼此不仅永不互相欺骗,而且还不互相隐瞒任何秘密"②的协议共同生活。对萨特的艳遇,西蒙娜·德·波伏瓦了如指掌;对波伏瓦与情人公开同居,萨特也完全赞同,而且他与波伏瓦的两个情人都成了朋友。

显而易见,他们这种容许性开放的契约式的生活伴侣关系,即使在西方社会也带有先锋派的新潮性质,是一种"超前性"的东西。西蒙娜·德·波伏瓦在自己的回忆录里如实地记述了这一切,甚至有时还坦率地谈到自己的情欲,既有卢梭的坦诚之风,又显示出自己无视传统习俗、社会定见的个性与勇气。对于这些,人们大可有这种或那种看法、这种或那种评判,但她作为一个在精神领域里已进入荣誉坐席的大作家,能够留下一份如此不加遮掩的自我个性的真实资料,做到了"对真实的重视远胜于对自己形象的关心"③,在充满了欺世盗名、自我粉饰、自我装扮的世间,也就要算一件很难能可贵的事了。

西蒙娜·德·波伏瓦在《势所必然》一书的前言中曾经这样说:"我把自我与自己的生活展现在光天化日之下并无心理障碍,至少当我把自我置于我自己的观照体系中时是这样的,也许,当我的形象被投进另一个体系中,例如,心理分析家的体系中时,我会感到窘迫或尴尬。"④不过,既然她已经把自己展现在世人面前,世人对她作心理

---

① 西蒙娜·德·波伏瓦:《年富力强》第一卷,第28页。
② 同上书,第29页。
③ 西蒙娜·德·波伏瓦:《势所必然》第一卷,第9页。
④ 同上书,第10页。

分析也就是在所难免的了。如果我们细读她的回忆录，便不难发现，她作为萨特在事业上、文学上的伴侣，在感情上固然对他是忠诚不渝、紧紧相随的，并充满了骄傲与自豪，但她作为一个生活伴侣，在不少时候显然又不免陷于嫉妒、空寂、哀怨的心态。

最初，契约关系中的性开放条款是萨特提出来的；其后，与奥尔嘉·高萨绮薇茨的"三重奏"关系，也是萨特的主意，而非出自波伏瓦的需要；后来又眼见各种女性像走马灯一样在萨特的生活中一晃而过，不同程度的"三重奏"又一再发生，波伏瓦的心情心态是不难理解的。虽然她在回忆录里并未明言，但字里行间却有不少流露。

如，1947年将结束美国之行、返回巴黎时，她这样记述了当时的情怀："我想依偎在一个男人的臂膀上散步，他暂时归我所有。"[①]正是在这种心情下，她在芝加哥成了美国作家阿尔格林的情妇，这一关系一直持续到1950年。在这一阶段里，她曾为离别、口角、出现裂痕到情人的离去而流过不少痛苦的眼泪，甚至有时整夜整夜地哭泣。又如，1952年，克洛德·朗兹曼闯入她的生活时，她第一次接到朗兹曼约她看电影的电话时，竟是如此感动："我一挂上电话，就泪如雨下，这使我自己也大吃一惊。"[②]在与朗兹曼成为情人后，她在回忆录里写上这样一句言简意赅的话："我又重新发现了自己的肉体。"

回忆录中所有这些记述，都相当清楚地表露出了西蒙娜·德·波伏瓦作为萨特契约式的生活伴侣那种冷寂落寞的少妇闺愁。这既是她个性真实的一个不可分割的组成部分，也是20世纪法国文学史上两个重要人物关系的一种反映，即从40年代中期以后，萨特与波伏瓦的关系就更主要地演化为一种文学的、事业的关系。在这一永恒的、深刻的、牢不可破的关系中，西蒙娜·德·波伏瓦无疑是居于从属的地位，但她为了保持这一关系所作出的努力与牺牲，对于一个女性来

---

① 西蒙娜·德·波伏瓦：《势所必然》第一卷，第178页。
② 同上书，第二卷，第10页。

说，的确是难能可贵的：虽然正如她在小说《名士风流》中所描写的那样，她与美国情人在性爱中达到了从未有过的和谐与满足，虽然正如那些未公开发表、仅有一些透露的情书所表明的那样，她把阿尔格林称为自己"唯一的爱"、"钟爱的丈夫"、"春天的丈夫"、"密西西比河的丈夫"，自称是阿尔格林的"妻子"，但是，她为了文学事业却绝不与萨特分离，她因此而失去了阿尔格林，她也为此而哭泣过很多很多次。西蒙娜·德·波伏瓦在回忆录里的眼泪，肯定会得到多情读者的同情，也肯定会使多思的读者进行沉思：人类社会历史的积淀已如此厚重，即使是最优秀的女性，要完全摆脱依附的状态，进入彻底完全自由的境界，是谈何容易！

回忆录描述的细致是令人惊奇的，事件过程的精确性有时不仅可以小时计，而且可以分钟计，具体形象的线条与色彩是那么准确、鲜明，甚至有时历史空间中的气息、味道也被描写出来了。几十年前已经逝去的时光能如此重新复活？这就不能不说又受到了普鲁斯特《寻找失去的时间》的影响的痕迹了，虽然，我们还不能说西蒙娜·德·波伏瓦的确有意采用普鲁斯特向冥冥时序挑战的那种特殊的艺术方式。

一代知识精英的自我写照

——西蒙娜·德·波伏瓦:《名士风流》

文学的作用在于,向别人展示作家自己所看待的世界。这部小说里的一个人物曾经这样认为:"为什么不动笔创作一部时间与地点明确、而且具有一定意义的小说呢?叙述一个当今的故事,读者可以从中看到自己的忧虑,发现自己的问题,既不揭示什么,也不去鼓动什么,仅仅作为一个见证。"[①]这个人物这样思忖着。

看来,这就是这部小说的作者西蒙娜·德·波伏瓦本人的文学创作思想,至少是她在《名士风流》这部小说中的创作思想。因而,她随手拈来放在了小说的主人公之一、著名作家亨利的身上。而她自己在这部小说里,正是要叙述一个对她来说完全是属于"当今"的故事,再现一幅"时间与地点明确"的当今世界的图景,描写一批在当今这个时代活动着的特定人群。小说发表于1954年,所写的不过是刚刚过去的一个时代,即第二次世界大战即将结束到结束后不久的那些岁月,具体来说,是从1944年巴黎解放、经1945年攻克柏林、原子弹毁灭了广岛直到马歇尔计划在欧洲实行、冷战日趋激烈这短短的三四年。活动于其中的那个特定的人群,则是巴黎的一批名士闻人、知识精英、声名显赫的思想家与社会活动家、广为人知的小说家、剧作家、著名的记者、有影响的报刊主笔、在本专业中成绩卓著的医生,等等。这样一类人物,本是作者本人与她的终身伴侣让-保

[①] 本作品引文请见F·20丛书本,下同。

罗·萨特所熟悉的同类，是他们自己所属于的那个社会圈子，有的人物甚至就有他们自身的某些成分。总而言之，西蒙娜·德·波伏瓦在这部小说里是要展示自己的朝代、自己的阶层以及她与萨特的精神境界、精神历程。

1944年的圣诞节，一批左派知识精英聚集在一起欢度抗敌胜利后的第一个节日，准备迎接世界的新时期与自己生活的新阶段，对未来怀着殷切的希望。然而，他们却马上锐利地感受到了战争所造成的创伤是那样深重，难以愈合，他们面临的是一个千疮百孔、满目凄凉的国度：战争的废墟、死者的公墓、肮脏破烂的街道、物质生活贫困、冬天靠烧废纸团取暖、没有巧克力、没有像样的葡萄酒，巴黎这座"骄傲地屹立在世界中心的城市已经覆灭"，原来充满自信的法国人这时发现，自己已沦为"五等小国的无足轻重的子民"。整个欧洲也是一片阴暗，在葡萄牙还存在着战前的独裁政权，在西班牙，法西斯势力几乎原封不动。到处是贫富对立，下层人民生活在牲畜般的状态下。更为严峻的是，当世界还没有从战争的黑暗中完全走出来的时候，新的矛盾、新的危机、新的阴影又迅速来到，笼罩在世界上空：美苏的对抗与争夺、东西方之间的冷战。它像一朵巨大的阴云决定着欧洲与美洲的气候，给法国的现实生活带来了新的挑战、新的摩擦、新的困扰。这不是人们所期待的充满了希望的时期，"任何地方都不存在希望，无论在法国还是其他地方"，正如一个人物所感叹的："这战后，实在是没有劲！"西蒙娜·德·波伏瓦在《名士风流》中所展示出来的就是这样一幅战后世界图景。

在这样一个灰暗凄凉的时期里，这批知识精英感受着、思考着、选择着、行动着、奋斗着，但又无一不在现实生活面前感到困顿与迷惘：迪布勒伊名声响亮，早已是知名的作家与思想家，被视为一代人的精神领袖、引路人，从第二次世界大战爆发开始，他就全身心地投入了反抗纳粹德国的斗争，成为一个社会活动家与政治家，但也是从那时起，他的作家生涯就告一段落。战后，他将如何自我选择？是重新作为一个作家获得自己存在的意义，还是在不以自己的意志为转移的国内外政治大格局中去坚持自己的政治道路？他选择了后者，致力于组织一个与法国共产党联合但又要保持自己独立性的左派。而当他牺牲了作家的生涯成功地组织起"革命解放联合会"这样一个独立的左派组织时，他在那个无情的大政治格局中就受到了来自左右两个方面的沉重压力，完全陷入不能自已、无能为力的尴尬局面。由此，他不得不承认自己的失败，在迷惘困顿中得出了"无所作为"的结论。与此同时，他的家庭又面临着支离破碎的局面：女儿的难以挽救的精神危机与年轻妻子在感情生活中的巨大危险。

亨利也是一个早已成名的作家，既是迪布勒伊的朋友，也是他在事业中志同道合的合作者，他在战后现实面前的困惑感与迷惘感较迪布勒伊更为突出，不论是在他个人感情生活方面、在他的文学创作方面，还是在他的社会政治活动方面都是如此。与他共同生活了多年的波尔对他的那种自作多情的爱，已使他深感腻烦与束缚，甚至一心要放弃舒适的家庭生活去换取单身汉清苦的自由，但这个简单的愿望竟那样难以实现。在创作上，他决心在原来成功的基础上再接再厉，写一部适于战后时代的"欢快的小说"，然而，这样一部小说他却迟迟写不出来。在社会活动与事业上所遇到的矛盾与压力则更为严重，他多年来苦心经营的一家卓有声誉的报纸，在迪布勒伊的坚持下，放弃了中间偏"左"的立场，进一步"左"倾，成为"革命解放联合会"的机关报。由此，却带来了一连串意想不到的后果：原来的读者群的丢失、经费的困难、左右两方面的压力、资助者的要挟，在这种困窘的境况中，他疲于奔命。

安娜，迪布勒伊的妻子，一个出色的精神分析大夫，她似乎是一个持恒宁静的化身。不论现实世界发生多么大的变故，她仍然在职业与家庭的正常轨道上习惯地运行,是尽职的专家,是爱丈夫、操持家务的主妇,是关心女儿的慈母。然而,在战后的这个时期里,她身上却产生了与原来的生活完全反向的自我个性的觉醒,产生了作为一个长期与年长的丈夫缺少肉体之爱的成熟妇女的本能要求,因而有了两次外遇,特别是第二次外遇,震撼了她整个的身心,几乎使她脱离自己长期以来的生活轨道与心理轨道,几乎摧毁了她往常生活的全部支撑点,最后,还几乎使她结束了自己的生命。

樊尚,报社里一个充满了活力的编辑兼记者,左派知识界中的愤怒青年,他怀着战争时期积累难消的仇恨,像一头盲目的愤怒的野兽一样乱闯,对那些他认为在战时有附敌行为的人进行恐怖的暗杀惩处活动,自以为是在主持正义,但同时老要提心吊胆地躲避法律的追究。

朗贝尔,报社里又一个青年编辑兼记者,他颇具才华,也有上进心与正义感,但他老是一副"困惑的面孔",对自己想做的一切都没有把握,顾虑重重,犹疑不决,需要别人帮他作出决断,在复杂的现实中,他终于不由自主地迷失了方向。

纳迪娜,迪布勒伊与安娜的女儿,她曾经有过纯真的少女时代,但战争在她心灵上造成的创伤使她变成了一个毫无生活目标的人,她像一只迷航的船在人生海面上漂荡,从这个职业转到另一种职业,从这个男人的床上转到另一个男人的床上。更令人忧虑的是她那看起来似乎已经无可救药的精神危机,她玩世不恭,对任何有价值的事物都采取嘲讽的态度,对任何意义都拒不承认。

这是战后法国困顿迷惘的一代,他们几乎都在那个特定的环境中无所适从,只不过有的自觉意识到了这一点,有的还没有完全自觉意识到这一点而已。不论是哪一种情况,基本的事实是:在战后这个时期里,"要做的事何其多,可又有多少人不知干什么为好",即使有人知道应该去干什么,但不是在干毫无意义的事,就是自己看不出所干的事有什么意义。而在这样一个充满了困顿的时代与世界里,自己的境况与前景将会怎样，个人的命运将会怎样，谁也不能预料。这一批在抗德时期曾风流一时的知识精英的迷惘感与迷惘状态是如此深重，以至全书是以"谁知道呢"、"谁知道呢"这两个迷惘色彩十足的疑问句作为结束。

他们的迷惘困顿，与其说来自战后法国的衰颓与萧条，不如说来自现实世界的复杂。这种复杂性既存在于国际形势中，也存在于国内状态里。在国际形势方面，当他们在1944年欢庆即将完全实现的胜利时，曾热情洋溢地欢呼过"美利坚万岁"，也真诚地举杯"为苏联的健康干杯"，而今他们却亲眼看见了美国为了自己的战略利益在欧洲支持那些残存的法西斯独裁政权，使那些地方的人民陷于水深火热之中不得解放，亲眼看见了美国如何成为欧洲的统治者、美国的势力如何咄咄逼人地伸入法国的现实社会，甚至干预他们自己的事业领域，利用他们的困难，对他们苦心经营的报纸进行要挟。另一方面，被他们视为人类希望的苏联，却又被揭露出存在着集中营与劳役制度，这也是他们作为西方左派知识分子在感情上不能接受的。如何看待世界的这两大现实的真相，已经构成了他们认知能力上的巨大负担，而这两大力量的摩擦、对抗与斗争及其对法国现实生活的直接影响，对他们来说更是巨大的尖锐的挑战。在国内状况方面，同样也存在着两大势力，戴高乐派与法共的对立、《费加罗报》与《人道报》的对立，这种对立不时提出尖锐的问题要求人们作出明确的回答，而这些问题又无一不是复杂的、多方面的，很难作出绝对的截然的答案。与此同时，他们深感过去在反抗德国占领的时期，人群中的敌与友、善与恶都是一清二楚、一目了然的，但在战后的年代，这种简单的截然的划分已经不适用了。现实生活中的人有了复杂的分化与变化，很多人似乎是处于一种临界的、模棱两可的状态。塞泽纳克这个抗战时期英武的青年战友因为吸毒而沦落成了密探，他是否还曾有光荣的过去？是否本来就是一个恶棍？萨玛泽尔原是一个赫赫有名的游击英雄，而今身上散发出政客的气息，成了左派的对手；特拉利奥是个实力雄厚的大资产者，但却资助并参与了左派《希望报》的事业而又一直试图改变它的方向；著名的作家斯克利亚西纳是他们熟稔的朋友，但他亲美反苏的言行又不时与他们发生冲突；拉舒姆与拉福利都是法共在知识界的代表人物，和他们有时像朋友有时又像仇敌；即使是朱利安与勒诺瓦这两个早年从超现实主义到超人运动一直志同道合的朋友，如今也各有不同的政治立场，并由此而反目成仇。这就是西蒙娜·德·波伏瓦笔下的各种派别、各种倾向的名士杂然混迹、互相为邻、互相制约、互相矛盾、互相撞击的错综复杂的现实社会境况。这种境况是严峻的国内外形势的具体化，正是这种严峻的形势使得一代知识精英感到迷惘。

但他们在这使自己深感迷惘的社会环境中之所以陷入了困顿，却既不是由于他们落伍于时代、站在逆时代潮流的立场上、缺乏思想与激情，也不是由于他们行动上的消极与无力。恰巧相反，他们一直是满怀着进步的理想与革命的激情，一直在奋斗着，不甘于碌碌无为，不甘于放弃自己的职责，甚至宁可为此付出高昂的代价。迪布勒伊为了组织一个独立的左派与法共进行联合行动，不惜放弃了写作；为了使这个左派组织具有实际内容，又不惜使用了劝说、施压等各种手段使自己的好友与跟随者亨利就范，献出了他心爱的《希望报》；他全身心地不倦地进行各种政治社会活动，制定纲领、参加集会、撰写文章、进行磋商、接待追随者，等等；在两大势力、两大阵营对峙的复杂的形势下，他要求自己所有一切言论行动都严格以不损害苏联与共产党为准则，为此，他又牺牲了与亨利的友谊；而后来，为了继续为理想而奋斗、为了筹办新的刊物，他又抛弃前嫌，主动与亨利修好；尽管读者经常见他在书房里伏案，但他却是一个坚持自己的方向、不断行动的人物。用亨利的话来说，他是一个永远"朝自己的方向冲去"的人物，是一个"将不断地超越自己、超越别人、直到生命终结"的人物。同样，亨利也是一个既有进步理想又有积极行动的人物，他在社会政治倾向上一直是迪布勒伊最亲密的追随者、合作者，几乎就是迪布勒伊的影子；他充满了朝气蓬勃的活力，在战后复杂的境况里居然颇有所为，作为一个新闻记者与报刊主笔，他对葡萄牙独裁政权、对马达加斯加人权问题的揭露，都是十分有力的，作为一个作家，他努力坚持自己的文学创作，在困顿的境况中也颇有成绩；而他的那种顾全大局的革命感情，则从他克服了思想矛盾、把自己创办的《希望报》献给了"革命解放联合会"一事可以看得一清二楚。如果他与迪布勒伊有什么不同的话，那就是他没有迪布勒伊那样强烈的党派精神与自觉的阵营意识。因此，他在如何对待苏联存在集中营与劳役制度的问题上才与迪布勒伊分道扬镳。

像这样的知识精英似乎不该陷入困顿与失败，但事实上，他们的困顿很严重，他们的失败很彻底。迪布勒伊全心全意为之奋斗的独立的左派组织完全瓦解了。亨利的《希望报》也被右派夺走了，他还由于在私生活上落入了若赛特这个妙龄美女的陷阱，竟做出了违反他一贯的诚实正直品德的错事，为附敌分子提供了伪证，差一点身败名裂。而迪布勒伊与亨利团结在他们自己身边的一个有为的班子，也四分五裂，分崩离析：安娜心不在巴黎，三番两次飞往美国与情夫欢聚，她在私情中的失意使她感到自己的生活不再有任何意义，险而走上了自杀的绝路；朗贝尔在困顿中奔突了一阵子后，几经犹疑与矛盾，终于投向右翼，并公开撰文"反戈一击"；塞泽纳克可耻地死去，樊尚成为一个不可救药的恐怖分子，萨玛泽尔也投靠了戴高乐派。经过这样一个从奋斗、困顿到失败的过程，迪布勒伊与亨利不得不承认自己的艰苦努力完全无济于事，自己想要有所作为而注定了将无所作为，"我们又回到了零点"。那么，"怎么会落到这一步呢"？他们的困顿与失败究竟来自哪里？迪布勒伊自己写书进行了总结，他终于认识到了，"法国已经沦为一个五等的小民族"，在战后的世界上,"斗争在苏联与美国之间展开,我们完全被排斥在外",而他们这一批左派知识分子却天真地"想要保持独立","抵抗两个阵营",其结果必然"无能为力",他们的"革命解放联合会"也就"注定是要灭亡"的了。

通过迪布勒伊对失败的总结,西蒙娜·德·波伏瓦在小说里实际上提出了一个知识分子在当代社会政治斗争中的道路与作用的问题。知识分子在阶级、党派、阵营对峙的条件下能保持独立与自由吗?能作为超然的中间力量发挥作用吗?能作为绝对真理、抽象真理的化身被社会现实认可吗?能开辟出第三条道路通往理想社会吗?这是一个实质性的问题,极富有意义的问题。西蒙娜·德·波伏瓦让她的一代精英怀着这样一个善良愿望与天真幻想投入严峻的现实社会,让他们碰壁,让他们感到尴尬、陷入困顿,从而作出了否定的答案。这一批企图在政治上保持自己独立路线的知识分子,无一不尝到了这种独立路线带给他们的苦果。朗贝尔这样抱怨说:"对于左派来说,我过分反共,对于右派来说,我过分亲共。""独立左派"的领袖迪布勒伊虽然一再明确表明与法共的区别,但却被右派当作"危险的共产党人"而加以中伤与攻击,虽然他主观上要与法共采取联合行动,并且绝不做任何有损社会主义国家的事情,但却受到来自"左"的方面的种种批判:"与共产党争夺群众、分化左派力量","把马克思主义与资产阶级陈旧的道德标准混为一谈","是华尔街的走卒",等等。亨利比迪布勒伊更强烈、更彻底地保持自己的独立与自由,因而他所受到的事实的教训也更为严酷。虽然他从来都有鲜明的社会主义倾向,虽然他主观上要求自己在苏联集中营问题上从严格核实与调查事实出发,要求自己做到公正不偏,虽然他在有关这个问题的文章中力求带有善意,力求分清主次,做到准确而有分寸,但文章一发表就得到了各式各样的右派、反动派与保守资产者的喝彩。由此,他身不由己地被来自右翼的社会浪潮卷了过去,几乎成为这个他从不屑于为伍的右派社会中的一员，几乎整个沉沦下去。事实上，他在政治上、道德上也的确产生了他过去难以想象的污点，只是他敏锐地意识到了自己的变化，迅速回头转向，才免于自己进一步的沦落。小说人物的所有这些状态与变化，都是西蒙娜·德·波伏瓦作为"既不揭示什么，也不鼓动什么"，"仅仅作为一个见证"而展示出来的。但实际上其中却蕴含着一种真理，那就是社会阶级斗争中存在着不以人的意志为转移的规律，存在一种历史的必然性，在这种历史必然性面前，这些"左"倾知识分子要求独立自由的路线，只可能落到悲剧的下场，迪布勒伊与亨利正是"历史必然性的无可指责的受害者"。这是西蒙娜·德·波伏瓦这部小说的主要内容，也是它的主要思想意义。

还值得特别注意的是，西蒙娜·德·波伏瓦让她的左派知识分子承认了自己的失败，承认了法国知识分子在现实世界里的无能为力、在社会斗争中的无足轻重之后，又让他们重新振作起来，从零开始。他们又准备创办一家周刊，发挥自己的作用；他们又握住了共产党伸过来的手，开始进行一次争取民主的联合行动；迪布勒伊为了争取和平、反对战争，又满怀热情到外地去进行活动，发表演说；亨利也放弃了逃避法国现实、到意大利去过隐逸生活的计划，又重新投入了工作；纳迪娜终于从她的玩世不恭与虚无主义中解脱出来；安娜也从绝望的道路上回过头来，企图到生活中去寻求新的意义。小说就这样在积极的基调中结束了，这种积极的基调与光明的结尾，与其说是现实生活本身带来的，不如说是人物的精神状态所带来的；与其说是人物精神状态中对未来很有把握的信心所带来的，不如说是人物精神上不计前景与成败而坚定不移的自我选择的意志所带来的。虽然小说结束时的现实比小说开始时的现实显然要更严峻、更充满了新的世界大战将要爆发的可怕的阴影，它仍带给人物以深重的迷惘感，但人物的精神却经过了困顿的历程、有了新的认识而决心开始第二回合的搏击，进行了第二轮的自我选择，一个新的层次的自我选择，更有思想准备、更有经验、更为坚韧的自我选择。"自由选择并不是绝对自由的，而要受客观境况条件的限制"，我记得 1981 年我在巴黎访问西蒙娜·德·波伏瓦的时候，她对我讲过这样一个观点。在这部小说里，我们就看到了这一观点的形象表现，但与此同时，虽然境况是严峻的、令人困顿的，我们仍可以看到小说中人物行为的这一轨迹：困顿——自我选择——困顿——再自我选择。这种自我选择的不息精神，正是萨特与西蒙娜·德·波伏瓦的存在主义哲学主张，是人的存在价值的体现，是真正英雄主义的源泉。在萨特著名的存在主义哲理剧《苍蝇》里，俄瑞斯忒斯虽然眼见自己面前的道路是没有尽头的、看不见希望的，深知自己沿着这条道路走下去将永远有"苍蝇"的追逐，但他毅然作出了选择，坚定不移地走下去。迪布勒伊与亨利无疑与《苍蝇》中的英雄主人公有些相像，他们在严峻的现实世界中、在战争阴影的笼罩下，明知自己作为法国知识分子的无能为力、无足轻重，但仍然保持着自己的存在价值观，重视自己的职责，也毅然地选择了一条见不到前途的道路，坚定地走下去。在这个意义上，他们堪称 20 世纪的"俄瑞斯忒斯"，他们身上也有着一定程度的英雄主义色彩。也正是出于对这个意义的理解，我建议这部小说的译者将书名译为《名士风流》。

小说中另一个重要内容，是人物的爱情故事，特别是安娜的婚外私情故事。除了政治社会活动与个人事业外，爱情就要算是这一批知识精英生活中的主要乐趣了。亨利的生活中，像走马灯似的走过好几个女性：波尔·纳迪娜、若赛特，最后又是纳迪娜；纳迪娜的生活中更是充满了男人，从美国军官到亨利、朗贝尔，等等；安娜则一再到美国去叙私情，小说下卷几乎一半以上的篇幅是写她这一场婚外恋。应该说，小说中的这些人物都是性开放主义者，他们对性爱的那种无所谓的自由随便的态度着实令人惊讶。亨利作为一个有"家室"

的男人，可以在报社众目睽睽下公开带着纳迪娜到葡萄牙去旅行，而且还得到了自己的"配偶"波尔的同意，他与若赛特的关系不仅在自己的朋友圈子里，而且在大庭广众的社交场合也毫不避讳。纳迪娜与每一个男人的关系也都是公开的，她自己、她的父母以及她的友人谈到她与不同男人的性关系时，就像谈普通家常一样。而对安娜一再赴美国会情人，她的亲友竟无一人有所在意。总之，在这部小说里，两性关系成为普通社会交往的一种形式，与异性做一次爱几乎像与朋友上酒吧喝一杯威士忌一样普通，它不受社会规范、家庭关系的约束，既不存在当事人自己受贞操、节守、义务等观念的煎熬，也没有旁人以嫉妒来干扰。在两性关系上，如果说性开放与传统的性观念的淡化是这些人物的第一种作风的话，那么他们的第二种作风则是经常以性欲之爱作为目的。在这里，几乎每个人物在考虑自己与异性的关系时，首先想到的、集中想到的往往是"做爱"、"上床"，亨利与纳迪娜、若赛特自不待言，即使是安娜这一个正派的有身份的严肃的有夫之妇也是如此。尽管她与右翼作家斯克利亚西纳在政治观点与社会观点上相左，有时还话不投机，但第一次与他在酒店会见时就发生了肉体关系。她在美国之行中，一直就怀着找一个情夫的意图，为此，她主动地与菲利普、刘易斯两个男子联系，与菲利普联系不成时，她竟感受到"肉体上的失望"，于是才转向了刘易斯，并跑到芝加哥去会见他，早在与刘易斯成为互相熟悉的朋友之前，她就预想着"跟刘易斯睡觉"了，只是当她与刘易斯第一次发生了肉体关系、性感全面复苏，"重新又拥有了乳房、肚子、性器官，重新又拥有了肉体"、"全然变成了另一个人"之后，她才在情爱上补了一课：感情上进入了充满柔情、缠绵悱恻的真正恋爱。

《名士风流》中两性关系的这种图景与特色，固然是法国社会现实生活中自由放任的男女关系的写照，但也与西蒙娜·德·波伏瓦在两性关系上的思想体系有关。西蒙娜·德·波伏瓦本人是西方当代女权主义的先驱,早就以其观点新颖大胆的专著《第二性》(1949)闻名于世。在这部著作中,她论述了"女人并非生来就是女人,女人是被动地变成女人"的这一中心思想,揭示了在人类社会的历史过程中,男人是如何利用自己在社会生活中的优势地位,制造出关于女人的种种神话,强制妇女接受下来而永远处于从属的"女人"的地位。书中宣扬了"男人们自己做主,女人们也自己做主"的平等理想,在性问题上则批判了"把理应建立在自发感情冲动基础上的交流变成了权利与义务"的婚姻制度,认为"要求被社会与道德的实际利益拴在一起的夫妻终生都能互相给予对方以肉体快乐是绝顶荒谬的"。《名士风流》出版于《第二性》5年之后,正是本着她在《第二性》中的思想观点,西蒙娜·德·波伏瓦在《名士风流》中以赞许的态度描写了亨利对自己的"家室"波尔的腻烦与他的性自由;带着怜悯的感情描写了波尔如何死抱住关于女人的神话不放,在女人的从属地位上建立起对自己的虚幻理想,因而"误入歧途",最后落得了悲惨的下场;她还以平等的原则,对称地安排了两个与男人(亨利)一样也享受着性自由的女人安娜与纳迪娜。安娜身上那种非从属性的、非传统规范的思想特点,从她在酒店里与斯克利亚西纳的那一场对话就已经表露得很清楚。当这个俄裔美籍作家单刀直入问她是否会有外遇时,她宣告自己"完全是自由的",也宣告自己的丈夫也是"完全自由的";西蒙娜·德·波伏瓦在以她的《第二性》的观点描写着这些主人公的时候,还没有忘记安排了他们周围的人们与环境是如何认可与容忍了两性关系中的这种独立与自由。

何止是反映了作者本人的政治态度、哲学思想与男女观而已,《名士风流》实际上在相当的程度上带有自传的性质。早年,萨特曾在一家咖啡馆里建议西蒙娜·德·波伏瓦:"至少你应该把你自己融入你所写的东西里去。"在《名士风流》中,西蒙娜·德·波伏瓦按此办理比在她任何其他作品里都更为明显,因为她立意要写的是法国战后左派知识分子群的生活,而她与萨特正是这样一个知识分子群的中心。于是,在她这部小说里,萨特与她以及他们周围的一些知识分子的影子就不可避免地要不时闪现,正如纳迪娜对亨利所说的那样:"你小说中足足有 50 处与爸爸或你完全吻合。"在迪布勒伊身上,我们可以看到不少萨特的成分:萨特在战后法国思想界的泰斗地位、他对青年一代的巨大影响、他身边团结了一批思想"左"倾的知识分子,这几乎与小说中迪布勒伊的地位完全一样;他 50 年代起从写作生活较多地转向政治社会活动,他 1945 年创办《现代》杂志并吸收西蒙娜·德·波伏瓦参加编辑工作,与迪布勒伊处理写作与社会活动的关系,在亲人的协助下办《警觉》杂志的工作情况也很相像;他 1948 年创建中间偏左的"革命民族联盟"以及联盟在两大阵营的对峙中难以立足、最后解体了的经历,几乎是照搬到了迪布勒伊的身上;他从 50 年代初开始在政治上亲近苏联、与法共关系密切,与加缪在苏联集中营问题上进行论战时坚持党派精神与阵营意识,后又投入反对冷战、争取和平的斗争,与迪布勒伊所走过的道路也基本吻合;甚至他 1952 年与加缪论战后中断了两人的友谊一事,也变成了小说中迪布勒伊与亨利决裂的情节。在亨利的身上,则既有萨特的成分,也有加缪的影子,西蒙娜·德·波伏瓦一方面把萨特内心的矛盾,把他在政治上要坚持"左"倾而同时又要保持自己独立自主的复杂心情,把他顾全大局、服从整体的态度,把他在加入共产党问题上的思索以及他在与女性交往上独立自由的作风,都放在了亨利的身上。另一方面,又把加缪在苏联集中营问题上所持的立场与所采取的行动,移植到亨利的经历中去。至于安娜,则明显地凝聚了西蒙娜·德·波伏瓦的心理感受,安娜与美国作家刘易斯的爱情故事,就是西蒙娜·德·波伏瓦从 1947~1950 年与美国作家纳尔逊·阿尔格林之恋的艺术加工与艺术升华。

由此可见，小说的两大部分——知识分子群体所生活的战后法国社会现实的状态与一个妇女所感受的爱情经历——都具有作家本人深厚的生活基础，这就保证了作品的丰富多彩的历史内容与真切细腻的心理内容。小说中的一个人物曾经提到要写作出《战争与和平》与《克莱芙王妃》那样的作品。看来，西蒙娜·德·波伏瓦是以《战争与和平》为楷模来处理她小说的第一大内容，即描写战后的法国现实社会与知识阶层的状况，而以《克莱芙王妃》的方式来处理她小说的第二大内容，即刻画安娜的爱情心理。我不敢说《名士风流》在文学史上将享有《战争与和平》或《克莱芙王妃》那样的地位，但我可以说，《名士风流》的确实现了《战争与和平》与《克莱芙王妃》式的结合，仅就此而言，它出版的当年（1954）就荣获了龚古尔文学奖，即非偶然。

西方当代社会中人的"世纪病"

——西蒙娜·德·波伏瓦:《美丽的形象》

小说以洛朗斯这个少妇为中心人物,写的是她的"闺愁",一个现代中产阶级职业妇女的"闺愁",当然是广义的"闺愁",即她作为人之妻、人之情妇的矛盾与彷徨,作为女儿、作为母亲的苦恼与愁虑以及作为一个现代人的忧郁与精神危机,一个现代人的"世纪病"。

洛朗斯作为一个已婚妇女,她的个人生活,按一般的标准,可说是相当美满。她年轻、漂亮,很有魅力,在一家广告公司任设计师,职业稳定,经济殷实。她的丈夫让·夏尔既有好的职业与收入,又有好的教养与性格;他身体健康,生气勃勃,工作出色,事业蒸蒸日上;他待人热忱,平易随和;作为丈夫,他忠诚可靠,爱自己的家庭与儿女,对妻子充满了温情,在夫妻生活中,也令妻子心满意足。洛朗斯本人也常暗自庆幸自己嫁给了让·夏尔,他们已经有了两个可爱的女儿,他们的家庭生活富裕,又充满了和谐与温馨。然而,对所有这一切洛朗斯既满足又不完全满足,她要求生活像调色板一样更富于色彩。于是,她有了一个情夫吕西安,她爱吕西安的罗曼蒂克气质与情人的狂热与执着,以此作为对丈夫的补充,而这种婚外私情又并没有妨碍她的婚姻与家庭。她在如此并存不悖的双重生活中如鱼得水,也曾滋润惬意一时,但她对此又开始既满意又不满意了,吕西安的狂热固然使她充分享受了婚外恋的乐趣,然而却又成了她的负担,她感到婚外私情已经占有了她不少的精力与时间,于是她决定与吕西安一刀两断。断绝了关系以后,她却又犯上了新愁:她开始怀疑起自己与丈夫是不是真正有爱情,甚至怀疑自己是否真正爱过自己的情夫。

面对着父母,洛朗斯也总是苦恼不断,经常感到不称心如意。她的母亲多米尼克在电台工作,已是一个出类拔萃、功成名就的女强人,在事业上如中天之日。父亲是一个有自己生活准则的理想主义者,本来有才能可成为一个大律师,但他"不与人妥协,不玩阴谋,不为金钱所动",而心甘情愿地当上了一名不起眼的公文撰稿员,他深爱文化、艺术与孤独,过着清高脱俗的生活。父母已经离异多年,母亲当了大资本家吉贝尔的情妇,并期望与他正式结婚,这也许要算洛朗斯直系亲属中的唯一一件不值得炫耀的事了。更为糟糕的是,吉贝尔又勾搭上一个年轻女子并与她结婚,把洛朗斯的母亲完全抛弃掉,这不仅给多米尼克沉重的打击,而且也给洛朗斯带来了一连串的麻烦,她的烦恼是理所当然的。同样理所当然的是,对母亲有不满的洛朗斯,与父亲之间却存在一种亲切、和谐、尊重、赞赏与默契的关系,但当她与父亲到希腊旅行,有机会更多接触、更多了解的时候,她却反倒感觉到自己与父亲之间的距离与鸿沟,自己原本对父亲的那种赞赏之情大为减少了。似乎更为令人感到意外的是,当她得知母亲与父亲重归于好,重新开始一起生活时,她却大感惊异,深不以为然,觉得难以接受,对父亲的好感一时迅速消失,产生了一种深刻的失望,意识到父亲的清高脱俗原来不过是虚有其表。

在儿女问题上,我们实在没有理由不说洛朗斯是一个幸福的母亲,她有两个女儿,她们都健康活泼,天真可爱,驯良懂事,不论在生活习气、课程学业、阅读吸收、伙伴交往等各方面的状态与发展都正常良好,本来不存在值得父母担心犯愁的事。只是大女儿卡特琳娜交了一个早慧的小友,开始考虑起人生的严肃问题而有思想波动。这在洛朗斯一切完满无缺的生活里就成了一个大问题,于是她就开始忧心忡忡起来,如何使女儿摆脱困扰她的严肃的人生课题,如何防止女儿受到报纸、电视与小友的影响，是不是要请精神分析大夫来帮助等等就成了洛朗斯生活中巨大的烦恼。最后，她总算认定了让女儿正常成长的最好方法，就是不要用精神分析大夫去为难她，而让她在正常的环境与正常的交往中自然而然地发展。

在对待个人的存在状态上，洛朗斯似乎从来没有满意与无忧无虑的时候，当初她的前途与职业尚无着落的时候，她有一个时期经历过颓丧、消沉的心境："先是懒散，继而感到厌倦，然后就逐渐消沉下来。"后来得到了稳定的职业与优厚的待遇，她又因新出现的问题而苦恼："时间紧张，脑子里整天纠缠的就是广告画与说明词。"她的生活环境与生活条件本来给她提供了不少精神文化享受的机会，但她都觉得索然无味，文学作品她读不进去，报纸新闻，她没有兴趣去关心，音乐，她也无心享受，甚至她从来未进入过那一个美的天地："蒙特威尔的悲怜、贝多芬的悲剧所揭示的那种震撼心灵的痛苦是她从未经受过的，她只经历过伤心、恼怒、孤独、慌乱、空虚、厌倦，尤其是厌倦"，特别是希腊之游，更暴露出了洛朗斯对生活的无可救药的厌倦，到希腊去旅游，这对于任何人来说都是一次难得的机会，这一个充满了文物古迹、动人传说与艺术美的国度，足以使人陶醉不已，但对于洛朗斯却是一个例外。虽然她是一个从事美工职业的人，在她眼里，"坐落在半山腰的帕尔塞尼翁神庙很像旅游商店里出售的那种假大理石工艺品，没有半点气派"；独具风格，颇为有趣的酒吧间，在她看来既不优雅，又充满了铜臭味；希腊古代动人的神话故事，她听起来很不入耳，只觉得疲倦；对希腊雕塑艺术，她"看不出有什么惊人之处"；引人遐想的古代建筑的遗迹与废墟，她觉得与她毫不相关，格格不入；希腊蓝澄澄的天空与古代的神庙，她看着只感受到"无与伦比的颓丧"；发掘出土的古代器物只使得她"讨厌"、"厌倦"，并且这种厌倦的情绪还变成了"一种痛苦的焦虑"。总之，"她明明知道这些事物值得去爱，却无法对它们产生爱的感情"……

这就是西蒙娜·德·波伏瓦所着力描绘出来的洛朗斯的存在环境、存在条件、存在状态以及在这种环境、条件状态下的存在感受，在这个还"有三分之二的人处于饥饿状态"的世界上，洛朗斯不愁温饱，有优越的职业与生活条件，有富贵融洽的人际关系，有丰富的精神文化生活，其存在环境、存在条件与存在状态无疑是极为优越的，所有这一切实际上构成了围绕着她的美丽的生活形象，洛朗斯自己也经常自觉地意识到这一点："一切都是纯真、可爱、美妙的"，"像游泳池里湛蓝的水"……

把客观条件与主观感受力加以对照，洛朗斯所感受的矛盾似乎只是雕花玻璃杯中的风波，她所感受的痛苦只是蜜糖中的一丝苦涩，她所感受的冷漠只是暖花房中的一点凉意，在有愁温饱的人群看来，是太微不足道了，问题在于西蒙娜·德·波伏瓦为什么要写这样一个人物，为什么要这样写这个人物。

人物往往是一种手段，作者让人物在什么样的情势与条件下有什么样的视野、有什么样的感受、有什么样的思绪，都是为了一定的目的。西蒙娜·德·波伏瓦让洛朗斯对她周围的中产阶级生活的美丽形象产生一种不可抑制的虚幻感、失望感与厌倦感的同时，又让她认识到"世界上三分之二的人生活在饥荒中"这个可怕的事实，让她认识到这个世界上存在着的"可怕的事情太多了"，从私刑、处死、自杀、受虐待的儿童到杀害人质、军队镇压，等等。不论洛朗斯对她所感受的整个世界状况与她个人生活条件之间的对照与关系有何种程度的自觉意识与理性认识，西蒙娜·德·波伏瓦却是通过洛朗斯而完成了她作为作家的社会学的与哲学的对照与联系，在她而言，这个世界是统一的，她有权将这两个方面的现实联系起来，对照起来，以展示这个世界的状况，以说明这个世界的性质。特别值得注意的是，西蒙娜·德·波伏瓦还安排了洛朗斯有一次反胃与恶心，她在生活中的不满意、苦恼、厌倦最后导致了她生理上的一次呕吐感，请注意，作者是这样写的:"她吐出来的一切,她的生活,其他人的生活连同他们的虚假与爱情,他们的金钱故事,他们的谎言。"这就不是一般生理病态的描写了,而被作者赋予社会的伦理学的、哲学的意义,它使我们联想起萨特的中篇小说《恶心》,在那篇小说里,萨特倾注全力表现了一种恶心感、呕吐感,而正是通过这种恶心感、呕吐感,萨特完成了对世界、对现实的荒诞与不合理的揭示。因此,我们不能不说西蒙娜·德·波伏瓦的《美丽的形象》在社会学与哲学的意蕴上与萨特的《恶心》同为一源,如出一辙,那就是他们的存在主义的哲理。

  小说中的人物既是作者的一种手段,也是一个独立的生命。它毕竟是人在作品中的一种形象,描写愈是成功的人物,就愈是具有生命力。洛朗斯作为一个20世纪现代社会里的中产阶级职业妇女形象的真实生命就在于,她在优裕物质生活条件下的厌倦感、虚幻感、忧郁感,正是当代社会中人的"世纪病"。人类的物质文明大大地发展了、提高了,但是上帝已经死去,人在精神上信仰什么?特别是当世界上还充满了矛盾、争斗、丑恶、贫困、痛苦与不幸的时候,人信仰什么?期望什么?寄托于什么?人为什么还要出生到这个世界上来?人为什么还要在这样一个世界上活下去?这些问题,远远不是洛朗斯一个人感受到了,它们困惑着20世纪的当代人,构成了当代人的精神危机。对于这样一些问题,自然会有一些不同的答案,西蒙娜·德·波伏瓦与他的终身伴侣萨特,肯定也自有答案,不过,她并没有通过洛朗斯宣示出来,只让她最后在女儿的教育问题上部分地,甚至可以说是微不足道地找到了人生的些许新意,她把这个严肃的大课题留给了读者。这个问题值得我们思考。

《女客》中的自传性成分

——萨特"三重奏"写照

这是一部独特的爱情小说,一个关于一男两女的爱情故事。它的独特性在于,它并不是在现实生活中屡见不鲜的一般意义上的三角恋爱故事,而是特定意义上的"三重奏"故事,一个在现实生活中并不常见的"三重奏"故事。这里"三重奏"的内涵是具体而明确的,那就是三个男女的共同性爱生活。

在这部小说的扉页上,有作者的一个题词:"献给奥尔嘉·高萨绮薇茨。"这个题词比任何作品的题词对其作品的意义都更为重要,它直接关系到这部小说的基本内容,关系到小说中的主要人物,因而也关系到小说的基本性质,关系到西蒙娜·德·波伏瓦整个文学创作的特色与意义。

奥尔嘉·高萨绮薇茨何许人也?

她是一个从俄国流亡到法国来的工程师的女儿,家住在伯泽韦尔小城,因为当地没有女子中学,就来到卢昂的寄宿学校读书。而这个时期,从1932年直到1936年,西蒙娜·德·波伏瓦正在这所学校任教。奥尔嘉,由于她的家史与身世,也由于她的聪慧与优越感,与周围的同学均格格不入,加以因为自己的志趣与父母给她硬性规定的学业方向南辕北辙,精神上甚为苦闷。由此产生了一股子叛逆情绪,反对一切,还滋生了一点浪荡倾向,结交三教九流。

西蒙娜·德·波伏瓦比奥尔嘉大9岁,她在卢昂中学任教时期,也与周围的人落落寡合,优越自傲,孤芳自赏,跟传统格格不入,与奥尔嘉身上的叛逆性有点相似。而她又拥有文化知识与执教权威,还存在得如鱼得水,于是,她就成了奥尔嘉在精神苦闷状态中的"救星"与大姐。

西蒙娜·德·波伏瓦与奥尔嘉的密切友谊在1934年就已经开始了,她们成了莫逆之交。这时的萨特则在勒阿弗尔中学任教,作为波伏瓦的情人与生活伴侣,他经常来卢昂,因此,在1934年也结识了奥尔嘉。当时,萨特29岁,波伏瓦26岁,奥尔嘉17岁。

萨特也很喜欢奥尔嘉,与西蒙娜·德·波伏瓦共同担负起辅导她学业的责任,波伏瓦还得到了奥尔嘉父母的同意,由她来监护奥尔嘉。这样,这个难以驾驭的少女就进入了萨特与波伏瓦的生活圈子,三人成了亲近的朋友。西蒙娜·德·波伏瓦与萨特的辅导与监护均收效甚微,奥尔嘉却按18岁少女常有的规律自行发展成熟起来,何况她本来就是一个不符合传统规范、循规蹈矩的姑娘。她与萨特友人圈子中的歌唱家马尔戈成了密友,此人甚为油练,与奥尔嘉的关系也有点放浪形骸。萨特也日渐被奥尔嘉迷住了,由柏拉图式的感情而发展成为强烈的爱情与占有欲。而西蒙娜·德·波伏瓦一方面与奥尔嘉已有深厚的关系,另一方面又"需要在所有一切问题上都与萨特保持一致"[1],这样发展下去,到了1936年,这三个人就建立起"三重奏"的共同生活。波伏瓦回忆此事时这样写道:"今后,我们不再只是一对情侣两个人,我们将成为三人行'三重奏'。我们认为,人与人的关系需要不断地加以创造发展,没有一种人际关系形式应享有天赋特权,也没有一种人际关系形式是不可能的,无权存在的,而我们的三人形式就这样产生出来,成为现实。"[2]

---

[1] 西蒙娜·德·波伏瓦:《年富力强》第一卷,第277页。
[2] 同上书,第279页。

这三个人所"发展创造"的这种新形式人际关系,不仅藐视两性关系(一夫一妻制、同居关系、生活伴侣关系、情侣关系等)的传统规范与约定俗成的习惯,而且与"性爱是排他性的"这一常情也确实相悖。尽管如此,却仍出现了黄金般的琴瑟和谐:过去的两人交谈变成了三人的"全体会议",当萨特与波伏瓦回到家里的时候,奥尔嘉像欢庆节日一样开门迎接,为他们泡茶,做三明治,讲童年的故事;萨特则唱自己最拿手的歌;三人还自编自演戏剧节目;星期天则到塞纳河畔的乡间去,参加露天舞会;他们还不时到酒吧去共度一些时光;到了复活节,奥尔嘉则跟他们到巴黎去尽情欢乐……

这"三重奏"看来的确美妙,但几乎像昙花一现,很快就出现了裂缝。其原因看来是多方面的。从外界来说,它引起惊世骇俗的反应,甚至在萨特的朋友圈子里,也有人对此不以为然。从内部关系来说,这种与"性爱是排他性"的常情相悖的关系,自然会引起复杂的心理矛盾与感情纠葛。"三重奏"的"总设计师"与推动者是萨特。西蒙娜·德·波伏瓦是被动参加者。她在这一关系中一直有感格格不入:"我试图在这种关系中得到满足,但我白费了力气,我在其中从未感到过自在。我依恋萨特,我也依恋奥尔嘉,但两种方式不同,不能同日而语,而且都是排他性的、专一的。我对他们的不同感情不可能混为一体。"[①]当然,除此以外,还有她最自然不过的感情——嫉妒:"当我们三人一道外出时……奥尔嘉投萨特的所好,表现得比和我在一起时更妩媚,更娇态十足,更搔首弄姿……而萨特在一心关注着奥尔嘉的时候,与和我单独相处的时候则判若两人。因此,在这种三人聚首中,我总感到受了双重的损害。他们之间总有一种旖旎的气氛,我则舍己投效,玉成其好,但我一想到这种三重奏将长年累月持续下去,我就不寒而栗。"[②]这样,西蒙娜·德·波伏瓦对奥尔嘉的

---

① 西蒙娜·德·波伏瓦:《年富力强》第一卷,第292页。
② 同上书,第293页。

喜爱感情也就变成了对她的厌恶。在奥尔嘉方面,她仍与那个歌唱家有来往,又结识了萨特的一个名叫波斯特的朋友,并与他建立起亲密的关系。于是,萨特与奥尔嘉之间,也经常发生争吵,萨特指责奥尔嘉任性,而奥尔嘉则抱怨萨特专横。事情很快就发展到这样的地步:"我们三人都发现,我们已被一架由我们自己组装起来的恶魔般的机器压得透不过气来。"①

"三重奏"宣告失败,前后仅仅维持了几个月,基本上没有超出1936年。后来,奥尔嘉与波斯特终成眷属,萨特与西蒙娜·德·波伏瓦是他们的证婚人。

1937年,那时的西蒙娜·德·波伏瓦在文学事业上还一事无成,仅有过两三次习作。一天晚上,她与萨特坐在蒙巴纳斯大街上的一家咖啡店里,萨特批评她在创作上无所作为,并对她提出了建议:"为什么你不把你自己写进作品里去?"西蒙娜·德·波伏瓦受此启发,从此开始酝酿《女客》的写作。1938年10月,她正式动笔,1941年写完全书。在这部小说里,她写的就是一个"三重奏"的故事,而其女主人公之一格扎维埃尔,"我是以奥尔嘉为原型写出来的"②,她把这部小说献给奥尔嘉。当时,在另外两个主人公女作家弗朗索瓦兹与戏剧表演艺术家皮埃尔身上,也有她自己与萨特的某些身影。因此,不论小说的人物、小说的故事与萨特、西蒙娜·德·波伏瓦三人行有多少差别出入,作品的自传成分是不可否认的。

小说于1943年由伽里玛出版社出版。虽然它是西蒙娜·德·波伏瓦的处女作,但一炮打响,引起了广泛的注意与评论。作者由此而一举成名,当时的文坛大师莫里亚克·科克多在读过这部小说后,都给作者写了信。时至西蒙娜·德·波伏瓦已盖棺论定的今日,《女

---

① 西蒙娜·德·波伏瓦:《年富力强》第一卷,第296页。
② 同上书,第277页。

客》仍是她全部文学创作中的一部重要作品,一部仍拥有广大读者的"保留节目"。它之所以享有这样的地位、保持这样的魅力,就在于它来源于一个现实生活中并不常见、但却非常真实的故事。这个故事体现着一种独特的人性要求,一种独特的性爱关系,同时也体现着这种独特组合关系下独特的感情纠葛形式、心理矛盾形式。正因为所有这一切都是作者经历过、感受过、体验过的,当她以真实细致的笔触把它们表现出来之后,作品也就成为真实人性的一个罕见的活生生的标本。而且,她从陀思妥耶夫斯基那里、从海明威那里借鉴了精湛的小说艺术,以深刻的心理描写、渗透着人物特定精神色彩的图景、充满了力度的对话,而使作品成为真正的艺术品,而不是一份故事说明书。

在论及法国20世纪文学的时候,人们总是习惯于把西蒙娜·德·波伏瓦划在以萨特为代表的存在主义文学的范围里,实际上也就是把她置于从属于萨特的地位。应该承认,西蒙娜·德·波伏瓦的确在一定程度上从属于萨特,不论是在存在主义哲理上、社会政治活动上还是在爱情生活上。她自己把与萨特保持一致视为自己的"生命线",这使得她有时显得像是萨特的"小伙计"。事实上,她的力图表现某些存在主义哲理的作品,与萨特、加缪的哲理性作品是不能同日而语的,在当代法国文学中并不具有特殊的价值与意义。西蒙娜·德·波伏瓦的主要价值与意义不在这里,她另有自己的价值与意义。她的价值与意义就在于她写出了她作为一个杰出的职业妇女在以男性为中心的现代社会里的思想观念、感受体验、精神优越与矛盾苦闷、欢乐与幽怨……而她这方面的重要代表作就是享有盛誉的理论著作《第二性》、自传性小说《名士风流》与《女客》。正是这三部作品构成了一块支撑着西蒙娜·德·波伏瓦在法国20世纪文学中不朽地位的坚稳的基石。

二、哲理文学的第三道精神灵光

加缪总论

一个20世纪作家,其名字两次成为世界各国大报头版醒目标题,甚至是头版头条新闻,这无疑说明了世界与人类对他在意的程度,标志着他文学地位的重要性、他存在的显著性。他就是法国人阿尔贝·加缪。

1957年10月中旬,瑞典皇家科学院宣布将当年的诺贝尔文学奖授予加缪。16日,当加缪得知这个消息时,正与友人在巴黎福赛圣贝尔纳的一家饭店的楼上用餐,他顿时脸色煞白,极为震惊。同样,这个消息也震惊了整个巴黎与欧美文化界。

为什么普遍的第一反应是震惊?

固然,他的文学成就是毫无疑义的:其名著《局外人》(1942)、《西西弗神话》(1943)、《鼠疫》(1946)、《反抗者》(1950)以深沉的精神力量给了人们以隽永的启示,享誉世界,成为20世纪文学中的经典。瑞典皇家科学院认为他"热情而冷静地阐明了当代向人类良知提出的种种问题";莫里亚克称他为"最受年轻一代欢迎的导师";福克纳把他视为"一颗不停地探求和思索的灵魂"而表示敬意;《纽约时报》的社论评论他"是屈指可数的具有健全和朴素的人道主义外表的文学声音"……

使人震惊的原因是他的获奖大为出乎人们的意料。首先，因为他并不是经过任何重要团体的推荐，而是由瑞典皇家科学院直接评选出来的，而且他是战胜了法国的9位候选人，特别是超过了其他好几位声名更为显赫、地位更高的大师，如马尔罗、萨特、圣-琼·佩斯以及贝克特等而获此殊荣的。更为主要的是他太年轻，他毕竟只有44岁，是法国20世纪文学史上最为年轻的诺贝尔奖获得者！在他之前，苏利-普吕多姆于1901年获奖时是62岁，罗曼·罗兰于1915年是49岁，阿纳托尔·法朗士于1921年是77岁，亨利·柏格森于1927年是68岁，马丁·杜·伽尔于1937年是56岁，纪德在1947年是78岁，莫里亚克在1952年是67岁……至于在他之后，萨特于1964年获奖是59岁，克洛德·西蒙于1985年则是72岁……直到今天，加缪这个名字在世人心目中之所以格外有分量，实与他几乎是在青壮年时期就达到了文学成就的巅峰有关。

他再度引起全世界舆论的极大关注是在1960年。这年开始的1月4日，在法国荣纳省的桑斯附近，加缪遇车祸身亡。这个消息又一次震惊了世界。各国报纸的头版头条报道了这一噩耗，正在闹罢工的法国广播电台，也特别播出了哀乐，悼念他的逝世。当时担任法国文化部部长的马尔罗这样对他盖棺论定："20多年来，加缪的作品始终与追求正义紧密相连。"即使是加缪的论敌，也表示了沉痛的哀悼，曾与加缪闹翻了的萨特在《法兰西观察家》上发表了令人感动的悼词，这样评论加缪："他在本世纪顶住了历史潮流，独自继承着源远流长的警世文学。他怀着顽强、严格、纯洁、肃穆、热情的人道主义，向当今时代的种种粗俗丑陋发起胜负未卜的宣战。但是反过来，他以自己始终如一的拒绝，在我们的时代，再次重申反对摒弃道德的马基雅维里主义，反对趋炎附势的现实主义，证实道德的存在。"而西蒙娜·德·波伏瓦则在得知加缪逝世的噩耗后，即使吃下已长期停服的安眠药也无法入眠,而冒着1月份寒冷刺骨的细雨,在巴黎街头徘徊……

生命的终止并不全然都是生命的终止,1月4日的车祸并没有使加缪悄然离开世界,反倒成为加缪不朽生命力在人们心目中弘扬光大的新起点。世人对加缪有如此隆重的关注、如此揪心的惋痛,又与加缪系早逝于英年这样一个事实有很大的关系,他去得太年轻,毕竟只有47岁。要知道,这个时期的他,正处于某种创造力勃发、神采高扬的状态:他的重要小说《第一个人》写作得甚为顺利,基本上已经完成,可能是献给母亲的题词已经写好,而这部作品是被他自己称为"我成熟的小说";他在戏剧创作与戏剧编导方面,也雄心勃勃,甚至对演电影也兴致很高,玛格丽特·杜拉斯的著名小说《琴声如声》由布鲁克执导搬上银幕之前,杜拉斯、布鲁克与女主角让娜·莫罗都一致同意由加缪出演男主角,加缪也已欣然同意,只是因为《第一个人》的写作进度与电影拍摄的档期有矛盾,该片男主角才由赫赫有名的硬派小生贝尔蒙多代替出演;至于他在这一段时期里与一个年轻、健康而美丽的女子相恋,更被后来传记作者视为加缪的第二个青春的标志……一个充满了生命活力的人,一个已经获得了最高文学殊荣而正要翻开新的一页的作家,如此英年早逝,显然给世人留下了对他灿烂前景扼腕长叹的惆怅与无穷无尽的遐想。

年轻是世界上最美好的一个字眼,特别是在人生攀登的高难领域里更是如此,加缪却两度在高层次的意义上体现着它、代表着它。因此,当人们环视20世纪文学的时候,必然会发现,加缪是一个特别熠熠生辉、别具一番魅力的名字。

二

面对着加缪这样一个充满了生命光辉的不朽者,这样一个在20

世纪现实中有声有色、显赫了一个时代的客观存在,这样一个在人类文化史上永远光华照人的精神现象,该如何观照与审视?正如观察天象与星体时显微镜无用武之地一样,我们面对着加缪时,某些时髦的工具如叙述学、符号学、文体论、结构主义批评、语言学理论,就显得过于琐细,而难以得心应手了,观察天象就应该用观察天象的方法与工具,就应该用望远镜与光谱分析、地质分析……

作为一个社会的人、时代的人,作为一个客观存活的个体,加缪身上值得我们首先注意也必须予以注意的是哪些方面的成分与状况?

"我是穷人","我过去是,现在仍是无产者",这是加缪社会生活状况最主要的一个基点。

这种状况一直可以上溯到加缪家族的上两三代。他的曾祖父原是法国的穷人,穷得没有土地,趁法国的殖民征服之际,移民到了阿尔及利亚。他的祖父是个农民,兼做铁匠;他的父亲则因为双亲故去被送进了孤儿院,成年后在家乡当了雇农与酒窖工人,第一次世界大战爆发后应征入伍,于1914年身负重伤去世。这时的加缪还不满1岁,母亲带着加缪和他哥哥到了自己阿尔及利亚的娘家,以帮佣为生,勉强维持自己与两个孩子的生活。整个家族几代人都这样处在赤贫的境况之中。赤贫也就是意味着"什么也没有"[①],意味着加缪一生下来就生活在没有书本、没有文化、没有历史的空白之中。他从零开始,这就是加缪对自己的理解,也就是说,他把自己视为本家族从原始状态中走出来、走向文明的"第一人"。由此,他给他最后一部小说,亦即本人的精神自传取了"第一个人"这样一个标题。

从不满1岁直到17岁,加缪是在阿尔及尔的贝尔库贫民区长大的。他的家庭生计艰难,幸亏加缪兄弟两人被承认为战争阵亡者的孤儿,每年从政府得到若干抚恤金,得以维持最低水平的生活与上小学

---

① 《第一个人》注解。

念书，但是"每次回到家中，就回到了贫穷、肮脏、令人厌恶的地方"，家里连做作业的桌子也没有。"人人都得干活挣钱"，加缪兄弟也不能例外，只是由于母亲的大力支持与艰苦支撑，加缪才未辍学一直念完了高中，接着又在阿尔及尔大学完成了他的学业，先后于1934年与1935年，获得了文学与哲学两个毕业文凭。同样，不论是在中学期间还是大学期间，加缪始终都被贫穷的阴影笼罩着，他口袋里从来都没有什么零花钱。当中学生的时候，每当暑假他就要去打工挣钱，干过各种临时工的活。而到了大学，则去当家庭教师，辅导准备会考的高中生，也当过汽车零件推销员、船舶经纪人的雇员，等等，以弥补自己拮据的经济。

从学校毕业走上社会之后，他又完全过着为生计所迫的智力劳动者的生活。他长期在报馆任职，既是他的兴趣与专长，更是一种不可或缺的谋生手段；在相当长一段时期里，他在左翼文化团体里工作，这与他"左"倾的政治态度有关，其实也有维持生活出路的性质。即使是在1935年被迫离开共产党后，他仍待在由共产党控制的"文化之家"里，直到1937年年底，就充分说明了这点；他在整个第二次世界大战期间，经常居无定所，甚至长时间寄住在友人家里，既与他参加抵抗运动的斗争生活有关，也是他生计艰难窘困所致；他虽然29岁发表《局外人》后就一举成名，而在文坛开始崭露头角则为时更早，但他几乎从没有过过富裕阔绰的生活，他获得诺贝尔文学奖之后，才在普罗旺斯的卢马兰村购买了一幢别墅，直到生命的最后一年，他来来往往仍然是驾驶他那辆陈旧的黑色雪铁龙车……难怪他成名之后这样说过："我过去是，现在仍然是无产者。"

从加缪的家庭出身、青少年时期的成长与入世后的生活状况来说，用"平民知识分子"一词来概括他是远远不够的。他几乎完全像世界著名的无产阶级作家高尔基那样，是来自社会的底层。不同的是，他受到了完整而良好的中学教育与大学教育，在现代化的教育过程中被培养成为一个全面的知识分子、一个高层次的文化人,而这种长期的清贫与困顿又作为一种最基本的土壤以其苦涩的汁水滋育了这样的"第一人",使他在法国思想文化领域里具有自己的特色,在这里,我们至少可举出以下两点:

瑞典皇家科学院在授予加缪诺贝尔奖的评语里这样说:"加缪是准无产阶级出身,因此,发现必须依靠个人的力量,在生活中跋涉向前……"这种跋涉向前的必要,也就成为了他奋发向上的动力,而这种动力的持续作用造就了他英年的才华,贫困严酷的条件使他得到了足够的磨炼,完整的现代化教育造就了他的文化层次与精神高度,在文化精神光亮的照射下,磨炼奔向明确的目标。而渗透着磨炼苦汁的精神层次与文化水准则反倒具有一种贴近大地的实实在在,这就造就出了一个务实求真、充满了活力的智者。加缪既是一个通今博古的现代文化人,又绝非一个只在书本中讨生活的书斋学者,绝非一个靠逻辑与推理建立起自己体系的理论家。他的理论形态充盈着生活的汁液,如果他不是从实际生活与书本知识两方面汲取了营养,他怎么能写出既有深远高阔的精神境界,又充满了对人类命运与现实生活的苍凉感的著作?

作为"无产者"的基本生存状况在加缪身上刻下的另一个主要的印记,就是他的"左"倾以及他与马克思主义的关系。不言而喻,他的生活使他与无产阶级的哲学马克思主义的关系以及他与无产阶级的政党——共产党的关系,可以说是天然的、必定的。他正是由于相信了马克思主义是拯救贫苦阶级的理论而走近了它,并且加入了共产党。但是,加缪的这种行为绝非纯理性认识与意识形态的结果,而正如他自己所说是"在悲惨世界中学会"的结果,这个"悲惨的世界",除了他亲身承受与体验的贫困、所见所闻的苦难外,就是这个世界截然不同于理论与概念的现实复杂性。加缪不仅在自己困顿的现实生活中、现代化的教育过程中,从各种人、各种活动中充分体验到了这种复杂性，而且他是在法国殖民地阿尔及利亚这样一个特定的环境中生活与成长起来的，这里不同种族、不同利益的矛盾与冲突，特别是他精神上对法兰西与对阿尔及利亚的二元归向的矛盾体验与痛苦思索，更使他学会了任何理论学说都无法给予的东西。于是，在共产党学说、社会主义思潮风起云涌的20世纪，法国—阿尔及利亚出现了一个杜绝了抽象精神、狂热理论、偏激学说的"左"倾文化人，一个从实际出发，保持了精神独立与自由人格的"左"倾文化人。正因为如此，他在1935年参加了共产党后，因在阿尔及利亚问题上持不同意见，而于1936年又离开了共产党，这定下了他终身作为一个不跟任何主义学说、路线政策随波逐流，不附着于任何实体阵营的自由的"左"倾思想家的格调。

三

作为一个社会的人、时代的人，作为一个"我思故我在"的人、一个靠笔安身立命的人，加缪身上值得我们关注的另一个重要的事实与状态，就是他在现实社会中与实际斗争不可分割的关系。

在法国20世纪文学中，我们可以看到不少介入现实生活、参加社会政治活动的作家。从广义的角度来说，他们都与实际斗争有紧密的联系，不过，介入的程度与参与的层次是大有不同的。有一部分作家的介入与参与，基本上限于发表谈话、签署声明、参加集会等公开的形式，这些形式属于社会政治活动的高层次范围，参加活动者无不是以自己显著的名声与地位为基础的，纪德、杜·伽尔、罗曼·罗兰、莫里亚克、萨特、西蒙娜·德·波伏瓦都有过这类的社会政治活动，特别是萨特更是此道的大师与老手。不言而喻，这种方式的活动有其轰动效应与巨大的社会影响，但不可否认作为实际斗争却带有明显的表层性。另有一部分作家的介入与参与，则不仅止于这种表层的形式，而是以长时期深入基层的日常具体的工作为内容，可谓更为严格意义上的实际斗争。属于这种情况的，为数比前一种要少得多，从20世纪40年代起，最为突出的有马尔罗与圣爱克·苏佩里。马尔罗成名之后，正逢法西斯在欧洲日益得势、逞凶，而世界反法西斯斗争也正是风起云涌的时代，他不仅是集会上、宣言上的活动家，而且是政治斗争与军事斗争的组织者。在抗击法西斯的西班牙战争中，他组织了一支空军部队；在解放法国的武装斗争中，他也是一个兵团的指挥官。圣爱克·苏佩里则一直作为飞行员坚守在第一线，并在"二战"时牺牲在蓝天之中。除了这两个实践型的作家之外，就要数加缪了。

加缪早从大学时代起，就是一个实干的政治活动分子，较早就积极参加亨利·巴比塞与罗曼·罗兰发起的反法西斯运动。投身于左翼政治组织后，他在群众中做过具体的宣传工作，也做过带有文运性质的基层工作。他很早就卷入了法兰西与阿尔及利亚的错综复杂的关系，非常具体地参与了反对殖民主义的进步活动，亲身进行社会调查，撰写调查报告，以揭露殖民主义统治的不合理。在20世纪40年代反对德国法西斯的斗争中，加缪更是地下抵抗运动中的重要人物，是解放运动的战争组织中的坚强战士，从事过不少秘密的工作，特别是情报工作与地下报纸《战斗报》的筹备与领导工作；与此同时，他还不断撰文揭露侵略者的罪行，号召法国人民振奋精神，坚持抗敌，解放法国，向德国人民戳穿法西斯的欺骗与裹胁。在那黑暗的年代，加缪像一个斗士一样以自己的笔为武器，进行勇敢的、实实在在的战斗，正是由于在反抗法西斯斗争中的突出贡献，他于1945年被授予抵抗运动勋章。

对于处于全国中心地位的巴黎文化界、思想界来说，加缪这样一个出身贫困、有双重种族背景而又与重大社会现实斗争有如此深入、如此具体联系的来者，无疑要算一种"新鲜血液"。他的异样性显而易见：他既不同于巴黎文艺界那种习于以形式与风格的创新为业、以才情为传世不朽的手段的文人，也不同于那种传统的在书斋中以隽永的见解与独特的思辨而振聋发聩、令世人折服的哲人；他带来了新的气息，他的立场，他的观点，他的理念，他的视角，他的表述方式自有其独特之处，是他以困顿与实践为特征的存在状态的凝现与升华，是他在生存荒诞与社会荒诞中没有停顿的实践在精神上的延伸。就像希腊神话中的安泰俄斯以大地为其无穷力量的根本源泉一样，加缪全部论著、全部作品的力度，都来自他的实践生活和身体力行的品格，他的这种力度是很多其他同时代作家所没有的，他力度的强劲与坚韧持久，甚至也是他的同类哲人兄长萨特稍逊一筹的。

然而，也是因为加缪与现实的社会政治有着深层次的、具体而微妙的关系，他本人生前在各种力量、各种利益的矛盾与冲击的旋涡里，就没少遭困扰，身后也有各种相左的议论、评价缠绕着他的名字，在反法西斯方面，他获得了众口一词的赞扬与完美的英雄称号，但在反殖民主义斗争与共产主义运动这两个重要的方面，他经常而且至今仍是不同评价的争论对象。

法国早在1830年就开始对阿尔及利亚大举入侵，到1848年，实际上已全部控制和占领了整个阿尔及利亚。此后，就一直不断向这块殖民地大规模移民，特别是在1870年普法战争失败、阿尔萨斯与洛林两省割让给普鲁士后，法国政府更是将大批选择了法国国籍的两省居民，安置在阿尔及利亚广阔肥沃的土地上。加缪的祖先是阿尔萨斯人，正是那时来到阿尔及利亚定居的，因此，在加缪心目中，法兰西与阿尔及利亚都是自己的祖国故土，但两者截然不同的、殖民者与被殖民者的地位却不可避免地使他置身于两难的境地。加缪眼见养育了自己的阿尔及利亚遍地贫困与苦难，感同身受，对这片土地强烈的同情、对殖民制度恶果的憎恨，自始至终贯穿了他整个一生。为阿尔及利亚的处境与命运牵肠挂肚、仗义执言、奔走呼号的活动自然也就成为他生活的一个不可分割的组成部分。他曾辛劳跋涉,对阿尔及利亚人苦难贫困的生活状况进行过深入的社会调查,进行过系统的报道,撰写过大量的文章,真可谓呕心沥血,甚至,他为了阿尔及利亚还做出过重大牺牲:他被迫离开法国共产党,就是由于他反对法共在阿尔及利亚问题上的民族沙文主义的政策,由于他指责了党的领导迫害阿尔及利亚穆斯林的态度。然而,殖民主义与反殖民主义的斗争是不可调和的,在两个水火不相容的对立面中,要调和折中实不可能:加缪站在法兰西的立场上抵制与反对阿尔及利亚穆斯林争取完全民族独立进行恐怖主义的活动,又必然引起他与阿尔及利亚一方的深刻矛盾,因此,直到他去世之前,他仍然受到对立双方的批评与责难。加缪作为阿尔及利亚事务的参与者,事实上是陷入了悲剧的处境,这不是他个人的失误所造成的,甚至也不能归咎于他思想意识上的局限性,这是时代的悲剧,是法兰西与阿尔及利亚两个民族漫长的悲剧历史过程所决定的。随着法国与阿尔及利亚之间关系走向彻底解决,阿尔及利亚最后获得了独立与自由,加缪的活动与声音,也就成为了阵痛不断的漫长历史中一种困惑的回响。

在与共产党运动的关系上,加缪的言行作为、活动轨迹则更为深刻地反映了历史风云中的复杂矛盾与时代发展的必然。加缪是在20世纪30年代整个西方世界的知识阶层明显"左"倾的潮流中,投身于共产党的,而西方知识阶层的"左"倾潮流则是第一次世界大战后自由资本主义深层次矛盾的明显暴露,苏维埃政权与德国法西斯政权是作为对传统的自由资本主义的两种强劲的逆反力量而在突出的历史背景下出现的。在加缪之前,一些著名的作家如罗曼·罗兰、杜·伽尔、纪德、马尔罗等,就已经因与苏联为友而轰动一时,像他们一样,加缪把马克思主义、共产党视为能使面临着危机的人类摆脱困境,甚至获救的途径。正是出于这样的信念,他参加了法国共产党。此后,他不仅担负起党派给他的在穆斯林中进行工作的任务,而且主动地通过戏剧活动为政治斗争服务。他创建了劳动剧团,先后演出了赞颂共产党人反法西斯斗争的《轻蔑的时代》与描写西班牙无产阶级斗争的《阿斯图里起义》,加缪不仅是剧团的组织者、领导人,而且亲自创作与改编剧本,担任导演,出演主角。劳动剧团的演出取得很大的成功,产生了广泛的政治影响,以致被政府当局认为有煽动性、危险性而禁止再演。此外,加缪还参加其他的剧团,经常到阿尔及利亚城乡各地巡回演出。稍后,加缪又组建了"阿尔及利亚文化之家",开展了各种各样、丰富多彩、进步的文化活动,实际上成为共产党的外围组织;同样,加缪在这个机构中也扮演了极为重要的角色,他是各种活动的策划者、组织者、协调者、节目主持者,还亲自进行演讲以及演出等。

所有这些活动,充分地表明加缪是一个非常积极并卓有成效的党内活动家,他把巨大的政治热情、创造性的工作与自己熟悉在行的文化艺术事业结合起来,在阿尔及利亚这个特定的舞台上开创出生动活泼的政治局面。

正如共产主义运动过程中千千万万个例子所表明的那样,把马克思主义与共产党政治斗争视为济世良方、解放道路的人,并不一定把马克思主义的学说教义、共产党政治原则融进了自己的血液里,倒是血液里常携带着不少传统观念、生活习俗、个人际遇的积淀,用国内常听说的一句话来说,就是"组织上入了党思想上没有入党"。何况在20世纪共产主义运动中作为理论旗帜的,事实上已不再是经典的高度理论化的马克思主义,而是有重大变更、具有极大实用性的列宁主义。至于在实际共产主义运动中作为指导法则起具体控制作用的,更是从列宁主义中蜕变而成的斯大林主义,其显著的特征就是以政治功利为目的的实用主义、以强权哲学为标志的极权主义、以专制与冷酷纪律为手段的组织方式,所有这些通过第三国际的管道流传到全世界范围。共产主义运动的这种政治形态,在较发达的国家,特别是在文化密集程度较高的领域里,势必与具有历史文化内涵、习惯于思考的人士发生深刻矛盾。因此,在20世纪30年代欧美知识阶层"左"倾化高潮之后不太久,就越来越多地出现了同路人分道扬镳的事例。纪德的《从苏联回来》,罗曼·罗兰留下的日记,马尔罗转向戴高乐主义,就是明显的标志。这种转向、分手、背离的倾向发展到五六十年代匈牙利事件"布拉格之春"时,则形成了高潮,甚至一直都坚定地站在社会主义阵营之中的萨特,也成了斯大林主义——苏联政策的激烈批评者并公开宣布"分道扬镳"。在这些声名卓著的作家纷纷开始自己"理性复归"的过程之初,远离欧洲思想中心、处于偏远阿尔及利亚的默默无闻的加缪,就已经显示出了自己的理性与独立精神,对法共在阿尔及利亚的错误政策进行强烈地批评,他为此付出了沉重的代价。就20世纪全人类历史发展进程而言,不能不说加缪是一个先行者,同时又是一个殉道者,也正是从这里起步,他发展成为20世纪一位独立、勇敢而伟大的思想者。特别难能可贵的是,他在以后超越党派利害、致力于批评极权主义的过程中,还多次对受到镇压的欧洲共产党进行声援,他于1949年声援被处死刑的希腊共产党员,1952年声援被判处死刑的西班牙左派就是两个明显的事例。

四

由于英年早逝,而且生平参加了大量的社会实践活动,加缪实际上完全从事文学创作的年月并不长,至少与文学史上很多巨星式的人物相比要短少一些,而那些人物所享用的悠长岁月与在有生之年所保持的旺盛精力,往往是他们得以攀登到世界文学顶峰的一个不可忽视的条件。加缪不仅有生之年不长,而且体弱多病,但也攀登到了世界文学的顶峰，他攀登的轨迹不能不说是相当辉煌的，值得作一番回顾与探究。

像很多著名的文学人物一样，加缪从小就显示出了对文学的兴趣与语言文字的能力：在小学时期，就已经对发表演说、朗诵诗歌很有兴趣，7岁时就想将来成为一名作家。他驾驭文字的能力很强，法语成绩优秀。中学期间，他博览群书，很快就得到哲学老师让·格勒尼埃的赏识。这位先生本人是一位作家，虽然来到边远的阿尔及利亚，却与文化中心巴黎的文艺界、出版界有广泛的联系，经常在权威的文学刊物上发表文章。加缪从中学、大学时代一直到他1940年初次离开阿尔及利亚去巴黎寻求发展，甚至在这之后，都一直得到他的关怀、指引与提携，是加缪的导师与忘年交。一个来自"穷乡僻壤"的青年，能够顺利地进入巴黎的主流文化界并迅速取得成功，实与这一"得贵人相助"的际遇不无关系。

加缪在大学期间就已经开始写作，但他毕竟不是出自诗书之家，也没有浸染在巴黎高师这样的名校，这就决定了他的创作不是从吟哦诗韵、摆弄格律开始，而是选择了以自然朴实而非技巧化的文字形式，实实在在表述对现实生活的认识与内心感受的道路。他1935~1936年所写的一系列散文就是这类性质的作品，这些散文随笔在他刚出校门后一年就出版了，这就是他的第一个文集《反与正》。

《反与正》的篇幅不大，但却是加缪整个创作中具有重要意义的作品，由五篇散文组成：《嘲弄》是三幅人生暮年的图景，分别描绘了一个瘫痪的老妇人，一个没有自知之明的老头与一个在家庭里作威作福的老外祖母，同样面对着衰老死亡的不同境况；《若有若无之间》是一个生活艰难、劳苦辛勤、孤独沉默的老母亲的画像；《伤心之旅》与《热爱生活》记述了作者本人1936年六七月份在布拉格、意大利、西班牙旅行中的见闻观感与异乡人的内心体验；《反与正》

是从一个老妇人晚年为自己修建墓室的故事引发出来对生活的思考。所有这些散文的素材都取自作者本人周围的生活与人物,其中包括他的外祖母与母亲。从平常的生活现象中生发出敏锐的感受并再抽引出形而上的哲理,这就是加缪在这个文集中所做的事。在这里,生存荒诞、人都要死、现实境况的尴尬、异乡人、人的孤独、人与人关系中的漠然,等等,日后在《局外人》与《西西弗神话》中清晰成形的思想主题,都已经灵光一现,因此,《反与正》实际上是加缪文学创作中那强力核心部分的雏形。加缪自己就讲得很明白:"就我来说,我知道自己的创作源泉就在《反与正》里。"

紧接着问世的又是一本散文《婚礼集》(1939),文集中的四篇文章都是在《反与正》出版后写作的。这时的加缪不像 1934~1936 年写作《反与正》时那样,陷于物质生活拮据、健康状况不佳、婚姻不稳定以及入党后心情不舒畅等一系列困窘中,他这时的处境与心情大为好转,至少《反与正》的出版已经预示着他面前展现出一条有希望的文学之路。因此,《婚礼集》在风格上与《反与正》形成了鲜明的对照,如果说《反与正》是沉重、忧郁、悲怆、阴沉的话,那么《婚礼集》则是愉悦、光亮、温馨、优美的。在这里,是阳光明媚、繁花似锦、光影绰绰的夏季的阿尔及利亚大地,自然风光与人文景观相互辉映,仿佛一对新人举行着美妙结合的婚庆。作者以太阳与大海民族之子的自得感沐浴其中,不是来寻求孤独,不是来思索哲理,而是观赏大自然、品味故乡风物、享受生活乐趣。总之,这是一本阳光灿烂的书,一本热爱生活的书。如果说,《反与正》为加缪以后的思想与创作提供了一个重要的基调,即对于生存荒诞性的直视与思考,那么《婚礼集》则提供了另一种基调,即对于人的存在的投入与执着。这两个鲜明对照的基调将水乳交融在《西西弗神话》中。

加缪这两个早期作品都不属于文学类别中往往最受重视、被认为最具艺术创作含量的那三种文学形式：小说、诗歌与戏剧，而仅仅是散文随笔而已，且篇幅短小。但是，请注意，散文随笔恰巧在法国文学史上最具有久远的历史、最深厚强大的传统，出现过一系列划时代的名著，其深远历史影响，其巨大的社会效应甚至超过了任何小说、戏剧、诗歌的杰作。文艺复兴时期蒙田的《尝试集》，启蒙时代孟德斯鸠的《法意》与《波斯人信札》，卢梭的《社会契约论》与《忏悔录》都是最脍炙人口的例子。加缪一开始就选择了这种对作家自我表现最为方便自然，对于直面现实与人生最为迅捷有效，对于阐明事理要义最为深入透彻的文学形式，对于一个有介入现实、济世益人意愿的作家来说，这种文学形式自然是他的首选。但要达到高目标，进入高境界，还要看他是否具有从最平常不过的生活现象中感悟深刻哲理的能力，是否选择了为世人所关注的重大的现实问题作为自己深掘、开发的富矿，以及他是否能提供出隽永的哲理体系，并以艺术家的才能将这种体系加以形象化，表现得生机盎然、活力十足而便于其远播四方、深入人心。

从最初的两本散文集出发上路，方向已经选定，路还没有踩踏出来，就看出发后的第一大步了。文学史上有不少作家，在借自己精神的灵光展望自己的前进方向之后，却未能跨出关键性的一大步，有的就耽误了自己整整一个创作时期，有的甚至竟未能导流有致，"水到渠成，功成名就"。加缪则不然，他顺应自己的精神行程，跨出的一步，却径直通向顶峰，举足轻重，令世界为之一振，这就是紧接着两部散文之后于1940年完成的小说名著《局外人》。

如果一部举世公认的杰作是一蹴而就的，那倒的确是一种文学创作的奇迹。但事实上《局外人》却有"前期创作准备"，那就是小说《幸福之死》。这虽然是一部从未出版过的小说，但法国资深的加缪研究者有充分的证据已经指出，这部作品有不少处与《局外人》相似：它的主人公梅尔索的名字与《局外人》的主人公名字只有一个字之差，他同样是一个清贫的职员，也犯有一条命案；《幸福之死》里，也出现过母亲死亡与葬礼的场景，主人公在母亲下葬时无动于衷等等情节；也许更值得我们注意的是，梅尔索在生活中也具有近似的"局外人感"，他面对死亡这一个人生大课题，也有所考虑，有所动作，虽然跟《局外人》的主人公颇不一样。因此，我们大可把《幸福之死》视为《局外人》的一种"预备创作"，甚至是一种"草案"，只不过这份"草案"比后来的那个杰作要繁复一些，但提炼、加工、凝聚、浓缩不正是制作精品之道吗？

《局外人》只是一个规模不大的中篇，作品的内容几乎全部是一桩命案与围绕它的法律过程。中心的人物，甚至可以说作品的唯一观察者、唯一的感受者则是默尔索这个颇具独特性的小职员。小说以这个人物的真切感受揭示出了现代司法过程中的谬悖，特别是其罗织罪状的邪恶性质。一个并不复杂的过失杀人案在司法机器的运转中，却被加工成为一个"丧失了全部人性"的"预谋杀人"案，被提高到与全社会全民为敌的"罪不可赦"的程度，必欲以全民族的名义处以极刑。这是将当事人妖魔化的精神杀戮与人性残害。而这种杀戮与残害的实现与完成，则是通过这样一种方式与手段：将当事人完全排除在司法程序之外，使他在从预审、开庭、起诉、审讯、辩护到宣判的整个过程中，处于一种被"取代"、被"排除在外"的局外人地位。从法律程序而言，当事人悲剧下场的根本原因就在于此。而从定罪定刑的法律基本准则来说，默尔索则又是死于意识形态、世俗观念的肆虐。他之所以被妖魔化而定罪，正是由于他一系列再平常不过的生活细节竟被观念、习俗的体系特别挑选出来，并被精心编织成为一个十恶不赦的犯罪神话，于是意识形态对法律机制本身的侵入、干扰与钳制使得法律机器成为了某种"说法"的专政工具、某种精神暴虐的途径。所有这一切发生在外表极为客观严谨、细致周到的法律程序里，正暴露出了现代司法制度的荒诞。

《局外人》的社会意义首先在于对荒谬现实的深刻揭示，而它之所以有这种现实的力度，则因为它是加缪早年生活经历的积淀与结晶。加缪自称，他曾经追踪旁听过许多审判，对重罪法庭审理的一些特大案件非常熟悉，并有"强烈感受"，"我不可能放弃这个题材，而去构思我缺乏经验的作品"[1]。而他对阿尔及利亚灰暗背景与小职员猥琐生活的熟悉，也有助于他在《局外人》中成功地描绘出色调阴沉、充满了悖谬成分的现实社会图景。如果《局外人》仅止于此，那就不过是文学史上雨果《一个死囚的末日》、法朗士《克兰克比尔》等这类揭露司法黑暗的小说的步后尘之作。但《局外人》却以其崭新的内涵而具有划时代的意义，这内涵就是通过主人公默尔索独特的视角与感受对荒诞主题的挖掘与阐发。

世界文学中被描写得最出色的人物形象，都具有使其成为不朽典型人物的性格特征，默尔索的性格特征是什么？那就是他那种漠然、不在乎的生活态度。在这一点上，他不同于文学上几乎所有那些入世、投入、执着的"小生"主人公，他对周围的人与事、对自己的生活、前途、命运都漠然、超脱、无所谓。"我怎么都行"就是他遇事表态的口头语，即使是最后在法庭上眼见自己的精神蒙冤，也是如此。作者并不是把这个人物视为一个懒洋洋、冷漠孤僻、不近人情、浑浑噩噩、在现代社会中没有适应能力与生存能力的废物，恰巧相反，加缪曾给予了他不少的赞词："他不耍花招"，"他拒绝说谎"，"拒绝矫饰自己的感情"，"他是穷人，是坦诚的人，喜爱光明正大"，"一个无任何英雄行为而自愿为真理而死的人"，[2]总之，这是一个另类的新颖的人物，用加缪的话来说，他那些独特的行为表现只不过表明了"他是他所生活的那个社会里的局外人"[3]。由此可见，这

---

[1] 罗杰·格勒尼埃：《阳光与阴影》第100页，伽里玛出版社。
[2] 同上书，第91～92页。
[3] 同上。

个人物在加缪那里的正面性质是毫无疑问的。事实上,加缪在这个人物身上投射了他的一两个自外于时俗的朋友的身影,也注入了他自己1940年初到巴黎后的那种"异己感"、"陌生感"、"一切与己无关"[①]的感受。

问题在于默尔索这种行为方式,这种性格表态是以什么精神核心为其内在的根由?默尔索临死前对神甫拒绝忏悔、拒绝皈依上帝的那一席像火山爆发般的慷慨陈词(他生平第一次如此动了感情),才使人得见他那深藏的精神内核。这内核里也许含有不少成分,但最最主要的成分就是看透了一切的彻悟意识:他不仅看透了司法的荒诞、宗教的虚妄、神职人员的伎俩,而且看透了人类生存状况的尴尬与无奈,深知"世人的痛苦不能寄希望于不存在的救世主","所有的人无一例外会被判处死刑"。既持有如此的彻悟认知,他自然就剥去了生生死死问题上一切浪漫的、感伤的、悲喜的、夸张的感情饰物,而保持了最冷静不过、看起来是冷漠而无动于衷的情态,更不会去进行一切处心积虑、急功近利、钻营谋算的俗务行为。加缪让他的主人公如此感受到人的生存荒诞性的同时,也让他面临着人类社会法律、世俗观念与意识形态的荒诞的致命压力,从而使他的《局外人》成为一本以极大的力度触撼了人类存在中这个重大基本课题的书。它在法国文学中的重要地位从它问世之初就已奠定,它以深邃的现代哲理内涵与精炼凝聚的古典风格,成为20世纪世界文学中的经典名著。

五

人类存在的基本内容,不外乎就是生存状态、存在意识与存在方式。如果有什么作家在自己的整个创作中对这一系列基本内容有全面的触及、探讨与形象表现的话,我们面前的加缪就是这样一个作家。

[①] 罗杰·格勒尼埃:《阳光与阴影》第84页,伽里玛出版社。

这些基本内容各个方面所构成的那个整体，在他的创作中就是他所谓的"荒诞"命题，我们即将看到这个命题在他创作历程中充分、完整而有力的展现，成为加缪创作整体中的类母题。即使只是某一个一般的类母题能如此展现出来就已经很难能可贵了，何况是这样一个重大的类母题呢？

到这里为止，我们已经看到这个类母题最初在两个散文集中朦胧、隐约地浮现，在《局外人》中则已经看到它明朗清晰地展呈出来了，而与《局外人》几乎同步的，还有剧本《卡利古拉》。虽然这个剧本迟到1944年才出版，但它的写作并不迟于《局外人》，甚至动笔得还早一点儿，几乎同时是在1938年。如果说《局外人》在加缪的创作行程中是对人类存在课题相当全面的触及，那么《卡利古拉》则是一次非常猛烈的撞击。

剧本的同名主人公是古罗马帝国时期著名的暴君，但这并非一个历史剧，而只是寓言剧、哲理剧。主人公除了身披罗马皇帝的衣袍、把杀人当儿戏以外，似乎与真实的历史人物并无相同之处。在剧本中，加缪主要是让主人公进行哲理宣讲或者采取带有哲理宣讲性质的行为。他把17世纪法国大思想家巴斯喀著名的哲理放在他的嘴里，让他宣称自己认识了一个"极其简单极其明了，有点儿迂拙，但是很难发现的真理"，那就是"人要死亡，人并不幸福"。巴斯喀认为，人的伟大在于有别于动物，在于"认识到了自己会死"，于是，加缪的卡利古拉就成了巴斯喀哲理的体现者，体现了面对着生存荒诞与世界荒诞而具有清醒彻悟意识的哲理，这正是加缪的立场与哲理。他在剧本中安排了卡利古拉与另一个人物关于如何看待现实世界的对话：这个人物主张人为了苟安于世界，就应该致力于维护这个世界，粉饰这个世界，为它辩护；他的回答却是：这个世界并不重要，重要的是自己的认定，而他自己，则从世界那里感受到"一阵阵恶心"与"血腥味、腐尸味、高烧时的苦涩味"混合在一起的味道。正因为如实地感受到了这一切,有了自己清醒的认定,他才是"自由的",他这种自由的自得感,几乎与《局外人》中默尔索临刑前的幸福自得感:"我过去幸福,现在还幸福"很是相似——其根本的相似,就是都以对世界有清醒的认定为基础。

在卡利古拉这个人物哲理认识的层面上,加缪已经表现出他非常重视与强调人面对生存与世界时的清醒认识、彻悟意识。为了更进一步把他对彻悟意识的重视与强调从思辨推到极端的地步,他又安排了卡利古拉一连串极端的行为,这些行为极端到了悖谬的地步。卡利古拉的起点是认识了世界与人生的真相,获得了真理,他明确认定:"这个世界,在目前状态下,是让人无法容忍的。"然而,他面前的世人却偏偏"缺乏认识",生活在"假象"之中,面对着荒诞,面对着命运,或认为理所当然,或迷信绝对的善,或竭力要为现存的世界辩护,力求维持既有的秩序。要改变就必须先看透,如何才能使世人认清呢?他要充当世人的"言之有物的教师",教世人认识世界与人生那"让人无法容忍"的状况,而他可采取的办法却是一种绝对的、极端的办法,那就是把荒诞的世界、恶的命运的逻辑推行到极端:既然世界本是无法容忍的,而人们又麻木不仁,那他就来施行暴虐、任意杀戮,使人深感难以维持下去;既然"人不理解命运",那他就"装扮成了命运",让人感受命运的荒诞可怕。有谁能根据自己的意愿如此为所欲为?有谁能充当这样一个"教育者"?当然只有像他这样的在人世中握有至高无上权力的帝王,于是,在他这样做的时候,他也就真的成为恶的化身、荒诞的代表,成为世人必须铲除而后快的暴君。

写作于20世纪30年代末,出版、上演于40年代上半期的《卡利古拉》,无疑带有鲜明的反极权、反专制、反暴政的倾向,把它放在这个时代既有红色恐怖的破坏,又有德国法西斯暴虐横行的背景上，它的现实针对性是不言而喻的。但笔者在这里更注重的是加缪在《卡利古拉》中对清醒意识、彻悟意识的强调，他这种强调在他整个荒诞创作类母题中要算一次重量级的阐释了。正因为《卡利古拉》既具有如此思辨性的哲理内容与尖锐的时代针对性，又具有戏剧情节的生动变化以及人物特殊的际遇命运，所以成为加缪在戏剧创作方面最为成功的作品，从40年代以后，一直到20世纪整个下半期，曾多次在法国与世界各地上演并取得成功。

与《局外人》《卡利古拉》一起，堪称三箭连发的则是加缪著名的经典之作《西西弗神话》，这三个在哲理体系上三位一体的作品，几乎是在同一个时期创作出来的。起初是在1938年开始撰写《卡利古拉》并同时收集写《局外人》的资料，而在1940年他完成了《局外人》之后的三四个月，即投入了《西西弗神话》最重要部分的写作。在问世次序上，《局外人》发表于1942年7月，《西西弗神话》紧接着就在1943年出版，不久，则是《卡利古拉》于1944、1945年先后出版与上演。

这三部作品的共同哲理基础，甚至可以说它们的共同哲理内容就是荒诞，加缪把它们合称为"三部荒诞"，称这三部作品"构成了我现在毫无愧色地称之为我创作的第一阶段"[①]。在同一个时期，三部作品如出一辙，接连迸发而出，不能不说是作者对同一个哲理、同一个创作类母题早已有过深思熟虑的思考。加缪在这方面的思考开始于何时？酝酿成熟并发展为不吐不快又在何时？

对此，我们用不着做斩钉截铁的结论，但我们要指出加缪与马尔罗的关系。马尔罗是法国20世纪对生存荒诞性探讨得最早，也是探讨得相当充分的一位先行者作家。他的《王家大道》出版于1930年，《人的状况》于1933年，《轻蔑的时代》于1935年，正是加缪在大学念书的年代。他显然阅读、钻研过这三部阐释了生存荒诞性哲

[①] 加缪致克里斯蒂安娜·加兰多的信，见《阳光与阴影》第95页。

理的小说与论著，因为他在 1937 年曾经准备写一部评论马尔罗的论著，并已经撰写出了详细的提纲。而在获诺贝尔奖之后，他在私下与公开的场合都不止一次表示，应获此奖的是马尔罗而不是他自己，可见他一直把马尔罗视为自己的精神导师与先行者。更重要的是，根据不止一个传记作者的记载，加缪在大学期间，特别是在哲学班撰写毕业论文的期间，曾经研读过 17 世纪大思想家巴斯喀的哲学著作，而巴斯喀的哲学思想正是马尔罗哲理的一个源头。加缪也显然被巴斯喀《思想集》中关于人都被判了死刑的人的状况图景的论述所震撼，他后来在《局外人》中的默尔索与《卡利古拉》中的主人公就发表过相似的如"人并不幸福"、"人被判了死刑"之类的见解。

在加缪这"三部荒诞"中，小说《局外人》与剧本《卡利古拉》在哲理的表现上固然有其形象生动、内涵蕴藉的优势，但在哲理的全面、完整、清晰、透彻的阐释上，则显然要以"直抒胸臆"的散文随笔《西西弗神话》为优。从这个角度来说，《西西弗神话》在加缪整个哲理体系中具有特殊的意义，它是加缪荒诞哲理集中浓缩的体现，是最有权威的代表作。

虽然《西西弗神话》从创意、酝酿到写作、定稿，是在 1936~1941 年的几年间断续写成的，但它仍具有哲理上内在的完整性与推理上的系统性，它从荒诞感的萌生到荒诞概念的界定出发，进而论述面对荒诞的态度与化解荒诞的方法并延伸到文学创作与荒诞的关系，这一系列论述构成了 20 世纪西方文学中最具有规模、最具有体系的荒诞哲理。

人存活于现实世界之中，是如何感受到荒诞的？这种感受可能随时随地油然而生，也许是在某一个街角，也许是在进行某一种操作，它是对一种持续生态状态的猛然反应：可能是疲惫与厌倦，也可能是失望与惊醒……而所有这些形态不同的精神反应，其消极颓然的性质是显而易见的。其产生的原因往往是人怀着希望、理性而与冷漠、无理性的客观现实遭遇所致：要么遭遇到了物质世界的冥顽与格格不入，要么是遭遇到了人类社会的无人性与不合理，当然，更为根本的是要面对着始终威胁人的那种命定的"死刑"，它就像是对人之存在的、摆脱不了的嘲弄。总之，人类对理性、和谐、永恒的渴求与向往和自然社会生存有限性之间的"断裂"，人类的奋斗作为与徒劳无功这一后果之间的断裂，这就是加缪所论述的荒诞。正如他自己所说的"荒诞是在人类的需求与世界的非理性的沉默这两者的对抗中产生的"。虽然荒诞产生于主观愿望与客观世界的"断裂"，但是，假如客观世界符合了人的理想与愿望，使人感到协调、融洽与满足，如果人对客观世界感到合理与亲切，感到就是自己的祖国与故乡，荒诞也就不存在了。因此，加缪所思考的荒诞，归根到底仍是来自客观世界的荒诞。正因为如此，他进而论定了人在这个难以令他满意的世界上的状况与处境："在这个骤然被剥夺了幻想与光明的世界里，人感到自己是一个局外人。这是一个得不到解救的流放，因为人被剥夺了对失去的故土的记忆和对福地乐土的希望。这种人与生活，演员与布景的分离，正是荒诞的感觉。"

既然荒诞是人存在的一种必然状态，因此，就有一个如何面对荒诞的问题。事实上任何人对待荒诞也都持有某种态度，加缪从荒诞哲理的高度把人的态度概括为三种：一是生理上的自杀，既然人生始终摆脱不了荒诞的阴影，甚至生存本身就具有被判了死刑的荒诞性，那么最简易的对待方式就是自行消灭以摆脱荒诞的重压与人生的无意义，当然，这是一种消极逃避、俯首投降的态度；二是哲学上的自杀，这是精神领域里的一种现象，它不是正视荒诞，而是逃遁到并不存在的上帝那里去，企望来世与彼岸，以虚妄神秘的天国作为逃避荒诞的乐园，这是自我理性的窒息与自残。加缪对这两种态度都作了明确的否定，如果是通过前者，加缪对芸芸众生某些逃避人生的行为表示了反对，那么，通过后者，加缪则对历史上一切有神论的、宗教的世界观，一切神秘主义的哲学与哲学家进行了一次清算。

对待荒诞，加缪所主张的是第三种态度，即坚持奋斗，努力抗争。他把这种奋斗抗争的人生态度，概括浓缩为西西弗推石上山的神话。《西西弗神话》中的一个国王，招惹了众神的恼怒，被判处把一块巨石推向山顶。由于本身的重量，巨石总要滚下山来，于是，他又得把石块再推上山去，如此反复，永无止境。众神以为，再没有什么惩罚比这无效的、没有尽头的劳役更为可怕的了。然而，西西弗却不断推石上山，周而复始，坚持不懈，永不停顿。

西西弗的故事，源于古希腊神话，加缪加以改造，用此构成了他的名著《西西弗神话》中的中心形象与最最重要的一章，它是整个人类生存荒诞性的缩影。命运的判决，永无止境的苦役，毫无意义的行为，热烈愿望与冷酷现实的对立，主观理想的呼号与客观现实的冷漠沉默，没有祖国、失去故土、永被流放的个人，所有这些都蕴藉在这个形象里。但同时，它又是人类与荒诞命运抗争精神的突现。人在荒诞境况中的自我坚持，永不退缩气馁的勇气，不畏艰难的奋斗，特别是在绝望条件下的乐观精神与幸福感、满足感，所有这些都昂扬在《西西弗神话》的精神里。是的，在荒诞绝境中的幸福感与满足感，简直就是一种精神奇迹，但加缪明明是这么说的："爬上山顶所要做出的艰苦努力，就足以使一个人的心里感到充实"，"应该设想西西弗是幸福的"。因此，与其说《西西弗神话》是20世纪对人类状况的一幅悲剧性的自我描绘，不如说是20世纪一曲胜利的现代人道主义的高歌，它构成了一种既悲怆又崇高的格调，在人类的文化领域中，也许只有贝多芬的《命运交响曲》在品位上可以与之相媲美。

从《反与正》到《局外人》《卡利古拉》《西西弗神话》，已经出现了一个内容丰满、形态完整的哲理主题，在加缪的创作历程中，成为一条强有力的主线或轴承，在这里，形象的文学创作与抽象的理论论著相辅相成，相得益彰。而其在两种不同作品之中，形象与哲理又水乳交融：文学作品中体现了荒诞哲理，荒诞哲理论著中又突现出西西弗的形象，这已经足以构成法国20世纪文学中的一个令后人难忘的重大现象。何况紧接着，加缪又更进一步上升到新的高度，把他的荒诞哲理与人类20世纪重大的正义斗争使命结合起来，创作出《鼠疫》与《反抗者》，把人类存在的这一个最为重要的课题阐述得最为完整深刻、最为充分酣畅、最为鲜活生动，以至他作为一个哲人作家，在同一个思想领域里，其影响大有超过一代宗师马尔罗、萨特之势。

六

《鼠疫》完成于1946年，1947年6月在巴黎出版。一问世，它就取得极大的成功，深受读者欢迎，并获得了当年的文学批评奖，两年之内重印8次，总共将近20万册。

作品完成、出版于战后，酝酿创作却在第二次世界大战期间。早在1941年，加缪即已经开始研究过瘟疫流行病问题，但对于他来说，这只不过是对荒诞不幸的世界加以一般审视的一部分，真正引发小说创作的，是1939年9月爆发的第二次世界大战。战祸一起，德国法西斯势力即席卷西欧，法军溃败，加缪被迫离开巴黎，先到里昂，后又流放到阿尔及利亚的阿赫兰，直到1942年夏才结束流离的生活。而1941~1942年期间，阿尔及利亚正广泛流行瘟疫。正是在这种时代与环境的背景下，加缪在1941年完成了《西西弗神话》后不久，即开始酝酿《鼠疫》的创作，沿着原有的荒诞哲理观，战争灾祸、恶势力猖獗，自然就和可怕的瘟疫、鼠疫联系在一起了。

《鼠疫》是一部象征小说，在加缪那里，促使时代历史的基本内容与鼠疫故事催化在一起的，是美国作家麦尔维尔著名的长篇小说《白鲸》。其中白鲸是邪恶的象征，人与它进行了殊死的搏斗。加缪曾深受这部作品的影响,特别赞赏麦尔维尔"根据具体事物创造象征物,而不是全凭幻想来进行创造"[①]的才能,他便是"以现实的厚度为依据"写出这部象征小说的。这里,"现实的厚度"表现在两个层面:在一个层面上,它是以严格真实的细节描绘构制出一个鼠疫流行、即将毁灭全城的象征故事;在另一个层面上,这个象征故事则明确而具体地影射着第二次世界大战时,德国法西斯势力在全欧逞凶肆虐的严酷历史现实。

小说与时代历史的贴切程度犹如影之随形,不论是在历史的真实上还是在历史的走向上都是如此。瘟疫狂袭,人大批大批死亡的阿赫兰城,是纳粹阴影下的欧洲的真实写照,阿赫兰城里的人们在面临毁灭的危机中奋起与瘟疫作斗争,团结一致、齐心合力的篇章,是20世纪40年代国际民主阵营与法国抵抗力量全力抗击法西斯侵略奴役的斗争的生动反映,最后,阿赫兰城的人们战胜了鼠疫则昭示着反法西斯战争的胜利。因此,人们完全有理由说,《鼠疫》是人类20世纪一次命运攸关的严重历史斗争的缩影,它是一个时代人性力量战胜恶势力的史诗,加缪自己就曾明确指出:"《鼠疫》显而易见的内容是欧洲对纳粹主义的抵抗斗争。"

对于《鼠疫》来说,具有如此重大的历史题材与如此重要的现实指定,就足以在20世纪文学史上占有突出的地位,但也许更值得我们深思的,是它所具有的哲理深度。清晰明确的历史意识,固然有其社会进步的借鉴价值,而在一部文学作品中,隽永的哲理则更有其持久的人文启迪意义,《鼠疫》就具有这种双重的力量。而以《鼠疫》的哲理价值而言,它显然来自对加缪荒诞哲理的发展与突破,特别是关于人类该如何对待荒诞世界的哲理的发展与突破。

如果要对哲学上的荒诞世界做一个典型的、形象化的比喻,那

---

① 罗杰·格勒尼埃:《阳光与阴影》第144页,伽里玛出版社。

么，一个鼠疫肆虐、人的生存面临着极大威胁的城市也许就是最有表现力的比喻了。加缪正是通过这样一个象征深化了他对荒诞世界的阐释，如他所说的那样："我试图通过鼠疫来表现我们所遭受的窒息以及我们所承受的威胁着人、将人流放的环境。"在这部小说里，荒诞不再只像《西西弗神话》中所概括的那么抽象，不仅仅是"人的呼声同世界无理性沉默之间的冲突"，"人与生活，演员与布景的分离"，"人得不到解救的流放"等等这些费解的词语，而是活生生的形象的现实生活，是违反人的愿望与理性的痛苦不幸的生活。在这里，加缪特别突出了三种生活象征性的境况：一是分离的境况，包括亲属的分离、夫妻的分离、情人的分离，这些意味着隔离、封锁、囚禁、流亡、集中营，小说中对种种生离死别的描写是着力而动人的，构成了感人的人道主义的篇章。二是小说中没有任何一个女性的境况，这意味着失衡、畸形、苦涩，没有生机，没有激情，没有希望，没有未来。当然，小说中最恐怖的氛围与境况还是死亡，它不言而喻意味着极度的痛苦，完全的黑暗，彻底的毁灭。这种种境况就是加缪在小说里所认定、所描绘出来的荒诞世界图景——与人的生存愿望、正常人性要求合理的社会理想完全相反的反人道的荒诞世界图景。这种荒诞正是恶势力鼠疫所造成的。而鼠疫象征着什么，加缪又有明确的社会指定性与政治指定性。特别是他通过小说中的人物塔鲁与里厄分别指出："每个人身上都带有鼠疫，世界上没有人是清白的"，"鼠疫杆菌不会灭亡也不会永远消失，它可以沉睡几十年，也许有一天，鼠疫又要制造人类的苦难"。这样，加缪在《鼠疫》中也就把他关于荒诞世界的哲理大大拓宽了一步，加深了一步，并将荒诞的根由指向人类自身的过失与人类社会。

在《鼠疫》中，关于人应该如何面对荒诞的哲理，显然比加缪以前任何一部作品都表现得更为明确、清晰、有力度。小说中阿赫兰城人团结斗争、战胜鼠疫的整个故事框架，就充分说明了这一点。为了把《西西弗神话》中艰苦卓绝与命运抗争的哲理更深广、充分透彻地阐释与发挥出来，加缪在《鼠疫》中安排了一系列人物，让他们在互相辨析中、在自身的发展变化中，将这个哲理展示得淋漓尽致。

小说的主人公贝尔纳·里厄医生，是加缪反抗哲理的形象载体，是他理念的诠释者，这个人物鲜明而突出地体现了对荒诞命运坚挺不屈、奋力抗争的精神。他深知医学的力量有限，难以消灭鼠疫，但他仍尽医生的本分，忠于职守，医治病人。为控制鼠疫继续流行，他日夜奔波，不辞劳苦与危险，不在困难与无效面前低头，持续地与鼠疫进行斗争，其劳顿、其坚韧、其无畏犹如西西弗推石上山。如果他与西西弗还有什么不同的话，那就是他身上的抗争精神，与荒诞、邪恶进行斗争的精神更为突出，而且，他还是一个从个人抗争到集体行动的人物，他从精神上影响周围的人不放弃、不屈服、不投降，团结一致，齐心合力，一道投入对鼠疫的斗争。西西弗那种抗争的人生态度到这里发展成为明确的反抗意识、进击的反抗行为，甚至集体的反抗事业。

与贝尔纳·里厄相对照或相补充的人物则有帕纳鲁、塔鲁与约瑟夫·格朗、雷蒙·朗贝尔等。帕纳鲁是个善良而正直的神父，他从宗教世界观出发，认为鼠疫是上帝对人的惩罚，唯一的办法就是一切听凭上帝的安排。他代表了依赖虚妄的神而放弃现实抗争的消极人生态度，正是《西西弗神话》中所批判的那种面对荒诞世界而采取的"哲学自杀"。但最后，在事实的教育下，他也投入了反鼠疫的斗争。塔鲁是与贝尔纳·里厄并肩向鼠疫进行斗争的战友，他认为鼠疫与人性中的原罪有关，他一直致力于社会政治斗争，但以非暴力的方式抗恶；约瑟夫·格朗是一个追求完美的理想主义者，他在对鼠疫的斗争中坚守岗位，埋头工作，要算"一个默默无闻、无关紧要的英雄"，堪称"榜样与模范"；雷蒙·朗贝尔是一个追求个人幸福生活、热恋中的青年，但面对着鼠疫的猖獗，他毅然把个人的爱情与幸福放在第二位,而担负起自己崇高的责任,与大家共同战斗。小说中所有这些人物描写都突出了整个小说中"面对鼠疫,人唯一的口号是反抗"的精神,而这些人物也补充了贝尔纳·里厄这个主人公共同构成了人类反抗荒诞、反抗恶的精神风貌,使这个抗恶的故事具有了一种崇高的格调。

令人深思的是,《鼠疫》这样一部主题极为肃穆、缺乏个人化生活内容、毫无文学佐料的作品,在 20 世纪中竟达到了畅销书广为流传的程度,其发行量将近 500 万册,在法国小说中,与《局外人》皆居首位。这两部作品是加缪文学创作中光华闪耀的双璧,也成为 20 世纪世界文学中不朽的经典。

加缪反抗荒诞、反抗恶的主题,在《鼠疫》后,又有一次引人注目的延伸与发展,那就是迟于两年后出版的剧本《正义者》。如果说,《鼠疫》中对荒诞的反抗与斗争还带有某种抽象性、象征性,那么,到了《正义者》中,这一斗争已经成为社会历史范畴里的问题,带有十分具体的历史的确定性。

这个剧本取材于 1905 年的俄国革命,以革命党人一次真实的刺杀事件为蓝本,甚至保留了这个事件真实主人公的姓名。在这里,荒诞就是黑暗的沙皇统治,就是充满了奴役、追捕、压迫的暴政;人物对荒诞的认识是清醒而明确的,对荒诞的反抗斗争也是具体而坚决的,那就是要通过投炸弹、刺杀与革命,推翻旧制度,解放俄罗斯。剧本表现的重点并不是刺杀事件的情节,而是人物的精神境界与人格力量。加缪力图描绘出新型的英雄,作为特定的阶级的革命者,他们具有理想主义、革命激情、献身精神与某种悲剧性的崇高格调;作为对抗荒诞的一般意义上的人,他们有坚毅刚强的素质、美的情操、同情心、尊严感与友爱之情。这种英雄带有西西弗的色彩,而又比西西弗更高、更充实、更具体。这种新人形象在法国 20 世纪文学中显然是不可多得的，他们肯定会大大缩小加缪与我们今天社会主义读者的思想距离。

还值得注意的是，加缪在剧中围绕刺杀事件，提出了革命与人道、斗争与同情、行为与道德准则的问题。他先让这两对关系在主人公的身上尖锐对立、激烈冲突——卡利亚耶夫因见到了儿童而不忍心扔出炸弹，致使革命党人的行动计划完全失败；而后，他又把这两对关系在同一个主人公身上统一了起来——卡利亚耶夫终于还是胜利完成了革命党人的计划，并且以一种崇高的精神英勇就义。这样，加缪就表现出了一种精神境界更为宽广丰富、更为深刻动人的革命者形象，在这形象上寄托了他自己将革命与人道结合在一起的理想，这种理想即使在今天，也值得深思，且必然会引起深思。

七

正如在荒诞的主题上，加缪创作了《局外人》与《卡利古拉》这两部形象性的作品之后，又写了一部理论专著《西西弗神话》来全面阐释他在这个方面的哲理；同样，在反抗的主题上，他创作《鼠疫》与《正义者》这两部形象性的作品之后，也写了一部专题理论著作来全面阐释他关于反抗问题的理论体系，这就是他的《反抗者》。而他的第二主题以及第二个作品系列，则又明显的是第一主题"荒诞"以及第一个作品系列的延续与发展。正如《西西弗神话》早已宣示的，先是荒诞，接着就是反抗；既然有了荒诞，就必然要进行反抗，也只能进行反抗。

《反抗者》一书酝酿了 10 年之久，早在 1943 年就已写了初步的提纲，写作一直持续到 1951 年，出版于该年 10 月。这是一部洋洋大观的理论力作，它从对"反抗者"加以界说，到对文学发展过程中的反抗与历史以及艺术中的反抗进行较系统的考察，最后针对近一个世纪以来的社会发展，特别是20世纪的社会政治现实，论述了反抗与革命的区别。全书涉及哲学、历史、文学、艺术、政治等各个领域，视野广阔，内容丰富，是加缪思想的全面展现。

17世纪法国大哲学家笛卡尔，曾提出一个举世闻名的命题："我思故我在"，把思想提高到人之所以成为人、人之所以存在的唯一标志、唯一条件。加缪在《反抗者》中，则提出这样一个命题："我反抗故我在"，把反抗视为人之所以成为人、人之所以存在的标志与条件。是的，既然世界是荒诞的，对人的理想、人的愿望、人的呼喊只有冷漠的沉默与恶意的敌对，那么，人如果没有反抗，又何以为人？又与蠕虫何异？当然，任何人都可以借用笛卡尔的"故我在"这一"曲调"，填进自己的"歌词"，如像萨特在他1964年出版的《文字生涯》中就提出了"我写作故我在"。同样，处于各种存在状态，选择各种生活方式，从事各种职业生活，在社会生活中拥有各种地位身份的人，都各有其"我××故我在"的自得。但是，哪一个命题像加缪这个命题这样从最基本的意义上，从最高的概括程度上规定了人面对着世界所持有的存在方式？哲学的发展也许将证明，加缪的命题是对笛卡尔思想最富有创造性的发展——两者同为关于人之存在的经典性的哲理命题，而加缪把反抗提到更高的角度，显然已经形成了一整套关于反抗问题的哲理体系。

反抗是人所进行反抗。加缪的反抗理论是从对反抗的人加以界定开始的。由此，加缪也就从纯形而上的哲学范围跨进到具体的社会现实范围。他明确的定义是这样的："什么是反抗者，就是说'不'的人。但他如果表示'不'，他绝不是放弃。他也是一个说'是'的人，甚至从他最初的意念就是如此。"可见，在反抗者身上既有否定、拒绝，也有赞同、追求，这当然不是指他所面对的是一个沉默、冷漠、像月球一样的自然界，而是一个充满了现实矛盾的人类社会。于是，推石上山的西西弗就发展成为一个说"不"也说"是"的社会人，哲学比喻发展成为社会历史论著，哲学家加缪成为一个社会学家、政治理论家。

加缪把反抗的人放在社会关系中，对他反抗的动机、方式、准则、目标、效果加以界定，指出他在这些方面与本能的、纯出于狭隘、低层次、利己目的的愤怒者的本质区别。在他的眼里，反抗者应该是突破了个人存在，超越了自我，摆脱了一己私利，遵循在一定社会范围里为人群所认同的价值观，具有巨大的活力并在反抗的过程中有助于人群的合作与聚集。可见，在加缪心目中，反抗是有理性的，是有价值标准、社会效益，有见解意义的社会行为。它是人的尊严的体现，具有明显的崇高性。

在对反抗的限度作出规定，对反抗与反抗者进行了定位、定格之后，加缪在这部论著中主要就进入了历史回顾与历史考察的领域，涉及面从文学、艺术一直到社会政治。在文学中，他认为把天火盗给了人类的普罗米修斯是最早的反抗者，接下来，他赞赏的还有该隐、希腊诗人、罗马诗人、19世纪的浪漫主义文学中的《呼啸山庄》《卡拉马佐夫兄弟》中的主人公以及尼采，等等；他所贬斥的则有萨德，以及为超现实主义所尊奉的大师洛特雷、阿蒙与兰波等。不难看出，加缪所看重的是那些富有思想含量的作品，而不是那些富有技艺成分的作品。就思想而言，他所重视的是古典的人文传统、人道主义传统，而他摒拒的是偏颇失衡的思想形态。显然他对文学的回顾，并非完整的文学史概述，而是他特定反抗史观中的文学图景。但是，应该看到，如果加缪关于反抗与反抗者的论述，止于作哲学的界定，那么，他的反抗论必定会作为一种具有高度概约性的哲理而获得普遍的认同，就像《西西弗神话》，相反，一旦他进入具体的历史考察领域，就不可避免地陷入各种主义、各种观点、各种意见纷争的泥沼，他对文学的褒贬意见，首先就遭到超现实主义者的非难。

文学论争只不过是一个仁者见仁、智者见智、无有大碍的领域，而真正麻烦且令人伤神的是时政性的论战。《反抗者》出版后，加缪不仅遭到超现实主义从文学上的批驳，而且更遭到了思想界左派在政治上的围攻，既包括法共的理论工作者与报纸杂志，也包括像萨特这一类的法共的同路人，特别是萨特及其主编的《现代》杂志在这场大批判中更是特别突出，形成了法国20世纪思想界的一桩大事。在《反抗者》出版后不久，《现代》杂志就发表了该刊编辑法朗西斯·尚松的文章，进行了严厉的批判，措辞激烈，带有恶意，甚至不惜进行歪曲与杜撰。加缪不得不回应，写了一封致《现代》杂志主编萨特的公开信，进行自我辩护，这封公开信又引发出萨特的一大篇批判文章《答加缪书》，其严厉与刻薄亦不下于尚松文，批评加缪"是个资产者"，"抛弃了历史"，"变得恐怖与粗暴"，《反抗者》的出版是一场反革命的"热月政变"，等等。这场论战标志着加缪与萨特的多年友谊毁于一旦，大批判的阴影一直笼罩着加缪此后的精神与生活，直到加缪1960年逝世，萨特才写了一篇带有感情的悼念文章，总算给他与加缪的残破友谊画上了一个句号。

不言而喻，这次批判与论战是由于《反抗者》中一系列对反抗与社会革命的本质区别的论述，以及对现代历史、对马克思主义，特别是对社会主义运动某些现实的论述而引起的。加缪不是一个历史学家、政治史学家，他在《反抗者》中关于现代历史及其过程中的社会革命的论述，不可能得到所有人的赞同，但他论述中所涉及的社会革命中暴力的过度滥用，的确是现代史上赫然存在、不可辩驳的事实。加缪不是一个马克思主义发展史、社会主义思潮发展史的研究者，何况这部历史本身就复杂纷繁，像一个难以厘清的线团。他对马克思主义学说不同组成部分的评论，也许至今还会遭到怒视与愤怒反击，但他论述中所涉及的社会主义革命之后斯大林主义的存在，即集权主义、专制主义、个人神化与集中营的存在的确是触目惊心的现实。加缪不是一个政治家、社会学家，更不是为政者，他不可能提出一个为所有人认同的人类社会的改良方案，但他召唤古希腊文化中的人文精神、"地中海思想"以及合理、和谐、和平、自由、民主的人道主义传统进入现代社会，仍不失为一种非常美好的社会理想。不过，他提出的这些问题与他的论述，在当时实在是太尖锐、太敏感、太复杂了，触及国别的利益、阵营的利益、政党的利益、学派的利益以及那些以阵营性为一时安身立命之基石或一时只习惯于"左"倾惯性的思想家、批评家的利益，因此，加缪的被围攻也就是必然的了。

人们是否可以设想加缪当时不去捅这个马蜂窝以免于自讨苦吃呢？应该看到，对于加缪来说，这是自然而然的一步，水到渠成的一步。要知道，加缪不是一个书斋中的教条主义者，而是一个在实际生活中、在复杂的社会现实中学会了思考的思想家；不只是一个靠思维与笔介入社会政治的作家，还是一个身体力行在实际斗争中得到了锤炼的斗士。他本人经历过无产者的穷困、反抗者的磨难，亲眼见证了民族的纷争、第二次世界大战中人类的痛苦、德国纳粹的国家社会主义等等在世界范围里的影响——他正是在这种时代背景与历史过程中酝酿自己的《反抗者》的。这部作品是加缪长期感受、长期体验、长期思考的结果，是他不可能不写的一本书，是他不吐不快的一本书，是他作为一个斗士介入社会现实的又一个前进的脚印，是他作为一个思想家的自我完成，是他要把他想走的路走到底的明证，而不是如很多人曾讥讽的，是一个"倒退"，更不是萨特所蔑称的"热月政变"。而且，在那个时代环境中，加缪此举也不是一个孤立的现象：第二次世界大战后，西欧知识界开始对社会主义苏联有了清醒的意识，抛弃了某些不切实际的浪漫想象，西欧知识界20世纪30年代中期以来的那种"左"倾，从这时起有了越来越明显的退潮，及至1968年的"布拉格之春"，苏联坦克彻底碾碎了西欧知识分子的"左"倾情结与苏维埃理想，在那之后，"社会主义阵营"之中或其周围，已经没有什么知识界代表人物在站岗放哨了,这是 20 世纪历史进程的一个组成部分,加缪的《反抗者》只不过是这个历史进程中的一个突出事件而已。

《反抗者》出版至今已经有了整整半个世纪,世界越来越厌弃暴力与集中营,越来越向往和平、自由、协调、和谐、符合人道的境界,并一步步缓慢而坚定地向这个目标前进。半个世纪的时间对围绕《反抗者》的那场论战作了无情的检验,也证实了这本书的勇气与意义。

从《局外人》《卡利古拉》《西西弗神话》到《鼠疫》《正义者》《反抗者》,这就是我们所理解的最基本的加缪,是鲜明突出的加缪,是给诺贝尔奖的殿堂添光增彩的加缪,是最有生命力的、将传世不朽的加缪!

《局外人》的社会现实内涵与人性内涵

在加缪的全部文学创作中,《局外人》从不止一个方面的意义上来说,都可谓是"首屈一指"的作品:

《局外人》酝酿于 1938~1939 年,不久之后即开始动笔,完成时间基本上可确定是在 1940 年 5 月。这时的加缪刚过 26 岁的生日不久。小说于 1942 年出版,大获成功。对于一个青年作家来说,这似乎意味一个创作与成功的黎明。事实上,《局外人》正是加缪文学黎明的第一道灿烂的光辉,在完成它之后,加缪才于 1941 年完成、1943 年出版了他隽永的哲理之作《西西弗神话》,他另一部代表作《鼠疫》的完成与发表则是后来 1946 年、1947 年的事了。因此,从加缪的整个文学创作来说,《局外人》是他一系列传世之作中名副其实的"领头羊"。

当然,应该注意到加缪很早就开始写作,并于 1932 年发表了他的第一部作品《反与正》,实际上已经开始了他文学创作的第一个时期。属于这个时期的其他作品还有剧本《可鄙的年代》《阿斯图里起义》、散文集《婚礼》以及一些零散的评论、诗歌、散文如《论音乐》《直觉》《地中海》,等等,为数颇不少,其中有若干也被收入了伽里玛经典版的《加缪全集》。虽然文学史上以其早期的作品就达到创作高峰的作家不乏其人,而在加缪的创作历程中,《局外人》之前已有不少作品历历可数,但无可置疑地居于优先地位的作品,仍然要算《局外人》，毕竟时序的优势并不保证地位的优势，加缪本人就曾一直把他早期即使是比较重要的作品，列为他的史前时期。世界性的经典作家加缪是从《局外人》开始的。

对于一部作品在作家整个创作中价值的突现与在文学史上地位的奠定能起决定性作用的，还是作品的社会影响、作品所获得的文学声誉以及文化界、思想界对作品符合实际并经得起时间检验的评价。在这些方面，《局外人》较加缪的其他文学创作（包括他日后的名著与杰作）都处于绝对的优势。《局外人》于1942年6月15日出版，第一版4400册，为数不少，出版后即在巴黎大获成功，引起了读书界广泛而热烈的兴趣。这是加缪的作品过去从未有过的，作者由此声名远扬，从一开始到几年之内，报界、评论界对它的佳评美赞一直"络绎不绝"。日后将成为法兰西学士院院士的马塞尔·阿尔朗把它视为"一个真正作家诞生了"的标志；批评家亨利·海尔称《局外人》"站立在当代小说的最尖端"；"存在"文学权威萨特的文章指出"《局外人》一出版就受到了最热烈的欢迎，人们反复说，这是几年来最出色的一本书"，并赞扬它"是一部经典之作，一部理性之作"；现代主义大家娜塔丽·夏洛特在她的现代主义理论名著中认为《局外人》在法国当代文学中起了开风气之先的作用："像所有货真价实的作品一样，它出现得很及时，正符合了我们当时的期望。"一代理论宗师罗朗·巴特也再次肯定"《局外人》无疑是战后第一部经典小说"，是"出现在历史的环节上完美而富有意义的作品"，指出"它表明了一种决裂，代表着一种新的情感，没有人对它持反对态度，所有的人都被它征服了，几乎爱恋上了它。《局外人》的出版成为一种社会现象"。①

---

① 分别见埃尔贝·R·洛特曼：《加缪传》第283～285页、张容：《阿尔贝·加缪》第75～76页。

《局外人》的规模甚小，篇幅不大，仅有五六万字，但却成为法国 20 世纪一部极有分量、举足轻重的文学作品；它的内容比起很多作品来说，既不丰富，也不波澜壮阔，只不过是写一个小职员在平庸的生活中糊里糊涂犯下一条命案，被法庭判死刑的故事，主干单一，并无繁茂的枝叶，绝非有容乃大，但却成为当代世界文学中一部意蕴深厚的经典名著；它是以传统的现实主义风格写成，简约精炼，含蓄内敛，但却给现代趣味的文化界与读书界提供了新颖的、敏锐的感受……所有这些几乎都带有某种程度的奇迹性，究竟是什么原因呢？这很值得人们思考。

一部作品要一开始就在较大的社会范围里与广泛的公众有所沟通、有所感应、获得理解、受到欢迎，并且这种沟通、感应、理解、欢迎持续不衰，甚至与日俱增，那首先就需要有一种近似 Lieux Communs 的成分，对它我们不必鄙称为"陈词滥调"或"老生常谈"，宁可视之为"公关场所"，就像娜塔丽·夏洛特所说，是"大家碰头会面的地方"。在《局外人》中，这种 Lieux Communs，可以说就是法律题材、监狱题材，就是对刑事案件与监狱生活的描写。因为，这个方面现实的状态与问题，是广大社会层面上的人们都有所关注、有所认识、有所了解的，不像夏多布里昂的《阿拉贡》中的密西西比河、洛蒂的《洛蒂的婚姻》中的太平洋岛国上的生活，对绝大多数的人来说都是一个陌生的领域。而且，这方面的现实状况与问题，在文学作品中得到反映与描写，也是早已有之，甚至屡见不鲜的，雨果的中篇《死囚末日记》、短篇《克洛德·格》、长篇《悲惨世界》中芳汀与冉·阿让的故事，司汤达《红与黑》第二部的若干章节以及法朗士的中篇《克兰克比尔》，都是有关司法问题的著名小说篇章，足以使读者对这样一个"公关场所"不会有陌生感。

历来的优秀作品在这个"公关场所"中所表现出来的几乎都是批判倾向，这构成了文学中的民主传统与人道主义传统，对于这一个传统,历代的读者都是认同的、赞赏的、敬重的。《局外人》首先把自己定位在这个传统中,并且以其独特的视角与揭示点而有不同凡俗的表现。

《局外人》中,最着力的揭示点之一就是现代司法罗织罪状的邪恶性质。主人公默尔索非常干脆地承认自己犯了杀人的命案,面对着人群社会与司法机制,他真诚地感到了心虚理亏,有时还"自惭形秽",甚至第一次与预审法官见面、为对方亲切的假象所迷惑而想要去跟他握手时,就想到"我是杀过人的罪犯"而退缩了。他的命案是糊里糊涂犯下的,应该可以从轻量刑,对此不论是他本人还是旁观者清的读者都是一清二楚的,因此,他一进入司法程序就自认为"我的案子很简单",并且天真地对即将运转得愈来愈复杂、愈来愈可怕的司法机关"管得这么细致"而大加称赞,说"真叫人感受到再方便不过"[①],而法律机器运转的结果却是他被宣布为"预谋杀人"、"丝毫没有一点人性"、"最藐视最基本的社会原则",甚至"其空洞的心即将成为毁灭我们社会的深渊"的"罪不可赦"者最后被判处了死刑,而且其死罪是在"以法国人民的名义"这样一个高度上被宣判的。从社会法律的角度来说,《局外人》主人公的冤屈程度,并不像完全无辜而遭诬告判刑的芳汀与克兰克比尔那样大,因而不是严格意义上的冤案。但是,对默尔索这样一个性格、这样一个精神状态的人物来说,这一判决却是最暴虐不过、最残忍不过的,因为它将一个善良、诚实、无害的人物完全妖魔化了,在精神上、在道德上对他进行了"无限上纲上线"的杀戮,因而是司法领域中一出完完全全的人性冤案,如果说传统文学中芳汀、冉·阿让、克兰克比尔那种无罪而刑、冤屈度骇人听闻的司法惨案放在19世纪法律制度尚不严谨的历史背景下还是真实可信的话,那么这样的故事放在"法律制定得很完善"

---

① 引文均见《局外人》。

的 20 世纪社会的背景上，则不可能满足现代读者对真实性的期待。加缪没有重复对司法冤屈度的追求，而致力于司法对人性残杀度的揭示，这是他的现代性的一个重要表现，也是《局外人》作为一部现代经典名著的社会思想性的一个基石。

就其内容与篇幅而言，《局外人》着力表现的正是法律机器运转中对人性、对精神道德的残杀。每件司法不公正的案件都各有自己特定的内涵与特点，而《局外人》中的这一桩就是人性与精神上的迫害性，小说最出色处就在于揭示出了这种迫害性的运作。本来要对默尔索这桩过失杀人的命案进行司法调查，其真相与性质都是不难弄得一清二楚的，但正如默尔索亲身所感受到的，调查一开始就不是注意命案本身的事实过程，而是专门针对他本人，这样一个淡然超脱、与世无争、本分守己的小职员平庸普通的生活有什么可调查的呢？于是，他把母亲送进养老院，他为母亲守灵时吸了一支烟、喝过一杯牛奶，他说不上母亲确切的岁数以及母亲葬后的第二天他会了女友、看了一场电影等这些个人行为小节，都成为了严厉审查的项目，一个可怕的司法怪圈就此形成了：由于这些生活细节是发生在一个日后犯下命案的人身上，自然就被司法当局大大地加以妖魔化，被妖魔化的个人生活小节又在法律上成为"毫无人性"与"叛离社会"等判语的根据，而这些结论与判语又导致对这个小职员进行了"罪不可恕"的严厉惩罚，不仅是判处他死刑，而且是以"法兰西人民的名义"判处他死刑。这样一个司法逻辑与推理的怪圈就像一大堆软软的绳索把可怜的默尔索捆得无法动弹、听任宰割，成了完善的法律制度与开明的司法程序的祭品。

默尔索何止是无法动弹而已，他也无法申辩。他在法庭上面对着对他的人性、精神、道德的践踏与残害，只能听之任之，因为根据"制定得很好"的法律程序，他一切都得由辩护律师代言，他本人被告诫"最好别说话",实际上已经丧失了辩护权,而他自己本来是最有资格就他的内心问题、思想精神状态作出说明的。何况,辩护律师只不过是操另一种声调的司法人员而已,默尔索就不止一次深切感受到法庭上、审讯中的庭长、检察长、辩护律师以及采访报道的记者都是一家人,而自己完全被"排除在外",在审讯过程中,他内心里发出这样的声音:"现在到底谁才是被告呢?被告可是很严重的,我有话要说。"没有申辩的可能,他不止一次发出这样的感慨:"我甚至被取代了",司法当局"将我置于事外,一切进展我都不能过问,他们安排我的命运,却未征求我的意见"。小说中司法程序把被告排斥在局外的这种方式,正是现代法律虚伪性的表现形式,加缪对此着力进行了揭示,使人们有理由说《局外人》这个小说标题的基本原意就在于此。

如果说,从司法程序来看,默尔索是死于他作为当事人却被置于局外的这样一个法律荒诞,那么,从量罪定刑的法律基本准则来看,他则是死于意识形态、世俗观念的荒诞。默尔索发现,在整个审讯过程中,人们对他所犯命案的事实细节、前因后果、来龙去脉并不感兴趣,也并未做深入的调查与分析,而是对他本人在日常生活中的表现感兴趣。他的命运并不取决于那件命案的客观事实本身,而是取决于人们如何看待他这个人,取决于人们对他那些生活、对他的生活方式,甚至生活趣味的看法,实际上也就是取决于某种观念与意识形态。在这里,可以看见意识形态渗入了法律领域,决定了司法人员的态度与立场,从而控制了法律机器的运作。加缪的这种揭示无疑是深刻有力的,并且至今仍有形而上的普遍的意义,意识观念的因素对法律机制本身的侵入、钳制与干扰,何止是在默尔索案件中存在呢?

《局外人》以其独特视角对现代法律荒诞的审视,而在这一块"公关场所"中而表现不凡,即使在这个"公关场所"出现过托尔斯泰《复活》这样的揭露司法黑暗腐败的鸿篇巨制,它也并不显得逊色，它简明突出、遒劲有力的笔触倒特别具有一种震撼力。

对《局外人》这样一部被视为现代文学经典的小说，对加缪这样一位曾被有些人视为"现代派文学"大师的作品，如此进行社会学的分析评论，是否有"落后过时"之嫌？近些年来，由于当代欧美文论大量被引入，各种主义、各种流派的文学评论方法令人趋之若鹜，成为时髦，致使高谈阔论、玄而又玄、新词、新术语满篇皆是，但却不知所云的宏文遍地开花，倒是那种实实在在进行分析的社会学批评方法已大为无地自容了。笔者无意对各家兵刃作一番"华山论剑"，妄断何种批评方法为优为尊，仅仅想在这里指出，《局外人》的作者加缪是一位十分社会化的作家，甚至他本人就是一位热衷不疲的社会活动家，仅从他写作《局外人》之前几年的经历就可以明显看出。

1933年，法西斯势力在德国开始得势，刚进阿尔及尔大学不久的加缪就参加了由两个著名"左"倾作家亨利·巴比塞和罗曼·罗兰组织的阿姆斯特丹——布莱叶尔反法西斯运动。次年年底，他加入了共产党，他分担的任务是在穆斯林之中做宣传工作。他于1935年离党，后来又于1936年创建了"左"倾的团体"文化之家"与"劳动剧团"，并写作了反暴政的剧本《阿斯图里起义》。1938年，他又创办《海岸》杂志，并担任《阿尔及尔共和报》的记者，其活动遍及文学艺术、社会生活与政治新闻等各领域。不久，他又转往《共和晚报》任主编，在报社任职期间，他曾经撰写过多篇揭示社会现实、抨击时政与法律不公的文章。

加缪本人这样一份履历表，充分表明了写作《局外人》之前的加缪正处于高度关注社会问题、积极介入现实生活的状态，《局外人》不可能不是这样一种精神状态的产物。事实上，加缪在一封致友人的信里说到《局外人》时，就曾这样说："我曾经追踪旁听过许多审判，其中有一些在重罪法庭审理的特大案件，这是我非常熟悉，并产生过强烈感受的一段经历，我不可能放弃这个题材而去构思某种我缺乏经验的作品。"①对于这样一部作品，刻意回避其突出的社会现实内容，摒弃社会学的文学批评，而专注于解构主义的评论，岂非反倒是反科学的？

《局外人》之所以以短篇幅而成为大杰作，小规模而具有重分量，不仅因为它独特的切入角度与简洁有力的笔触表现出了十分尖锐的社会现实问题，而且因为其中独特的精神情调、沉郁的感情、深邃的哲理传达出了十分丰富的人性内容，而处于这一切的中心地位的，就是感受者、承受者默尔索这个人物。

毫无疑问，默尔索要算是文学史上一个十分独特，甚至非常新颖的人物。他的独特与新颖，集中体现在他那种淡然、不在乎的生活态度上。在这一点上，他不同于文学史上几乎所有的"小生"主人公，那些著名的"小生"主人公如果有什么共同点的话，那就是入世、投入与执着，不论是在情场上、名利场上、战场上还是在恩怨场上。《哈姆雷特》中的丹麦王子、《红与黑》中的于连、《高老头》中的拉斯蒂涅、《卡尔曼》中的唐·若瑟以及《漂亮朋友》的杜·阿洛都不同程度、不同形态具有这样一种共性。他们身上的这种特征从来都被世人认为是正常的、自然的人性，世人所认可、所欣赏的正是他们身上这种特征的存在形态与展现风采。

默尔索不具有这种精神，而是恰巧相反。在事业上，他没有世人通称为"雄心壮志"的那份用心，老板要调他到巴黎去担任一个好的职务，他却漠然对待，表示"去不去都可以"。在人际关系上，他没有世人皆有的那些世故考虑，明知雷蒙声名狼藉，品行可疑，他却很轻易就答应了做对方的"朋友"的要求，他把雷蒙那一堆捻酸吃醋、滋事闯祸的破事都看在眼里，却不为什么就有求必应被对方拖进是非

---

① 罗杰·格勒尼埃：《阳光与阴影》第100页，伽里玛出版社，1987年。

的泥坑。他对所有涉及自己的处境与将来而需要加以斟酌的事务，都采取了超脱淡然、全然无所谓的态度，在面临作出抉择的时候，从来都是讲同一类的口头语："对我都一样"、"我怎么都行"，比如他喜欢的玛丽建议他俩结婚时，他就是这么不冷不热作答的。即使事关自己的生死问题，他的态度也甚为平淡超然，他最后在法庭上虽然深感自己在精神与人格上蒙冤，并眼见自己被判处了死刑，内心感到委屈，但当庭长问他"是不是有话要说"时，他却是这样反应的："我考虑了一下，说了声'没有'"，就这么让自己的命运悲惨定案。

我们暂时不对默尔索的性格与生活态度作出分析与评论，且把此事留在后文去做，现在先指出加缪把这样一个人物安排在故事的中心会给整个作品带来何种效应。

首先，这样一个淡然超脱、温良柔顺、老实本分，对社会、对人群没有任何进攻性、危害性的过失犯者，与司法当局那一大篇夸张渲染、声色俱厉、把此人描写成魔鬼与恶棍的起诉演说相对照，与当局以这种起诉词为基础，把此人当作人类公敌、社会公敌而从严判决相对照，实际上突现出了以法律公正为外表的一种司法专政，更突现出了司法当局的精神暴虐。如果这是作品所致力揭示的精神暴虐的"硬件"的话，那么默尔索这样一个不信上帝的无神论者在临刑前被忏悔神父纠缠不休则揭示了精神暴力的"软件"，执行刑前任务的神父几乎是在强行逼迫可怜的默尔索死前皈依上帝表示忏悔，当然是作为人类公敌、社会公敌的忏悔，以完成这头羔羊对祭坛的完整奉献。

把默尔索这样一种性格的人物置于作品的中心，让他感受与承受双重的精神暴力，正说明了作者对现代政法机制的"精神暴力"的严重关注。只有20世纪的具有现代意识的作家才会这样做。原因很简单，20世纪的加缪不是生活在饥饿这个社会问题尚未解决的19世纪，他不会像雨果那样在一块面包上写出冉·阿让的19年劳役，他只可能像温饱问题已经解决的现代社会中的人们一样,把关注的眼光投向超出肉体与生理痛苦之外的精神人格痛苦,他让默尔索这样一个人物成为作品中的感受者与承受者,就足以说明这一点,在这里,有加缪对现代人权的深刻理解,也有加缪对现代人权的深情关怀。

默尔索这样一种性格的人物居于作品的中心作为厄运的承受者,必然会产生另一个重要效应,就是能引起读者深深的人道主义怜悯与同情。如果默尔索是一个感情泛滥、多愁善感的人,他面对厄运的种种感情反而会显得虚夸、张扬、浅显,但默尔索的性格内向,情态平淡,他在厄运之中,在死刑将要来到之时的感受因此就显得更为含蓄深沉,更具有张力。要知道,夸张与过分是喜剧所需要的成分,而蕴藏、敛聚、深刻才是悲剧的风格,默尔索的感情表现状态正是如此。在《局外人》中,作者描写默尔索在法庭上如有五雷轰顶的感受,从法院回监狱的路上彻底告别自由生活的感受以及在监狱里等待死刑的感受,都表现出了高度的心理真实与自然实在的内心状态,这些描写构成了小说的主要艺术成就,至今已成为20世纪文学中心理描写的经典篇章。

当然,在任何一部作品中,任何居于中心地位的人物都会在作品整体中起这种或那种作用,给作品带来这种或那种效果,剩下来还需要考察的问题是,居于中心地位的人物是属于何种性质、何种类别。我们已经指出,默尔索这个人物与传统文学中的人物颇为不同,似乎属于"另类",甚至可以说,他身上那种全然不在乎、全然无所谓的生活态度,在充满了各种非常现实的问题与挑战的现代社会中,似乎是不可能有的,于是,对这个人物仔细加以观照时,人们不禁会问,这样一个人物的现实性如何、典型性如何?

在入世进取心强的人看来,默尔索的性格与生活态度显然是不足取的。说得好一点,是随和温顺、好说话、不计较、安分、实在,说得不好一点,是冷淡、孤僻、不通人情、不懂规矩、作风散漫、放浪形骸,是无主心轴、无志气、无奋斗精神、无激情、无头脑、无出息、慢吞吞、肉乎乎、懒洋洋、庸庸碌碌、浑浑噩噩……总而言之是现代社会中没有适应能力与生存能力的人。但实际上,加缪几乎是以肯定的态度来描写这个人物的,塞莱斯特在法庭上作证时把默尔索称为"男子汉"、"不说废话的人",这个情节就反映出了加缪的态度。后来,加缪又在《局外人》英译本的序言中,对这个人物作出一连串的赞词:"他不耍花招,从这个意义上说,他是他所生活的那个社会里的局外人","他拒绝说谎……是什么,他就说是什么。他拒绝矫饰自己的感情,于是社会就感到受到了威胁","他是穷人,是坦诚的人,喜爱光明正大","一个无任何英雄行为而自愿为真理而死的人"。加缪对这个人物可谓是爱护备至,他还针对批评家称这个人物为"无动于衷"一事这样说:"说他'无动于衷',这措辞不当,说他'善良宽和'则更为确切。"[①]在加缪自己对这个人物作了这些肯定之后,我们再来论证这个人物的正面的积极的性质,就纯系多余了。

默尔索这个人物不仅得到加缪的理性肯定,而且对加缪来说在感情上也是亲近亲切的,他是加缪以他身边的不止一个朋友为原型而塑造出来的,其中还融入了他自己在现实生活中的某种感受与体验。根据加缪的好友罗杰·格勒尼埃所写的加缪评传中的记叙,默尔索这个人物身上主要有两个人的影子,一个是巴斯卡尔·比阿,另一个是被他称为皮埃尔的朋友,而两个朋友身上的共同特点都是"绝望"。巴斯卡尔·比阿是来自巴黎的职业记者,当时在阿尔及尔主持《阿尔及尔共和报》,是加缪的领路人与顶头上司。他酷爱文学,富于才情,在诗歌创作上颇有成绩,也从事各种各样的职业,其中包括不那么高尚的职业如出盗版书等。他具有独特的精神与人格,自外于时俗,轻视现实利益与声名功利,只求忠于自己,自得其乐,有那么一点超凡

[①] 罗杰·格勒尼埃:《阳光与阴影》第91~92页,伽里玛出版社。

脱俗的味道。他不仅对加缪，而且对法国20世纪另一个大作家安德烈·马尔罗、荷兰大作家埃迪·杜·贝隆以及其他一些重要作家均有深刻的影响，罗杰·格勒尼埃把这个人物称为"极端虚无主义者"、"最安静的绝望者"。关于默尔索的另一个原型皮埃尔，加缪曾经这样说："在他身上，放浪淫佚，其实是绝望的一种形式。"①可见加缪对这两个原型，都有一个共同的着眼点，那便是"虚无"、"绝望"。这一点值得我们在后文中再作一些评析，至于加缪本人融入默尔索身上的自我感情，则是他1940年年初到巴黎后的那种"陌生感"、"异己感"："我不是这里的人，也不是别处的。世界只是一片陌生的景物，我的精神在此无依无靠。一切与己无关。"②

从成分结构与定性分析来看，虚无、绝望、陌生感、异己感，所有这些正是20世纪"荒诞"这一个总的哲理体系中的组成部分，从法国20世纪文学的走脉来看，马尔罗、加缪们又都曾接受过巴斯卡尔·比阿这样一个作为"极端虚无主义者"、"最安静的绝望者"艺术形象的原型的影响，并且以"荒诞"哲理为经纬形成了一个脉络，在这个脉络、这个族群中，《局外人》显然算是一个亮点，自有其特殊的意义。

应该注意，1940年5月《局外人》一完稿，加缪只隔四个月就开始写他的《西西弗神话》，并且四个月后，也就是于1941年2月即完成了这一部名著，这一部著作要算是使加缪之所以成为加缪的最有力的一部杰作，是加缪最重要的代表作，是他全部作品与著作的精神基础、哲理基础。它之所以重要，就在于它从哲理的高度描述了、阐明了人最最基本的生存状况，把纷纭复杂、五光十色、气象万千的人的生存状况概括为、凝现为西西弗推石上山、永不停歇，但却劳而

---

① 罗杰·格勒尼埃：《阳光与阴影》第83页，伽里玛出版社。
② 同上书，第84页。

无功的这样一个图景。当然，这里的人是个体的人，而非整体的人类，人的生存如推石上山、劳而无功是决定于人的生而必死这种生存荒诞性。人生而必死、劳而无功，这是"上帝已经死了"、宗教已经破灭、人再没有彼岸天堂可以期待之后的一种悲观绝望的人生观，在这种人生观的理解范围里，现实世界对人来说只是一个匆匆而过的异乡。这种人生观无疑带有浓重的悲观主义与虚无主义的色彩，然而，面对着生而必死、劳而无功的生存荒诞，却又推石上山，虽巨石反复滚下山，却仍周而复始，推石上山，永不停歇，这无疑又是一曲壮烈、悲怆的赞歌，一个不到30岁的青年，有如此大悲大悯的情怀，对人的状况作出了如此深刻隽永的描述，在整个20世纪的精神文化领域，发生了广泛的震撼性的影响，这无疑给他在44岁的壮年荣获诺贝尔文学奖奠定了一块巨大的坚固的基石。

《局外人》与《西西弗神话》同属加缪的创作前期，两者的创作仅相隔几个月，一个是形象描绘，一个是哲理概括，两者的血肉联系是不言而喻的。从哲理内涵来说，《局外人》显然是属于《西西弗神话》的范畴，在默尔索这个颇为费解的人物身上，正可以看见《西西弗神话》中的某些思绪。

在这方面，《局外人》最后一章的重要性是毋庸置疑的，它十分精彩地写出了默尔索最后拒绝忏悔、拒绝皈依上帝而与神父进行的对抗与辩论，在这里，他求生的愿望、刑前的绝望、对司法不公正的愤愤不平、对死亡的达观与无奈、对宗教谎言的轻蔑、对眼前这位神父的厌烦以及长久监禁生活所郁积起来的焦躁都混合在一起，像火山一样爆发，迸射出像熔岩一样灼热的语言之流，使人得以看到他平时那冷漠的"地壳"下的"地核"状态。

他的"地核"也许有不少成分，但最主要的就是一种看透了一切的彻悟意识。他看透了宗教的虚妄性与神职人员的诱导伎俩，他的思想与其说是认定"上帝已经死亡",不如说是认定它"纯属虚构","世人的痛苦不能寄希望于这个不存在的救世主",用他的话来说,他很想从监狱的墙壁上看见上帝的面容浮现,但他"没有看见浮现出来什么东西",因此,他把拒绝承认上帝、拒绝神父一切的说教当作维护真理之举。他也看透了整个的人生,他认识到"所有的人无一例外都会被判处死刑,幸免不了",他喊出的这句话几乎跟巴斯喀在《思想集》中、马尔罗在《西方的诱惑》中关于人的生存荒诞性的思想如出一辙,他根据自己的经验与所见所闻,深知"世人活着不胜其烦"、"几千来年活法都是这个样子",对人类生存状况的尴尬与无奈有清醒的意识,他甚至质问道:"他这个也判了死刑的神父,他懂吗?"有了这样的认知,他自然就剥去了生生死死问题上一切浪漫的、感伤的、悲喜的、夸张的感情饰物,而保持了最冷静不过、看起来似乎是冷漠而无动于衷的情态,但他却"只因在母亲葬礼上没有哭而被判死刑",于是,默尔索在感受到人的生存荒诞性的同时,又面临着人类世俗与社会意识形态荒诞的致命压力。这是他双重悲剧的要害。

不可否认,默尔索整个的存在状况与全部的意义仅限于感受、认知与彻悟,他毕竟是一个消极的、被动的、无为的形象。他无论从哪个方面来说都属于《西西弗神话》,而《西西弗神话》的性质也仅限于宣示一种彻悟哲学。思想的发展使加缪在5年后(1946)的长篇小说《鼠疫》里,让一群积极的、行动的、有为的人物成为小说的主人公,写出他们对命运、对荒诞、对恶的抗争,而且加缪又紧接着于1950年完成了他另一部哲理巨著《反抗者》,阐释人对抗荒诞的哲理,探讨在精神上、现实中、社会中进行这种反抗与超越的方式与道路,从而在理论阐述与形象表现两个方面使他"荒诞——反抗"的哲理体系得以完整化、完善化,成为在法国20世纪精神领域里与萨特的"存在——自我选择"哲学,马尔罗的"人的状况——超越"哲学交相辉映的三大灵光。

从西西弗到正义者

——加缪的剧作三种

西西弗,神话中的一个国王,被众神判决把一块巨石推上山顶。由于本身的重量,巨石总要滚下山来,于是,他又得把石块推上山去,如此反复,永无止境。众神以为,再没有什么惩罚比这无效的、没有尽头的劳役更为可怕的了。人啊,这就是你的生存状况的形象与缩影。

一个29岁的思想者在他的名著《西西弗神话》里这样宣称了他对人类生活的思考。这种思考,不一定是我们的哲学,然而,它却很有震动与搅翻人心的力量。事实上,它在自己国度里对整个一代青年有着深刻而持久的影响。

这个思想者就是在法国几乎与萨特齐名的加缪,这个集子就是他的主要文学实绩之一。这作品集绝不是通俗文学趣味的宠儿,它在我们这里既不会像奇案小说那样引起轰动,也不会像侠义小说那样得到畅销,它反倒可能另有一番际遇,可能像萨特的某些作品一样,或被侧目而视,或遭非议责难,然而,不论怎样,它肯定将引起爱好思索的读者的注意,并且作为一本具有思想品格的书而获得持久的生命。

书是为读者而存在的。读者对书的需求与趣味有各种不同的层次,这在相当的程度上,决定了书籍必须有不同的种类与层次。每个作家,不论本人是否自觉,总是以满足不同层次的精神需要作为自己写作的目的。由此,在书的世界里,也就有高与低、雅与俗、严肃与消遣等等的区分了。

加缪显然不是为消遣与娱乐这一层次的需要服务的作家，他甚至不追求有趣与引人入胜，似乎他并不希求成为一个具有艺术魔力的文学家，而一心追求思想家的境界。他总致力于表现一种哲理，这是他主要的压倒一切的目的。于是，他就形成了一种独特的风格，一种不事工巧、不重辞章、不披挂任何华丽的外表、不涂抹任何夺目的色彩，而一任思想的火星在冷峻的文体里闪现的风格，就像一块阴沉单调的色布，上面闪烁着无数的光点，构成一片发出某种信息、启示着人们思想的灵光。他是没有什么艺术性，但善于穿着的人不正是穿着得最不引人注意的人吗？

加缪的作品并不多，主要的不过有这样几种：小说《局外人》与《鼠疫》，散文《西西弗神话》与《反抗者》，此外就是这个集子里的戏剧三种了。数量虽然不多，但它们却奠定了加缪在法国20世纪文学中举足轻重的地位。以数量不多的作品而不朽，这是文学史上一种常见的令人深思的现象。考其原因，不外是或深刻地反映了时代社会的状况风貌，或具有足以打动不同时代、不同民族的人们的思想力量，或以精湛的艺术性而能经受时间的磨损。加缪属于以思想力量见长的那一类，他的作品无一不高度凝结着思想。而且，在他作品里表露的思想并不是泛泛的、杂乱的、分散的，而是执着的、聚集的、成系统的。他所集中思考的问题是人的存在与现实世界的关系问题。他在自己的作品里，从不同的角度、以不同的形式、通过不同的形象描绘加以表现的，也正是在这个问题上的哲理。

什么是加缪的哲理？《西西弗神话》是他哲理凝聚的地方，我们还得回到这个"罗陀斯"岛上。

在加缪看来，现实世界是不合理、不理想的，人与这个世界不协调、有矛盾，人在世界上并不感到是在自己的家乡，而有一种陌生感。他被剥夺了自己的希望，世界对他的希求不作任何回答，他在这里的生活就像是西西弗的劳役，世界对他的任何努力都不给予任何报偿。这就是加缪所指出的"人与其生活之间的脱节"、"演员与舞台背景的脱节",即他所谓的"荒诞"。荒诞说是加缪哲理的核心,而荒诞则是产生于人的呼唤与世界无理性的沉默之间的对立。这无疑是一种带有悲观色彩的哲学,甚至显得有点阴沉,看不到欢乐,只看到痛苦;看不到希望,只看到周而复始、没有尽头的劳役与绝望。不过,要更深入地说明这荒诞说的世界观的性质,关键在于对"荒诞"的理解。的确,加缪所指的荒诞,既不是完全在于人,也不完全在于世界,而在于两者不协调的、不合理的对立关系。但是,假如世界是人的希望之乡,是人感到亲切与和谐一致的祖国,荒诞也就不会存在了。因此,如果我们不迷失在加缪的哲学概念的迷宫里的话,那么,可以这样说,加缪所思考的荒诞,实际上仍然是来自现实世界的荒诞。从这个理解出发,就更能清楚地说明加缪建立在荒诞说之上的文学形象,也只有从这个理解出发,才能说明加缪在人应如何对待荒诞的问题上的认识的发展。

人面对着这种荒诞应该怎么办?加缪思考的重点与他哲理的核心就在于此,他的文学创作即使不说全部,至少也可以说主要的都以说明与解释他在这个问题上的主张为目的。

借以表现人类命运的是西西弗,借以阐明人生哲学的仍然是西西弗。"我把西西弗放在山脚下,人们总是看到他的重负",面对着那无效的、永无止境的劳役,加缪的西西弗的态度是怎样的呢?他对自己苦难的处境有清醒的意识,他了解自己悲惨命运的全部内容,也为此感到痛苦与烦恼,然而,他却以极大的毅力仍不断地把石块推上山顶。"爬上山顶所要作出的艰苦努力,就足以使一个人的心里感到充实",从这里西西弗又感到了幸福。于是,西西弗既是一个背负着命运重担的形象,又是一个永远没有被这重负压倒的形象。他正视荒诞的命运而又对荒诞的命运表示了蔑视。在这个神话英雄的身上,加缪所突出的是他那种"清醒意识",照他看来,"这种清醒意识给西西弗带来了痛苦,同时也造成了他的胜利,没有任何命运是不被蔑视战胜的。"这样,通过西西弗神话,加缪发出了这样的呼喊:"是的,事情就是如此;是的,世界是荒诞的,但是,不要对神有任何期待。面对着这无情的命运,重要的是要有清醒的意识,要对它表示藐视。"而清醒的、对荒诞的藐视,也就成了加缪一系列文学作品的基调。

《西西弗神话》中的哲理,首先带来的是加缪的著名小说《局外人》。这两部同在1942年问世的作品,其实就是孪生兄弟。如果说《西西弗神话》中的英雄只是一种形象的比喻的话,那么,《局外人》中的主人公就是一个生活在现实的荒诞之中而又表现出了西西弗式的悟性的活生生的现代人。这个公司小职员默尔索周围的现实生活完全是平庸、灰暗、猥琐的,在人们习以为常的外表下,存在着矛盾、不合理与荒诞,默尔索自己的生活,无疑也是荒诞的一部分。他在海边糊里糊涂、莫名其妙开枪打死了一个阿拉伯人,是由于阿拉伯人的恶意?是由于他自己惊慌失措?是由于地中海灼热阳光的照射使他生理上有变态反应?总之,这是加缪用来表现生活荒诞性的一个有力的情节。如果说,这种带有相当大的偶然性的荒诞还是可以理解的话,那么,默尔索所遇到的控告、审判、舆论指责以及他被卷入的法律程序、法律机构,则更是充满了达到荒悖程度的荒诞。而所有这一切却恰巧是以正常合理的面孔出现的,得到人们的接受、赞同与支持。其实,荒诞并不太可怕,也许真正可怕的就是这种对荒诞习以为常的荒诞。加缪企图以默尔索这个小人物来打破这种把荒诞视为正常的蒙昧,他不承认,也不接受现实的合理性,而是看透了它的不合理性与荒诞,达到了彻悟的境界:"我看上去一无所有,但我对自己,对一切都有充分的把握,我对自己的生活以及即将来到的死亡,完全了如指掌。"因此,他以一种冷漠的态度对待这个世界,以冷淡的态度对待自己的被判处死刑,甚至在临刑之前认为:"我过去是幸福的,现在还是幸福的。"彻悟就是幸福,彻悟就是胜利。在默尔索对待荒诞世界的无动于衷的态度后面,加缪所要表现的,就是一双冷冷的、看透了一切的眼睛，一种对荒诞的蔑视与一种精神上的坚强。显然，在他看来，彻悟之后脱俗的坚强，对荒诞的现实来说是一种可怕的对抗力量，它以其蔑视而优胜于荒诞。

著名的文学传记作家、评论家安德烈·莫洛亚，曾经把本世纪人类的经历形容为西西弗式的：第一次世界大战前尽管并非尽如人意，境况似乎还不错。"第一次世界大战整整4年，巨石滚下山脚，西西弗鼓起勇气再操起他那永恒的劳役，但第二次世界大战又一次粉碎了希望，巨石又压倒了一切。"在《西西弗神话》与《局外人》问世的1942年，"世界从没有像现在这样荒诞"：大战正在进行，法国被占领，暴虐的法西斯势力气焰正盛。"西西弗待在山脚崩塌的岩石下，精疲力竭，沮丧万状。"正是在这个时候，加缪以这两部作品向人类指出人类的状况，提倡一种清醒的意识与蔑视的态度。无疑，这种态度既强有力又软弱无力：说它强有力，是因为它体现出了一种精神力量，说它软弱无力，则因为这毕竟只是一种精神上的胜利，而并没有反抗的行动。

在说明了《西西弗神话》与《局外人》之后，要理解这个集子里的两个作品：《误会》（1944）与《卡利古拉》（1945），就比较简单了，因为这两部作品基本上属于《西西弗神话》的阶段。

对于《误会》，请你不要首先把注意力放在剧本的情节上，以"母女开黑店，害人害己，暴露了资本主义的罪恶"之类的逻辑，织成一个严密的罗网套在它的头上；请你多注意作者发出的信息，让开黑店的母女两个人物发出的信息，关于荒诞的信息："人世是不合理的"，"这片幽深的没有阳光的土地，人进去就成为失明的动物的腹中食，总不能把这种地方称为祖国"，"任何人从来没有承认的秩序是注定的"，"人在这里，目光四处受阻，整片土地的形状，只适于脑袋仰起，眼神哀求"，"在这片土地上，一切都无定准"，"这个世界是为了人在这里边死的"[1]等等。这些信息，一再重复了《西西弗神话》

---

[1] 本作品引文请见F·20丛书本，下同。

中的基本思想：世界是荒诞的，人与世界的关系是荒诞的，现实世界不是人的祖国，人被剥夺了希望，人在现实世界里只不过是一个陌生人而已。当然，哥哥回到故乡，准备接母亲与妹妹到富裕的海边，但渴望到富裕的海边去生活的母女却正是为了筹集必要的钱款而谋财害命，误杀了自己的亲人，这更是荒诞生活触目惊心的一例。只要不现实主义地拘泥于开黑店的具体情节，而把这视为一种象征、一种格局，那就不难看到，这种主观与客观的相悖、动机与效果的相悖，实际上是大量地发生在人与人的关系中，甚至在亲近的人与人的关系中。如果要说剧本中的故事是荒诞人生之一例，那么，这首先意味着世界的荒诞是惊心动魄、骇人听闻的。

在这里，加缪又回到了他清醒意识的主题。他让母女二人特别是女儿充当这种哲理的阐发者。面对冷漠的世界，她主张以冷漠相对："对所有的呼声都要充耳不闻，要及时加入顽石的行列。"面对命运，她声称："我不跪下。"在不合理的人世中，她学会了"蔑视一切"。因此，她"根本不承认爱情、快乐或痛苦"，在她看来，人面对荒诞"为什么要向大海或向爱情呼唤"？为什么要有"柔情"与"眼泪"？她明确地表示："眼泪使我反感"，"一想到无论什么类似人类的柔情的东西，我就感到怒火中烧"，"不愿意与那些沉湎在失而复得的柔情中的人群为伍"。在这种阴沉、严峻、冷漠的人生态度的后面，同样是一双逼视的、看透了一切的眼睛，是对荒诞的深深的厌弃与对世界的极端的悲观、绝望。所有这些，与《局外人》中的默尔索基本上是一致的，不过，默尔索仅止于精神上的彻悟与看透而已，在这里，少女玛尔塔却有了行动与"对抗"，她回答荒诞的是"恶"，是她的"恶"的方式，是她谋财害命的营生，甚至在她误杀了自己的哥哥之后，她还能冷漠而残忍地说出这样的话："即使我认出他来了，事情也不会有丝毫改变"，"面对一个陌生而冷漠的哥哥，我是不会低下头的。"然而，她的行动与恶的对抗，既不能改变荒诞，也不能使自己幸福，而只能加深荒诞，自己也悲惨地沦于毁灭。

《卡利古拉》以古罗马暴君故事为题材。但是，请你不要把这个剧本当作现实主义的历史剧，也不必去把罗马历史上的暴君与剧本中的主人公加以对比，从历史真实与艺术虚构的差别中去立论，作出现实主义的分析与评判。除了剧中人物披着罗马的衣装，除了主人公把杀人当儿戏似乎与暴君有些相像外，其他就没有什么相同了。这并不是历史剧，而是寓言剧、哲理剧；主人公并不是一般意义上的暴君，而是哲人。

说他是哲人，因为剧中一个人物曾经指出："卡伊乌斯是个理想主义者"，还因为加缪把17世纪大思想家巴斯喀的著名哲理放在他嘴里，他声称认识到了一个"极其简单、极其明了、有点儿迂拙，但是很难发现"的真理，那就是："人要死亡，他们并不幸福。"巴斯喀认为，人的伟大"就在于他知道他会死"；同样，西西弗的伟大，就在于他知道巨石又将从山顶滚下来；而卡利古拉之所以不是暴君的象征而是哲人的象征，就在于他体现了巴斯喀的哲理，体现了加缪的西西弗式的哲理，体现了加缪关于面对荒诞要具有清醒意识的哲理。在剧本里，当舍雷亚对他说："我们要想在这个世界里生活，就应该替它辩护。"他的回答是："这个世界并不重要，谁承认这一点，就能赢得自己。"正因为整个罗马帝国的人都没有认识到世界的荒诞，所以，他指出他们都是"不自由的"，而只有他，对世界有清醒意识的他，敢于面对的他，不断体验到"一阵阵恶心"和某种"味道"——"不是血腥味，不是腐尸味，也不是高烧时的苦涩味，然而这些味全有的味道"——的他，才是"自由的"。从这里，我们再一次听到"西西弗幸福"的基调，听到默尔索在临刑前自认为"我过去幸福，现在还幸福"的基调。但是，卡利古拉较之默尔索也有不同，他不仅有了清醒的意识，而且也像玛尔塔一样，有了行动与"对抗"，只不过他的行动与"对抗"仍然没有超出"觉醒"与清醒意识的范围。

他的起点是获得了真理，认识了世界与人生的真相，明确地认定:"这个世界,在目前状态下,是让人无法容忍的。"然而,他面前的世人却偏偏"缺乏认识",生活在浑浑噩噩之中,生活在"假象"之中,在荒诞面前,在恶的命运的面前,一些人认为理所当然,一些人迷信绝对的善,有些人还竭力要为现存的世界辩护,力求维持与稳定既有的秩序。要改变就必须先看透。如何才能使世人认清呢?他要充当世人的"言之有物的教师",教世人认识世界与人生那"让人无法容忍的"状况,而他可采取的办法却是一种绝对的、极端的办法,那就是把荒诞的世界、恶的命运的逻辑推行到极端,用他的话来说,就是"遵循逻辑"。既然世界本是无法容忍的、而人们又麻木不仁,那他就来施行暴虐、任意杀戮,使人深感难以活下去;既然"人不理解命运",那他就"装扮成了命运",让人看清命运的面孔。有谁能根据自己的意愿如此为所欲为?有谁能充当这样一个"教师"?当然只有像他这样在人世中握有至高无上权力的帝王。总之,在他主观上,他的施暴肆虐"就是教育"。但是,在他这样做的时候,他倒真成了恶的化身,荒诞的代表,成了世人必须铲除而后快的暴君。这是他的悲剧的第一层含义。第二层含义则是,尽管他并不在乎自己作为暴君将死于非命而只求警醒世人,但他却并没有达到目的,结果是荒诞未除而他自己先死。他没有得到任何人的理解,最后被刺身亡时只能自我宣扬地狂呼:历史上见,我还活着!

真能在历史上见?真能还活着?卡利古拉的方式在历史的发展中还会具有生命力?可以肯定的是,不论卡利古拉对荒诞的认识与厌弃是多么彻底,他以恶抗恶、以毒攻毒的方式终归只是对荒诞的一种无能为力的、绝望到了疯狂程度的对抗。不论是他这种对抗还是玛尔塔的对抗,在加缪那里,都仅仅是为了解决一个清醒认识的问题,还谈不上是为了铲除荒诞的问题,谈不上是一种真正意义上的反抗,并且,连解决一个清醒认识的问题有时亦不可得,这实际上就反映了加缪思想上那种严重的悲观主义,反映了他自己面对着荒诞看不到什么行之有效的出路。

加缪的可贵处在于他发展了他的思想与哲理，他哲理发展的标志是他1947年发表的、作为奠定了他崇高文学地位的名著之一的《鼠疫》。在这里，荒诞不再是抽象的，而是比较具体一些了，小说里的"鼠疫"就是世间荒诞的象征，就是世间恶的象征，人类灾难的象征。在这里，人也不再局限于意识的觉醒、精神的对抗，而开始了行动，开始了真正意义上的反抗与斗争。阿赫兰城流行鼠疫，全城的生活与安全受到极大的威胁，面临毁灭的危险。人们为了生存，紧张、积极地投入了抗疫斗争。虽然不同的人对这场灾难有不同的认识，但他们都在斗争中表现出可贵的精神与品德，作出了自己的努力与贡献。在集体的努力下，鼠疫终于被战胜了。整个小说既表现了对荒诞、对恶、对灾难的清醒意识，又提出了摆脱荒诞与灾难的方式和道路，昂扬着一种抗恶的斗争精神与人能够战胜荒诞的信念。而且，人所共知，小说的内容就影射法西斯势力的猖獗与反法西斯的斗争，无疑，这里的哲理是积极而有益的，一扫加缪过去创作中那种深深的悲观主义。固然，加缪在小说里认为人可以摆脱荒诞，但不能消灭荒诞，人可以战胜恶，但并不能根除恶。在有的评论者看来，这又是他根深蒂固的悲观主义的反映，然而，情况不正是如此吗？

在加缪的思想轨迹上，最高点也许要算迟于《鼠疫》两年出版的《正义者》了，它在某些方面无疑是《鼠疫》的一个发展。如果说《鼠疫》中对荒诞的反抗与斗争还只是一个哲理范畴的问题，带有象征的性质，那么，到《正义者》中，这一斗争已经成为社会历史范畴里的问题，带有十分具体的历史的确定性。这个剧本取材于1905年的俄国革命，以革命党人一次真实的刺杀事件为蓝本，甚至保留了这个事件真实主人公的姓名。在这里，荒诞就是黑暗的沙皇统治，就是充满了奴役、追捕、压迫的暴政；人物对荒诞的认识是清醒而明确的，对荒诞的反抗斗争也是具体而坚决的，那就是要通过投炸弹、刺杀、革命，推翻旧制度，解放俄罗斯。剧本表现的重点并不是刺杀事件的情节，而是人物的精神境界与人格力量。加缪力图描绘出新型的英雄，作为特定的阶级的革命者，他们具有理想主义、革命激情、献身精神与某种悲剧性的崇高格调；作为对抗荒诞的一般意义上的人，他们有坚毅刚强的素质、美的情操、同情心、尊严感与友爱之情。这种英雄带有西西弗的色彩，而又比西西弗更高、更充实、更具体。这种新人形象在法国20世纪文学中显然是不可多得的，他们肯定会大大缩小加缪与我们今天社会主义读者的思想距离。还值得注意的是，加缪在剧中围绕刺杀事件，提出了革命与人道、斗争与同情、行为与道德准则的问题。他先让这两对关系在主人公的身上尖锐对立、激烈冲突——卡利亚耶夫因见到了儿童而不忍心扔出炸弹，致使革命党人的行动计划完全失败。而后，他又把这两对关系在同一个主人公身上统一了起来——卡利亚耶夫终于还是胜利完成了革命党人的计划，并且以一种崇高的精神英勇就义。这样，加缪就表现出了一种精神境界更为宽广丰富、更为深刻动人的革命者形象，在这形象上寄托了他自己那种革命与人道结合在一起的理想，这种理想即使在今天，也值得深思，也必然会引起深思。

这就是围绕着西西弗的哲理的起点与终结。

人所生活的这个地球世界，本来就是人自己创造的，是人自己的家乡与祖国，这种哲理却宣布了人在这里被剥夺了希望，像流放到了他乡，这似乎是颠倒了人与世界的关系。然而，它本身却正是对人与世界的关系怀有一种绝对理想的反映，正是一种对现实永无止境的不满足的反映。即使它只停留于提倡西西弗式的彻悟，无疑也带有一种变革现实的意向，何况，它还达到了要反抗、要斗争的结论。如果我们把罗马比喻为时代真理的话，那么，尽管加缪的这一条思想轨迹不一定就通到了罗马，但它肯定是通向罗马或朝向罗马的。

三、小说艺术的新实验

新小说派说明了什么?

——《新小说派研究》编选者序

作为一个文学流派,法国新小说派的形成是20世纪50年代初的事;而作为一种文学实验,"新小说"早在20世纪30年代就已经从娜塔丽·夏洛特的笔下产生了。即使我们只从50年代初算起,这个文学流派至今已有30多年的历史。[①]是的,新小说派的四个主要人物,不论是罗伯-葛利叶、娜塔丽·夏洛特,还是米歇尔·布托、克洛德·西蒙,他们现在仍在继续创作,而且,看来还有相当旺盛的创作精力,他们今后肯定还会写出新的作品来。但是,在我们看来,现在是可以对新小说派作历史结论的时候了。当一个文学流派已经展示尽自己全部的内容——思想方面的内容与艺术方面的内容,当一个文学流派再也跳不出自己的窠臼而一再重复自己的时候,我们就可以说它实际上已经宣告了自己的终结,到了可以"盖棺论定"的时候。新小说派目前的情况正是如此。

今天,在社会主义中国,为什么要对这样一个现代派文学流派加以介绍并对它作历史性的总结呢?

当然,首先是因为这个流派是"二战"后法国的一个显著的、重大的文学现象,在"二战"后整个西方文学中也占有重要的地位。如果说,第二次世界大战期间和大战后的一个时期里,即从20世纪30年代末到50年代以前,法国文学中的现代主义潮流是以存在主义文

[①] 本文写于1983年11月中旬。

学为其主要内容的话，那么，50年代初以后直到目前，这股文学潮流则由"新小说"与荒诞派戏剧所构成，而由于现代主义潮流在战后法国文学中是以流派、群体的相对集中的形式出现的，每次出现都呈现出大体一致的思想倾向、风格与艺术特征，公众的注意力又往往更容易被这种那种新奇的创作主张与创作实践所吸引，这就形成了这样一种现象：现代主义似乎是法国战后文学的主流，而存在主义文学、"新小说"与荒诞派戏剧则在不同的阶段成为这潮流中的三大"洪峰"。其中，"新小说"无疑是声势最大的一个。它拥有的作家最多，除了四个主要的代表以外，曾经名列于这个流派的，不乏一些著名人物：罗伯特·潘盖、玛格丽特·杜拉斯、萨缪尔·贝克特、克洛德·莫里亚克……且不算在它之后出现的相当一批东施效颦的新"新小说"派作家，其阵营之大当然是存在主义文学与荒诞派戏剧所不能比的。新小说派创作的文学产品的数量无疑也占压倒性优势，仅四个主要代表人物的作品与论著，就有近80种之多。从文学活动来说，它在法国文坛上也确曾显赫一时，以其反传统小说的旗帜、引人注目的派别活动，造成了巨大的声势。就其读者面而言，尽管它不像通俗小说那样在社会各阶层都拥有广大的读者，但在文化界、研究界，在文学青年与追求新奇事物的大学生中，却曾风靡一时，特别是罗伯-葛利叶进入电影创作领域里，他的《去年在马里昂巴德》摄制成影片并在国际比赛中获得大奖，更是轰动了西方世界，赢得了无数的观众。就其影响的范围而看，早在50年代初，它就从法国波及西方各国，甚至传播到日本、印度。由于以上的原因，它早已成为法国乃至世界各国文学研究中的一个重要课题。

因此，我们不能无视这一客观存在，我们需要对它进行必要的了解与研究，这是任何分析评判的前提。

其次，则是与我们的文学论争有关。"四人帮"垮台后，随着思想解放的进程，人们打破禁区，开始对西方现代派文学进行译介与研究，这是完全必要的，因为研究就是分析、鉴定与探讨，是为了取其精华、去其糟粕，并不是全盘接受、顶礼膜拜。但是，在我们对西方现代派文学了解与研究还很不充分的时候，当我们对西方现代派文学的实际情况所知不详、若明若暗的时候，一方面出现了一种意见，认为中国的社会主义文学应该走西方现代派文学的道路，应该以现代主义为方向；另一方面，则有意见要把现代派文学完全彻底加以否定，认为其一无是处。这些意见显然不是建立在对西方现代派文学进行了科学分析的基础上的，难免带有某种盲目性。根据这种情况，我们就颇有必要展示几个西方现代派文学的实例，加以研究与分析。因此，对战后现代派文学的主要品种之一法国新小说派的历史总结，也许就会具有一定的现实意义。

我们在这本资料中，介绍了新小说派的一些文论与作品以及作家、批评家对新小说派的评论。此外，还有一些关于新小说派的说明资料。在文论方面，一部分是新小说派关于小说要革新的理论宣言，如娜塔丽·夏洛特的《怀疑的时代》、罗伯-葛利叶的《未来小说的道路》《自然、人道主义、悲剧》，另一部分是新小说派关于小说如何革新，即关于小说创作技巧问题的论述，如娜塔丽·夏洛特的《对话与潜对话》、布托的《小说的空间》《对小说技巧的探讨》等；在作品方面，新小说派三个主要代表人物每人各有两部代表作入选，他们其他的主要作品，则在"有关资料"一栏中以作品提要的形式予以介绍。总之，这部研究资料的目的在于展示出新小说派在理论与创作实践两方面的概貌，以便于研究界的同志们对新小说派进行分析与研究。在这里，我们不妨提出一些看法，供研究界参考。

在理论上，新小说派以反对传统的小说，要求在小说创作的方法上进行激烈的改革与新的实验而著称，那么，它的主张究竟有哪些可取之处与哪些基本缺陷呢？传统的文学，总有两个方面，既有经过了时间的考验而留存下来的优秀合理、应该予以继承发扬的东西，也有不适应于新的形势、需要随着时代的前进而加以扬弃或加以改善的东西；文学传统，总是在历史的进程中不断丰富、不断新陈代谢、不断向前发展的。我们可以说，创新才是文学艺术发展的生命，也就是优秀传统延续不断的生命，而在文学史上，根本不存在什么从天上掉下来的、永恒的、一成不变的传统的文学。从这个意义上来说，新小说派要求小说创作方法的革新，这是一种自然而合理的要求。但仅从这一点来估价新小说派的理论主张却又不够，我们还应该看新小说派要求扬弃的究竟是传统中的哪些东西？

他们曾把矛头指向了巴尔扎克式的传统手法，他们认为这种传统手法是20世纪的小说创作所应该扬弃的。不过，应该指出，他们并不反对巴尔扎克的写实主义，倒恰巧是以要求更真实的名义去责怪巴尔扎克传统手法，嫌巴尔扎克式的描绘不够真实，满足不了20世纪读者复杂的头脑。罗伯-葛利叶反对通过人的观点去描写现实、反对巴尔扎克式地表现出事件的确定性，而要求不带任何主观色彩去表现出事物的"纯客观"的存在，剔除人为性；同样，在娜塔丽·夏洛特看来，巴尔扎克也只表现出了事件与人物的表面的真实，而没有表现出人物意识深处原始的真实与建立在这种真实的基础上的人与人之间那种敏感的感应关系。当然，我们应该承认，在真实地描写现实上，人类不应该永远满足巴尔扎克式的创作方法，不能完全墨守这一种陈规而不去开拓新的表现途径，问题在于新小说派的理论主张具有什么积极的建议性的因素，足以指导新的合理的艺术开拓？如果说，娜塔丽·夏洛特的理论还可能引导作家去挖掘人的内心深处的那些原始的感情活动与思维活动、开辟心理描写的新方面的话（虽然这个新的方面在整个人物塑造与描写中只应占很次要的地位），那么，罗伯-葛利叶的理论却有违艺术创作的规律。文艺作品只是现实生活在人头脑里加工的产物，它根本就是精神产品，而不是客观事物的简单重复，一定要脱离人的角度去描绘现实，无异于揪着头发要把自己拔离地球，是根本不可能的事；至于不要把生活事件的确定性表现出来，而要把事件描绘得令人捉摸不定，那不仅不能揭示现实生活的真相，反而会陷于不可知论而导致对现实生活基本面貌的遮盖与曲解。

衡量一个流派的价值，主要还要看它的创作实践。在这方面，"新小说"已经有了30年至40多年的历史，它提供了足够的例证供我们对它在反映现实上、在思想性、社会意义上和在艺术技巧上的得失作出估价。

新小说派作家几乎都宣称自己是追求真实的，应该说，新小说派作家也的确表现了一定的真实。这些作家基本上都是以中小资产阶级的生活为题材，我们从他们的作品里，多少可以看出一些中小资产者、退休的老人、家庭妇女、教师、职员等等人物的生活的浮光掠影。在罗伯-葛利叶与米歇尔·布托的作品里，有着对具体的生活场景和具体的事物详尽而细致的描写，这种描写在细节上也达到很真切、很准确的程度，布托还从多方面、多角度去描写同一生活片断或现实事物，展示出现实的多方面性。但是，这些描写使人对整个社会生活"只见树木，不见森林"，不向读者提供社会生活的完整的概貌，哪怕只是社会生活某一个方面或某一个过程的完整的概貌，更谈不上对社会现实作典型化的提炼了。因此，它们也就不能使读者通过作品对社会现实达到比较全面、比较深刻的认识。更有甚者，由于罗伯-葛利叶认为现实生活本身具有浮动性，在他的作品里，事件与人物更是扑朔迷离，难以捉摸，其中所表现的现实生活内容的确实性也就成了疑问，如果作家自己对现实生活中某一事件的确实性还有怀疑，或者说，他干脆就认为现实生活的某一事件就没有什么真实性与确定性可言，那么，即使我们对此不指出其哲学思想上的实质，他所描绘的图景必然是难以理解的，缺少认识价值的。罗伯-葛利叶最初的两部作品《橡皮》与《窥视者》就已经相当明显地表露出这种特征,而到《在迷宫里》与《德冉》中,这种特征更发展到极端,以至完全可以说,"真实"这位王后,虽然是罗伯-葛利叶多次声称所要追求的对象,但在他的作品里已经难见踪迹了。

在心理描写方面,娜塔丽·夏洛特无疑以她独特的方式达到了某种真实性,那就是她对内心独白、内心独白的前奏以及潜对话的描写,她以这种描写构成小说的主体,从而在西方各种各样心理描写的文学中具有了自己的独创性,又提供了一种先例。她的这种描写应该说是相当真切而细致入微的,展示了人物内心那些混杂、零乱、琐细的心理活动,使读者看到她笔下的那些中产阶级人物的精神状态,他们内心里原始的感觉、本能的反应、感情上微妙的一动、情绪的细小波动、思绪的一小片断以及由潜对话所呈现出来的他们之间平庸猥琐的关系,等等。不过,我们也应该说,这种精神状态的图景是很不完全的,它只有一般日常生活的内容,而缺乏社会阶级的内容。实际上,作者是把社会阶级内容从人物的心理活动中排除了,而在社会现实生活里,人的内心活动中总是有着大量社会阶级内容的,当作者抽掉了这种内容的时候,她的作品也就失去了一种重要的真实性,即社会生活内容的真实性,而只具有了一种很次要的真实性,即生活琐事的真实性,而且,这种生活琐事的真实性还往往并不呈现出某一生活事件、某一生活片断的局部性的全貌。

总之,在反映现实上,新小说派是一个有明显缺陷的文学流派,它从追求真实出发,但走上了崎岖的小道,不仅没有达到理想的真实境界,反而进入了脱离社会生活、脱离时代社会的荒漠,甚至有时还陷于不可知论的境地。

在文艺创作的思想性、社会意义问题上,新小说派作家与萨特的"介入"的态度相反,采取了遁离的态度,他们远离社会问题,避免对社会问题表示自己的态度、观点与见解,他们明白地表示,他们只是一些对艺术技巧的探索有兴趣的作家,而社会课题是他们所不闻不问的。这样,新小说派的作品一般就只具有形式上的意义,而谈不上思想意义与社会意义,如果这是一种不幸的话,那么,也许在这不幸之中还有一点"万幸":他们因为回避社会问题而得以免于在作品中表现出某些社会偏见,那是资产阶级作家在涉及社会问题时经常难免要流露的。娜塔丽·夏洛特、米歇尔·布托的作品,基本上就是如此。但是,令人不由自主的是,作家不是生活在真空,而是生活在社会现实中,当他采取某种社会生活为创作的题材时,他总不可避免有某种态度,避免表示态度,何尝不是一种态度?而且,他所采取的社会题材的性质还必然会衬托出他那种中立态度的性质。在罗伯-葛利叶的作品中,我们就看到了这种必然性:在《橡皮》里,他对一个政治事件完全不表示自己的倾向,甚至不去表现它的真相;在《窥视者》里,他对一桩伤天害理的案件竟然漠然地写来,丝毫不带义愤。到了《纽约革命计划》里,情况有了恶性的发展,虽然,作者并没有在这部作品里明确写出其中的那种"革命"究竟是什么"革命",是不是指实际生活中真正的革命以及革命究竟发生没有、会不会发生,但他把一幅幅像噩梦一样可怕、又像噩梦一样似有似无的图景,置于"革命计划"的标题下,毕竟流露出某种否定革命的思想倾向。这样,新小说派作家从反对从人的角度去描写现实、反对追求某种思想性与社会意义,自然就发展到摒弃社会责任感、社会道义感,并且有时不可避免要陷于某种阶级偏见。

在艺术技巧上,新小说派肯定具有不可忽视的意义。一个在文学史上站立住了的流派,如果不是以自己对社会现实的深刻认识启迪读者,不是以自己对社会问题的高尚良知去感动读者,也不是以充沛的思想力量去震撼读者,那它一定是别有所长,而一般来说,往往就是在技巧上有所发展,有所创新。我们并不认为新小说的作品具有特别高超的艺术性,我们也不认为新小说派的作品具有特别强的艺术吸引力。应该指出,新小说派的作品有时读来还需要一定的耐心,但是,不可否认，它确实展示出了好些小说创作的新技巧。它的意义就在这里。这些技巧，如对物的细致与准确的描写（《橡皮》）、通过对同一事物的重复描写中的局部变化以折射出人物内心的变化与生活场景的转换（《嫉妒》）、心理描写与外界描写的重叠（《在迷宫里》）、对某一事物或某一事件多角度与多重性的描写（《度》）、对同一时空条件下不同事件的多头描写（《米兰巷》）、对内心独白之流的描写（《行星仪》）、对原始感觉的描写（《向性》）、对人物之间敏感的感应关系与潜对话的描写（《陌生人肖像》）以及在作品中途用造型艺术手段、借用符号与图像的方法（《运动体》《航空网》），等等。这些技巧虽然肯定不都是符合艺术创作规律的，但也肯定不都是违反艺术规律的，其中总有一部分合理的成分可供研究、参考，它们在今后的法国文学中，无疑不会被人遗忘，其真正合理的成分亦将作为某种艺术经验而被吸收，至于哪些技巧将被后人继承与发展，这只能有待于未来文学史的证实。在 17 世纪，当拉法耶特夫人写出的心理分析小说《克莱芙王妃》时，有谁能预见她所开创的这个传统将有龚斯当、司汤达、普鲁斯特、娜塔丽·夏洛特这些成就各有高低、意义各有不同的后继者？

总的说来，新小说派是一个以在具体的写作方法上力求创新为其主要特征的大文学流派，是我们应该加以了解、进行研究的一个课题，而当我们做了一番了解与研究后，就比较易于确定它对我们的意义了。不言而喻，这样一个在反映社会生活上、在社会思想意义上有明显缺陷的流派，不足以成为文学上的典范与楷模。虽然新小说派远远不能代表整个西方现代派文学，但它作为西方现代派文学的一个例证，倒蛮可以说明，要把西方现代派文学作为中国社会主义文学的方向，的确有些轻率。同样不言而喻，新小说派作为新的小说技巧的一次实验与展览，也不应被我们所无视。技法一旦从某一个流派中产生，它就具有相对的独立性，未尝不可以被用来表现其他的内容，如果有助于表现健康的内容,那么,某一个符合艺术规律的具体的新技巧、新手法,为什么不可以"外为中用"呢?

我们希望这本资料多少能说明以上的问题,果能如此,我们的编选工作就不是没有积极意义的了。

克洛德·西蒙的荣誉与他的代表作

1985年,瑞典皇家学院宣布将当年的诺贝尔文学奖授予法国新小说派的克洛德·西蒙,这个消息不仅使法国作家侧目而视,也使世界文化界颇感意外。在具有世界影响的法国新小说派中,就资格而言,克洛德·西蒙远不如娜塔丽·夏洛特老;就名声与作用而言,又不如罗伯-葛利叶大;就其创作量之丰富与"新小说"手法之多变,也比不上米歇尔·布托。自20世纪50年代新小说派形成以来,克洛德·西蒙的文学座次从来都是排在以上三位作家之后,而且,不论是什么观点的批评家、不论是什么倾向的报刊,都不约而同地尊重这一名单排列次序。因此,1985年,似乎是瑞典人在教导法国人如何正确认识自己的民族文学,于是,在法国不以为然之声四起,其中竟有如此偏激之见:瑞典皇家学院此举系受克格勃操纵所致,以至克洛德·西蒙本人对此亦不能置若罔闻,而在本当力求儒雅大度的受奖演说中急躁地予以驳斥。

1985年诺贝尔文学奖的揭晓,实际上意味着对20世纪50年代初以来法国文学中反传统的创新潮流、充满现代意识的大胆的文学实验,有了一种具有正式官方传统色彩的承认、肯定与赞赏,它给"新小说"戴上了桂冠;它向后来的作家启示着:只属于少数"上帝的选民"、曲高和寡的"新小说"并非文学的一条死胡同,而是一条可行的正道,从这里也可以通向神圣的文学庙堂;它也许会扩大这种文学的影响，也许还会促使"新小说"在更大的范围内衍生、涌现，也许还会催生助产出一两个文学创新的大师，但对于已存的法国新小说派而言，它却毫无疑问地是一种既有格局的打破，是这个流派原来的内部平衡的丧失，也是这个流派的一个句号，因为它已经作出了选择与裁决，从而结束了这个流派本来自然而然存在着的争妍斗胜的创新活力，正像比赛名次裁定的那一刻正是运动员们停止竞技的时候，何况，"新小说"的这四位主要作家都已进入垂垂老矣之年。

现在，面对着已有的事实，对回顾历史的人，对研究者、思考者来说，急需做的一件事，就是分析克洛德·西蒙的艺术特色，理解他成为新小说派受奖代表的缘由。

评论界有一种划分，把克洛德·西蒙的文学创作分为三个阶段，第一阶段从《弄虚作假的人》（1941）、《钢丝绳》（1947）、《格利佛》（1952）、《春之祭》（1954）到《风》（1957）与《草》（1958）；第二阶段从《弗兰德公路》（1960）、《豪华大旅社》（1962）、《历史》（1967）到《法尔萨鲁斯之战》（1969）；第三阶段从《双目失明的奥利翁》（1970）、《导体》（1971）、《三折画》（1973）、《经一事长一智》（1975）到《农事诗》（1981）以及60年代旧作《女人们》再版而成的《蓓蕾妮丝的秀发》（1984）。

这一划分似乎并不确切反映克洛德·西蒙文学创作的历史阶段，且流于繁细过分。实际情况是，克洛德·西蒙从1939年开始写小说到50年代初期，基本上是以传统的方法进行创作，即使在形式上有探索的尝试，也不构成一种倾向，可说微不足道。50年代中期，他的创作倾向有了明显的变化。克洛德·西蒙把自己的转折点定在1954年问世的《春之祭》上，这部作品得自他大病一场、卧床数月的生活经历，病中仅通过室内的一扇窗子来看现实、通过个人的主观回忆来捕捉现实的这种感受，成为这部作品的基础。这种通过一个限定的纯粹主观的角度来表现现实的方法,的确已与传统文学中那种全方位地俯视现实、万能上帝式的表现现实的方法有了根本的不同。接踵而来的《风》与《草》,当然更具有明显的反传统文学的倾向,《风》的副标题是《试图重建祭坛后的巴洛克式的画屏》,这种突破古典的诗与画的界线而将文学绘画化的方法,正是一种明确的反传统努力。《草》既以现代的内心独白方法打乱了传统小说的叙述秩序,也以绘画的效应取代叙述的效应,而且在本文的语言形式上开始进行新的探索(常用括弧以造成时间的延伸感,常用现在分词以表现出同时性),又一次强化了克洛德·西蒙反传统的现代派倾向。他这种倾向的明确形成,正是在"新小说"实验的潮流出现于法国当代文学中的时候,他的这些新探索与罗伯-葛利叶、娜塔丽·夏洛特、米歇尔·布托的创新是在一个时期里同步进行的,他自然也就成为这一股现代派新潮的一个组成部分。

自从20世纪50年代中期,克洛德·西蒙迈出反传统文学的一步后,他就一直沿着这条道路向前行进。《弗兰德公路》是他在这条道路上所获得的第一个硕果,它使他在当代法国文学中一举成名,此后,他再接再厉,仍不断进行新小说方法的探索。在《豪华旅馆》中,人物的零星片断、杂然纷呈的意识流中,隐约可见1936年西班牙内战的若干情景与时刻,小说体现了一种巴洛克绘画式的结构。在《法尔萨鲁斯之战》中,他致力于建立音乐作品式的结构,并在意识流中大大增加了幻想的成分以形成虚幻空灵的效果。在《导体》中,叙述集中在一瞬间,作者还致力于表现人物意识活动的各种感知、印象的同时性。《三折画》更是以屏风式的绘画画面代替了叙述。《经一事长一智》中,零碎的画面充满了全书,它们往往是通过电影手法联系起来的。所有这些,手法各有不同,反传统的基本方向与道路并没有改变;探索创新的方式与程度有所不同,但其根本性质没有改变。而他这种"新小说"探索创新方法的基本内容,则不外是:意识流别具一格的运用、绘画艺术与影视艺术的方法被引入文学、对真实的同时性的捕捉以及本文中那种不顾阅读效果的"行文冒险",等等。这些基本内容或多或少、或消或长、或同时或交叉地出现在这部或那部作品里。因此,我们不妨把从50年代中期的《春之祭》到80年代的《农事诗》,统称为克洛德·西蒙创作道路的第二阶段,即反传统的创作阶段。

在克洛德·西蒙的全部文学创作中,《弗兰德公路》既是他的成名作,也是他的代表作,是体现了他最高创作成就的作品之一。在这部作品里,人们可以看到克洛德·西蒙风格特点的多方面的展现。

这部小说在整体上的首要特点,在于其内隐层面与外显层面之间的明显距离、重重障碍,外显层面捉摸不定,内隐层面深藏隐约。从作家的创作来说,首先是有内隐层面的构想,从读者的阅读来说,则首先是与外显层面的接触。既然我们是对克洛德·西蒙的创作特点进行评说,不妨先从内隐层面开始。叙述学所谓的内隐层面,简单地说来,就是作家在作品中所要容纳并实际上已在某种程度上容纳了的客观实在内容的总和,诸如历史事实、生活事件、人物关系、思想感受等。尽管读者要经过辛苦的阅读跋涉与艰难的辨析探索才能通过《弗兰德公路》的外显层面,但毕竟最后隐约可以看到这部小说中那些内隐的实在内容,这些内隐的实在内容又可以分为两个层次。最核心的内隐层次:雷谢克是法国一个古老显赫的贵族之家。在法国大革命时期,这个家族出了一个成员,他背叛了自己的阶级,自动放弃贵族身份,站在革命的一边,当过国民公会的代表,投票赞成过处死国王路易十六,率领军队打过仗。西班牙战争失利后,他回到家里的当晚,碰巧他不贞的妻子正与仆人做爱,他在即将发现真相的那一瞬间,仆人开枪打死了他,事后他的妻子与仆人伪造了他自杀身亡的假象。到第二次世界大战期间,这个家族的另一个后代雷谢克在军队里担任骑兵队长，战前他娶了比他年轻20岁的时装模特科里娜为妻。她与雷谢克雇佣的骑师伊格莱兹亚通奸，雷谢克装做不知。战争中，当法军失败、沿弗兰德地区的公路溃退时，他也许是为了摆脱妻子的奸情给他带来的耻辱，以体面的方式结束自己的生命，故意暴露在敌人的炮火下而中弹身亡。战后，科里娜再婚他嫁，婚后，她又成为雷谢克骑兵队长的一个亲戚佐治的情妇。

以上这一最核心的内隐层面实际上是不独立的，它的存在与表露依附于另一个比它较为外在、较为显明的内隐层面。战争期间，佐治与雷谢克上尉以及伊格莱兹亚同属于一个骑兵队，佐治亲身经历了沿弗兰德公路的那次溃败，也亲眼看见了雷谢克上尉是如何故意暴露在敌人的枪口下致死。他在溃退途中曾投宿一农庄，夜里农妇前来委身与他做爱。后来他被俘，关在闷罐车里被送往德国集中营，骑兵队里的伙伴犹太人布鲁姆与伊格莱兹亚也关在集中营里。在这里，佐治与布鲁姆向伊格莱兹亚套问他与科里娜的暧昧关系，佐治从伊格莱兹亚的回答中、从自己作为雷谢克的亲戚战前所见所闻的一些零星情况中，想象出并证实了雷谢克夫人与骑师的奸情，而他从与布鲁姆的交谈与分析中，又得出大革命时期老雷谢克并非死于自杀，而是死于他妻子的情夫之手的结论。战后，雷谢克夫人科里娜再婚，佐治在她家见到她时，就对她动了心，不久，他终于占有了她，在旅馆里与她过夜。

第二个层面相对地说来比第一个层面较为独立。我们之所以说第一个层面的存在与表露依附于这第二个层面，是因为老雷谢克家里的奸情与他的死因并非独自展现出来的，而是从布鲁姆与佐治的交谈、分析与想象中才可确认的。雷谢克上尉的妻子与骑师的奸情同样也并非独立展现出来的，而是通过骑师本人的只言片语与佐治的想象、分析互补才可确认的。这两个方面原委的形成，关键都在于克洛德·西蒙没有按照传统小说的方法，像全能的上帝那样，把大革命时期贵族之家与20世纪贵族之家的屋顶掀开,向他的读者大声告示说:"你们瞧,这就是老雷谢克与小雷谢克家里所发生的事!"

其实,相对独立展现的第二个层面也并非绝对独立而充分展现的,它还依存于一个特定的视角,它只存在于一个特定的意识之中,至少在小说里是如此,而这个视角、这个意识就是佐治的头脑,整部小说中的内隐层面都是通过佐治的主观回忆而出现的,就是他在战后某个时期对他在战争中的经历与对他和科里娜的关系所回忆出来的全部内容。在他回忆时,他脑海荧光屏上出现的那一切,构成了小说的外显层面,而表述为语言,则成为这部小说的本文。由于这个特定的视角与这一主观意识有其本身的运作规律,由于克洛德·西蒙以独特的理解与别具一格的方式来处理这一视角与这一意识,小说的外显层面也就显得特别不规则、无序、零碎、纷乱,令人难以进入,小说的本文也就表现为不明晓、不清晰、不易于被理解、被接受,以致外显层面与内隐层面的距离相当大,读者只有通过艰苦的努力,才能通过外显层面到达内隐层面。

克洛德·西蒙通过一个特定的视角、一个特定的意识的方法,基本上就是人们通常所谓的意识流的方法,因而,小说本文中的时间全是心理时间而非实际时间,当然也就根本不存在叙述的时序。如以小说的第一部为例,其本文的内容次序,或者说回忆者佐治意识活动的次序,基本上是这样的:在战场上佐治与雷谢克骑兵队长的一次交往接触的情景——对雷谢克的婚姻状况的了解——雷谢克在战场上冒死中弹而倒下的景象——法军溃败景象——对雷谢克婚姻家庭中的耻辱与他死因之间关系的想法——雷谢克冒死中弹的细景以及面部表情——在赛马场上所见到的景象——被俘后在闷罐车中的悲惨情景以及在车中与布鲁姆的交谈——溃败途中喝啤酒的情景——赛马场上色彩缤纷的景象以及骑师伊格莱兹亚与女主人科里娜的形象——战场上马的形象与死马的惨状——战场景象与佐治在战场上的所想——佐治的父亲进行写作的情景、形象以及他与佐治的交谈——战场上雨夜情景——撤退中在一农家谷仓过夜的情景——对农家女主人前来委身的记忆与对在旅馆中与另一女人做爱的联想——谷仓之夜次日的经历——对伊格莱兹亚的零星印象——对伊格莱兹亚与雷谢克夫人发生关系的想象——对雷谢克家族与对自己跟这家族亲戚的关系的概述以及布鲁姆对雷谢克家族的评论——对有关雷谢克家族历史的文契、证件与对这家族历代祖先,特别是对前额有一枪伤的老雷谢克画像的回忆——战场上的议论与村民的一场争吵的情景——战时闲谈斗嘴的情景——战场上士兵群像——佐治被俘后在闷罐车里的痛苦感受——炮战情景——对两个雷谢克的死因的思索——在闷罐车中的生活情况——雷谢克骑兵队长中弹身亡的一幕——对大革命时期老雷谢克之死的种种联想、思索、分析——联想中老雷谢克撞见妻子与仆人私通而被打死的情景——雷谢克队长在战场上阵亡后的情况——布鲁姆之病与他的去世——回忆在谷仓中与农妇做爱的情景与战后与科里娜做爱情景的重叠——在闷罐车中的情景。

正如我们所看到的,仅在第一部的本文中,实际上就存在着四段时间,即大革命时期、第二次世界大战以前、战争时期以及战后;而战争时期,又存在着起初阶段、溃退阶段与被俘阶段。空间则更是多重的,主要有大革命时期的贵族府第、第二次世界大战前雷谢克的家与赛马场、战争时期中的战场、溃退路上、谷仓、装战俘的闷罐车,战后时期佐治与科里娜过夜的旅馆与她的家,等等。在本文中,所有这些时间的顺序与空间的关联,全都打乱了,零乱地堆放在一起,这就是本文的难懂与小说外显层面的难入的重要原因。如果说,这些作为客观现实的标记的时空是混乱无序的话,那么作为在主观意识中浮现的客观现实的幻影,却又完全是有规可循,甚至是有条不紊的,这个规、这种条,就是心理活动的基本规律之一——无意识联想。正是对这种基本规律的自觉运用,使得克洛德·西蒙笔下,出现了大量普鲁斯特那种"小玛德莱娜点心"、"盖尔芒特府第前的石板"式的奇文,还有乔伊斯那种"多汁的水果——性爱感受"式的奇文,而这种对客观现实的完全主观意识化的处理,也正表明了克洛德·西蒙的这一艺术观:小说中存在的一切都是主观的,小说远非像司汤达所说的那样是照着道路的一面镜子。

虽然这部小说所运用的是一般的意识流方法,但意识流方法在这里运用颇有别具一格之处。

其一,与传统的叙述方式、叙述成分某种程度的交替使用。整部小说是由中心人物佐治内心的意识之流构成的,佐治的眼光与思索基本上就是小说固定的叙述角度,但这个叙述角度有时也有改变,即由佐治主观意识的角度改变为作者本人旁叙的角度。不过,这旁叙的角度是有限的,而不是广泛的,它仅仅旁叙佐治在思索、分析以及他所思所想的具体内容。也正由于这种由人物主观意识流的角度变成作者旁叙的角度,小说中偶尔也就有了传统小说式的概述段落,第一部中关于佐治的母亲与雷谢克家族的亲戚关系的概述就是如此。这种交替运用既便于作者本人按不同内容的需要进行表述,在作品里也有各异其趣的效果。

其二,螺旋式的意识流结构。整部小说分为三部,较之于第一部,第二部与第三部的内容不仅不是全新的,而且带有相当大程度的重复性、重叠性,如骑兵队的溃退、战场情景、雷谢克队长的家族隐私及其自杀性的阵亡、老雷谢克死亡的真实原因等等内容,在第二部、第三部中都有再现。但第二部、第三部也有一些新添加的内容,如第二部中战俘营的情景与战俘的饥饿,战后第二年佐治与科里娜的见面,第三部中佐治与科里娜关系的发展以及他对两人性爱情景的回忆。而且,第二部、第三部所重复的内容并非简单的重复:一是在细节上有所补充,一是在角度上有所变化,一是在色彩上略有差别。所有这些就形成了整部作品中螺旋形发展的意识流结构，这种螺旋形意识流之可取，就在于它符合人的主观意识运行的规律与形态，而且它像套色印刷一样，使展现出来的意识内容具有更为多样的形态，更为丰富的色彩，从而具有某种立体的艺术效果。

克洛德·西蒙的意识流方法别具一格的运用，最为重要的还在其绘画化或影视化。

克洛德·西蒙本人曾经向报界披露，他最初写作《弗兰德公路》的意念与灵感来自他在公路上的一次旅行。雷谢克的祖先、战争以及小说中其他一切内容，都是那次旅行中他坐在小汽车里眼看着公路的时候，一下子全部涌入他的脑海的。小说的这种孕育方式显然与传统作家往往先构思故事情节的方式完全不同。如果在传统的编排故事的方式中，结构原则是时间的话，那么，克洛德·西蒙的这种方式其结构原则就不可避免的是空间。事实上，在《弗兰德公路》这部小说里，时间的原则完全被空间的原则所取代，这里，不存在发展着的、有先后顺序的时间，只存在着一个个空间、一个个画面、一个个图景，正像最初进入作家头脑中的不是故事过程，而是包容着战争、家族、性爱等内容因素的公路情景一样。这就使克洛德·西蒙笔下的意识流与乔伊斯式的意识流有所不同，如果说乔伊斯式的意识流往往是以某一个形象、某一个词语、某一个动作、某一个符号、某一个意念这些比较零碎、容量较小的"意识流单位"所串成，那么，克洛德·西蒙笔下的意识流则往往由场景、画面这些容量较大因而流动也较慢的意识流单位所组合而成。

克洛德·西蒙青年时期赴牛津、剑桥深造以前，曾经师从法国著名画家安德烈·洛特学习绘画，这无疑使他具有了从绘画潜入文学的能力，使他日后形成了越过诗与画的传统界线的技艺。除此以外，他在公路上的某个情景中，小说内容一下就涌现在他眼前，这是否也与他曾作为一个画家的艺术创作习性有关？不论是或否，他顺应了公路上突发式灵感的召唤，顺应了全部形象内容一下都涌现出来的"同时性"规律，以绘画的方式完成了他的意识流小说。

克洛德·西蒙意识流中的画面具有多样性。

有的画面，作为意识流中的一个"单位"，完全是古典现实主义式的。这里有两重含义，一是画面本身是古典现实主义的，它的内容明确，形象鲜明，构图清楚。二是作者的描绘是古典现实主义的，它有条不紊，准确明晓，它限于固定的时间与一度空间之内，如佐治思考老雷谢克死亡的真相时，想起了老雷谢克住房里挂在墙上的一幅标题为《突然被发觉的情夫或被诱惑的少女》。这幅画实际上是一个暗示，是对老雷谢克因发觉了妻子与人通奸而被害的真相的暗示，在某种程度上，是小说中的一面镜中镜。作者对这幅画的构图、形象、色彩、光度的介绍与描述，是完全传统式的，与我们在狄德罗现实主义画评中所见到的描述完全是一致的，甚至更真切、更准确、更精微、更是现实主义的。

有的画面是印象主义式的。在这里，作者所描绘的是现实事物的客观形象与主观感受的契合，最为出色的一例是佐治回忆赛马场上的情景画面。这个画面中，"野栗树构成的墨绿色的墙"是一个不断简单重复的背景，而在这背景上，不断闪现着、出没穿各种彩色衣装的骑手。背景与背景上活动着的骑手，都被作者以短语符号的形式不断加以重复，两者互相映衬、互相交织，形成了一种视觉上的动感，也就是说，作者描绘出了动感，描绘出了一幅活动着的彩色画，具有了一种动画片式的效果。这个画面图景无疑要算是迄今为止的文学画面描绘中很富有特色、很富有创造性的一例。

有的画面则是现代主义的。画面上的形象往往是零星的、支离破碎的，而且往往分属不同的时空，就像毕加索的《格尔尼卡》。如小说中的炮战画面、雷谢克中弹而倒的画面、性爱画面，都掺杂有属于其他时间、空间的片断形象与成分。

我们说过，一本小说中的这些画面，基本上都是人物的主观意识流中的一个个"单位"，一个个"环节"。在乔伊斯的意识流中，每一个意识单位，每一个环节，往往是跳跃性地转换、流动，因为它们较小、较轻便，像是点粒，每个单位之间无须再有联结性的环扣。而在《弗兰德公路》里，容积较大、成块成片的"意识流单位"之间，往往就不能没有联结性的环扣与连通器，正像在普鲁斯特的小说里，如果没有后来的那块"小玛德莱娜点心"唤醒多年前那块"小玛德莱娜点心"的滋味，就不可能打开已封闭多年的记忆之库。然而，克洛德·西蒙笔下的意识流与此又有所不同。在普鲁斯特那里，这种"环扣"、这种"连通器"都是同一个回忆者本人主观感受的结果，而在克洛德·西蒙这里，意识流单位之间的"环扣"与"连通器"却并不一定出于回忆者本人切身的主观感受，而往往是回忆者在进行想象与思考的意识过程中的一种转换的手段，或者是作者用来安排回忆者意识活动中的起承转合的手段，明显地像蒙太奇那样具有多种性能，能发挥多种作用。而且，这些环扣与连通器是被作者有意地、广泛地加以运用，与纯粹的无意识联想有所不同。于是，克洛德·西蒙的小说就不仅具有绘画式的意识流的性质，而且具有了影视式的意识流的性质。

如果要更清楚指出这种影视式与绘画式有何差异，除了作者有意用电影蒙太奇式的方法来转换与延续回忆者的意识流这一点外，那就要算画面图景的动感了。这种动感的成功一例，是上述对赛马场情景的描绘。作者在一大段篇幅中，连续排列地使用了好些符号式的短句，显然就是从电影的符号式的展现方法中得到的启迪。作者在小说中不止一个地方，还把影视艺术对形象进行分解与组合的那种视感变幻的手法引入文学描绘中，纯粹靠文字的描述来传达出对事物的一种类似对皮影戏中形象变幻的视觉感受，如第一部中对战场上马的身影不断变幻的描绘,对屋檐上一滴水分裂并慢滴而下的过程的描绘。至于类似电影艺术中的切入、切出、化入、化出的手法,在小说中更是多见,特别是用于表现佐治与两个不同对象分别在谷仓中与旅馆中的性爱画面,以致这两次性爱画面的分界边缘相当模糊不清,有时难以区分,有时其中的形象与"意识流单位"还有所重叠。鉴于所有这些被作者有意识地加以运用的影视手法,鉴于作者的画面是如电影一般活动着的、充满动感的,而非如绘画一般是静止的,我们与其说克洛德·西蒙的小说是绘画艺术化的,不如说他的小说是影视艺术化的。

克洛德·西蒙在他的小说里是如此强烈地、有意识地在借鉴绘画与电影艺术,以至他把这种努力也贯彻到他文学语言的运用上。他力图实现一项特别艰难的文学语言实验,那就是要在语言与行文上也达到绘画图景、影视画面所具有的那种同时性效果,为此,他故意拉长文句,大量使用分词句,经常使用括弧另作说明或描述,以求多多地增加段落中、文句中的内容与信息量,达到众多形象同时涌现的效果。然而,绘画、电影与小说的一个根本区别正在于表现材料与传递媒介的不同,在绘画艺术、电影艺术中,形象场面所能达到的一览无余、尽收眼底的同时性效果,固然可以在文学作品的图景画面中以不同的形式达到,但却是文学语言本身的形式所难以达到的。要在文学作品中像克洛德·西蒙这样通过文学语言形式与行文来达到同时性效果,显然是一件费力不讨好的苦役。看来,克洛德·西蒙写起来的确很费力,而读者读起来也很费力,与小说本文打交道的阅读过程,往往成为举步艰难的探索过程,有时还难以读懂。当然,克洛德·西蒙可以对"考虑读者易懂"的问题嗤之以鼻,事实上他也的确曾经对此嗤之以鼻[1],他这种文学思想与创作态度,也可以算是当代现代主义

---

[1] 在1960年11月10日所发表的与巴黎《快报》记者的一篇谈话中,他说得很直率:"老考虑读者易懂,那是荒唐糟糕的事。"

文学中最为"先锋"的一种思想观点了。不论这种思想观点后面有多少艺术哲理，人们自然会提出一个也许会被视为浅薄但却是最常识性的问题：作家为什么要写作，而且为什么还要把写出来的东西付印出版呢？

没有嫉妒的"嫉妒"

——罗伯-葛利叶:《嫉妒》

这部作品篇幅相当小,只有几万字,可是艺术容量却并不小,而且写得颇为精致,在我看来,是罗伯-葛利叶的作品中最为出色的一部,而罗伯-葛利叶,就其名声与影响,当为煊赫一时的法国现代派文学"新小说"的首席代表。

对一部典型的现代派的作品,说它"艺术容量不小",也许又会有"吹捧现代派文学"之嫌,但应该说明,这里所说的"艺术容量"并不是"艺术水平",更不是"艺术成就",它是指一部作品所具有的艺术方法、艺术技巧与艺术层次以及与此有关的艺术观点、艺术见解与艺术思考的总和。好些现代派文学作品虽然并非艺术杰作,然而并不乏艺术的容量,《嫉妒》就是这样的一部。过去,在有的批评家的笔下,凡是现代派的作品,在艺术上一概都是毫无道理的胡闹,这种自欺欺人的神话,在一个开放的讲求科学的时代,实在是应该破一破了。

请你看看眼前的这部小说,你不妨先注意它的艺术层次。

你首先接触到的表层,是完全现实主义式的描写:柱子、阳台、花园、房屋、种植园、远处的山坡与田地……从描写中,你得以知道这是在非洲的一个种植园里。呈现在你眼前的小说场景,就是种植园主讲究的住宅,或者更主要的就是住宅里这个既可以远眺田野、又可以观察屋内的阳台。在这里出现的人物,除像影子一样晃过的仆人外,只有这所房子的女主人和那位客人,邻近一个种植园的主人弗兰克。有实实在在的社会生活环境,有具体的人物,对景物的描写似乎是巴尔扎克式的,看来颇符合某些批评家的现实主义的模式。

请继续下去,不久,你就会有一点说不清楚的异样的感觉,与读传统小说不同的感觉,不仅与传统的浪漫主义小说,而且也与传统的现实主义小说都有所不同的感觉。在传统的小说里,描述者几乎是无所不能、无所不见的,可以上天,可以入地,可以钻进人物的内心,可以知晓人间的一切隐秘,就像是俯视着、透视着整个世界的上帝。当然,在一本书所构成的世界里,这个上帝也就是作者。然而,在这本小说里,你很快就会感觉到描述者并非无所不能、无所不见。他的视线、他的感知带有极大的限定性,甚至带有一定的封闭性,有时几乎就是封闭在这个阳台上,封闭在这所房子里,封闭在某一个固定的视线角度。他所描述出来的客观情景仅仅是从阳台的某一个固定的角度,或从房子里某一扇固定的百叶窗的后面所能看到的。当你感受到这一点的时候,你会意识到,原来这本小说的作者故意不赋予自己以那种无所不知、无所不见的上帝般的权力,那种传统的小说家在自己的作品里从不放弃的至高无上的权力,编造故事的权力,构想场景的权力。于是,你从表层进入了第二层。有了层次,你也许就会产生研读下去的兴趣,如果你是为了研读而不是为了看故事消遣的话。

层次再深下去,你会产生一个问题:这个描述者是作者吗?是超乎这个环境、这个场景、这个即将发生的故事之外的作者吗?不,细心一点,你就可以发现这样几个微妙的细节:阳台上安排好了的躺椅是三张,弗兰克来做客时餐桌上的刀叉是三份,而当没有客人的时候,餐桌上的刀叉仍有两份,显然,作品中人物除了客人弗兰克与主妇阿×外,肯定还有一人。你等待这个人物出场,他理应是这个种植园的主人,阿×的丈夫。然而,奇怪的是,他始终没有出现。与此同时,你又会发觉,整个小说内容由他来描述的这个描述者似乎并不超出这个环境、这个场景之外，看来他并不是超脱于小说故事之上的小说家，他就置身于这个环境中，小说里的场景都是在他眼前发生的，他与这一切都有关系，他就在两个已经出现的人物的近旁。然而，奇怪的又是，与传统小说不同，这个描述者始终都不出现，从不在字里行间泄露自己的身份与地位，既不同于狄更斯的《大卫·科波菲尔》干脆都是以"我"来自述，也不同于梅里美的《卡尔曼》通过考古学家"我"之口来转引出草莽英雄唐何塞"我"的自述，他从不提及"我"。不过，从一系列的描述中，你却又进入到一个新的层次：你发现并确定了这个描述者其实就是并不作自我声称的"我"，而且，他就是阳台上、餐桌上的那个第三个人物，就是亲眼瞧着近旁一切场景的那个人，就是房屋的主人，阿×的丈夫。

这样，你才进入到了实质性的层次，接触到了作品的最基本、最实在的内容：一个丈夫在进行观察。他无疑是以极大的关注在进行观察，在这个家里，在这个阳台上，他不论是处于什么位置、从什么角度，总是在进行观察，小说的图景就都是他观察的所得。在这里，不像传统小说那样，描述者会明白地告诉你他是出于什么考虑、从什么角度、在什么位置上进行观察的，你只能从描述里感觉到角度、位置的变化。从有的图景里，你感觉到这是他从百叶窗后窥视的所见；从有的场面里，你感觉到他是在阳台的某一张躺椅上进行观察；从有的描述里，你感到这是他在餐桌上眼见的情景。但不论角度如何、位置如何，他观察注意的焦点都集中在他的妻子身上，集中在她与邻居弗兰克如何相处上，而且，他的观察是精细入微的，他几乎不漏过妻子的每一个神态、表情、姿势、她与弗兰克相处时每一个细枝末节以及她与弗兰克交谈的每一句话，甚至每一个含糊不清的词语，其高度警觉与敏感，足以与古代神话中那个百眼巨人媲美。

他见到了一些什么？听到了一些什么？可以说，他所看到的、他所听到的一切几乎不说明任何问题，不过是妻子与邻居之间最平常的相处状态，而且细节的量还是那样少。他所听到的不外是他们谈到了弗兰克的妻子与孩子的健康，谈到了一本他们都读过的小说，谈到了阿×要搭弗兰克的车进城去办些事，等等；他所看到的也是若干最平常的情景，不外是妻子如何梳头、如何整理物件、如何在阳台上与弗兰克闲聊、如何乘弗兰克的车离家、如何又由弗兰克把她送回，等等。略带暧昧意味的情景只是她在写一封不知将寄给谁的信；略带戏剧性的情景只是在餐桌上，妻子发现了墙上有一条蜈蚣，弗兰克走上前去用餐巾把它捻死。当然，令人生疑的事实还有，妻子与弗兰克进城当晚并没有赶回来，到第二天才回到家里，原因似乎相当可信但又相当不可信：车子抛了锚。于是这些零星的谈话与情景再加上一两个疑团，在他脑海里就像万花筒里那些不同颜色的碎片一样，不断闪现，不断变幻，不断组合，形成一幅幅有所重复又有所"变奏"的图景。这个没有出场、没有露出身份的人物的视觉中一切平常的情景与他脑海里的一些图景，就是这本小说的全部内容，而作者就把这部小说名之为《嫉妒》。的确，这个人物是那样专注、那样集中，把注意力放在与妻子有关的一切细枝末节上，即使他所捕捉到的是没有什么意义的日常生活细节，他却仍不放松。而这些景象与细节竟在他脑海里不断重复、不断萦绕，这客观上就充分显示出他精神状态紧张的程度，客观上显示出这样一个事实：他在怀疑自己的妻子，他在嫉妒。

是的，作者写的就是一个人物嫉妒的精神状态、嫉妒的精神表现，尽管他没有让这个人物出场，或者让他作必要的说明，至少让他表明自己的身份；尽管他从不指出这个人物是在嫉妒，从不让这个人物表明或意识到自己是在嫉妒，他似乎只是打开这个人物的脑壳，把在他脑海荧光屏上不断闪现的图像、场景转化为文学语言，而铺写成一本小说，这就构成了从小说的描述到小说的基本内容、实质内核的一些艺术层次。这种角度、这种方法无疑是有些奇特，然而，更为奇特的是，这本小说写的是嫉妒，却又根本没有嫉妒。

　　世界文学中以嫉妒为主题的作品可谓不计其数。这种作品往往有两种特点，一是它们所表现的嫉妒的感情的支点往往是细小的、平常的，甚至微不足道；二是它们所表现的嫉妒的感情本身是敏感的、强烈的，而这两个特点又是互不可分。正因为这种感情的支点是细微的，甚至是脆弱的、虚幻的，所以才表现出这种感情的强烈与扰动、缠绕人心的程度。在莎士比亚的《奥赛罗》里，主人公嫉妒感情的支点是苔丝狄蒙娜的一块小手绢，它使得奥赛罗以为妻子不贞；在莫里哀的《斯卡纳赖尔》中，人物的妒火是被一张小画像燃起，斯卡纳赖尔仅仅看到妻子在地上拾到的那张画像，就以为被戴上了绿头巾；在托尔斯泰的《克莱采奏鸣曲》里，钢琴声与音乐竟然也成了嫉妒感情的落脚点，那个实际上体现了托尔斯泰主义清心寡欲倾向的丈夫，从钢琴与乐曲声中敏感地察觉自己妻子与另一个男人之间性吸引的电流。但不论是什么支点、什么诱因以及这个支点、这个诱因究竟是否实在，由此引起的感情活动却无一不是强烈的、亢奋的、偏激的，无一不具有非常复杂的情感内容、心理内容、社会道德伦理思想内容以及人情习俗的内容，等等，并且由于感情状态的强烈亢奋，还往往引出激烈的极端的行为。奥赛罗因嫉妒而痛苦欲狂，他的嫉妒感情中蕴含着他高尚的情操、纯洁的深沉的爱情、对任何不忠与欺骗行为的严正道德感以及他宁为玉碎、不为瓦全的性格，当然还有他轻信的弱点。这种内容丰富而强烈的感情就像一股巨流把他与苔丝狄蒙娜推向了悲剧的深渊。斯卡纳赖尔尽管是个喜剧人物，但他产生嫉妒之情后同样怒不可遏，而且，嫉妒之情的内容也颇为复杂，且看该剧第十七场中这个人物的独白，从这里可以看到市民阶级的夫权思想、面子观念、对婚姻家庭生活的规范、世俗的利害的考虑以及这个人物色厉内荏、气壮如牛、胆小如鼠的喜剧性格。至于托尔斯泰笔下那个因嫉妒而杀妻的贵族地主波兹内谢夫的嫉妒之情中，也有着非常充实的社会内容：对上流社会虚伪的道德伦理的抨击、对贵族阶级中家庭婚姻制度的反感、对男女关系的偏激态度以及自我克制、自我净化的道德说教等。

嫉妒的题材到了20世纪罗伯-葛利叶的笔下，显然有了一个根本的变化，在他这部写嫉妒的小说里，竟然没有与嫉妒这一种人的感情相关的任何思想、观点与见解，没有嫉妒的感情变化、情绪起伏以及有关的任何心理活动，也没有处于嫉妒的情况下对客观事态的考虑、分析、意图与打算。这个嫉妒者似乎并不是一个感情动物，人类的任何思想情感在他身上都没有丝毫踪影，他不仅毫无思想感情，而且连起码的自我意识、自身意识也不具有，他从不使人觉察出他的身份，甚至从不使人感到他的存在。他似乎只像是一架无生命的摄像机，仅仅把发生在他眼前的一切景象实录下来而已。如果说他并不完全是一架无生命的录像机的话，那是因为他多少还具有人的想象、人的联想，还具有类似电影中蒙太奇的精神活动。在他的"录像"中，弗兰克捻死蜈蚣是在餐室里，而在他的想象中，则是发生在旅馆的卧室里；在他的"录像"中，妻子眼见弗兰克捻死蜈蚣精神紧张地攥着餐巾，而在他想象中，则是自己的妻子坐在蚊帐里眼见弗兰克捻死蜈蚣而紧张地攥着床单。这个联想、这个脑海中的蒙太奇，总算是他对妻子随弗兰克进城当夜没有赶回一事的怀疑，总算表明了他客观上是在嫉妒。当然，还有紧接着这一联想的对弗兰克加速开车而出了车祸的想象，这想象无疑带有双重的隐义。那车祸燃起的大火似乎既象征着弗兰克的欲火，也体现了想象者本人的怒火。然而，所有这一切人的精神因素、感情色彩，你只是通过图像的变化与联系才感觉得到。想象者、描述者本人并没有对这些图像作任何说明，并没有在这些图像里表述自己任何的思想感情，因而，在你读着的时候，你仍然只感到这似乎是一个没有感情的放映机。

这就是罗伯-葛利叶对嫉妒题材的一次极为奇特的处理。

如此奇特的处理,当然会引起各种评论与解释,作品中几乎所有的细节与形象都是那么含混、暧昧又似乎大有隐义,更引起了评论家分析的兴趣。就以在小说里多次出现的蜈蚣的形象与阿×梳头发的声音而言,就曾被批评家认为具有某种象征的意味,象征着丈夫潜意识中的阿×的性感,其他如丈夫想象中的弗兰克开快车与阿×嘲笑弗兰克不善于修理车子的细节,也都被评论家赋予弗洛伊德学说的色彩而加以解释。总之,这是一部新奇的作品,在发表的当时,就已经引起了广泛的注意,而它的新奇,在一个特别看重文学独创性的国家里,就足以保证它的成功了。我在巴黎的时候,克洛德·莫里亚克就曾对我称道过罗伯-葛利叶这部篇幅不大的作品。克洛德·莫里亚克既是一个文艺理论家,又是属于新潮流的小说家、戏剧家,当然他是很有见地的。

这样一部奇特的作品,在我们这里,显然会被认为是不符文学的规范:文学就是人学,不写人,不写人的感情,还成什么文学作品?仅此一点,就可以对它加以判处了。不过,文学批评的任务,不应该是判处,而应该是说明,如果对一部作品先求有如实的理解、如实的说明,那么,即使尔后要加以判处,也会比较公正,而罗伯-葛利叶的《嫉妒》,正是一部需要我们先有如实的理解、如实的说明的作品。

是的,他在这部作品里的确与文学就是人学的传统观念背道而驰,不论是从人学的意义上还是从文学的意义上都是如此。

从人学的意义上,罗伯-葛利叶反文学传统的一个重要的理论观点,就是他的非人化的纯真实论,这是他20世纪50年代闯入法国文坛时所打的一面标新立异的旗帜。按照他的观点,当代的小说创作应当与巴尔扎克式的小说传统告别,这种告别并不是与写真实的告别,而恰巧相反,是要与传统小说写真实中的任何人为的因素告别,以达到更加纯粹、更加客观、更加真实的真实。在罗伯-葛利叶看来,传统小说中对客观现实的描写经常蒙上了作家主观色彩的轻纱,客观现实往往被人化了,什么"无情的烈日"、"躺在山脚下的村庄",等等。[①]"烈日"本无所谓"有情"或"无情","情"是人所赋予的;"村庄"并不存在"躺"的问题,"躺"的形象也是人想象出来的。所有这类拟人化的表现方式都是要不得的,都是不真实的,只可能使客观对象与读者之间存在着一层讨厌的人为的隔膜。而他罗伯-葛利叶,就是要反其道而行之,就是要在对客观现实、对自然、对物的描写中剔除任何人为的色彩、人为的因素,就是要表现自然与物的自身状态,表现出物就是物,物就在那里,不以任何人的主观意志、主观愿望为转移。这就是他在成为"新小说"派理论宣言的著名文章《自然、人道主义、悲剧》中所阐明的要旨。在这种理论观点的指导下,他的小说《橡皮块》《窥视者》《在迷宫里》等等,的确形成了一种似乎是传统的写实,实际上却又与传统的写实大不相同的新的一格,即非人化的写实。在我们面前的这本《嫉妒》中,我们所指出的那种描述者的视线、角度、视觉范围的固定性与封闭性,就是罗伯-葛利叶要剥除作者人工安排、主观构想之权力的一种手法,不让作者的主观想象天马行空的一种手法。当然,在这本小说里,他的那种剥除人的主观性的表现方法之最极端的运用,则是写嫉妒而又不表现嫉妒之情了。在这里,人的任何思想感情、心理意念全都被罗伯-葛利叶过滤掉了,只剩下了一些也许在说明某一个嫉妒事件的零碎的图景。

从文学的意义来说,罗伯-葛利叶在这里显然也对传统的文学基本观念提出了挑战。德国著名的古典文艺理论家莱辛在他的美学名著《拉奥孔》里,曾经建立了关于诗与画的界线的完整理论体系,为什么拉奥孔在雕刻里不哀号而在诗里哀号?诗与画在构思与表达上有什么不同?诗与画在塑造形象的方式上有何差异?所有这些经典的论述

---

① 罗伯-葛利叶:《自然、人道主义、悲剧》。请见拙编:《新小说派研究》。

早已阐明并规定了不同艺术部类由于手段与传达媒介的不同而在表现方法上的殊异，这些早已成为人们的文艺常识了。可是，被人们共同承认的不同艺术部类之间的基本界线，到了法国新小说派这里却被抛弃与突破，不同艺术部类互相渗透了，不同艺术部类的表现方式开始互相借用了。这里，至少已经有了两个明显的倾向：一个是电影的文学化；另一个则是文学的电影化。前一个倾向，可以我们曾经谈论过的玛格丽特·杜拉斯的《卡车》为例，后一个倾向，则以眼下的这部《嫉妒》为代表。在这里，罗伯－葛利叶绝不作为"诗人"在"诗"里去表现"哀号"，表现激情，表现人的任何思想情绪与心理活动，他只是有意识地像电影摄影机一样映出一幅幅视觉图像，而且几乎是像无声电影一样仅仅展现某些图景，甚至没有旁白与说明词。

对传统文学来说，这种挑战与背离无疑是带有根本性的，足以惊世骇俗。但是，既然20世纪自然科学各领域的新发现新成果几乎完全推翻了传统的自然观，现实生活的发展与变化已经大大改变了人们的思维方式，那么，在这种历史条件下，文学领域里发生了这种对传统的挑战与背离，就是很自然的事了。亘古不变的法则与规律是没有的，一切以时间、地点、条件为转移。三一律曾是一两个世纪文学的金科玉律，结果被历史的发展完全抛弃了，传统的观念不论如何坚固，终究有一天要过时的。文学中的先锋主义、现代主义显然是以这种理解为基础的，这种向前看、向前冲刺的文学精神与文学倾向，确曾不断带来了新意，罗伯－葛利叶就是一人，他的《嫉妒》就是一例。

对于这种探新究竟作何价值评判，如果固守在传统的立场上，肯定会把它视为胡闹，如果从发展的观点来看，那就至少会把这个问题留待时间来作检验。时代的发展、文学艺术的发展将会证明，这种探新或许是有道理的，或许是有一定道理而并不完全有理，或许是完全没有道理的。不论怎样，在今天，这种探新应该进入我们的文学视野,应该作为我们研究的对象与课题,而就这部小说来说,它肯定有一些艺术层次,包含一些艺术哲理,因而有较大的艺术容量,即使它非人化的写实有点走向极端,但对从艺术描写中排除某些人工的或人为的因素、某种主观的成分,于我们也并非没有启迪的意义,而且,它毕竟写得颇为别致、颇具匠心,它在探新史上的地位是不容忽视的,它作为一次探新在20世纪的文学史上将是不可抹杀的。

艺术中不确定性的魔力

——罗伯-葛利叶:《去年在马里昂巴德》

罗伯-葛利叶20世纪50年代初闯入法国文坛,60年代又向电影领域突进,他的两次进发都是独树一帜,颇有声势。在他煊赫一时的文艺创新活动中,1961年推出的《去年在马里昂巴德》显然是一个高潮。这部影片不仅轰动了法国,而且也在全世界很多国家风靡一时,当年即获得了威尼斯电影节的大奖。

罗伯-葛利叶身上,无疑结合着超人与俗人的两个方面。虽然历来的文学家身上几乎都存在着"白昼与黑夜"的矛盾,但像罗伯-葛利叶这样在自己的创作中同时鲜明地具有高雅与低俗、超越与逢迎、探索与急功近利两种成分者,却似乎为数不多。作为一个作家,他显然是富有才情的,他把自己的才能用得其所,致力于摆脱传统文学的窠臼,探索新路,追求独创性;同时,作为一个探索者,他又是具有充沛的勇气的,他不怕新的文学实验遭到失败,更不怕引起惊世骇俗的效果,他的确也成功地建立起一整套关于小说的新概念:非人化的写实论、纯客观的"物"主义、不确定的真实论,并且提供了一系列体现了这种新小说观的作品,形成了他从结构、叙述、角度一直到语言文字的"新小说"的风格。他从事这种"灵魂的探险"活动,似乎是单凭一种超脱的热情与无功利心的追求精神,"在写作初期,我写的书完全卖不出去,因此生活非常拮据。有人问我为什么要写作,我的答复是:我就是为设法了解我为什么要写作……"

所有这些，构成了罗伯-葛利叶的"超人"的一面，正因为他有这一个方面，所以某些评论家不无道理地认为，罗伯-葛利叶最初是在"上帝的选民"中，也就是在知识层次、精神层次比较高的读者中得到承认的。

从纯文学的角度来看，罗伯-葛利叶不幸地还具有另一个方面。尽管他主张文学的写实应该摆脱人的主观构想、主观色彩，主张要达到纯粹的真实，但是他的创作却并不能摆脱他个人的色彩，他作为一个人的存在必然要把某些人为的东西带进他的创作。根本的原因是，谁都不能揪着自己的头发把自己拔离地球，他不可能完全为写作而写作，他的写作是为了得到社会的承认；也不可能摆脱这样一种根本的制约：他的书必须进入社会流通，必须有人愿意买、愿意读。这种制约对他之所以是特别不可抗拒的，还因为他毕竟不可能像蒙田、福楼拜那样毫无衣食之忧，可以悠闲地写。于是，在这种制约下，经常要赋予自己的文学实验品以某些吸引读者、招徕观众的成分，他经常要在自己的作品中加进一些提味的佐料。当然，最容易提味的佐料，不外是侦探、凶杀、暴力与色情，而他正是经常采用了此方。

他的第一部作品《橡皮块》在1953年问世的时候，曾被视为一部侦探小说，写的是一桩政治谋杀案，谋杀的对象杜邦教授实际上并未死于谋杀，最后却死于侦探瓦拉斯的误杀。他的第二部小说，1955年出版的《窥视者》，写的是一桩奸杀案，手表推销员马太斯到一个小岛上进行商务活动，其间岛上发生了一件伤天害理的案件，未成年的牧羊女被奸污后害死。这个推销员的活动、他与这个案件蛛丝马迹的关系，就构成了小说的内容。在他1970年的小说《纽约革命计划》里，地下活动、强奸、阴谋、凶杀、警察、假面具、毒虫……几乎应有尽有。而在他80年代的小说《德冉》里，则不仅有神秘使命、秘密会议，而且还有科学幻想、塑料机器人，等等。至于他的电影创作，其明显的商业性与追求卖座的倾向，当然不在话下。在《不朽的女人》中，邂逅相遇的爱情中出现了不祥的幽灵，最后发生了神秘的车祸。在《说谎的人》中，充满了追捕、逃亡、阴谋、圈套、越狱、伏击等等惊险的故事情节，还加上同性恋的画面。《欧洲快车》则是侦探与奸杀两种成分的混合与渗透，由于其性虐待的场景，即使在西方也是禁止18岁以下的人看的。总之，罗伯-葛利叶的文学与电影创作，经常都有一种富有刺激性色彩的框架，在这种框架中，他填进了文学实验的新观念与新手法，似乎他是要以这种刺激性的成分来引起人们对他的新文学观与新手法的注意与兴趣。这两个方面、两种成分奇特的结合形成了罗伯-葛利叶的一个特点，为其他新小说派作家如娜塔丽·夏洛特、米歇尔·布托所不具有的特点。也许，正因为他具有这种强烈的、刺激性的成分，他的作品一问世，往往就比其他新小说派作家的作品引起更多的讨论与喧哗，而他自己也成了更多人瞩目的对象，甚至成了文学上的新闻人物。他煊赫一时的声名显然与此不无关系。

《去年在马里昂巴德》也并不例外，它的框架也带有一点刺激性的色彩与某种通俗文学的成分。首先，这部影片讲的是一个桃色故事。一个貌美富有的少妇在丈夫陪同下来到一处疗养胜地。在这个豪华的贵族化的环境里，她遇见一个陌生的男人。男子自称是她的老相识，去年在马里昂巴德约定今年在此相见，她将与他一道私奔。女人深感诧异，告诉对方她从来没有去过马里昂巴德，他们并不曾相识。但这男子却坚持他们确曾是情侣，并不断地向她证实过去确有其事。在他的坚持与说服下，女人逐渐动摇，她终于相信了他的话，确认了过去的关系，最后与他私奔而去。其次，影片的全部形象内容几乎都是发生在这两个男女之间的游说与争议、引诱与拒绝、征服与抵抗、占有与反占有的斗争与纠葛，中心的话题就是去年在马里昂巴德，当这个"有争议的"问题一解决，其他问题也就迎刃而解，不在话下了。再次，影片当然不乏某种性暴力的成分，游说与争议、引诱与拒绝的斗争发展到最后，就是这个男子占有这个女人，并成功地引她私奔。影片并没有忘记把这作为高潮来加以表现。因此，影片的这三个方面都没有脱离通俗文学与商业电影的俗套——一些西方作家所乐于表现的两性之间勾引与拒绝、征服与被征服的搏斗的俗套，并且明显地具有招徕性的色彩与力求轰动一时的人为戏剧性。

如果仅仅止于此，罗伯-葛利叶就不成为罗伯-葛利叶了，只会是一个通俗作家。他的《去年在马里昂巴德》尽管有这种通俗的、商业的框架，然而，却不乏独特的新意、脱俗的成分与令人思考的艺术哲理。

它具有某种象征性，这是很明显的。

这里的环境并不像某个真实桃色事件所发生的实实在在的环境，而带有某种梦幻的色彩，背景里经常空无一人，那豪华而冷凄的旅馆，走廊连着走廊，漫无尽头，寂静无声，它是封闭性的，与外界隔绝，"好似一所监狱"。男女主人公的身影往往就出现在这空旷冷凄的背景上，他们的声音也是在这豪华建筑中空荡而死寂的空间里回荡。没有其他陪衬的人物吗？有，背景上有仆人，但他们僵着不动，哑然无声，像一尊尊石雕；大厅里也有一些上流社会人士，但他们有时是"两眼茫然，站着发呆"；有时他们的交谈只有片言只语，意思含糊不清，几乎不构成什么思想交流。"在这个封闭的、令人窒息的天地里，人和物好像都是某种魔力的受害者，就好像在梦中被一种无法抵御的诱惑所驱使，企图改变一下这种驾驭和设法逃跑都是枉费心机的。"

这里的三个人物，陌生男子X、少妇A与少妇的监护人或丈夫M，都"没有姓名，没有往事，他们之间没有联系，而只通过他们自己的姿态、他们自己的声音、他们自己的出场、他们自己的想象建立关系"。女主人公似乎并不是现实生活中真实的波瓦利夫人型的妇女，"也许是这个金碧辉煌的牢笼里还有生气的美貌女囚徒"。而这个陌生人呢？是一个"平庸的诱奸者吗"？似乎并不完全是。"他为她设计了一个过去，一个未来和自由"，"他用自己的想象，用自己的语言创造一种现实。他的执拗、他内心的自信之所以终于使他取得胜利,是因为他走过了多少弯路,遇到了多少波折,遭受到多少失败,经过了多少回合。"

这里的表现方法是非写实的,编导不仅把人物的姿态、动作以及台词,有意表现得固定、刻板、凝结,"使人想起塑像与歌剧",而且还有意不把场景与细节表现得连贯、严密、符合客观生活的程序,而把它们表现为一种"静态的存在",带有独立性与分割性。至于影片中的时间与空间,更是不具体、不明确,马里昂巴德在地图上根本不存在;故事发生在什么年代,影片也有意地加以模糊,甚至罗伯-葛利叶故意不让观众从主人公的服装看出是哪一年的款式,影片中的镜头哪些是发生在"今年",哪些是发生在"去年",编剧者也拒绝加以标示与说明。他在影片里"试图创造一种纯精神的空间与时间,也许是梦幻中的,或记忆中的空间与时间"。

所有这一切,都超脱了一件桃色新闻、一个私奔故事的框架,给影片带来浓厚的象征的色彩。由此,你明确地感到,罗伯-葛利叶在这里并不是以讲述一个通俗爱情故事为己任,这就把他与通俗作家区分了开来。

影片的象征性自然就带来了某种寓意性。事实上,批评家们已经对《去年在马里昂巴德》的寓意做了不少探讨与挖掘。既然影片中是"一种纯精神的空间与时间",那当然就不能把它仅仅看作一个私奔故事,甚至就根本不应该把它看作一个私奔故事。既然在影片中所呈现的场景经常是空寂的,而站立着的人物的姿势有时像是墓碑,那么,影片是否有人生之坟场或人生之墓地的寓意?而其中真真假假、虚虚实实的事情是否是对人生的某种隐喻?既然马里昂巴德并不存在,既然女主人公开始认真地否认了根本不存在的相遇,而最后又认真地相信确有其事,那么,她的精神是否处于分裂的、不正常的状态,而影片所烘托的环境与空间是否隐喻着人类的精神病院?这个男子是否是一个引导着病人恢复记忆的精神病医生？如果这种解释与分析过于牵强的话，那么，这个男子坚持着自己的意图，并且要用想象与语言使非现实成为现实，也就是说要自己凭空创造出一种现实，这不又另有一番寓意？此外，这三个人物的关系，似乎还体现了某种抽象的格局，等等。

凡此种种，评论者的确曾花费了不少脑汁与笔墨，不论这些被挖掘出来的寓意是否合理，但至少可以说影片明确地表现了一种关于不确定性的哲理。就故事本身而言，人们看过这部影片以后普遍议论的问题就是"究竟这个男人与这个女人去年是否曾在马里昂巴德相遇"？对此影片不仅未作回答，而且设置了种种障碍使它成为一个难以说清的问题，一个任何人都难以得出合理答案的问题。于是，这就构成了影片关于不确定性的哲理，而这种哲理，正是罗伯－葛利叶创作中经常出现的基调。

在《橡皮块》中，报纸、医院、警方、巴黎当局、暗杀集团与侦探的反应各不相同，杜邦教授被暗杀的真相难以澄清，为什么被警方派来破案的侦探最后枪击了杜邦？在小说中多次出现的橡皮究竟起什么作用？在《窥视者》中，凶手是否就是那个手表推销员？哪些事是他经历的，哪些事是他想象的？在《在迷宫里》，那个士兵为什么像梦游者一样，既说不清客观事物，也说不清自己，不断在他身边像幽灵般时现时隐的那个小孩究竟是谁？在他的经历中起什么作用？他在梦中一样所遇见的那些人与事哪些是实在的？在《幽会的房子》里，主人公的职业与姓名不断变化，难以捉摸。在《纽约革命计划》与《德冉》里，所有的人与事都像是在噩梦里或在梦幻里一样，基本面目都模糊不清，不可辨认。在《不朽的女人》中，那桩神秘的车祸是怎样造成的？与另一个戴黑眼镜、带两条大狗的男人有什么关系？女主人公究竟是否确实死于车祸？在《说谎的人》里，同一个人怎么分裂成两个截然对立的人，而其中的一个竟死于另一个之手，哪一个人的扮演是真的，哪一个是假的？他究竟是叛徒还是英雄？他究竟是如何死去的？在《欧洲快车》中，侦探与谋杀怎么重叠了起来？侦探者竟变成了谋杀者，被谋杀者又变成了侦探者的女友，这谋杀案究竟发生没有？是现实中存在的还是想象中存在的？等等。罗伯-葛利叶创作中所有这些含糊、不确定、矛盾的形象表现，就构成了他所特有的扑朔迷离、飘浮不定、含混不清的艺术风格。《去年在马里昂巴德》也是如此，其中存在着的"他们究竟是否相识"那个难以回答的基本问题，使得"马里昂巴德"一词在法文中很快就成为"难懂"的同义语。

　　罗伯-葛利叶为什么要这样做？从对文学所反映的客观世界与实现生活的认识来说，他自有其一番哲理。

　　我在巴黎访问他的时候，他对我这样说："巴尔扎克的时代是稳定的，当时社会现实是一个完整体，因此，巴尔扎克表现了它的整体性。但20世纪则不同了，它是不稳定的，是浮动的，令人捉摸不定，它有很多含义都难以捉摸，因此，要从各个角度去写，把现实的飘浮性、不可捉摸性表现出来。"[①]他这种"外部世界与人的内心世界都像是迷宫"的哲理，显然道出了20世纪现实生活纷纭复杂的实际，同时也的确有些不可知论的味道。究竟对20世纪的现实生活应该如何认识，这是一个哲学与社会学的问题，远远超出了我们所谈论的文学范围，我们感兴趣的倒是他关于文学艺术的另一番考虑。

　　"银幕不是眺望世界的窗口，银幕就是世界。"罗伯-葛利叶这公式般的语句，显然表达了一种独特的文学艺术观。按照这个公式，艺术既不必要成为客观现实世界的写照，也不必要提供对客观世界准确的认识，艺术就是艺术，艺术世界就是艺术品中的世界，它封闭在这一个艺术品之中，这一个艺术品结束了，这个世界也就结束了。以《去年在马里昂巴德》而言，用罗伯-葛利叶的话来说，"这里只有一个时间，即没有叙事时间，只有一个半小时的影片时间"；"这部电影

[①] 请见拙著《巴黎对话录》中《于格洛采地上的加尔文》一文。

中没有叙事，不是讲述发生在一年中的故事，它不过是一部影片"。而如果你要问影片中的主人公出走以后将会怎样？罗伯-葛利叶答曰："他们走出了画面，他们就不存在了。"因为很简单，影片完了。

　　罗伯-葛利叶的这种哲理完全与传统的现实主义艺术观不同。人们在阅读罗伯-葛利叶的作品时可能产生抵触与不理解的原因也正出在这里。人们总习惯于要求一部作品讲清楚一件事或一些事，讲得像现实生活中那样合情合理、有始有终，要求艺术中有事物的确定性与规定性。但罗伯-葛利叶坚持把艺术世界与现实世界划分开，坚持把艺术与现实划分开，他以艺术中的不确定性来吸取动人的魔力，引起人们注意的魔力，引起人们谈论的魔力，引起人们思索、感受与辨析的魔力。

　　在这个问题上，罗伯-葛利叶不无道理，既然在雕刻与绘画中，人们既可以欣赏古希腊的《拉奥孔》、罗丹的《加莱义民》这种具有明确规定性的作品，也可以欣赏赵无极那种仅有不安定的形式而无明确内容的绘画与形体上不具有任何规定性的现代派雕塑。那么，为什么人们不同样可以在小说与电影里既欣赏《欧也妮·葛朗台》《偷自行车的人》这种具有叙事的确定性的作品的同时也欣赏《去年在马里昂巴德》这种在表述上不确定而飘浮的作品呢？

罗伯-葛利叶后期的作为

——《重现的镜子》及其他

罗伯-葛利叶至今有三次备受关注的高潮。

最初的一次是在20世纪50年代中期,他在出版了两部新潮派式的实验性小说作品《橡皮块》与《漠然而视》之后,又发表了《未来小说的道理》《自然、人道主义、悲剧》等"语不惊人誓不休"式的理论文章,提出要彻底抛开现实主义小说的传统,建立崭新的小说艺术体系的主张。此一系列先锋性十足的举动,构成了法国新小说派之正式发端,当时在法国国内外格外令人瞩目,罗伯-葛利叶则被人视为这个十分现代主义的小说流派的旗手。

第二次是在1961年,他与阿仑·雷乃合作完成了影片《去年在马里昂巴德》的拍摄,并发表了同名电影小说,此作在法国引起了热烈的讨论,并在威尼斯电影节获金狮奖,很快就风靡全球。这不仅是他的一部影片产生了轰动效应的问题,而且也标志着他作为当代法国现代派小说创作的一个主将,开辟了新的另一个艺术创作的领域,并即将带来一系列实验性的电影作品,更重要的则是展示了"新小说"这一种现代主义的小说实验与电影艺术方法的深刻内在的关联,由此泄露出"新小说"在某种程度上就是小说叙述方法蒙太奇化的产物。

他第三次备受关注的高潮,是《重现的镜子》一书的出版,这是一部叙实性的、令人看得明明白白的自传性作品。一个一直深深藏在激烈的、反传统的理论主张表述招式与术语词汇所织成的帷幕后面的人，径直出来谈论自我了；一个从来都是在叙述中故布疑阵、遍设陷阱的"魔术师"完全以务实的方式与语调来直言其事了。一个从来都叫读者对他的作品看不明白，要劳神费力去加以解析、推测的写作者，如今完全坦露在世人的面前、叫大家一眼看透了。所有这些应该说都是新鲜事，不引起普遍关注才怪。

在中国，对罗伯-葛利叶的第三次关注似乎更具有特殊的意味，这种意味体现在两个层次上。在罗伯-葛利叶个人创作道路的层次上，人们认为此举意味着罗伯-葛利叶由现代主义走向了写实主义的归宿，有点像"浪子回头"；在20世纪思潮流派演变发展的层次上，人们则认为此举意味着现代主义思潮流派的衰微，20世纪先锋派文学实验的终结，意味着现实主义思潮流派仍具有强大的生命力，等等。总之，罗伯-葛利叶《重现的镜子》的发表，在中国着实引起了现实主义至上论者、现实主义永恒论者的充满了热情的关注，并赋予了它不平常的美学意义。

如果仅仅从写作内容、写作方式与作品风格来说，要赋予《重现的镜子》以现实主义复归、现实主义胜利这类不同寻常的意义，实在是很站不住脚，这从罗伯-葛利叶在《重现的镜子》之后的所作所为即可看出。

在《重现的镜子》之后，罗伯-葛利叶先后于1987年、1994年又出版了《昂热丽克或迷醉》与《科兰特的最后日子》，这是两部看来颇有些自传成分的作品，似乎与《重现的镜子》一脉相承，是它那种势头与倾向的一种发展。然而，如果对这两部新作加以审视，即可发现，这两部作品中只有若干自传成分的碎片，并非自始至终都是如实的自叙，相反，作品的大部分篇幅都是虚构的幻想的成分，以致那些自传成分的碎片之零星涌现，就像一个广阔的洋面上散落着一些岛屿、礁石。而且，那些虚构的想象的成分并不完整统一，并不符合传统作品在内容上的整一律，对于这样一种虽然有一定自传成分，但这成分实在相当微乎其微,且并不具有充分的叙述形态的作品,实难视之为自传,更难视之为写实性的自传,如果安德烈·马尔罗那部在情境上虚虚实实的著名回忆录名之为《反回忆录》的话,那么罗伯-葛利叶的这两部作品实可名之为"反自传",这种在自叙性作品上的"反",与小说创作中的"反"、戏剧创作中的"反",当然同属一个性质,那就是与传统形式的背道而驰,这正是现代派文学的根本特点。因此,如果要对《重现的镜子》之后,罗伯-葛利叶之所作所为进行评估与定性的话,那似乎可以说是:"江山易改,本性难移。"

现在,不妨再回过头来审视一下《重现的镜子》。应该承认,《重现的镜子》中自传成分的比例与浓度要大于后来的两部作品。在后来的两部作品中,自传性成分基本上限于作者本人对自己文学创作的意图、构思以及意象来由的回顾,限于作者本人的文学实验以及他的社会活动与文学交往,而在《重现的镜子》中,作者的自叙性成分,虽也有不少是属于上述这种"纯业务"方面的,但远远不限于这一个方面,而有好些其他方面的内容:家庭状况、社会关系、亲属友人、童年经历、趣事游戏、学业教育、战时见闻,等等。

不过,值得注意的是,在这里出现了德·科兰特这个人物,而他竟成为后来《科兰特的最后日子》中的虚构成分中的主要人物。那么,他在《重现的镜子》中是一个什么性质的"存在"呢?罗伯-葛利叶在书中明明白白地说:"我自己从未见过他",只是不排除孩提时代曾有可能偶尔见过,关于此人的事,他只是从"在我的家庭中或在这座旧宅一直悄悄流传"的叙述中得知的。然而,他在这本书中对此人的具体叙述与细节描写,却显然大大超过了他所能听到的那些叙述的范围与程度,甚至可以说,是道听途说所绝不可能提供的,仅以这个人物而言,就清楚地表明了《重现的镜子》中也有相当程度的想象成分与虚构成分,很难把它视为一部完完全全的自传,难怪罗伯-葛利叶自己也把这本书称为"传奇故事"。

重要的不是从《重现的镜子》概括出这位作家从什么主义到了什么主义的结论,更不是概括出20世纪文学的"复归"、"转折"之类走向的结论,何况,《重现的镜子》并没有提供作出这两种概括的必要的根据。重要的是要看罗伯-葛利叶在《重现的镜子》里关于自己讲了些什么,既然这的确是一本有明显自传成分的书,我们就更有必要这样做。

总的来说,在这本书里,罗伯-葛利叶讲自己,主要有三个方面。一是他作为20世纪最令人瞩目的一个从事"新小说"创作的实验者,何以会走上这一条独特的道路,何以会有这种创意、这种冲动、这种推进力;二是他作为一个经常引起议论纷纷,有时是轰动效应,同时又总是令人费解的写作者,何以笔下会有那样一些意境、形象、图景;三是他作为一个已经获得世界名声的作家,对自己有什么样的认定与评价。这三个方面当然都是自叙性的,都是自我展现、自我剖析性的,正是这些内容构成了《重现的镜子》的无可置疑的自传性质。

何以会走上这样一条对传统文学形式进行颠覆的道路?罗伯-葛利叶并没有让人们多有所了解,他的自叙是欠具体、欠分析、欠历史过程的。在这里,既没有从久远的童年时代、青少年生活中对自己写作生活作历史根由的挖掘与溯源,更没有对自己精神动因作深层次的探索与剖析,就像萨特在自传里对他之所以投身文字生涯进行了系统的自述那样;甚至,他对自己的创作动因、创作意向、创作思维、创作过程的实际缘由,也没有作简要的说明与阐释,就像巴尔扎克在他那篇举世闻名的序言中对他的巨著《人间喜剧》所作的解释那样。这一次,罗伯-葛利叶又同他50年代中期发表新小说实验的宣言时如出一辙,再一次隐藏在理论迷雾与现代术语轻纱的背后。他抽象化了自己,他使自我高度哲理化,只让我们知道他几十年来走上反传统的、别出心裁的文学道路,仅仅是为了"要向自己挑战","要向公众挑战"，至于这种双重挑战性的缘由是什么，他又高度简约化而语焉不详。要知道，不出于自我需要的挑战性，不为了某种社会目的、社会效应的挑战性，在这个世界上是不存在的。不对挑战性提供一个说法，至少是不能使人信服的。在这个问题上，应该说，罗伯-葛利叶没有坦率得那么可爱。

在《重现的镜子》里，写得平实、具体，也叫人看得清楚明白的是有关作者从童年时代起的生活环境、生活状况、生活情景以及生活感受等等部分，虽然所有这些都只是片断，甚至应该说只是一些回忆的碎片，但毕竟使人对罗伯-葛利叶有了若干实在的、确切的了解。这些被重现出来的生活影像，是自己以不可抗拒的力量浮现出来的，还是被作者大力挖掘出来的？看来，它们至少都是作者有意识地筛选出来的，他的这种筛选绝非是充满了缅怀的激情与倾诉的冲动，这使回忆并不具有《忏悔录》与《勒内》那种内在的抒情的力量。这种筛选颇受现实考虑的制约，而其中最主要的一个制约，也许就是想要有助于说明作者本人的文学作品，这样对读者倒也很有好处，可以使人把作者作品中某些意境、形象、图景与他久远生活中的那些历史渊源加以联系、对照而有所认知、有所感悟。

兹举一例：在罗伯-葛利叶的不止一部作品中都有若有若无的幽灵式的形象与意境，对此，过去可以归之于作者在小说实验中的故弄玄虚，也可以归之于作者关于"浮动的现实"的哲理。而今，《重现的镜子》追叙了作者对英国作家鲁德亚德·吉卜林的爱好，尤其是对他那些其中有病态幽灵出现而使人感到恐惧的作品的爱好，除此之外，作者还回忆了儿童时代教母每晚给他讲述的鬼魂故事、回忆了自己如何"在与这些幽灵习以为常的往来中长大的"。所有这些回忆，无疑对罗伯-葛利叶作品中上述形象提供了更具体的注脚与更有力的阐释。在这个意义上，《重现的镜子》是罗伯-葛利叶作为新小说派作家笔下何以会有那些意境、形象、图景的最切实的说明书。这是它的主要意义。

罗伯-葛利叶出版《重现的镜子》时，已经62岁，他曾给法国20世纪文学带来过热门话题，制造过轰动效应，创造过10多部小说与近十部电影作品，作为一个功成名就的作家，已经到了总结自己、评估自己、认定自己的时候了。他在《重现的镜子》中这样做了。应该说，他很是谦虚，持一种明智的低调，甚至有时达到了自嘲自贬的程度，说自己"属于一种坚定果断的、装备粗劣的、轻率猖狂的探索者"。

窃以为，只有底气足的人，才敢于用低调讲话，才能在语言上输得起、不怕丢失自己牢靠的价值。在自谦、自嘲、自贬甚至自虐成为了常见的一种精英意识、名人风度的20世纪，罗伯-葛利叶的这种自我贬损当然不能成为文学评价中的一则客观的科学的鉴定。罗伯-葛利叶很清楚，我们也很清楚，他自己的这一自谦评价，绝不会有损他相当显赫的文学存在，绝不会抹去他在20世纪文学新潮流中所留下的深刻印记与所拥有的历史地位。

罗伯-葛利叶在一次访谈中，面对"您曾经想成为什么人"这样一个问题，曾回答说："阿兰·罗伯-葛利叶。"他的确实现了自我的心愿，成为阿兰·罗伯-葛利叶、文化人罗伯-葛利叶、显赫的罗伯-葛利叶、在文化领域里无人不晓的罗伯-葛利叶。他成功了。《重现的镜子》是他对罗伯-葛利叶的说明，这部作品之后的《昂热丽克或迷醉》与《科兰特的最后日子》也多少带有这种性质。这三部作品共同构成了罗伯-葛利叶后期的创作倾向，即自我倾向。不论人们赋予这种倾向什么"转向"性的意义，但都显示出了，罗伯-葛利叶就是罗伯-葛利叶，他并没有变。

"新小说"的杂色

——布托:《时间表》

我们站在20世纪最后10年的门槛上,该可以对这个世纪开始作总结性地回顾了。当我们对法国20世纪文学进行这项工作的时候,就不得不承认曾引起侧目而视的新小说派是下半个世纪最重大、最主要的文学现象之一,不仅对法国文学而言是如此,而且在整个世界文学范围里也未尝不可以这样说。现在,我们面前的米歇尔·布托,正是这个流派的四大主将中的一位,我们要谈的这部小说《时间表》,则是他两三部最出色的代表作中的一部,不言而喻,也是整个新小说派的一部名著。

布托在他这部代表作里,进行了他多种文学实验中的一种实验,他力图把最小说化的东西与最不小说化的东西、把最通俗化的东西与最不通俗化的东西结合起来。前二者我指的是案中案的小说构思与侦探故事的情节,后二者我指的是本质上属于诗的主观抒情与少数人才感兴趣的反传统的新小说技巧以及艰深玄妙的隐喻。

让我们从"最小说化"、"最通俗化"的成分讲起。

1953年,新小说派的主将罗伯-葛利叶出版了他的处女作《橡皮块》。这部在法国"新小说"运动中可算是"第一只燕子"的作品,在当时巴黎《文学新闻》周刊的"新书报道栏"中,仅仅被称为一部"侦探小说"。这也难怪,它所写的本来就是一桩政治谋杀事件。1955年,罗伯-葛利叶又出版了第二部"新小说",它写的又是一桩奸杀案件。如果再加上日后罗伯-葛利叶从 70 年代到 80 年代的一系列作品《纽约革命计划》《欧洲快车》《德冉》等,人们不难发现法国"新小说"的特点之一,就是经常采用侦探故事的题材而披上了侦探小说的外衣。从 19 世纪以来,小说之大为兴盛,是跟城市文化消遣的需要与报纸连载形式的发展分不开的,至少在英、法两个国家是如此。因此,从社会效用的某种意义来说,"消遣性"可算是小说的"本质"之一,而侦探小说正是明显体现了这种消遣性的一种样式。这里存在着尖锐矛盾的是:新小说派的本来意图是要实行文学上的革新,从事反传统文学的新实验,他们的事业即使在今天看来仍然是文学领域里一小部分"上帝的选民"的事业,曲高和寡,然而,他们却偏偏乐于采用对 20 世纪文学来说是最具有消遣性、最小说化、最通俗的侦探小说的形式。如何解释这个矛盾现象的产生?最简单的解释就是,在商品化的社会里,新出世的东西的第一需要是引起人们的注意。最不通俗化的东西要被人接受,就必须采取最通俗化的形式;最有违传统规范、最不易得到理解的东西要克服公众本能的逆反心理,就得披上醒目的外衣。这虽然不一定就是铁定的规律与普遍的常情,但至少是新小说派作家内在的心态。

米歇尔·布托虽然早已是哲学王国与诗王国中的骄子[①],但在开始进行他新小说实验的时候,也未能摆脱这种现实的考虑与通俗化的追求。他的第二部小说,1956 年出版的《时间表》就是如此,它正步了罗伯-葛利叶两部作品《橡皮块》与《窥视者》的后尘。

小说中的主要"事实内容"是谋杀案件,而且是案中有案,由三个不同层次的事件组成。一是侦探小说作家乔治-威廉·伯顿化名汉密尔顿写了一本名为《布勒斯顿的谋杀》的小说,叙述了布勒斯顿城一个著名运动员约翰尼·温被自己亲兄弟谋杀的故事;二是这部小说中所描写的约翰尼·温兄弟的房间与布勒斯顿现实生活中一个市民理

---

① 他学哲学出身,很早就开始诗歌创作。

查尔·坦的房间很相像,而理查尔·坦的兄弟前几年正死于车祸,看来,威廉·伯顿写小说中的谋杀故事,有可能是影射现实生活中的一个案件;三是威廉·伯顿化名写这部小说的秘密泄露以后,他在街上险些被一辆汽车撞死,这很可能是一次蓄意的谋杀。所有这三个"事实内容"都是由一个来到布勒斯顿这个英国城市的法国青年雅克·雷维尔在自己的日记中当作见闻记述下来的,而他旅居一年的全部日记就构成了这整部小说,至于这个青年在日记中所记述的他对英国姑娘阿妮两姐妹的爱情与失恋,只不过是谋杀案件的陪衬而已,由此不难看出,这部作品具有明显的侦探小说的成分。

然而这种成分只构成一种框架、一种外衣,并没有渗透在作品的内核中。作者所告诉读者的这三个案件的基本情况都简单到了极点,只不过是小说中约翰尼·温死于教堂、现实生活中理查尔·坦的房间与小说中的相似、威廉·伯顿在街上险遭不测这三个光秃秃的事实而已,它们既无详尽的细节,也没有发展变化,因而也就谈不上有什么水落石出的结果。如果布托在这几个方面下了功夫、费了笔墨,他很可能成为一个西默农①。事实上却是,他一披上侦探小说的外衣,就去干自己想干的事了,即使不是有意淡化侦探小说的因素,也是由于专注于自己的实验而淡忘了身上所披的这件外衣。

请抛开对侦探小说趣味的追求,细心地把这部小说读下去,你就将发现作者对另外一种东西远比对谋杀的真相感兴趣得多,这种东西我们姑且称之为一种"时间游戏"。布托显然要从这种新鲜的游戏中寻找一种特别的乐趣,并且力图使这种游戏成为小说情趣的一个源泉。

这种"时间游戏"首先表现在作品的总体结构上。我们上面已经指出,小说是采取日记体。记述者雅克·雷维尔根据一个职业合同,从法国来到英国布勒斯顿城的一家公司供职一年。他于10月到达,在第二年的5月份开始写日记,一直写到10月份他期满一年离任回

---

① 当代法语侦探小说大师。

国的时候。如果说这是一部毫无意义的日记体小说的话,那么它与我们常见的日记体小说着实有些不同。这个青年不是每天都写日记,而是断断续续地写,如1日、2日、5日、9日等等,当然这并不奇怪,看来他不是一个能持之以恒的人。令人奇怪的倒是,他的日记几乎不记当天的事,而总是追述过去的事、过去的见闻与过去的感受。更奇怪的是,既然他从次年5月开始感到有写日记的必要,那么他在追述去年10月以来的事件时,理应同时把写日记的当时所发生的事记述下来,以免失去其生动新鲜的程度,然而,这个法国人似乎是一个追述癖,他当年5月份只追述去年10月份的事,当年5月份的事,他偏偏要迟两个月,到7月才去追述;同样,当年6月,他只追述去年11月的事,并不及时记下当月的事,当月的事他又要过了两个月到8月才去追述,如此类推。而在有的月份的日记里,他所追述的又是过去不止一个月里所发生的事,如当年9月的日记,就次序混乱地追述了当年的8月、7月、2月这三个月。这样一种特别的追述结构,就把从头年10月到次年10月的一年中实际时间的自然流程截成了一些分离的段落,并且使它们零乱地混杂在一起。

这种分割术还不能使布托满足,他又进一步把每篇日记变成一个个间隔封闭的空间,让它们成为分割某一个完整事件的手段,如5月1日的日记追记的是头年10月来到布勒斯顿车站时下火车的情景,2日的日记追记出火车站时迷路、在车站过夜的经过,5日追记在车站醒过来的情形,7日追记如何从车站去找自己上班的那家公司,9日追记第一次进入那家公司的情景。这样,从抵达布勒斯顿车站到第一次上班这一连续完整的过程,就被分割开来封闭在一篇篇日记里,就像一部完整的机器被拆散后分装在一个个箱子里一样。这种对事件连续性的分割,实质上仍是对时间的分割,是上述那种分割的继续与深化。

对此布托该满足了吧,不,他还要作进一步的分割。他往往把固定在某一个时间点上的某一个事件,一而再、再而三地在不同日月的日记里加以追述，如认识阿妮、借侦探小说给女友、认识侦探小说的作者、在游乐园里的相遇、购买第二本侦探小说、看见詹姆斯·詹金的母亲戒指上的苍蝇雕饰等等，甚至可以说小说中几乎所有重要的事实与细节，都得到了两三次以上的追述与描写，而每个事实细节、情景过程虽然在不同次的追述中基本面貌是一致的，但也经常有追述角度、观察角度以及成分多少、简繁程度的差异。从一个角度来说，这是同一个事物的多次重复；从另一个角度来说，则是同一个事物的全貌整体在一次又一次中逐渐多方位地得到补充而臻于完整。这实际上也意味着同一个完整的事物已经被解析为不同的层次、不同的部位、不同的基调。这种解析更像是生物学中的切片观察与光学中的光谱分析，只不过其对象是时间、是某一个体现着一定空间与物质形式的特定时间而已。

这就是布托时间分割术的三种技法。在这三把利刃的切割下，这个法国青年在布勒斯顿的这一年，不论是大的时间流程，还是小的时间段落，都成了一块块细小的碎片，这些碎片零乱颠倒、混杂纷呈，它们等待着你去排列组合、清理就绪，就像一大堆散乱的积木等待着一个儿童去恢复它们原有的图形。

对时间进行这种切割，布托当然是有意而为之的。在法国文学中，有自觉的时间意识、把处理时间问题当作艺术哲理与艺术创造中一个巨大的课题加以思考并以现代的方式在艺术实践中加以解决的，据我所知，只有两人。一个是普鲁斯特，他的名著《寻找失去的时间》被权威的批评家安德烈·莫洛亚称为"从1900年至1950年这个历史时期'中'最值得纪念的长篇小说杰作"；再一个就是米歇尔·布托了。他继普鲁斯特之后，把时间机制引入文学创作，并且像那位先驱一样，他把"时间"这一个物理学名词镶嵌在自己小说作品的标题上。布托这部小说标题的原文是：L'Emploi du Temps，对它的含义可以作多方面的理解。对小说中这个法国青年来说，他如何在这个与自己格格不入的城市里度过一年的时光，用什么方式来写他的日记，是一个使用与支配时间的问题，因而书名未尝不可译为《时间的支配》。而从这个青年人在这个城市里的经历与所见所闻的种种事物的时序而言，小说的标题亦可译为《日程表》。而对作家布托自己而言，整部小说实质上则是"时间的运用"的问题了，正如对普鲁斯特来说，他那部名著的实质就是要把逝去的时间重新寻找回来一样。

从小说的内容到标题，布托显然都受到了普鲁斯特的影响，说他是有意模仿普鲁斯特的匠心也不过分。他小说中人物写日记追述过去，实际上是普鲁斯特式的对已经逝去的时间的寻找，只不过，他这部小说中那种通过人写日记寻找已逝去的时间的方式，远不如普鲁斯特的"小玛德莱娜点心"式的无意识联想来得自然。更主要的是，在这部小说的日记追述中，远远不具有《寻找失去的时间》中那种鲜明、生动、有声有色、精细入微的真实生活的再现，而只见若干并不具有丰富感性内容但却不断重复的事实与细节。当然陪衬着这些事实与细节的，不乏环境氛围的一幅幅印象派画式的图景。如果说，普鲁斯特寻找回来、并用艺术语言将其定型的一段段早已逝去的时间，就像固定在标本册上一个个色彩缤纷、栩栩如生的蝴蝶，那么布托的人物通过日记寻找回来的一段段逝去的时间，却像一座石雕破裂后散落的一块块硬实的残片。在这个意义上，布托的"时间的运用"与普鲁斯特的"寻找失去的时间"在20世纪文学中实不能等量齐观，但不可否认，布托的"时间的运用"也另有一番妙趣，它显然带有某种程度的游戏的性质，它所提供的情趣近乎摆积木或解魔方的那种情趣。在这里，时间的碎片散落在你的面前，等待着你去加以清理，以便恢复原来的时序与客观现实的完整面貌，而一旦你达到了目的，走出了布托的时间碎片的迷宫，你就感到一种满足。这是一种探索、尝试、克服、解脱与超越所带来的满足，与读侦探小说时从一团乱麻般的线索中终于理出了头绪、洞悉了真相而感到的那种满足，在性质上基本相同。这就是为什么我把布托的"时间的运用"称为时间游戏的原因。

毫无疑问,时间的运用是构成这部作品最不通俗化、最不小说化的一个重要的独特性,也许更不合乎一般小说规范的,还是这部小说中的主人公。我们很难说小说的主人公是写日记的这位追述者"我",因为他在小说里只是一些事实的观察者、记录者与整理者。这种角色在历来的小说里都只相当于一个"报幕人",他固然也是一个感受者与思索者,但他却并没有作为一部长篇小说的主要人物所应有的生动真实的个性。至于其他几个主要人物如詹姆斯·詹金母子、阿妮两姐妹、威廉·伯顿夫妇,更是以极简约的白描笔法勾画出来的,不仅没有鲜明的性格与充分的内心世界,而且也不具有清清楚楚的形体外貌,似乎只是几个模糊不清的影子,没有一个可算得上是主角。真正的主人公是谁?是布勒斯顿这个城市。布托或许也有像普鲁斯特在《寻找失去的时间》中那样把时间当作小说主人公的意图,但由于他未能复活已逝去的时间中全部真实活蹦的生活内容,而没有做到普鲁斯特已经做到的事,他真正做到的,倒的确是把布勒斯顿这个城市推到了小说主人公的地位。

在他的笔下,布勒斯顿是在外形容貌上唯一被描绘得最充分、最细致、最清晰、最鲜明的"人物"。布托总是不厌其烦地去表现与描绘城市的外貌,大的方面从地理方位、区域布局、河岸、通道、市场、街景、教堂、博物馆、民宅、商店、游乐场、饭馆,小至教堂里的艺术装饰、建筑风格、博物馆里的历史文物,其所费笔墨之多,是整部小说中全部人物描绘的总和也望尘莫及的,毫无疑问,布托具有极为出色的描绘才能,他的笔致灵活,他的图景充满了直感与灵性,而且他除了有画家的热情外,还有历史考古学家的癖好,他不放过历史的残迹与文物,力图从布勒斯顿眼前的形貌中去探视它初年的风貌,这就使他的布勒斯顿的肖像画中具有一种隐约的历史情怀。

在他的笔下,布勒斯顿是在性格上唯一刻画得最着力、最深刻的"主人公"。这是一个阴沉的主人公,在它的上空经常布满了阴霾的云块,吹着冷冷的阴风,不时还下一场场阴雨;这是一个衰朽、古旧、肮脏的主人公,煤烟几乎覆盖着城市,空气里也充满了煤屑,旁边的斯利河水流浑浊,臭气熏人;这是一个冷漠、拘谨、保守、封闭的主人公,它使这里的人与人之间凝结着一层薄冰,它对外来人更是本能地予以摒拒,对他们关上门户,充满敌意,就像那个来自非洲的黑人所遭遇的一样;它是一个邪恶、狂暴、充满了罪行的主人公,在它这里,奇奇怪怪的火灾几乎每天不断,谋杀案件也经常发生,在教堂中彩色玻璃上所绘制的该隐杀弟的大幅图画似乎就是这个主人公的标志;这是一个敏感、狭隘、狂热、专横、报复心强的主人公,它不能容忍对它的任何触忤、冒犯、损害,即使是轻微的、间接的,它一旦辨识出其来源,就迅速作出狂暴的反应,进行回击与报复,正如布托隐隐约约所表现的那样,威廉·伯顿之所以遭到神秘的车祸,似乎就是由于他小说《布勒斯顿的谋杀》直接触痛了这个城市的神经,损伤了它的宗教感情与看不见的现实关系所致;这还是一个阴险、奸猾的主人公,正如布托在那个法国青年的日记里所写的那样,它总带有恶意,到处设下陷阱,以引人走入歧途为乐,这个法国青年就感受到布勒斯顿是一个迷宫,他想得到自己的阿妮阿德涅的线团以便能从这个迷宫走出去,然而他始终没有得到,他离开这座城市的时候仍感茫然,而且使他特别痛苦的是,自己似乎中了布勒斯顿的魔法,才误了对阿妮两姐妹的爱情,最后只落得吞下失恋的苦果。布托就这样十分有意识地从多方面以拟人化的手法来塑造布勒斯顿,使它真正成为了一个主人公形象,它生存着、呼吸着、感受着、行动着,它压迫着人们的生活与命运。

  显而易见,整部小说具有相当程度的象征色彩,小说中有不少形象是带隐喻性的,时常发生的火灾、教堂彩绘玻璃上兄弟残杀的图画、新教堂中动物昆虫的雕塑、詹姆斯·詹金的母亲戒指上的苍蝇、阿妮阿德涅的故事以及整个布勒斯顿，都隐喻着、暗示着某些东西，使小说带有一种神秘的气氛。

布托的文学生涯是从诗歌创作开始的，他在成为一个小说家以前，已经是一个诗人，很自然，他的诗人气质也进入了他的这部小说。小说的日记体形式为主观色彩、主观抒情提供了广阔的空间。这种浓烈的主观色彩与抒情成分愈到小说的后半愈是明显。在这里，我们可以看到日记记述着对阿妮的倾诉，对布勒斯特的骚怨与责难，所有这一切出自内心的激情，发而为急促的语调，经常表现为叠句式的结构与排比语句，带有明显的诗的韵味。

这是布托所烩制的一盘什锦文学佳肴，侦探案件、异国情调、时间的分解与组合、历史考古、宗教故事、象征意味、隐喻暗示以及抒情成分等等，在这里杂然纷呈。布托是新小说派中以具有"百科全书式的新小说技巧"而闻名的作家。他的这部小说在他自己各种各样的文学实验中，无疑是别具一格的一例，因而在整个新小说派的全部文学样品中，也自当令人瞩目。至于这一例具有怎样的、多大的美学价值，我想，既然这是一种实验，那就不必急于对它作斩钉截铁的肯定或否定，而不妨留待时间去评判。但有一点可以肯定：任何实验不论是成功的还是失败的，它都是事物进步的前提与基础，其积极意义都是不容忽视的，何况布托在这部作品里通过严肃的努力的确提供了一些艺术经验，我相信，这些经验是绝不会被以后的作家遗忘的。

"碎片"艺术的小说代表作

——索莱尔斯:《女人们》

索莱尔斯有一句格言:"独特,这就是文学艺术的规律。"他的《女人们》颇合此言。

这是一本很奇特的书,作者写起来也许很不容易,但也可能相当容易。

这是一本不容易读的书,在读的过程中,你也许不止一次想把它放下,也许你即使耐着性子读下去,最后仍未读完,但你不论读了多少,总不会把它与其他的书混淆起来,世上千书一面何其多?这似乎就足以构成此书的特色了,你还不会轻易忘掉它,世上令人过目即忘的书又何其多?这似乎也可算是此书的一种成功。你愈读下去,愈读得多,愈读到最后,你会觉得获得的信息愈多,受到的启示愈多,可咀嚼回味的东西愈多。

如果以上这些话并非虚夸之词,那么,我们就不得不承认,这是一本值得一读的书,一本值得耐着性子读下去的书,是一本自有其价值的书,要不然,索莱尔斯怎么把它从自己为数甚多的文学业绩中挑举出来视为自己的代表作?要不然,伽里玛这样的权威出版社怎会把它列入它影响巨大的 FOLIO 丛书?要不然它怎么被译成了多种语言,销售量相当惊人?

何况,要耐着性子读下去的书,有很多都是大值得一读的书,而无须耐着性子就能一口气读下去的书,有很多却正好是不值得去读的书。

这部书可以说像一个有巨大规模的万花筒，它里面充满了万千块五彩缤纷的碎片，思想观点的碎片，感情体验的碎片，信息见闻的碎片，故事经历的碎片，构成了包罗了世界万物的图像。

像卢梭在《忏悔录》的开篇宣称他的自传将是一本最坦诚的书、他自己将被证明是世人中最好的一个那样，作者索莱尔斯在《女人们》中，一上来就出言不凡，说他一直在寻找某个敢于道出世界全部真相的人，寻找"几个时代的揭示者"，可是，他没有找到："我翻开书籍"，"可是没有"。看来，只好由他自己来充当了！他宣称自己是"前所未有的航海家"，他将致力于"揭示"、"探索"、"用 X 光拍到命运的照片"、"掀开大自然的面具"……于是，他开始写这本书，他不怕吓唬了读者，预先警告说："这本书是陡峭的。"

是否"陡峭的"，我们暂且先不管，因为，一开始还很难下结论，但我们最初的印象却是，如我们上面所说的那样，它像是一个巨大的充满了万万千千碎片的万花筒。

这里的思想碎片，显然是多得难以计数的，社会的、政治的、经济的、哲学的、文学艺术的、道德的、宗教的、性的、生理的、心理的……无所不有，一部书涉及了人类精神生活的所有领域，这也许是文学史上绝无仅有的，至少是我第一次见到。看来，作者特别重视自己如此丰富、如此庞杂的思想见解，并急于表述，因此，从作品一开始，如像啤酒瓶刚拔开瓶塞一样，思想见解就像喷泉似的往外迸射。似乎作者无穷无尽的思想，都要一涌而出，它们拥挤在一起，互相撞碰、互相堵塞，争先恐后，以急速的频率一一往外蹦跳。作者对自己的思想是那么乐于表述、急于表述而且老是那么意犹未尽。即使在叙事的过程中，还不时有一阵又一阵喷泉似的涌发。

但是，如果你要从这一阵又一阵的喷发中看到一段段展开的议论、阐述与评说，你一定会落空、失望的，这里不仅没有成系统的理论、没有成篇的高谈阔论、没有集中的分析论证，也很少有成逻辑联系的段落，有时甚至没有独立完整的文句。你见到的往往是一个个命题，一个个短句或短语，由它们构成思想、构成观点，就像你经常在银幕上看到导演要表现对某一个事件的观点与看法时，往往只让一些报纸书刊上的无数个标题一闪而过那样。

当然，也有不那么绝对的样本：

> 世界改变了基础……永久的基础改变了世界……麻醉下的手术，移植术，改变循环……这像一个时期的气氛那样不知不觉地开始了……某些灾难、爆炸、战争、两三个危机的加剧……然后，缓慢的、顽固的浪潮淹没了一切……带走了一切……从何时开始的呢？15年前？20年前？也许在最近完成的最后的就位之前，已经很长很长时间了……也许在封锁暴露在光天化日之前一直如此……我不知道。我不再知道。有时我感到那么无聊，以致我似乎觉得毫无办法。这不是荒谬、毫无理智，最近文学上的陈旧的东西，不是，恰巧相反，这是一种无法支持、无法忍受、不能分享的明晰，是关于鸡与蛋的绝对理喻……深知底细后的忧烦……没有任何浪漫情调，说到底，没有任何悲剧色彩……什么也没有……物换星移，新闻的重复……灰色的电视、报纸、广告、禁游一般的队伍、揭幕仪式、辩论、结束语、要求、宣誓……他们好像对什么也不怀疑……年迈的黑格尔说："历史结束的时候，死神将过着人类的生活……好啦……预言应验了……"

这样的表述，像是一个人在喃喃自语，或者用法国文学中专门的术语来说，就是一个人的内心独白，只不过是理性思维的内心独白，它即使带有相对完整性，但其断断续续、不连贯、不带有较强的逻辑性，都是显而易见的，你也许能概括出点点滴滴的思想见解，也许很难概括出来，但它都非常鲜明地传达出某种基调、某种色彩、某种情绪、某种语气，对读者构成一个整体性的精神形象：这是一个人带着不满的、怀疑的、审判的眼光，在注视、看待这个世界以及世界的每个方面与每个部位。他充满了对世界的焦虑与不安、厌烦与反感。他已经得出了很多否定性的结论，甚至有不承认一切的虚无主义色彩……请看这样愤世嫉俗的论调：

> 1857年，美好的时代！桂竹花香！一片碧绿，清新的空气，令人赞赏的逗点……现在，机械、卫生普及，大家必须通奸……在这方面，她们变成了商店和其他的人一样……安全……财产……担保……经济……但是歼击机有时会找到同谋者……在使用雷达的人中间……在交易的电话总机员们中间……在它自己的地面基地里……直到他妻子家里……并且，我们不知道它什么时候攻击……有时，很长时间里什么事情也没有……我们对自己说，这次可好了，他改邪归正了，疲倦了，上年纪了，身体垮了，死了……过时的典型……可是后来，它又出现了，变了样子，喷涂一新，换了机身，穿云破雾，"技术更先进了！"全新的旋转炮，新的火箭，火箭弹和鱼雷，把一个正在建设的大坝一口就吞掉了。

如果，我们把"歼击机"视为类似麦尔维尔著名小说中的白鲸那样带有邪恶性的象征，索莱尔斯《女人们》中这类断断续续的"议论"，就不乏丰富的意义了。

我们不能过久地停留于议论这部作品在精神、思想方面的特征与性质，虽然看来作者的确是想写出一本精神味、思想味比较浓的书。

小说毕竟是小说，小说中总要有那么一些具体、实在的东西，时间过程中、空间范围里的一些人与事。

这部小说所讲述的，概括起来说，就是叙述者我与一些人物的事。不过，在这里，不论是"我"，还是"我"所经历的事，以及"我"与之有过这种关系、那种关系的各种人物，在空间范围、时间过程、具体形象上，都不完整，读者要从小说里组合出"我"以及与"我"交往的人的清晰而完全的形象，排列整理出"我"所经历的那些事的发展顺序与具体过程，那可不是容易的事，甚至可以说是几乎不可能的事。

不过，总可以见到一些点滴、片段与大概吧？这倒还是可以的。

就人物而言，尽管思想的碎片无所不包，尽管对客观现实的印象无所不包，尽管对人对事的感受无所不包，然而人物的范围与数量都是有限的，甚至可以说范围与数量相当小，它既没有巴尔扎克《人间喜剧》中的"千殊万类"构成了"多达三四千人的社会戏剧"，也没有左拉《卢贡－马卡尔家族》中"散布在当代社会每个角落"中的无数人物，构成了"整个一个社会的群体"，索莱尔斯这部小说中的人物限于知识分子阶层，而且主要只是知识阶层中的一个特定的圈子，它属于社会的左翼或至少是带有"左"倾的色彩。这里有"革命理论的先导"、"马克思观点的皇帝"，有权威的学派领袖人物，有自称比塞利纳走得更远的文人，有每天写一篇社论的新闻界人物，有政治记者，有无政府主义者，有妇女运动的领袖，有使馆工作人员、妇科专家、羽管键琴演奏员，有混迹于文化圈子里的各种人……

这些人物往往只是在叙述中被提及、被忆及，或者只是在一个场合中一闪现，他们几乎没有一个人有完整的体貌形象，有清楚的历史经历，有全面的社会关系，他们都只是一个个姓名符号，再加上若干零星点滴的"档案材料"，就像一张被撕碎了的照片，很多部分都已失落，粘贴在《女人们》这个照片本上的只是其中的一部分碎片或片断。这些碎片或片断,有些并不怎么说明问题,不足以反映出这个或那个人物的性质或特点,有些碎片或片断,倒也具有相当强的表现力。对于安娜短短一小段的追忆,就把她以领袖夫人自居、爱"干预朝政"的"马列主义老太太"形象表现了出来;对于吕茨的一小段叙述,则把一个左翼政治人物深层心理的变态展示得极为尖锐。

叙述"我",要算是作品的"人物网络"的中心,或者更准确地说,作品中并不存在所有的人物都勾连在一起的"网络","我"只不过是唯一与所有人物都有联系的一个"中心"而已。这个"我"当然也是文化学术界的一员,他到过世界上很多国家,包括非洲、印度与中国,他懂得很多,关心与思考的问题几乎世界万物无所不包,他掌握多种语言,有英语、法语、西班牙语、希腊语等等,他所从事的工作也相当多,搞新闻、写评论、作翻译、上讲台,参加各种学术活动,也参加左翼党派活动,似乎还搞过点"秘密工作",他还进行文艺创造,就像纪德的《伪币制造者》中有个人物与作者本人一样也在写一部同名的小说,具有明显的同一性,《女人们》中的叙述者"我",则在写一本名叫《女人们》的长篇。而且他的朋友还担心他会把这本小说写得相当"黄",就像我在把索莱尔斯这部小说列入"法国二十世纪文学丛书"的选目中时,确曾担心过有德之士会觉得这部小说写得"黄"一样。总之,这个中心"我",接触过、见识过、思考过、经历过很多很多的东西,然而,索莱尔斯却从不原原本本把这一切介绍出来,叙述出来,表现出来,不把这一切的空间展示得一清二楚,也不把这一切的时序排列给读者看,他只致力于表现这个"我"所思考、所见闻、所经历的事情的碎片,这个"我"与其他人物交往关系的碎片,即使这部小说的主题就是"女人们",叙述者"我"与女人们的关系与交往,在书中也只是一些零零星星的碎片。

就事件内容与情节发展而言,小说里没有整一的故事,事件的时序是难以排列出来的,很难说有多少具体而清晰的因果结局,唯一可见的一个"结局",那就是"我"的一个女友在巴黎一场暴力事件中丧生,"我"也丢掉了在报社的职位,而不得不返回自己的国家美国。小说不仅没有事件统一的发展始末与一清二楚的时序,而且也没有一件件事情的完整而具体的过程。小说中一个个具体的细节倒是有不少,但是这些细节的来龙去脉往往不清楚,时空定位不清楚,具体氛围情境不清楚。于是,小说中全部的客观生活内容,小说中所有的人与事,几乎都仅仅展现为一块块不完整、不连贯、零星散乱的碎片了。

思想的碎片、事件的碎片、时空的碎片、风物景观的碎片、人物的碎片、自我的碎片、社会交往的碎片、男女性爱的碎片……碎片,都是碎片,这就是《女人们》这本小说,你可以说这些碎片,像一盘散沙,数量庞大而又零落散乱,你可以说这里根本不存在传统的小说结构法则,也不存在传统的叙述学规章,似乎"无规章"就是这里至高无上的规章、这里君临一切的法度,这也许是作者写起来可能相当容易的原因。

不过,这无数烁烁发光的碎片是如何挟带出来的?是被什么挟带出来的?是如何形成了一个碎片之流的?

《女人们》的这种情况似乎与乔伊斯的《尤利西斯》、普鲁斯特的《寻找失去的时间》、娜塔丽·夏洛特的《天象馆》、罗伯-葛利叶的《嫉妒》、克洛德·西蒙的《弗兰德公路》等等这个系统的小说有些相近,但也有些区别,如果说在上述这些小说中,意识流动状往往是靠"无意识自由联想"或"潜意识自由联想"来进行的话,那么在《女人们》中,那种各种成分的碎片呈流动状则较多地是靠思维逻辑来带动的,靠叙述者"我"的理性思考来带动的。当然,无意识自由联想以至潜意识自由联想在这里也经常出现,并且也起了很大的"带动作用"。

不论是自由思考也好,还是自由联想也好,《女人们》在这两个方面的特点,都清楚地表明了它的现代性,表明了它属于20世纪那股强大的小说创新的潮流，它属于这个潮流，但它并不完全与意识流小说雷同，也不与各种品牌的"新小说"雷同。要知道，"新小说"在法国就有罗伯-葛利叶、娜塔丽·夏洛特、克洛德·西蒙、米歇尔·布托这四个类型、四种品牌，索莱尔斯要加入小说创新实验的潮流而不与别人雷同，的确殊非易事，他的《女人们》保持了自己的独特性，我们把他列入"法国二十世纪文学丛书"里，原因就在这里。何况，索莱尔斯已经证明了自己是法国20世纪文学中一位很有文学实绩的作家，将在文学史享有一席地位的作家，而《女人们》正是他自己认定的一部代表作。

方法归方法，价值归价值。这样一部碎片散落式的作品的价值何在？

碎片散落式，既是它的弱点，也是它的优势。究竟有哪一部思想集中，故事情节整一，人物形象完整的小说，能道尽世界万物、社会万象？即使《人间喜剧》《卢贡-马卡尔家族》这样规模宏伟的典范之作，离这样一个终极目标仍很遥远，《女人们》中以无数的碎片，却似乎涉及更广、触及更多。如果其中的每个碎片都比较精粹剔透，无数碎片的纷飞散落未尝不可以形成对世界、对社会的百科全书式的包容态势；如果每个碎片的确都熠熠生辉，未尝不可以对人形成满天灵光似的无穷启迪；如果每一个碎片的确都色彩鲜明、具有表现力，未尝不可造就天女散花式的美感？《女人们》是否做到了，以及在何种程度上做到了？不同的读者也许会有不同的回答。

但有一点是可以肯定的，现代的读者在紧张快速的生活节奏里，很可能对那种把笔墨集中在一个议题上、集中在一个故事情节的始末上、集中在一个人物的形貌特点上的繁详的、放大镜式的文学描写，已经愈来愈不习惯了。他们反倒会觉得《女人们》中那种跳跃式的、瞬息万变式的风格自有其道理与可取之处。是的，这无疑是一种现代趣味的风格实验，它是否获得了成功以及在什么程度上获得了成功，不同的读者也许又会有不同的回答。

尽管索莱尔斯可以漫天洒散他的碎片，但他一确定他的书名，一旦给了它这个标题《女人们》，他就不得不有一个相对集中的磁场了，他就不得不相对集中在"第二性"这片天地了。因此，在这部小说里，与女性的交往、与女性的性关系、对女性的认识见解、对女性的感受与体验，着实相对地占有较大一点的比例。当然，所有这些都是以碎片的形式呈现出来的，或大或小的碎片。这些碎片里，无疑有不少感性的、具体的东西，但作者绝非刻意绘声绘色以引起感官刺激。他追求哲理，或至少追求若干哲理色彩，他经常把性事叙述加以哲理化，甚至不去叙述性事的过程。

不论是哲理也好，是哲理色彩也好，反正他在小说里已经把对女性的认知、体验与感受，集中概括为一个颇有震撼力的命题，惊世骇俗地宣称："世界是女人们的，男人们只是一堆渣滓、冒牌货。"他小说中的这个主题，是与歌德《浮士德》的结尾所高歌的"永恒的女性，引导我们走"这种浪漫理想相同，还是与西蒙娜·德·波伏瓦《第二性》中的女权主义思维接轨？

看来，都不见得。因为索莱尔斯在宣称"世界是女人们的"之后，紧接着又宣称"世界是注定要死亡的"，这就在他与歌德、西蒙娜·德·波伏瓦之间划了一道界限。这就清楚地表明了索莱尔斯的复杂性，表明了《女人们》中哲理的复杂性，这种复杂性也许又是这部小说值得一看的理由。

传统中的现代,现代中的传统

——乔治·佩雷克:《人生拼图版》

这部轰动一时并获得了 1978 年梅迪西奖的小说,曾被誉为 20 世纪新的《人间喜剧》,批评家称它是一部"辉煌的巨著"、"最佳的小说"。

如果因为它与《人与喜剧》有某种相似而把它视为一部传统的小说,那显然就错了。

如果因为绝对不能把它视为一部传统的小说而就把它称为先锋小说、新潮小说,把它划进当代小说新实验的范畴,那同样也错了。

《人生拼图版》的复杂性在于它的这种辩证的性质,它的标志,它的价值也在于这种辩证性质。

我们还得从巴尔扎克与他的《人间喜剧》讲起。

当巴尔扎克已经写出了《苏城舞会》《高利贷者》《夏倍上校》《都尔的本堂神甫》《欧也妮·葛朗台》等一系列成功之作后,他在 1833 年左右萌生一个计划:要用一个统一的标题并通过某种网络化的手段,把他各个独立的小说作品联成一体。在此后将近 10 年的时间里,他先后曾设拟了《十九世纪风俗研究》《社会研究》《私人生活场景》《巴黎生活场景》等等不同的标题。最后,于 1841 年,从意大利诗人但丁的巨著《神曲》(直译应为《神的喜剧》)得到启发,才定下了他全部小说作品的总称:《人间喜剧》。

把自己各个独立的作品收集在一个统一的标题下并非难事，难就难在要使它们在内容上构成一个统一体。应该说，当巴尔扎克在用一个统一的标题来囊括他既有的作品时，他那些作品在内容上就已经具有了某种一致性与整体性了。它们的一致性与整体性就在于"编制恶习与德行的清单，搜集情欲的主要事实，刻画性格，选择社会的主要事件，结合几个本质相同的人的特点，糅成典型人物"（《人间喜剧》序言），以构成一部19世纪法国社会的风俗史。为了在这种内容的一致性与整体化之上，再以具体的纽带将各个作品联成一体，巴尔扎克创造了人物再现的方法，即一些人物穿梭交替出现在不同的作品中，于是，这些人物成为了一部统一风俗史中的主要角色，而各部作品只不过是他们搬演不同故事的不同场合。这就是包括了九十多部小说的《人间喜剧》的由来，它以其叙述内容的整体化、叙述规模的巨型化以及叙述结构的网络化而在叙述文学的发展上具有开创性。

此路既开，后继者接踵而来。在巴尔扎克之后不久，就有了左拉和他的《卢贡-马卡尔家族》，他是最主要的一个后继者，他这部巨著包括了二十部长篇小说，"它们各自独立，有各不相同的、各自完整的故事，每个故事都有自己的结局，不过，它们又被一条强有力的线索联结在一起，连成一个单一巨大的整体"，这"强有力的线索"，就是卢贡-马卡尔家族的血缘关系，二十部长篇就是同属这个家族的众多成员的不同故事，它们"通过这个家族分散在社会各阶层的各个成员的活动"，着力于"描绘出一个整个的时代"。

在巴尔扎克与左拉之后，"描绘出一个整个时代"的雄心，在不少小说家身上都可以见到，它几乎成为小说创作中广为人们所追求的一个相当普遍的标杆与价值标准。不过，像巴尔扎克、左拉这样具有惊人的气魄与精力的天才人物，毕竟是旷世难逢的，虽然在后来的文学史上，具有"描绘出一个整个时代"的雄心的作家不乏其人，但却再没有人能像这两位巨人这样以十数年的时间专力建造出如此宏伟的文学巨厦了。力不从心，等而求次，于是就出现了在实践过程中雄心打折扣的情况，《人间喜剧》式、《卢贡－马卡尔家族》式的浩大工程难如上青天，可望而不可即，各种各样的"三部曲"、"系列小说"，还是能够制作得出来的，由此，在文学史上应运而生的有：尼克索的《征服者贝莱》三部曲、哈代的"威塞克斯小说"、高尔斯华绥的《福尔赛世家》三部曲、高尔基的《童年》《在人间》和《我的大学》三部曲、阿·托尔斯泰的《苦难的历程》、德莱塞的《欲望》三部曲、福克纳的"斯诺普斯"三部曲、厄普代克的"兔子"三部曲、亨利希·曼的《帝国》系列小说、萨特的小说《自由之路》三部曲以及我国巴金的《家》《春》《秋》三部曲，等等。它们的规模虽然要小一些，但也在不同程度上，以不同的网络联成或大或小的整体，其目的都在于要尽可能广泛地描绘出一个时代社会，力求达到"风俗史"的水平与规模。

显然，这在小说史上形成了一种传统，这个传统的本质特征就在于小说社会的、历史的生活图景的巨型扩充化与网络式的一体化，在于小说内容的外向性与辐射性，它正与小说领域另一个传统相对照，那个传统的特征在于小说内容的内倾性与封闭性，在于小说致力于以个体人为对象进行挖掘与解析。前一个传统深得社会学家、历史学家的重视与高度评价，恩格斯就曾谦虚地承认从巴尔扎克的作品里曾学习到了很多历史学、经济学与统计学的东西。后一个传统则更深受关心人文内容的研究者与喜爱作个性心理探幽的读者的喜爱，心理学家也往往就援引文学中这样一些个性分析的例证。

小说《人生拼图版》被批评家视为《人间喜剧》式的作品，似乎就归属于前一个传统。从小说内容的性质来说，是完全可以这样说的，小说共分九十多章，在数目上与《人间喜剧》的作品数大体相等，这恐怕不是偶然的巧合，倒可能与作者的某种意图有关。整个小说是以这幢公寓的生活为内容的，在这幢楼里共有30来个单元，先后住有 40 多家房客，如果再加上他们的家人、朋友以及其他有关联的人，小说中的人物就有数百人之众了，这些人物来自各个阶层，从事各种职业，有自己形形色色的生活方式与历史经历。小说描写了这幢公寓每个单元中物质生活景况，主人的身世经历，职业特点与个人生活，毫无疑问，小说中的这样一幢公寓正是现实社会的一个相当全面的缩影。生活在这幢公寓里以及与这幢公寓有关的这样一群人物，正构成了社会族类几乎无所不有的标本展厅。从这个意义上来说，《人生拼图版》与《人间喜剧》的内容性质是相似的，虽然，它的规模，它的广度与深度与《人间喜剧》还不可同日而语。

在社会、历史的生活图景巨型化的文学创作中，我们看到了《人间喜剧》式、《卢贡－马卡尔家族》式的宏图之后，又有等而次之的"三部曲"式、"系列小说"式的宏图，那么，是否打折扣的等而次之就到此为止？显然，不能这么说。再打折扣，再等而次之，余地还是有的，不能写出几部作品或一系列作品以实现社会生活巨型化的目的，那就不妨在一部作品中尽可能去设法达到这个目的，而在一部作品里要达到这样的目的，最经济、最方便的办法则莫过于把众多的人物、众多的人口单位、多方面的线索都集中在一个较小的空间里，或者是同一幢公寓楼里，或者是同一个旅馆、同一个客店中，或者是同一个四合院、同一个大杂院里。早在 19 世纪，左拉在《家常事》中就已经把一批人物集中在一幢楼里以表现巴黎市民的生活，在 20 世纪中外文学中，采用这个办法的作品可以说是不胜枚举，高尔基的《底层》、夏衍的《上海屋檐下》、老舍的《四世同堂》《茶馆》都属于这一类，至于以同一家大饭店为集中的场地，表现各种人物、搬演各种故事、展示各种世态，更已经成为了当代电影电视的编导们乐用不疲的方便法门。《人生拼图版》显然就属于此一文学套式。由此，似乎更可以说，它是"巴尔扎克－左拉"社会现实主义文学传统中在 20 世纪地地道道的一环。

然而，相同的出发点与意图、相同的套式，并不一定有相同的结果，特别是从出发点出发之后，如果又有不同的因素参与其过程的话，《人生拼图版》就是如此。显然，它不仅与《人间喜剧》《卢贡－马卡尔家族》不同，与"三部曲"、"系列小说"不同，而且与《家常事》《上海屋檐下》式的作品也不同，总之，与"巴尔扎克－左拉"式的生活图景巨型化的社会现实主义传统作品都不同。简略起来说，这种不同就在于一个是综合与集成，一个是分解与离散；一个是网络化，一个是孤立化。

不论是在《人间喜剧》《卢贡－马卡尔家族》里，还是在"三部曲"、"系列小说"里，甚至在《家常事》《上海屋檐下》《茶馆》式的作品里，虽然有众多的人物，有多方面的线索，有纷繁的头绪，有无数的故事情节，但所有这一切基本上都串联在一起，集合在一个中心的周围，就像一块磁石吸引了、附着了无数的铁屑与铁粉，而起串联作用与集合作用的，往往是一个或几个相关的中心人物，要不然就是某一个主要事件、主要故事或某一个统一过程，即使在有的作品里，人物事件、故事、过程都具有相对独立性，带有多元化倾向，作者也总是力求在这些多元化的人物、事件与过程之间，用某种线索、某种纽带、某种网络把它们维系联结起来，使它们构成一体，构成社会关系上的一体，社会图景上的一体，哪怕这种线索与纽带再微弱不过，作者也要尽力去铺设，如在尤瑟纳尔的《一个传经九人的钱币》里，意大利法西斯阴云笼罩时期的九个截然不同的人物故事，就是用一枚换主的银币这个微弱的线索联结在一起的。

在《人生拼图版》中，情况与上述的传统完全不一样，虽然整部小说看来有一个"统一体"——同一幢公寓楼，但在这个外表统一的假象下，却是惊人的分解与孤立。在这部小说里，没有一个中心的人物，甚至几个为主的人物也没有；在这部小说里，也没有一个统一的故事线索，甚至几个互相有关的主要线索也没有，在整个小说里，三四十个单元,三四十户人家,它们各有各的状况,各有各的历史,各有各的运转与变化,它们各自独立,互不相关。人与人之间没有共同的事,共同的戏,甚至互相没有任何来往,成为一个个坚壁严密的、互不通风透气的封闭体。

没有社会关系、个人关系,也可以有"空间关系"。在传统的小说里,人物之间还没有形成社会关系与私人关系的时候,往往却先有了"空间关系",沙龙、舞会、剧院、宴所就经常是形成人物之间"空间关系"的地点场合,人物在这里第一次相遇、碰头,在这种"空间关系"的基础上,才演绎出他们的故事,《安娜·卡列尼娜》中,安娜·卡列尼娜在与渥伦斯基相识、相爱之前,就曾在火车站这个公共场合相遇,形成了"空间关系"。当然火车站这个场合,只是一个"偶然性的场合",而对于一幢公寓中的人物来说,他们之间是有着一些"必然性的场合"的,那就是过道、门厅、电梯,他们必然要在这里相遇,必然要在这里结成"空间关系"。《人生拼图版》的作者以描写公寓生活为己任,他不能不关注这些必然性的场合,他不会不考虑到这些场合在公寓人的生活中所可能会起的作用,他在小说里,花了一些篇章来描写这些场合中的情况与事态,其中对过道的描写总共有十一章,公共的碰头场所被描写得最多,共有九章,篇幅不少,习惯于传统小说的读者肯定期望着在这里能看到公寓中的人物之间的某种"共同的戏",然而,实际情况却大出读者的意料。关于这样一个公寓人物都要在这里相遇的场合,关于这样一个本来可以而且也应该成为各个独立线索在这里纽结纠缠的场合,关于这样一个本来可以供形形色色人物搬演各种戏剧场面的场合,且看作者告诉了读者一些什么:

其一,作者告诉我们:"全楼最起码的一点点共同生活都是发生在楼道中",然而,"人们每日在这儿擦肩而过,互相视而不见","冷漠而有规律的生活在这里表现得淋漓尽致",何止是"冷冰冰"而已,这甚至是一个"几乎是含有敌意的场所"。果然,我们在这里一开始就见不到人们交往的半点影子,只见到一个管理公寓楼的中年妇女,她正在像一个幽灵一样在楼道里巡视。

其二,作者告诉我们,如果有一天"所有在这座公寓大楼里住过的房客的游魂都来到楼道里",即使是公寓里那位最老的房客瓦莱纳,与他们"擦肩而过,也认不出来,不知他们究竟是住户还是住户的朋友"。

其三,三年前,公寓楼里一位房客,在楼道里遇见了另一个房客,他们曾"微微点头致意",作者把它记录下来,显然是因为这在公寓楼道中的交往史上要算是一件大事了。

其四,一个15岁的初中三年级学生从楼梯上蹦蹦跳跳下来,但他在楼道里没有碰见任何人,像一个唯一的孤独过客。

其五,一位先生从一套公寓里出来,他是这家主人宴会上提前退席的客人。在楼道里,除了他走过,就没有其他的人了。

其六,两个推销员在楼道相遇,一个推销迷信书籍,一个推销宗教书刊,两人各行其道,互不相干。

其七,作者在他第七次以《在楼道里》的标题进行描写的第七个专章中,除了讲述了公寓房客的某些历史外,只让我们看到楼梯顶端一扇玻璃门上贴着一张下流杂志的图片。

其八,在一个大夫家的门前,一个病人在等着开门,即使在这楼道里他遇见了任何人,他也是一个完完全全的陌生人。

其九,在最后这个描写楼道的专章里,只有一份"几年来在楼道里捡到的东西的部分清单"。

这就是作者专门用来描写"在楼道里"的九章的全部内容,既然在整整九章的篇幅中,读者都看不到半点人们之间的交往,自然就不会对其他个别描写门厅与门房的零星章节存什么期望了。这九章是人与人之间沉寂、冷漠、封闭、隔绝的图景,它的异常性因为是发生在人们进行交往、维持社会联系的必然性的场所而更为尖锐突出、触目惊心,它再一次更为有力地印证了小说中人与人之间那种绝对难以更改、无可救药的封闭与隔绝的状态。

至此,我们在《人生拼图版》中看到了一种与《人间喜剧》式的传统小说有巨大差异的性质。经常阅读传统小说的读者,总习惯于要求小说有构成一个统一体的故事情节,有形成一个圈子、一种关系、一个"小社会"的特定的人物群,对这种分割、间隔、封闭、离绝的性质与特征肯定会觉得难以理喻,这是一种荒诞不实的图景?这是一种矫饰做作、故弄玄虚的文学描绘?

《人生拼图版》看起来似乎有某种刻意求新、反而难以理解的东西。其实,把它放在现代生活的背景上,正可见出它的真实性与新颖性。

小说所写的是公寓生活,而公寓生活正是20世纪现代人的一种主要的生活方式,比起历史上任何其他种群居的形式,不论是村落、市集,还是城堡、宫府,它的空间更小,而人口密集程度却最大,构成又最复杂,其居民成分不像历史上那些居住形式那样比较单纯,而是形形色色,千殊万类,一个现代城市有多复杂,一幢公寓楼就可能有多复杂,它在一定程度上是像巨大迷宫一样的现代城市的缩影,巴尔扎克早就预见了这一点,他曾把伏盖公寓这一个现代公寓楼的早期雏形,当作自己展示各种人物的集中场所。看来,今后的文学发展将会要证明,公寓楼对于小说、戏剧作品来说,将是愈来愈重要的叙述空间,它对20世纪以后文学的重要性,将大大超过庄园与府第对于18、19世纪文学的重要性。然而,公寓楼对于文学表现既具有无可比拟的便利性与丰富性,同时,也具有巨大的几乎是命定性的难以克服的难度,那就是公寓楼生活方式的分割性、封闭性与隔绝性,这是公寓楼生产方式最本质的特征,也正是《人生拼图版》所着力去描绘与表现的生活内容。如果中国读者在以前还不大认识这种现代生活方式的特点的话，在公寓楼已经在中国到处林立的今天，这种隔壁相闻、老死不相往来的公寓楼生活方式已经使人们深有感受了。不久前，国内有一家电视台就曾组织过一次对公寓楼生活与四合院生活进行对比的讨论，参加讨论的，莫不痛感惋惜四合院、大杂院生活方式中人与人关系的亲和在公寓楼生活方式中的丧失。如果中国人并没有因为在"大杂院到公寓楼"的转换中居住条件有了一定的改善而仍有一种怀旧心理的话，那么对眼前这部"公寓楼"式的小说就更容易有不习惯感了。但不论我们的读者有什么感觉，客观事实是，这部小说正是20世纪现代生活方式的一种最真实、最活生生的写照。

这部小说既是现代人生活的真实写照，也是现代人心理状态与哲理见解的真实反映。20世纪西方的主流哲学是个体化、孤立化的哲学，如果说以黑格尔为代表的18、19世纪的哲学主潮，是强调普遍、整体、社会、历史的话，那么，19世纪末以来的重要哲人，从叔本华、克尔凯郭尔到尼采、萨特，几乎无不强调个别、个体、个人与自我，在20世纪，关于"孤独个体"，关于作为社会之局外人的自我、关于自我的独立性与封闭性以及关于人与人之间沟通的不可能性等等这类命题的哲理与论说，几乎可说是遍地开花，已成为众所周知的人生常识。人的孤立化与人的封闭与隔绝不仅是现代人客观的生存状态，而且也是现代人主观的崇尚与追求，其最尖锐的表述莫过于萨特的"他人即地狱"这一哲理名言。《人生拼图版》产生于自我存在哲学与人际间隔论大流行的年代，他本人也是这种哲学所直接哺育的"本土一代人"，他把这种哲学带进了他所绘制的人生图景中，是再自然不过的事，他绝不会模仿19世纪作家去编造一个人物之间充满了人工安排与巧合的故事，用虚假的亲和假象来掩盖当代社会人孤立化的客观事实，来冲淡现代人由此而来的无可救药的孤独感。

从以上两方面来说，《人生拼图版》都带有明显的现代性、实验创新性，人们有相当充分的理由把它视作一部现代派小说，"新潮"

派、"先锋"派小说。

然而，事情并没有完。到此为止，我们只是在小说的叙述规模、叙述结构这个层面上谈问题，如果我们来到叙述方法、叙述艺术这另一个层面上，我们又能看到什么？

我们在这部小说的叙述方法、叙述艺术这个层面上所看到的则是一些太熟悉的情况：这是一个非常非常古老的"叙述上帝"，他无所不能地打开公寓楼的每一套住房，他的眼光慢慢地扫视房间的每一个角落，大至格局、四壁、家具，小至摆设、装饰品与器皿，几乎不会有什么遗漏，并且一一向你讲述介绍，他特别保持了人类第一个诗人在《伊利亚特》中描写阿喀琉斯的盾牌上那些图形内容的兴趣，每到一套房间，总要对那些装饰品的美术图形的内容，大加注意并仔细加以描绘，不论是墙上的油画、招贴画、桌上的照片、家具上的雕刻、器皿上的彩图、书籍上的插图，等等。对于这个无所不能的叙述上帝而言，每一套房间里是不存在什么隐私的，当然也包括床上的与浴缸里的景观；至于每个人物的身世经历、历史状况，他也都了如指掌，他曾经跟随他们回到几十年前，伴同他们到过天涯海角，甚至蛮荒不毛之境，他参与过人物与密友之间的交谈，他当时就"复印"了人物写完当即就销毁了的私人信件……总之，他是时间与空间的绝对主人，凡是在这个世界上发生过的一切，不论是现在的还是过去的，他都无所不知，无所不晓，无所不见，无所不能，总之，他就是传统小说里那个已经存活了好几个世纪的叙述上帝。这就是我们在小说的叙述方法、叙述艺术这一层面上所看到的情况。

众所周知，20世纪小说的叙述方法、叙述艺术方面有了划时代的变化，意识流方法的出现，使得传统小说中"叙述上帝"再也无地自容，这构成了叙述方法、叙述艺术变化的一个主要的内容。叙述方法、叙述艺术的改变与叙述规模并没有什么关系，但却又很可能导致叙述结构的改变，凡体现了这种叙述方法、叙述艺术的变化的小说，都属于现代派小说之列。在《人生拼图版》中,我们在叙述方法、叙述艺术上丝毫没有发现现代派小说的特点与征兆,从这个意义上说,这又可说是一本遵从传统艺术方法的小说。不仅如此,而且它在某种意义上还是传统小说中比较老式的一个,在它这里的叙述上帝不仅是传统型的,而且相当古老,其风格繁详而细致,不像20世纪传统型的叙述上帝那样风格简约。请看,作者对公寓楼一套套房间的描写,其周到细致,不使你联想起巴尔扎克对伏盖公寓、左拉对巴黎菜市场那种现实主义、自然主义的描写?而我们知道,在20世纪现实主义、自然主义小说里,作家"写一个对象的时候,描绘性的文字往往不会超过三行"[①]。

这就是《人生拼图版》的传统性质中有现代性,而在其现代性中又有传统的辩证品格。一部这样的小说,是很值得对小说美学感兴趣的人阅读、关注与研究的。

[①] 龚古尔学院院士罗布莱斯语,见拙著《巴黎对话录》第76页,1983年版。

一部"准小说"式的"反精神自传"

——弗朗索瓦·齐博:《去他妈的戒律》

弗朗索瓦·齐博先生,我有幸与他曾有过一面之缘,那是我1988年访问巴黎时,在塞利纳故居的一次聚会上。这位闻名全法国的大律师,作为法国塞利纳学会会长、《塞利纳传》的作者兼塞利纳遗嘱的执行人,当然格外引人注意,我在《塞利纳的"城堡"与"圆桌骑士"》[①]一文中,曾记述了对他的印象。在我的心目中,他恐怕要算是塞利纳的"圆桌骑士"中最重要的一位了。在那次聚会后,承他赠送了三大卷的《塞利纳传》,我大长了有关塞利纳的知识。后来,我约请老友沈志明为"外国文学名家精选书系"编选一本《塞利纳精选集》,又承齐博先生慨然答应帮助解决有关选题的版权,我们多少也要算是老朋友了。

不久前,齐博先生又把他所写的第一本"小说"《去他妈的戒律》送给我,此书已由志明君译成中文,他们两位都希望我对这部作品做点评论。我早已领略过齐博先生丰厚的学识与洗练的文笔,新作一定开卷有益,何况还是老朋友的作品?这是一件义不容辞的事情。

齐博先生与译者都把这部作品称之为"小说",他们的这一归类当然值得尊重。然而,应该考虑到,任何作家在对自己的创作成果进行归类的时候,无不受到文学类型截然划定性的限制,而对于接受美

---

① 请见拙著《巴黎名士印象记》第217~229页,社科文献出版社,1997年。

学的观念与方式已经相当普遍化的时代里的读者与评论者来说，正如在对作品意蕴与含义的理解上拥有较大的自主性，甚至随意性一样，在对作品形式的划定上，当然也享有相对较大的自由。何况本世纪，在边缘学科纷纷出现的时候，文学中的边缘形式、边缘类别也已不鲜见了，仅以法国当代经典作家杜拉斯一人而言，她的《抵挡太平洋的堤坝》可以说是自传性的小说，《悠悠此情》则是小说式的自传，她的《长别离》是典型的电影小说，而她的《广岛之恋》则是内心歌吟式的电影……鉴于以上情况，当我一口气读完齐博先生的新作之后，我首先想说的是，齐博先生的这部作品，似乎是小说，似乎又不完全是小说。

从作品最表层的部分文本来看，它第一个大字就是"我"，这"我"大概要算是文学中最具有多种外衣，最叫人迷惑、捉摸不定的东西了。在卢梭的《忏悔录》里，是写作者原原本本的自我；在龚斯当的《阿道尔夫》、拉迪盖的《魔鬼附身》、巴赞的《毒蛇在握》里，是"叙述上帝"一定程度的真实投影，是自我或多或少的显现；在勒·萨日的《吉尔·布拉斯》、萨特的《艾罗斯特拉特》、莫迪亚诺的《魔圈》与《暗店街》中，则是叙述上帝所制作出来的"皮影"、"木偶"、"蜡人"……在第一类自传作品与第三类自叙式小说中，事情都比较简单，而第二类自传性的小说里，事情却不那么单纯了。在这里，真真伪伪、实实虚虚的程度是很不容易说清楚的，即使作了一番艰苦的历史探秘。至于要把真与伪、虚与实的比例鉴定出来，那更是"难如上青天"了。那么，齐博先生的这部作品是属于哪一类呢？

在《告读者》中，齐博先生告诫读者"甭想来此寻找切实经历的回忆、真实可靠的信念和真切实在的情感"。根据我个人的经验，作者告读者之类的文字不可不信，亦不可全信，尤其是对法国作家而言，更是如此。有时，它是某种精辟隽永的哲理或艺术的宣言，有时它是某种起掩护作用的烟幕，有时它是某种玩世不恭的戏言，有时它是展示潇洒风度的辞令，总而言之，也要算是一种艺术，是作者智慧与风格的牛刀小试。果然，在齐博先生上述告诫之后，就是一行典型的塞利纳风格的话语，一行充满了辛辣味足以使人震惊的自虐式的话语："这是一盆杂烩，一块又脏又湿的地盘……是一些词语，混账的词语。"对天马行空的叙述上帝而言，正戏上场之前，加一点"锣鼓"有助于效果，对技艺高超的厨师来说，正餐开始之前上一点开胃酒能引起食欲。齐博先生很是在行。

真正能显示意义，说明问题的，是文本，作品的文本。

如果我们不说这部作品有前后两大截然不同的板块的话，至少可说有两种不同的成分，一种成分是主观倾泻的成分，一种是客观叙事的成分；一种为空灵虚若，一种为实实在在；前一种主要集中于作品的前一部分，后者则主要集中于后一部分。

可以毫不夸张地说，作品的前一部分，相当充分地显示了大手笔的气派，它以卢梭《忏悔录》式的坦诚与力量宣泄内心，倾倒肺腑。这是没有后顾之忧的内心独白，这是旁若无人的喃喃自语，这是严酷无情的自我审视，这是深思凝练的自我鉴定。我们暂且不必说这就是作者原我某种程度的展示，即使只不过是他手中玩偶的自白，也很具有人性心理真实的力度。本来，像这样强烈而急切的自我宣泄，往往容易在语气上形成急促、零乱与上气不接下气，但这里的倾诉从容不迫，洒脱自如而又凝练精辟，再加上文笔的跳跃性，简直就可以说有点散文诗般的风度了。

至于语言格调与语言色彩，则是塞利纳式的，是杂色的。在这里，辛辣的、粗野的、反讽的、夸张的语言随处可见，称自己的食物为"饲料"，骂自己"不是东西"，说自己从小就有"伪善的外表"，"欺骗成为我主要的德行"，说自己处事就像"蹚着泥水"，所有这些似乎的确构成了麻辣烫式的杂烩。然而，有时又不乏优美的文笔：

"我的生命之树屹立在村庄上空","在我头顶上,美丽的新生云彩在风的吹动下匆匆而过,这些有点疯疯癫癫的云彩明天、长久、永远不会回来了",其明丽景观与怀恋情愫自给人以清新的感受,何况两种风格的语言互为对照更增添了若干魅力与情趣,雨果不是早就说过吗:"丑就在美的旁边,畸形靠近优美,丑怪藏在崇高的背后,美与恶并存,光明与黑暗相共……鲵鱼衬托出水仙;地底的小神使天仙显得更美。"①

真正使读者耳目一新、引人思索的还是作品中的这个"我",他惊世骇俗,使人震撼。这是一个"既像天使又像魔鬼"一样的人,生来就有强旺的生存能力,"不畏疾风,不怕酷暑严寒",还有一番混世的本能,从原始的优点"惯于竖耳贴门偷听"、"兴趣盎然地窥视世人",到挺能装傻充愣,不惜"在裤裆里撒尿",到善于"保持一本正经",并修炼到了"欺骗成为我主要德行"的程度,他还深谙"偏爱浑水摸鱼"、"左右逢源、游戏人间、安然处世"之道,还有"长篇大论,信手走笔"的本领,凭这些本事他得以在世间"高歌独唱"、"攀登了许多阶梯",最后占据了一个高台阶。他显然自视为上帝的选民,有蔑视芸芸众生的狂傲,并以世人,特别是手下败将的失败为乐。他在现代生活中是一个善攻能守的角色,全身都是"盔甲",能做到滴水不漏。

这样一个"我",有《忏悔录》式的坦诚,有从《吉尔·布拉斯》到《茫茫黑夜漫游》中流浪汉主人公的厚颜、自嘲甚至自虐,有尼采式冷峻无情的超人意识,也有现代人欲横流中大鳄般的凶猛与狡黠。这"我"就是这些成分复合而成的,但实在不能说这里写的就是齐博先生之"自我"。因为,在作品里,丝毫也看不出"我"的出生、学历、职业以及若干实在生活,甚至这"我"不像是真实、具体、活生生的人,而只是一些精神特点的集合。不过,齐博先生这样

---

① 请见拙译《雨果文学论文选》第35页,上海译文出版社,1980年。

写，也许正是他自己的一种防身术，读者何尝不可以说这"我"不至于丝毫没有齐博先生本人的若干精神基因，只不过他采取了马尔罗《反回忆录》的做法，把自己的某些精神基因写得虚虚实实，极度夸张，真伪难辨而已。因此，如果有读者要把作品的这一份视为作者的自我精神概述的话，那最多也只能说它是一部"反精神自传"。

作品的"实"的部分，基本上是由对少年时期生活的回忆组成，在这里，"虚"的部分中"我"那种有几分怪特、但却颇有磁性的复调没有了，代替的是客观的平实的记叙，张张扬扬的"我"也大为收敛，甚至隐退了，代替的是他的父母亲以及亲友的言行与活动，我们只感到一个老实本分的少年人在旁边为这一切作见证。其中，儿童时代跟同伴的顽劣行径，以及在清凉小河旁静观细枝从远处漂来又向远处漂去的闲适时刻，写得甚为生动有趣；自己的长辈亲友在第二次世界大战期间的民族感情与爱国精神，如婶母因法国战败而自杀，全家因诺曼底反攻而欢庆等等回忆，则很是感人。不过，在作者的回忆中，真正构成一大情结的，还是"敬父情结"，回忆的大部分几乎都是记述自己父亲独特的、为一般世人所难以理解的思维方式与行为方式，特别是重点记述父亲对儿女的教育思想与教育方式。作为亲情回忆，作品的这部分使人想起法国本世纪文学中的一部著名的自传性的散文式小说——帕尼奥尔的《我父亲的光荣》，这部作品曾被法国评论家列入20世纪下半期三十部最佳作品之一，并被搬上了银幕，文化修养广博精深的齐博先生不会没有读过此作。至于作品重点部分对自己父亲教育方式的记述，则明显地与卢梭的《爱弥儿》颇为相像，其父那种返璞归真、增强磨难，"必先苦其心志"的教育方式，几乎可说是卢梭教育思想在20世纪的具体运用。

同样，这些回忆虽然写得甚为平实具体，但我们也不能说写的就是作者本人的童年。不过，我深信，在这里，作者的原我的成分肯定会要多得多。至于作品的"虚"与"实"两部分的关系，如果要说看起来似乎有点游离,这两部分其实还有什么内在联系的话,那么似乎可以说正是这种顺乎自然、"必先苦其心志"的父训父教,才培育、造就了那个现代生活中的"强者"与芸芸众生中的"超人",而"我"那种藐视戒律,对社会文明规范有所逆反、有所冒犯的言行方式,正是与反传统教育戒律而行之的家教接轨的。

一个名声显赫的巴黎大律师,在65岁高龄第一次写出一本小说,这是一件颇令人深思的事情。这种在自己的事业中已功成名就而后闯入文学领域的非专业性的作家,在法国并不少见,这是一个国家文化高度发展的社会现象之一,值得去注意与研究。因为,将来的文学史会记载下他们之中佼佼者的名字。对于这些"闯入者"来说,也许有人是为了要在第二领域里再显示自己的能力,建立自己的"又一声誉";也许有人只是为了消磨时光,以写作自娱,就像陈建功笔下的中国老头以在城墙根下唱京剧,或遛鸟、养花一样(《找乐》),但对于我们现在面前的这位大律师和他的这部作品来说,情况似乎并不如此。

"这玩意儿出自我的肺腑",这是"非吐不快的胡说八道",是一本"出气小说",大律师齐博先生说得好,说到了点子上。是否"胡说八道",是否"小说",先可不管,"非吐不快"与"出气"看来是千真万确的。律师是一种特殊的职业。在好莱坞一部关于律师题材的影片中,有这么几句话:"在没有定罪之前,任何人都是清白的","为打赢官司,律师无所不为……是非曲直,他都无所谓,把法庭变成竞技场。"话虽然讲得不好听,但却道出这是现代社会正常的法律程序赋予律师合法的权利与义务。背负着这种权利与义务进入"竞技场",无疑是要像斗士一样盔甲护身、面罩遮脸的。数十年如一日,一个灵智敏感、内心丰富的人,定会视此为对自我的束缚与重压。终于有一天,在一股冲劲之下,他跳出自己盔甲的坚壳,像塞利纳的作品中的"我"那样痛快地嬉笑怒骂，自嘲自虐，并召唤回少年时期那份清新的感情，讲述起自己深深怀念的那些人、那些事……

这或许就是这部作品产生的心理根由。基于以上的理解，我且把它称为"准小说"式的"反精神自传"。这很可能有臆测妄说之嫌，但谁让我们是生活在接受美学观普及的时代呢？

附：有朋自巴黎来[①]

有朋自巴黎来，今天我们以这个不拘形式的、带有行会性质，因而也可说是带有家庭性的聚会，欢迎弗朗索瓦·齐博先生。

我们在座的人几乎都已经从《世界文学》领略过齐博先生的塞利纳式的现代小说风格与卢梭《爱弥儿》式的古典精神，法兰西文学古今这两位作家都是我们所熟悉、且倍感亲切的，因而，我们自然把齐博先生视为与我们已有神交的朋友。

齐博先生具有多种文化身份，他作为法国塞利纳研究会的会长，三卷本《塞利纳传》的作者，是中国法国文学研究界敬重的学者，他作为世界闻名的一位大律师，闯入了法兰西文学殿堂并在巴黎得到承认，这又是一种值得景仰与观赏的法兰西文化景观，我们十分重视这种景观，因为我们知道，这是一种民族文化高度发达的标志。在这一景观中，考古官员梅里美、海军军官洛蒂、农艺师阿兰·罗伯-葛利叶就都是我们熟知的例子。

齐博先生作为小说家，在中国文化界已经拥有了您的文学档案，他们追踪的眼光今后将注视着您。

最后，请允许我代表在座的中国同事祝齐博先生多方面的事业获得更大的成就，祝齐博先生在北京过得愉快。

[①] 代表中国法国文学研究会欢迎法国塞利纳学会会长弗朗索瓦·齐博先生访华的欢迎词，1999年5月。

四、自我个性张扬的才人

一颗早慧失落的流星

——拉迪盖的两部小说

这两部小说出自一个不到 20 岁的青年人之手,《魔鬼附身》是他 17 岁时在一个假期里写出来的;《德·奥热尔伯爵的舞会》则是他 19 岁时的作品。然而,这两部小说却绝非幼稚不堪的涂鸦之作,它们的成熟使人惊奇,它们的情趣与风格使人着迷,以至于人们在面对法国 20 世纪小说的时候,不能不重视它们的存在,而这个青年人,雷蒙·拉迪盖,在刚写完他的后一部小说《德·奥热尔伯爵的舞会》,刚出版了他的前一部小说《魔鬼附身》的同一年,就去世了,只活到了 20 岁,在法国现代文学中留下了惆怅与对他未可限量的前景的猜想。

他就像是在天边出现的一颗流星,晶莹明亮,极有风致地在天空里划出一道光的轨迹,突然就陨灭了。

这颗流失了的星,似乎没有归宿,其实,它在法国文学中也属于一个星座,每当我想起拉迪盖的时候,我就想起了兰波,想起了杜雅尔丹,想起了傅尼埃。

兰波,这个 19 世纪后期的绝代诗才,15 岁时就显露出惊人的诗歌才华,17~19 岁写出了奠定了他不朽文学地位的《灵光集》中所有的诗篇,从 20 岁,他就永远搁笔了,并从文坛上消失得无影无踪,到异域蛮荒去冒险,似乎要故意扔掉自己的生命。

杜雅尔丹,这个有创造性的青年,在 26 岁的时候,创作了一部可算得上是欧洲文学中第一部意识流小说的作品《月桂树已被砍尽》，直接影响了后来的意识流小说大师乔伊斯，成为西方心理现代主义的先驱，而后，他就在各种浅尝辄止的文化游戏中虚掷自己的时日与才华了。

傅尼埃则是在 27 岁时发表了他盛誉经久不衰的小说名著《大个儿莫尔纳》，而第二年就牺牲在第一次世界大战的战场上。

这一批出生在 19 世纪后期至 20 世纪初期的青年人，一个个聪慧早熟，无不在 30 岁以前，有的甚至不到 20 岁，就完成了自己的文学业绩，而其高度是很多人以毕生的精力也未能达到的。他们都像流星一样，光华四射地出现在法国文学的天空，而后又很快消失，我觉得不妨把他们称为早慧流失的星群。拉迪盖就是这个星群中的一颗。

他早熟得异乎寻常，《魔鬼附身》这部小说就是一个明证。它是根据拉迪盖自己 15 岁时的爱情经历写成的，其主人公就是他自己的写照。在小说里，这个 16 岁的主人公与一个有夫之妇发生了桃色的罗曼史，并且有了一个私生子，虽然此事闹得满城风雨，但孩子最后却顺利地归在她丈夫的名下。16 岁就当上了父亲，而且是在复杂微妙的情况下当上了父亲，遇上这种一般人生活中少有的奇特际遇，这个少年也不由得反问自己："有了个婴儿，却又不是我的弟弟或妹妹，难道我就这么成熟吗？"

这一"危险的关系"是如何形成的？这个 16 岁的少年可并不是一个被已婚少妇玛特诱惑而失足的受害者，即使他不是一个天生的唐璜，他身上也生来就有唐璜的影子。当他第一次与这个玛特见面时，在普通日常的谈话中，他就因嗅出了这个女子可能对自己的未婚夫有所不满而感到快意，并且有意通过说谎，在某个微妙的问题上与她达成一种默契，形成"我们之间的秘密"，还能为灵敏地感到自己比周围田野美景更能吸引对方的注意而自得。这种向异性渗透接近的艺术，他在小小的年纪竟无师自通，其早熟不能不使人惊奇。在他们第二次见面时，当她为自己的结婚购置家具衣被时，他又强使她违反自己与未婚夫的爱好而根据他的喜爱去选定式样与颜色，并且为自己的胜利、为自己在玛特的婚姻生活中打下了一个无形的烙印而高兴。这里，不仅仅是一种早熟的性意识了，而是他已经像一个成熟的将军考虑战略问题与征战得失那样，思考着他与玛特关系中每一个细节所具有的意义。小小年纪就已如此，骨子里多少有一股坏劲，如果按人性的善与恶两大类别加以划分，这种人性表态也许不得不划入恶的范畴，"难道我就是魔鬼？"他自己也有点怀疑。不，他并不是魔鬼，但确有魔鬼附身。

早熟就是魔鬼的领域。人类的祖先亚当与夏娃，就是在魔鬼的唆使下偷食了智慧之果而成熟的，而人一旦脱离了混沌纯朴的状态而进入成熟期，似乎就永远不能摆脱魔鬼的阴影了，这就成了人性中两大基本成分中的恶。人性恶在道德领域里是最能引起惊世骇俗的效果的，其实，人性恶只是再自然不过、再合理不过的东西，这不必归罪于基督教神话中撒旦的唆使，也不必指责哲学界人性恶论者的学说。因为很简单，从猿到人，人是猴子变的，人本来就是严格意义上的动物。正因为人性恶是一种自然之态，那么，人在偷食了禁果而开始变得成熟的人性启蒙的那种情态，不也有几分自然可爱之处吗？这就是拉迪盖魔鬼附身而不使人反感、倒使人喜爱的原因，这正如早熟得过分因而"乖僻邪谬"的贾宝玉招人喜爱一样。

心理上的早熟，并不等于文学上的早慧，不过，在拉迪盖身上，两者却又在一定程度上重合。当他从事小说创作的时候，他没有走上那种偏重于描述自身之外的客观现实生活的道路，而走了偏重于展示自我的道路。于是，他的小说创作在一定程度上也就成为了自我性灵的表现，自我的早熟也就转化成他在文学上的早慧。他早熟的爱情，用他自己的比喻来说，如同可以使大地丰收的毛毛雨那样，自然使得他的小说获得了光彩。

这部小说作为一种早慧的文学现象，其成就就在于展示出了一个独特的颇具魅力的自我个性，展示出这个少年在吞食了撒旦指点的禁果之后第一次性觉醒与走向成熟的复杂状态。

这个少年人无疑像《红楼梦》里的那块鲜莹明洁的顽石一样，有一股聪俊灵秀之气。他天资丰厚，在学校成绩优异，分内的那些功课，他应付起来轻而易举，他有的是剩余的充沛精力与无处可使的智力，他需要宣泄消耗自己的精力与聪明。于是，很早就常去偷吻小女孩的嘴唇，给同班的女同学写求爱信，在大战的混乱时期"趁火打劫"，为了贪玩，唯恐天下不乱，"恨不得放把火烧掉巴黎"，一遇上奇特热闹甚至是悲惨不幸的场面，就兴奋好奇得昏倒过去，一看见别人有莽撞出格的行为，自己就不由得"喜出望外"等等。所有这些举止反应都带有儿童残余的稚气，更打上鲜明的少年人的顽性的烙印。但从这种稚气与顽性中，他的男子汉的本能与特点却脱颖而出，他见了少女就懂得如何取悦对方，他在两性关系上的成熟与老练是使人意想不到的，他像一个有经验的男人一样，在玛特与瑞典姑娘之间作了爱情与作乐的区别，对前者的爱并不妨碍与后者的逢场作戏，在心理上竟能心安理得保持平衡；同样，他在人情世故上的洞察力也惊人地成熟了起来，他对围绕着自己与玛特的私情而产生的种种社会家庭矛盾的理解、他对双方父母在这桩私情案上的复杂态度的观察，都是在一般少年人身上所难以见到的；他为了掩盖是他使得玛特怀有身孕的真相，而要玛特到自己丈夫那里去过一些日子的行为，更是像一个狡猾诡诈的情夫。这就是拉迪盖所描绘的处于两个不同年龄层次的临界线上的人物形象。

从这个人物形象的个性内容来说，则是对自由自在的追求。"本能是我们的指路人"，他自己这样总结说，而顺乎本能，跟着本能走，就是他对自我的设计，甚至他这样宣称："我是多么喜欢永远也不要意识到自己的行为。"[①]不意识到自己的行为，当然就更不会让自

[①] 本作品引文请见F·20丛书本。

己的行为通过严肃理性思考的检验与审查，更不会把自己的行为置于某种规范的束缚之下。这种精神状态就是自由自在，用今天流行的歌词来说，就是"跟着感觉走，心情就像风一样自由"。这种任性之所至、任情之所至的个性，就使得这个人物具有一种自由的风度与潇洒的魅力。他具有这种风致，年龄比他大不了多少的玛特，何尝不是也具有这种风致？她那种追求自由自在的个性比她的情人有过之而无不及，因为作为一个已婚的女人，她要直接承受着这桩私情所引起的种种责备与难堪，她只有在更大的程度上"跟着感觉走"，才能在巨大的社会压力面前不后退，才能那样没有保留地、毫无顾忌地、几乎带有些许奴性地深挚地爱着她的情人。拉迪盖描绘出了这一对亚当夏娃觉醒时的真实自然的人性，而且是怀着自己的切身的体验与感情来进行描绘的，由此，他使自己的亚当夏娃赢得了读者的巨大同情。

　　拉迪盖这部带自传性质的小说，所采用的角度与方式是自我叙述。在文学史上，以"我"为叙述角度的小说，很多都是心理小说。这是一种必然性。把叙述角度确定为"我"，当然就意味着对其他观察角度与叙述角度的舍弃，实际上也就是舍弃了小说中通常有的那种无所不知、无所不见、既能上天、也能入地的上帝式的多角度叙述的方便。也许只有最不明智的作家才会采用这种叙述方式来完成叙述某一复杂的、多方面的事物及其历史过程的任务。但是，自我叙述的角度在舍弃了上述叙事方便的同时，却又获得了一种揭示内心深处隐秘活动的方便，这种方法与上帝式的钻进人物内心的方法相比，最大的优越性就在于它更为真实自然，更为"似乎可信"。拉迪盖的自传体小说采用这种方式是再自然不过的，由此，它在很大程度上就具有了心理小说的性质。

　　心理小说中有叙事成分，叙事小说有心理描写，以至于有时难以确定一部小说究竟是属于哪一种类别。而拉迪盖的《魔鬼附身》作为一部心理小说，虽然有相当多的叙事成分，但其中的叙事成分往往是从属于心理描写成分的。作者是根据表现心理内容的需要才叙述事件过程的，不仅对儿时几个互不连贯的事件的叙述是如此，而且对构成一个完整故事的爱情过程的叙述也是如此。与其说他是在叙述爱情故事的详细始末，不如说是选取了爱情过程中的某些客观情境来分析与诉说自我的心态。他对心态与感情的分析是那么关注，甚至他从来没有对女主人公的容貌作过充分的描写。而正因为这次私情一方面因其早熟而显得特殊，另一方面又因为它给一个16岁的少年竟带来了一个私生子以及与此有关的一系列微妙问题而更为特殊，这就使读者看到了不同于很多爱情心理小说的一种特定心态的披露。

从作品中的故事来看，如果说，这个未成年的"我"是过早地在干一件30岁的男人所干的事，过早地在过一种真正成年人的生活的话，那么从作品中人物的心理内容来看，则是他在干这件成年人的事的时候，却又保持着他那个年龄，甚至小于他那个年龄的天真气。既然正如他自己所说："任何年龄都逃不脱天真气"，那么，在他这个年龄的心态里，当然就有更多的天真。他第一次与玛特亲吻就想在她身上咬出自己名字的第一个字母，以及他对女性乳房的渴求，都残存着婴儿的某种本能；他耍弄捉奸者邻居的心理，显然还带有几分顽童的习性；他在玛特面前那种心血来潮、反复无常、缺乏理性的心态，很像得宠的孩子在母亲面前的任性；他得知玛特怀孕后的惊慌、对责任的恐惧、对前途的担忧以及他不稳定的情绪、莫名其妙的烦躁，正反映了一个少年人的幼稚；他对于和玛特一道过田园生活的理想，表现出了他的天真；他与玛特在街头踯躅虽疲惫不堪却又不敢到旅馆里开一个房间休息，甚至还给自己的胆怯找借口、设置障碍的心理活动，则充分地说明了他还只不过是一个腼腆的大毛孩子，说明了"我要成为一个男子汉，还有很多路要走"。在他身上，一是他的年龄与他所作所为的矛盾，一是他的所作所为与他心态的矛盾，这两对矛盾是他处于未成年与将成年的临界线上身心与行为的不平衡表现，是他处于临界线上的身心之临界状态。拉迪盖从人物的这两对矛盾中发掘出了戏剧性与辩证关系，这就使他的小说的心理内容具有了深度与特色，而且，它是以拉迪盖自己的经历与感受作为基础写出来的，因而也就特别真切，格外自然。

拉迪盖从小就酷爱文学，常因沉醉于文学作品而荒废了学业，其父曾经强迫他学习希腊文与拉丁文以求纠正他的偏向，但无济于事。值得注意的是，他所特别喜爱的少数几个作家中，有17世纪的拉法耶特夫人、19世纪的司汤达与在他不久前以《寻找失去的时间》的成功而闻名的普鲁斯特，而这三位作家都以心理描写见长，在法国文学史上分别代表着心理小说发展的不同阶段。这种兴趣无疑对拉迪盖文学创作的定向起了巨大的作用，他的《魔鬼附身》就其追忆往事与过去的心理感受而言，何尝不就是他自己的《寻找失去的时间》。这部小说中的"我"那种经常"观察着自己这颗涉世不深的心灵"、不断对自己的感情进行分析的习惯，几乎完全是从于连·索黑尔那里学来的。而在他的第二部小说《德·奥热尔伯爵的舞会》中，他从拉法耶特夫人的《克莱芙王妃》那里所受到的影响则是再明显不过了。

《克莱芙王妃》可以说是欧洲文学史上第一部真正意义上的心理小说，是法国心理现实主义传统的源头，它以16世纪法国宫廷中的一个三角恋爱故事为题材，通过宫廷与上流社会的日常生活，着力描绘了贵族男女缠绵悱恻的爱情心理。《德·奥热尔伯爵的舞会》之所以是一部《克莱芙王妃》式的作品，就在于它在格局上、在基本内容上、在描绘爱情心理的方法上，无不颇为相似。

在《克莱芙王妃》中，是一对贵族夫妇之间有了一个第三者的介入，然而，这一合法婚姻出乎意料地牢固，以致始终没有形成《阿道尔夫》《包法利夫人》与《安娜·卡列尼娜》中那样明朗的三角格局，而只是一种准三角格局。《德·奥热尔伯爵的舞会》也是如此，主人公弗朗索瓦爱上了德·奥热尔伯爵夫人，但德·奥热尔伯爵夫妇之间几乎没有任何足够的缝隙可以容纳一个第三者，尽管伯爵夫人的心境发生了微妙的变化，但是直到小说的最后，也并没有出现一个明朗的三角关系，实际上只存在着一种《克莱芙王妃》式的准三角格局。

在基本内容上，《克莱芙王妃》所表现的其实是一个"原地踏步"、没有行动、没有结果的婚外爱情故事，如果我们是把克莱芙王妃与恋爱着她的内穆尔公爵视为真正的男女主人公的话。同样，拉迪盖的《德·奥热尔伯爵的舞会》的基本内容，也不过是弗朗索瓦与伯爵夫人之间没有任何结果、没有完全明朗化的心心相印而已，对于弗朗索瓦这个主人公来说，这只是他一大堆仰慕、思念、情愫，只是一朵没有结果的花。要说弗朗索瓦是一个介入者是不确切的，这倒并不是因为他没有介入的意愿，而是他未能做到这一点，他其实只是一个渗入者，只是渗入了伯爵夫人的心头。从这种格局与基本内容，就不难看出《德·奥热尔伯爵的舞会》和《克莱芙王妃》都不是写爱情行动与爱情情节的小说，而是写感情活动的小说，而且这种相似的格局与基本内容，也决定了这两部小说在描写感情活动上的特点。

在《克莱芙王妃》中，男女主人公互相产生了爱慕，然而，这种感情并不可能得到发展。女主人公的守身如玉、品德高尚而又才貌双全的丈夫的存在、宫廷生活中的礼仪、贵族阶级内人际关系的准则以及侯门府第之间的距离与障碍，构成了一个个阻挡着爱情发展的乱石堆，男女主人公的感情只能在这些乱石堆的中间蜿蜒流淌，潺潺潜行。因此，作者对人物感情活动的描绘，就只能结合着日常生活中的一个个细枝末节了。这种特点，几乎原封不动地表现在《德·奥热尔伯爵的舞会》中，在这里，伯爵夫人生性洁雅，又具有严肃的道德情操，她的丈夫也不是一个平庸可厌之辈，而是巴黎上流社会中出众的风雅人士，两夫妇琴瑟和谐，情笃意浓。另一方面，男主人公弗朗索瓦又不是一个进取精神十足的顽强的介入者，倒颇有一些清高淡泊的习性，加以还有巴黎风雅上流社会交往的规范与生活环境的间隔。因此，拉迪盖严格根据人物性格与生活真实的要求，很聪明地、很有节制地从不制造情场上进退攻防的事件与戏剧性的变化，从不让他的人物的感情在爱海波涛中大起大落地沉浮，而是让他们心底油然而生的柔情爱意，在日常生活的细小事件上、在平淡无奇的交往中像春雨一样"润物细无声"。这种出色的心理现实主义的艺术就使得他的《德·奥热尔伯爵的舞会》成为几乎堪与《克莱芙王妃》媲美的佳作，虽然，它在小说发展史上的地位与拉法耶特夫人的代表作还不可相提并论。

法国文学中这一群天才少年，除了都是才华横溢外，在气质特点上也颇为相似。拉迪盖就像兰波那样，也有明显的颓废倾向，而在浮浪习性上，他又与杜雅尔丹相近。他生活放荡不羁，早熟的身体无疑要颇受斫丧，一场突如其来的疾病竟使他夭折于 20 岁的英年。如果他不是这样过早地逝世，如果他还多有些时日致力于文学创作，我想，法国 20 世纪心理现实主义小说将另有一番光景。

20 世纪流浪汉体小说的杰作

——塞利纳:《茫茫黑夜漫游》

这部小说的作者塞利纳(1894~1961)过去一直鲜为人知,现在,读者自然首先会关心:这是一部什么"层次"、什么"级别"的作品?

这部于1932年10月由德诺埃尔出版社出版的长篇小说,一开始就显示出自己是一部杰作,它不像普鲁斯特的《寻找失去的时间》那样迟迟未得到文艺界的承认,而是一出版几乎马上就得到了法国文坛上几乎所有权威人士的另眼相看,这些"心比天高"的才人因看中了这本书,很快就把它的作者,一个刚步入文坛的陌生人,视为有资格与自己比肩而立的同类,即使其中有些人士与这位作者在对世界的认识与艺术表现的风格上相距极远也毫不介意。

如,马尔罗在《新法兰西评论》上撰文表示赞扬,并且把自己刚出版的《人的状况》赠送给这位同行,向他表示"崇高的艺术创作的友情"。

如,瓦莱里与莫洛亚的赞语[1],早在出版社发行此书的广告中就已被引用,前者称这部小说是"写罪恶的杰作"[2],后者在1932年11月20日的《纽约时报》上,撰文介绍作者是一位"新进的伟大

---

[1] 《〈茫茫黑夜漫游〉出版说明》,见《塞利纳小说集》第一卷,第1272页与LXVII页,La Pléiade版。
[2] 同上。

天才"[1]。

如，龚古尔文学院院士吕先·德斯卡夫发表了警句式的评语："这位小说家是法国的陀思妥耶夫斯基"[2]，当然，这个评语很快就在报刊上得到引用。另一位院士莱翁·都德对这本书也给予了极大的支持。

还有，当时老一辈作家面对这部小说，也显示了"伯乐"式的风格。若望·里克蒂斯在逝世之前读了这部小说，承认它达到了35年前在自己的作品《穷人的独白》中致力的目标，而与塞利纳的语言相比，自己的语言则显得"苍白无力"。他说："塞利纳的作品，我读了一遍又一遍，这是一部非常奇特的书，它所有的思想对我都有刺激作用，而其中的玩世不恭与凌厉泼辣又使我迷醉，它生气勃勃的语言也有此效。"[3]

至于艺术史家与评论家埃利·富尔的评价更是热情洋溢："我认识了一位国王，也许你已经听别人谈起过他，他名叫塞利纳，《茫茫黑夜漫游》的作者……这是一个纯粹的人写出来的一本纯粹的书，普鲁斯特以来最好的作品，它比普鲁斯特更富有人性。"[4]

如果欲知它的"层次"，由此可见。

这是一部20世纪的流浪汉体小说，它脱胎于一种古已有之的传统的小说形式。

早在1554年，西班牙文学中出现了一部名为《小癞子》的小说，以一个流浪汉为主人公，由他自述其各种经历，借以展示广阔社会生活面上的世态人心。由此，欧洲文学中诞生了一种特定的体

---

[1] 《〈茫茫黑夜漫游〉出版说明》，见《塞利纳小说集》第一卷，第1272页与LXVII页，La Pléiade版。
[2] 同上。
[3] 1933年2月25日给友人的信，见《塞利纳小说集》第一卷，第1274页，La Pléiade版。
[4] 1933年3月27日给儿子的信，Pauvert版全集第三卷，第1006页。

裁——流浪汉体小说，它给后来的文学家们提供了一个方便的模式与简易的手法，凡要描写形形色色的社会现象、勾画各种各类人物形象者，均可通过一个中心人物的流浪生涯或冒险经历把各种事件、各类人物贯串起来而加以实现。于是，这部西班牙小说自然就直接或间接地影响了后来一些名著的产生。如果严格意义上的流浪汉体小说必须是以一个真正的流浪汉为主人公的话，那么，属于这个系列的至少在17世纪有德国作家格里美豪森的《痴儿历险记》，在18世纪有法国作家勒·萨日的《吉尔·布拉斯》这样有分量的名著。如果小说不是非要一个流浪汉作为主人公不可，那么，通过一个人物漫长的游历来写广阔社会生活的作品就为数更多，塞万提斯的《堂·吉诃德》、伏尔泰的《天真汉》与《老实人》，以及狄德罗的《定命论者雅克和他的主人》都可算上。

这个传统的系列到法国20世纪文学中并没有绝迹，我们眼前的这部小说，塞利纳的《茫茫黑夜漫游》，就是最杰出的一例。在这里，主人公的经历像一根绳线一样把世界的种种景象串联起来，而这个主人公又正是一个现代的流浪者。

浪迹天涯，这是流浪汉之所以成为流浪汉的所在，由此，在流浪汉体小说里，作者也就得以循着流浪汉的脚印，写出天下四面八方的人与事，至于这个"天下"广大到什么程度，而小说又能把天下事写遍到什么地步，那就得看作者本人怀有多少见闻与阅历了。西班牙的小癞子毕竟是16世纪作家笔下的人物，他流浪的规模还相当原始，除了在自己家乡萨拉曼附近的一些城镇游荡过一个时期外，主要是在一个名叫拉雷都的省城里飘忽不定，而他流浪生活的内容，不过是从一家到另一家，给一个又一个主人听差当佣人。18世纪文学中的流浪汉吉尔·布拉斯流浪的范围就比他要大一些，从城市到乡野、从市镇到首都，几乎走遍了整个西班牙。他的经历也比小癞子更为丰富复杂，他从事过多种职业，他接触过三教九流。他从这个阶层走进那个阶层，处境与地位大起大落，相距天壤，历经了人生的种种情势。到了20世纪文学中《茫茫黑夜漫游》的主人公流浪范围之广，显然又是吉尔·布拉斯所难以想象的，正如18世纪的马车不能与20世纪的海轮与飞机相比一样。他，这个巴达缪，从地理范围而言，从欧洲到非洲，再从非洲到美洲，最后又回到法国，足迹踏遍了大半个地球；从他所生活过的环境而言，他在第一次世界大战的浩劫里，从陈尸遍野的战场到战争阴影下苟安一时的市镇，又到歌舞升平的首都巴黎，他既在殖民主义的地狱里、在莽莽森林中待过，也曾在资本主义高度发展的美国社会里飘零，还长期混迹于欧洲大陆战后资本主义的小市民氛围中；从他个人的经历遭遇而言，他上过大学，打过零工，参过军，在战场上卖过命，当过逃兵，进过精神病院，在男女关系中扮演过悲惨的角色，被人当作过坏蛋，在非洲殖民地当过小职员，体验过鲁滨逊式的原始生活，在纽约港当过偷渡者，在曼哈顿区流落过街头，做过不光彩的交易，他还开过诊所，行过医，到剧院里当过哑角，跑龙套，在疯人院里供过职，等等。

　　这也许可算是文学中最大的一次流浪，最长的一次漫游，它构成了一次真正意义上的20世纪的《奥德赛》，正如奥德修斯长达17年的漂流给史诗诗人提供了表现这位英雄的勇敢与坚毅、聪明与机智的广阔空间一样，巴达缪的浪迹天涯则给小说作者提供了一个巨型的框架以便他对整个时代与全世界范围作全面的描绘，只不过奥德修斯的漂流是古代英雄真正的史诗，而巴达缪的浪迹则是现代人阴暗的人生旅程。在这个旅程中，作为20世纪前30年西方世界缩影的景象几乎应有尽有：第一次帝国主义世界大战的残酷、军队的腐败、战争时期后方上层社会的享乐腐化、非洲的原始与蒙昧、殖民主义的残酷统治、资本主义乐园中的种种荒诞、欧洲大陆从城镇到都会的种种丑恶的世态、肮脏的人情，等等。伏尔泰在自己的小说里让主人公老实人周游了整个欧洲后发出这样的感叹："地球上满目疮痍，到处都是灾难啊。"同样,在这部小说里,人们通过巴达缪的人生旅行,也将产生同样的感慨:世界一片漆黑,到处都是沉沉的黑夜。这正是作者所要追求的效果,请看他在书的开头所杜撰的那首瑞士王室卫队之歌:

> 我们生活在严寒黑夜,
> 人生好像长途旅行,
> 仰望苍穹寻找出路,
> 天际却无指引的明星。

它传达出了一种多么强烈的黑暗感!它作为题诗,显然是全部小说内容最高度、最集中的浓缩。

无疑,这是一部暴露性极强的小说,是一部充满了尖锐指控的小说,如果你要在20世纪文学中找一本对资本主义揭露得淋漓尽致的书,一本对资本主义鞭挞得极无情的书,一本对资本主义物质文明与精神文明否定得最彻底、最不留余地的书,那么,就请读这一本吧;如果你要在20世纪里找一本眼光最锐利、语调最尖刻的书,找一本阴沉得像陀思妥耶夫斯基的描绘、严峻得像但丁的《地狱篇》的书,那么,眼前的这部小说就是!在这里,任何事物没有一件是美好的、值得肯定的、值得尊重的,就更不用说是神圣不可侵犯的了。现实世界、社会关系、体制机构、价值标准、人群活动、传统法规,甚至20世纪的物质文明与精神文明的发展,都无不被揭露、被戳穿、被讥讽、被嘲笑、被抛扔、被踩在脚下。也许,你觉得在资本主义世界里,先进的生产力与发达的科学技术总还是可取的吧,但在这部小说里,体现了巨大社会生产力与先进科学技术的底特律汽车工厂,像是一个"巨型的钢盒",有生命的人禁锢在里面都"在劫难逃",变成了机械的无生物,成为那震耳欲聋的巨大机器的一个部件,像荒诞的噩梦一样可怕;你也许会觉得代表着当时高度科学水平的巴黎医学研究机构总是值得肯定的吧,但在作者的笔下,这里到处都是腐烂的东西与难闻的气味,学者们在"刻板的工作程序"与"令人厌恶的操作"中搞得呆头呆脑,经年累月,已"沦为啮齿的老家畜,沦为穿外套的畸形怪物";在你的眼里,给巴黎这座美丽的城市带来了妩媚与风致的塞纳河总应该从作者那里得到几抹明丽的色彩吧,但你看到的却是一片昏暗、污浊、泥泞的景象。如果说以对旧时代泼辣尖刻著称的伏尔泰在自己嬉笑怒骂的小说里,描写18世纪法国社会的黑暗的同时,也还描写了这个世纪的文明昌盛,并把巴黎比喻为一个用名贵的金属和浊劣的泥土石子混合塑成的人像,那么,在塞利纳的《茫茫黑夜漫游》里,就根本没有20世纪文明昌盛的影子了,这里,只有腐朽,只有丑恶,只有猥琐,只有黑暗,只有使人透不过气来的浓重的黑暗。这就是20世纪文学中一幅绝对否定与彻底否定的西方世界图景。对此,早在30年代,法国评论家就这样认为:"这是本世纪中写得最真切、最令人心碎的作品。"[①]说得好,真切而令人心碎!

我在上面已经指出,文学史上所有的流浪汉体小说都是广泛描写世态人生的,作者的笔既然是跟随着流浪汉不停的脚步,小说对世态人生的描绘就难免不是浮光掠影的了,具体来说,故事结构是直线型的,而不是辐射型的,缺乏横断面的丰富性,环境与场景是不断变换的,角度单一而固定,不能提供多方位的全面图像,人物形象则数量众多(以《吉尔·布拉斯》而言,就有100人以上),但出场时间短暂,往往只是单色的素描与简略的勾画。这些特点在《茫茫黑夜漫游》中基本上都保存了下来,巴达缪在战争时期的经历、在非洲与美洲的见闻,都如滔滔水流,冉冉而逝。但是,《茫茫黑夜漫游》中也还有如水流停聚而成湖海的景致,这时,生活气象更宽,生活深度更大,生活细节更清晰,人物形象的轮廓、线条与色彩也更精细、更真

[①] 见《〈茫茫黑夜漫游〉出版说明》,《塞利纳小说集》第一卷,第1274页,La Pléiade版。

切，昂鲁伊夫妇与其母亲之间的家庭矛盾、罗班松与他们的纠葛以及罗班松与马德隆的故事，就是流浪汉的脚步暂停下来而得以仔细观看到的一个"湖海"，它在这个长篇中几乎构成了一部独立的小说。

如果我们仅仅把这视为流浪汉体小说在形式上的一种发展，那当然是不够的，在《茫茫黑夜漫游》中，之所以出现这种展示在读者面前的宽广的人生"湖海"，看来是因为作者要通过某个充分铺展的人生断面来挖掘生活的真实与人的真实，而这又是他探讨人的世界为什么这样阴暗、这样令人窒息，这样使人绝望的一个重要内容。

生活的真实如茫茫黑夜，那么人的真实呢？说到人的真实，作者自己曾经明白地指出："在我这部小说里，人是赤裸裸的，被剥掉了一切，甚至他对自己的信念。"[①]这个赤裸裸的人当然不是伊甸园里那纯净无瑕的赤身者，而是已被魔鬼引诱、满身污点的浊物，作者正是剥掉他身上的遮掩，让他露出自己丑陋的原形。不难看出，作者是人性恶的信仰者。他以人性恶的眼光看人，他眼中的人，他笔下的人几乎无一是纯洁的、真诚的、善良的、美好的，或者几乎无一具有这些正面的成分、正面的基因，只有非洲森林中那个小职员阿尔西德与美国妓女莫莉有点例外，身上还保存着某些善良真诚、慷慨献身的因素。在这里，形形色色的人身上，有着形形色色的丑与恶，形形色色的变态与异化：将军在战场上贪图享受，刚死了亲人的农民见利眼开，市长开门迎敌，士兵的妻子在后方"屁股火烧火燎"，美国姑娘劳拉害怕发胖甚于战争，一个下士惯偷成性，埃罗特太太靠性自由而发迹，"音乐小天使"缪济娜用色情为爱国主义服务，医院里女护士"一心想成千上万次做爱"，布朗多中士从爱国主义的装蒜中捞实惠，海轮上的旅客陷入迫害狂，殖民地统治者残暴成性，小职员卑怯而又狠毒，非洲黑人在蒙昧与痴呆中度日，美国人疯狂地享乐，纽约

[①] 《塞利纳与 P-G. 洛内的谈话》，见《塞利纳小说集》第一卷，第1141页，La Pléiade 版。

女人惯于卖弄风骚,少年贝倍尔过早沾上恶习,流产的女人死于全家病态的虚荣心理,帕拉皮纳医学教授趣味下流,神甫虚伪成习,波莫纳色情交易所里的顾客们耽于形形色色的病态性欲,等等。

正是为了深入揭示人性中的丑恶,作者细致地铺写了以罗班松为中心的故事,这是平淡的日常生活细节掩盖下的令人毛骨悚然的惨剧,在罗班松与昂鲁伊夫妇的故事中,人对财产的占有欲使一个家庭的亲人之间发生了残忍可怕的暗算与谋害;在罗班松与马德隆的故事中,疯狂的情欲则导致愚蠢野蛮的冲突,这两个故事都使人想起原始森林中动物对动物的残酷法则。

动物对动物,作者正是这样来看、这样来写 20 世纪的西方文明社会的。在他对人世的描写中,特别突出、特别令人有刺目之感的,是那些经常出现的把人比喻为动物,而且是丑恶凶残的动物的句子:"我是一头该死的猪","我们像烤焦了的耗子","老人像拱粪便的山羊",旅客们"有如爬到监狱的墙壁外逍遥自得的蛤蟆与毒蛇","殖民者蝎子似的死在当地","他们好像是篮子里的一堆螃蟹","人群好似一条骚动的色彩斑驳的巨蛇","人肉成堆,都是脓疮毒菌与热锅上的蚂蚁","年老时无用如蠕虫","像一头怀孕的矮腿大猎犬","他们互相窥伺,有如两败俱伤的野兽","这些风骚的野猫","人们从四面八方蛆虫似的麇集而至",等等。这一类的比喻和描写在小说中几乎到处可见,不下数十处之多。这些或令人恶心或令人战栗的描写使人很自然想起巴尔扎克在《高老头》中通过伏脱冷之口说出的那个著名的比喻,他把巴黎互相争斗的人群形容为"一个瓶里的许多蜘蛛","势必你吞我,我吞你"。如果说巴尔扎克的描写体现了作者对资本主义上升时期人与人关系的一种尖锐的认识,那么,《茫茫黑夜漫游》中大量的这类比喻,则表现了作者对 20 世纪西方世界人性恶的一种绝对的"黑色的"观点,而他,正是把这种普遍的人性恶理解为人世黑夜的根由。

小说中的这种人的图景与传统文学中人文主义对人的描绘是完全对立的。请看，"人是万物的灵长，宇宙的精华"[1]，这是多么热情的赞颂，多么美的理想，它产生于人类中世纪之后的复兴时期，从那时以来，人类究竟是在蜕化在倒退还是在进步在发展？应该说，20世纪的人类比文艺复兴时期的人类离原始的状态又更远了一步，文明化的程度又更高了一级，即使在过去的世纪里还保持有食人肉现象的非洲原始地区，到了20世纪也已经几乎完全脱离了这种可怕的野蛮状态而步入发展进程之中，但在《茫茫黑夜漫游》的图景中，人类状况却偏偏如此野蛮、如此卑污，而且，野蛮卑污得如此彻底，其原因何在？当然，这似乎首先与作者的职业眼光有关，他学过医，行过医，他习惯于把人看作是血肉之躯，看作是一大堆腺、液、汁、血、肉、器官，习惯从动物性来看人。其次，当然来自他强烈的批判意识与否定精神。批判意识与否定精神在20世纪、在以往各个世纪都是早已有之的，只不过这一位作者几乎是以一种否定一切、厌恶一切的态度来看他所处的西方世界中的人与事。最后，这种图景不能不说是西方文化界精神危机的一种反映，它陷于不可救药的悲观主义之中，它看不到人类的前途，看不到人类的希望，特别是看不到人类身上那种与客观世界中的黑暗与自我之中的恶不断作顽强斗争并往往能有所进展、有所胜利的"善"的、"美"的、人道的成分。

由这种对人性恶的基本观念与对世界黑夜的基本认识，就派生出作品中的两种人生态度，一是愤世嫉俗，一是玩世不恭。这两种态度既是小说主人公巴达缪的，也是作者自己的，当然，通过巴达缪这样一个现代流浪者之口，这两种感情态度表现得更为淋漓尽致。

愤世嫉俗，从来都是以"看透了"为前提，而以"看不惯"为出发点，是尚未泯灭的人类良知在恶劣的客观现实重压下的一种反激，是难能可贵的感情表态，在文学中，它曾带来了一些骚怨愤慨的

---

[1] 莎士比亚：《哈姆雷特》第二幕第二场。

篇章，针砭着世间的陈规恶习。在这部小说里，愤世嫉俗之情可谓强矣，它不仅冲击世间的恶浊与污秽，不仅冲击当权者、享乐者、压迫者，而且冲击芸芸众生，冲击世间的一切事物，甚至爱国主义、人生幸福、爱情友谊、社会进步等等这些动人的事物，亦未能幸免，所有这一切都被指出有某种虚假的、丑恶的，平庸的、尴尬的成分而遭到流浪者的非议与否定。什么"时代的日新月异"，不过是"翻来覆去那么一点儿东西，无非这儿换几个词儿，那儿换几个词儿，尽是些小花招"；什么伟大的法兰西民族，只不过是"一大群像我这样的穷光蛋，满眼长眼屎，浑身长跳蚤，冻得像木头人儿，为饥饿、瘟疫、肿瘤和寒冷所驱，从大陆各地漂泊到这里"；什么后方妇女的爱国热情，那只不过是"战争打动了她们的卵巢"而已。这种强烈的愤世嫉俗的感情，即使对自己天性中最宝贵最自然的感情——母子之爱，也极不客气，巴达缪竟把自己母亲到医院里来看他时的啼哭，比喻为"不如一条母狗"，因为母狗尚能"只相信自己的感觉"，而他的母亲则相信了别人关于战争、关于逃避战争的儿子何以被关进精神病院的谎言。这里，仅仅因为对盲目地屈从于世俗的偏见这种行为抱有一种极为强烈的反感，愤世嫉俗之情就如此冲击着母子之爱，由此，对人间的世俗偏见与恶习陈规本身会怎样，就可想而知了。

愤世嫉俗之情，难免不流于偏激，不失之片面，有时看来甚至颇不合乎情理，但在这个黑夜般的世界上，有了看不惯，有了不满，有了愤世嫉俗，也就有了某种抗衡与反对的种子，就可能产生某种积极的行动。但可惜的是，由愤世嫉俗偏离某种积极的行动，而倒流于玩世不恭，却恰巧是本来的流浪汉的特性。他们从人世染缸的底层而来，历尽了世间的坎坷，阅尽了世间的丑恶，从其阅历中造成了入木三分的眼光，足以看透一切世情，而他们来自底层的身份又使他们保持着普通人接近自然的朴实与良知，对恶劣的人世发而为愤世嫉俗，但却又无能为力，由无能为力而无意为力，从无意为力又对自己精神上固有的朴实与良知来了一点松懈与放弃，甚至来了一点消极的否定，这就发展为他们玩世不恭、厚颜无耻的人生态度，而在行为上，也就随波逐流，自己身上也就沾上某种污秽。这就是一般流浪汉共有的精神历程。小癞子靠他老婆与大神甫的暧昧关系而混日子，吉尔·布拉斯也曾为人拉过皮条，这个巴达缪亦不例外，他不仅有时有"对着河水撒尿，喷射得远远的"这类恶作剧式的行为，而且，他身上的污点也着实不少，他在色情买卖中干过小小的勾当，他曾靠卖淫的女人过日子，他对眼皮下发生的人间罪行听之任之，实际上成为一个同谋，至于他的弄虚作假、撒谎行骗、偷鸡摸狗之举，更是时而有之。

在我们看来，正是这种对世界、对人的绝对悲观主义与某种玩世不恭的基调，构成了这部作品在精神境界上的局限性与弱点。虽然如此，作者毕竟是本着"要如实说出全部真相，揭露人们堕落的全部真相"的态度来写这部小说的，他也的确把这部小说写成了这样一部揭露了真相的作品，这又构成了它不朽的价值。100多年前，当恩格斯跟随马克思一道，构想砸烂资本主义世界、推翻资本主义制度的时候，他曾热烈企盼与欢迎那种"粉碎资产阶级世界观的乐观主义、引起对于现存秩序的永久性的怀疑"[①]的文学的诞生，由此，后人从恩格斯那里就得到了一条衡量作品价值的批评标准，即对旧世界的揭露性与批判性。虽然《茫茫黑夜漫游》绝非恩格斯所要求的那种"社会主义倾向"的作品，但它无疑是足以"引起对于现存秩序的永久性的怀疑"之作，它一出版就曾被人们视为一部"左翼的书"，在当时的法国报刊上可以听到无政府主义者、反军国主义者、反殖民主义者对它的一片喝彩："我们读了这本书，立刻就爱上了它。""我们这些无政府主义者，怎么可能不同情这位永远不满的作家，怎么可能不同情他对战争、对战争暴行、对烂透了的古老资产阶级社会、对这个社会

---

① 恩格斯1885年11月26日给敏·考茨基的信，《马克思恩格斯选集》第四卷，第454页。

统治穷人的欲望、对所有这一切的反抗呢？""塞利纳，你为我们报了仇。"①也许就是由于这个原因，早在半个世纪之前，这部法国小说的俄译本就得以在苏联出版，被视为"垂死资本主义的一部真正的百科全书"②，并且，据当时苏联高级外交官李维洛夫在外交场合透露，这部小说成了斯大林"爱读的作品"③，而众所周知，那是20世纪30年代的苏联，对来自西方的意识形态正保持着高度的警惕，对西方的文艺作品基本上采取摒拒的态度。

---

① 《〈茫茫黑夜漫游〉出版说明》，《塞利纳小说集》第一卷，第1264页，La Pléiade版。
② 伊凡·阿里亚诺夫：《茫茫黑夜漫游》俄译本序，同上书第1265页。
③ 同上。

对男性上帝的报复

——柯莱特:《流浪女伶》

> 粉墙上字迹斑驳……一只女人的纤手画下了玛丽二字,这个名字的最后一笔,以遒劲的花缀往上高高一挑,犹如一声呼喊,冲天而起……[①]

这是本小说中对巴黎一个小剧院化妆室里墙上涂写的一段描写,在这个剧院里,显然曾经有过一个名叫玛丽的女艺人,她在墙上留下了这一痕迹,从这一痕迹,人们似乎可以隐约感到那个女人某种亢奋的、准备有所为的精神状态,某种需要摆脱些什么的倔强个性,某种想要跃动超越的强烈意愿……一声呼喊,冲天而起,好一个女人的签名!

如果一个内心里积存着某些东西的女人,也能在一个签名中表露出自己的个性的话,那么一个有着下述这样一些经历、其个性也许比那个玛丽更强、而其自我表现的能力肯定比那个玛丽更高的女人,又会在自己所写的一本小说里表现出多少自己的情绪、愿意、意志与个性呢?毫无疑问,她所表现的肯定会比那花缀高高挑起的一笔更丰富、更强烈、更明朗!

这个女人生于一个职业军人的家庭,在山区故乡的生活中形成了她淳朴野犷的性格与敏锐细致的感受。20岁时,她嫁给了一个比她大15岁的笔名叫维里的男人,并真挚热烈地爱着他。这位丈夫无才而

[①] 引文见漓江版F·20丛书本,下同。本文引用时略有改动。

又缺德,是个专营文学生意的二道贩子,常雇用代笔人为自己写书。他至少在两个方面给这个妇女造成了心灵上永远愈合不了的创伤,一是他放荡无行,不断更换情妇,使她深感痛苦;二是她在他的怂恿下在1900~1904年写出了四部小说:《克洛迪娜在学校》《克洛迪娜在巴黎》《家庭主妇克洛迪娜》《克洛迪娜出走》。虽然这四部小说的制成,与丈夫的指点不无关系,但最后却以维里的名义发表出版。夫妻生活十三载,她终于从娜拉式的状态中摆脱了出来,在1906年与丈夫分手,离家出走,开始过自由不羁的职业妇女的生活,先在巴黎当演员,后又开始写作。到她1954年去世的时候,她共出版了四十多部作品,担任过龚古尔学士院的主席,最后得到法国政府为她举行国葬的哀荣。她就是法国20世纪上半叶名重一时的大作家、法国文化史上少数几位最杰出的妇女精英之一茜多妮·加布丽埃尔·柯莱特。

《流浪女伶》出版于1910年,与《歌舞剧场内幕》(1913)、《束缚》(1913)两部小说,同为她从"玩偶之家"出走后过职业妇女生活的第一批产物,它们都"标志着我生活中为期6年的一个阶段,标志着我曾置身的那个环境,在那里,我觉得没有任何东西是卑劣的、苦涩的","在这6年里,我从一个歌舞剧场转到另一个歌舞剧场,从哑剧演员到杂技演员,从歌女到舞女,在人们称之为舞台的生涯中,我没有遇见任何一个心怀恶意的女人,也没有碰到一个奸诈欺人的男子,这对我来说,就是莫大的欢乐。"①

这是特定心态下的欢乐,是一个妇女从悲惨状态进入舒畅状态时特定的欢乐。虽然,这种新的状态中并非没有辛劳与苦楚,但它之于这个女人,正像健康生活中微不足道的细节使一个大病初愈的人深感可贵、监狱外一条崎岖的小路使刚获释的囚徒感到欢欣一样。

我们不能简单地把这仅仅视为人生处境中一次普通的变迁。它具有象征性的重大意义。它象征着一个妇女从被捆绑到获得自由,从

---

① 《自序》,《柯莱特全集》第四卷,第5页,Le Fleuron版。

依附从属到独立自主，从自我价值的埋没丧失到自我价值的觅得与确认，从男性至上观念到妇女解放论，从男子中心主义到女权主义。总之，象征着人类的性历史从史前期走向一个新阶段。《流浪女伶》是柯莱特迈出了这决定性、象征性的第一步后的第一部作品，而且是自传性的作品，它反映了从"玩偶之家"出走后的"娜拉"在社会上站稳脚跟、自食其力的奋斗经历，它是"娜拉"从一种由来已久的古老的女性状态走向崭新的女性状态后初期阶段心境的结晶，不论柯莱特写作这部作品时是否完全自觉地意识到了她所跨出的这一步、她所处理的这一小说题材的象征性的意义，她却毫无疑问地把自己对那男性至上主义的性状态的对立观点、反感情绪、报复心理以及对独立自由生活的珍视与热爱，赋予了自己的化身女演员勒内，而正是这个方面的心态，决定了《流浪女伶》中那个爱情故事的结局。

自从人类脱离原始母系社会状态，进入了父权时代以后，就形成了政治、经济、社会、家庭生活等各方面的男女不平等。这种不平等在长期阶级社会里，是一种不以人的愿望与意志为转移的客观现实，反映在意识形态领域里，就是男性至上观念与男子中心主义，这种观念与主义在宗教、道德、文学、艺术中都打下了深深的烙印。在传统的文化中，妇女是人类原罪的祸首。世上第一个女人夏娃诱惑了第一个男人亚当偷食了禁果之后，才产生了恶的意识，才双双被逐出伊甸园。从此，上帝规定了女人的命运：成为丈夫的附属品，受丈夫的辖制。在传统的文学艺术中，妇女也是最早的出卖者与叛徒，无敌的力士参孙正是由于他情妇大利拉的诱骗，才落入非利士人之手，最后与他们同归于尽。在希腊罗马神话故事中，女性还代表着死亡与命运、仇恨与报复：编织人的生命之线、分配人生命之线的长短、负责切断人生命之线的命运之神，是三个跛足的老妇；而怀着仇恨、发出厉叫、追逼着人的，也是面目丑怪无比的复仇三女神。这种传统的男性中心主义的对妇女的偏见，在法国文学中也屡见不鲜，莫里哀的《丈夫学堂》中，男主人公就这样宣称："最好的女人也永远诡计百出。女人就天生是男人的祸水。"司汤达的《红与黑》中那个傲慢的市长德·瑞那先生也曾这样轻蔑地说过："女人这个机器老出毛病，需要修理。"对妇女的偏见，即使是在某些杰出的人物的身上，也在所难免，莫里哀曾在自己的喜剧《女学者》中讽刺妇女在科学上不能取得成就；巴尔扎克也提倡过"要懂得把一个女奴供在王位上"。

把柯莱特的《流浪女伶》放在这个传统文化的背景上，就可以特别清晰地看出它那种对抗与报复的性质，远比玛丽那个女人签名的最后一笔更强有力的性质。这部小说中的报复是双重性的，它首先是小说女主人公报复，然后又是作者本人的报复。

在小说里，女主人公勒内的经历大体上与柯莱特本人相同，她是一个长期被画家丈夫欺骗，在丈夫淫逸的生活中扮演着悲惨角色的女性，她不仅要忍受丈夫对她的不忠实，而且还被迫配合丈夫的放荡行为，替他打掩护，甚至为他的通奸提供方便，她进行小说创作的劳动成果也被丈夫所窃取。这是一个被欺侮、被剥夺、被耍弄的可怜的女性，她忍受了多年这种屈辱的生活后，愤然离家出走，到巴黎的歌舞剧场当了一个演员。她赢得了观众的喜爱，更赢得了一个死心塌地的崇拜者、追求者——富家子弟马克西姆。马克西姆对她的确是一片痴心诚意，把她奉为仰慕的对象，她的演出，他一场不缺，演出之后，不是在门外谦卑地候见，就是奉献一束鲜花以表敬意。在他的柔情蜜意的感动下，她与他成了朋友与恋人。马克西姆为人正派老实，绝非以玩弄女伶为乐的花花公子，他真挚地爱着勒内，一心要与她缔结正式的婚姻，建立一个幸福的家，把自己所有的财富甚至一切都贡献给未来的妻子。谁都认为这对勒内是最美满、最理想不过的归宿，包括她的挚友，即使是犹疑不决的她自己，也不能不承认这是现实生活中极为难得的良机。然而，正当他们处于热恋阶段、正当他们将要正式结婚的时候，这个勒内却毅然不辞而别，离开了马克西姆，去过她那允满了辛劳艰苦、冷寂孤单的流浪女伶的生活。这里，不存在对马克西姆的不忠，也不存在她在感情上对马克西姆的厌弃，更不存在马克西姆有什么恶德过失，唯一的原因仅仅是，过去的婚姻与家庭生活给勒内造成的创伤仍然在隐隐作痛，她对那像噩梦一样的现实仍耿耿于怀，她不愿意再去过依附丈夫的生活，不愿再把自己限制在家庭的狭小天地里，即使在这个家庭里，她自己将处于尊贵的、被供奉的地位。勒内的行为显然是对男性的一种摒拒与报复，虽然马克西姆与她过去的丈夫性情截然不同，但在她的心目里，却仍然是一个与女性自我存在着差异、矛盾以至潜在对立的男性上帝。勒内的行为显然也是对传统婚姻形式与家庭形式的一种报复与反抗，虽然马克西姆将为她提供的婚姻家庭条件是与她第一次婚姻完全不同，但这种已有古老历史的传统婚姻与家庭形式，在她的深层意识里，仍然是女性被局限、被捆绑的象征。

勒内的报复，归根结底就是柯莱特本人的报复。她的报复不仅表现在勒内毅然决然的行动上，而且表现在她致力于女性的精神胜利上。在小说里，她非常自觉地在一种有意的对照描写中，赋予了小说女主人公在精神、品德与才能等各方面的优点，使她成为一个远远超越于男性、远远比男性高尚完美的形象。与她那个卑鄙无耻、淫邪放荡、专横跋扈的丈夫相比，她感情纯洁，性格天真，任劳任怨，两人简直就是天使与魔鬼的对照。即使是与那个老实规矩、诚挚痴情的马克西姆相比，她也具有莫大的优越性。在存在状态与存在价值上，她是一个在人生中奋斗搏击、自强不息、自食其力的女性，而马克西姆则是一个靠巨额的祖传家产过日子、没有职业、无所事事、游手好闲的阔少。勒内带着明显的轻视口吻毫不留情地称他为"寄生虫"，流露出她的优越感。在精神力量与人格力量上，她是一个完全掌握着自己的命运与生活方向、具有高度自制力与精神力量的个人，能以自己清醒的头脑与坚强的意志，驾驭着自己在客观情势与自我感情的起伏波涛中，朝既定的方向驶去，舍弃那些有表面价值、有强烈吸引力的东西，去追求那些虽然缺乏表面价值与强烈吸引力但对自己具有真正意义的东西。而马克西姆却是一个被动者、无能为力的形象，他为客观情势所牵引，他完全陷于自我感情而不能自制、不能自拔。在生活中，他作为一个多余的人、可有可无的人、无所作为的被动状态，决定了他那种"傻大个"的、与他年龄不相称的"大孩子"的疲软的精神与性格。在才能性情上，勒内是一个多才多艺的女性，她能歌善舞，还能从事写作，她具有敏锐的感受、丰富的感情与善于表达的文笔，而那个马克西姆却是一个无能的男性，即使是在与勒内恋爱时，他的感情也很平庸，写情书的本领也很不高明，其语言词汇、表达方式都贫乏得可怜。柯莱特赋予了勒内一系列优越性，而且还让她在这个老实的男性面前自觉地怀着一种明确的精神优越感，为什么她不保持着这种已经客观存在着的对男性的优越性与优越感呢？她为什么要放弃这种精神上的主动性与自由状态而陷入传统模式的家庭与婚姻关系中去呢？她知道，一旦陷入这种关系，她倒会完全丧失这种优越性与优越感，而成为这个远不如自己的男人的附属品。这就是勒内采取毅然决然行动与柯莱特这样安排故事结局的女性心理学的根由，这就是柯莱特对女性精神胜利的追求，因为她知道她的勒内在自由流浪的生活中，将永远保持着对男性的精神上的主动性与胜利。

在文学中，妇女对"男性上帝"、对男权、对传统的婚姻形式与家庭关系的对立与报复，是由来已久的。这种形象表现并不一定是出自妇女作家之手，倒更多的是由男性作家描写出来的，这是因为，在男女不平等的社会条件下，精神文明创造的领域长期是被男性所占据、所控制、所垄断的缘故，只要是对妇女命运问题有所感受、思想开明的男性作家，往往就能不同程度地真实地表现出妇女的反抗情绪与报复行为。在莫里哀的不止一部喜剧里，妇女对宗教戒条、对封建父权与夫权、对不合理婚姻的反抗，就是自己另找如意郎君。这种反抗形式在中外文学历史上比比皆是，屡见不鲜。但这种反抗并不能彻底解决妇女问题，找到如意郎君之后，也不过是幸福的"玩偶之家"，而"玩偶之家"最终仍然不会使夏娃满意。另一种反抗是孟德斯鸠在《波斯人信札》中所描写的阿娜伊丝式的报复。这个被凶残的丈夫杀害的妇女，死后在仙国里以尽情地玩弄男人、享受男人们给她提供的种种乐趣并惩罚那个残暴男人作为自己的报复。虽然阿娜伊丝在仙国里的报复显然是一个乌托邦的故事，但这种享乐主义、玩弄与惩罚相结合的方式，却或多或少存在于文学中一些妇女身上，巴尔扎克的《贝姨》中的玛奈弗太太、左拉的《娜娜》中的同名女主人公，都带有这种方式的成分。当然，这种方式更不能解决妇女问题，在男女不平等的社会条件下，女性的享乐主义与惩治男人相结合的反抗方式，必然导致自己成为男性玩弄享受的对象。文学中还有一种妇女逆反心理，那就是福楼拜所表现的包法利夫人主义。包法利夫人对平庸的婚姻与家庭、对不合意的丈夫的逆反，就是另找情夫，耽于肉欲。同样，这种方式在以男性为中心的社会里，在妇女处于从属地位的婚姻家庭关系中，最后只可能使妇女自己身败名裂。

与传统文学中这些妇女的反抗方式比较起来，柯莱特与她的女主人公的报复，属于一种较高的层次，它不是玩弄、享乐，不是玩世不恭，不是愤世嫉俗、偏颇激烈，也不是自暴自弃，而是在存在价值与精神境界、人格力量上向男性上帝提出挑战；是证明女性并不亚于男性，证明女性在品德上、个性上、禀能上的价值与优越，证明女性在社会现实中可以而且应该拥有自己强者的位置；是致力于动摇古老的男性中心主义、瓦解男子至上观念。柯莱特之所以能够在她的小说里达到这样一个意境，其根本原因就在于她自己是一个以才能与辛劳在强者如林的社会生活中赢得了自己的价值与位置的女性，是20世纪的一个独立的职业妇女。

女性毕竟是女性。柯莱特的小说终究未能摆脱女性作家作品中常有的那种哀怨委屈的基调。委屈感非强者所有，它如果不是传统女性所常有的一种报复的武器的话，也可以说是传统女性的报复情绪源源不竭的一个基地，至少在柯莱特与她的女主人公身上是如此。这位女作家在小说里不断地让她的女主人公宣泄对过去的不幸婚姻与放荡无行的丈夫的怨恨，让她的这种哀怨委屈像歌曲中的叠句一样不断再现，这固然有助于表现其心灵创伤之深重，但同时也显露出她那局促有限的情怀，反倒使她具有了几分爱抱怨的家庭妇女的色彩，而冲淡了她作为一个追求精神超越的女性形象的意境。

　　毋庸置疑，柯莱特身上不可能没有传统道德观的积淀，她总力图把勒内这个自我形象表现成一个纯感情的动物，几乎杜绝了肉欲的柏拉图式恋爱中的女性，她绝不触及性的领域。她在小说中安排了男演员布拉格这个人物，他是勒内在舞台上的老搭档，两人不止一次结伴在外地旅行演出，几乎每天晚上都要在舞台上拥抱半裸体的勒内，用自己的嘴唇紧压住她的嘴唇，演出一幕幕充满性感的戏。然而，奇怪的是，在柯莱特的笔下，这个布拉格在勒内的私人生活与情感上竟毫不起作用，竟没有扮演任何角色，只像是她舞台生活中一件无生命的木头道具。对这两个人物奇特的关系与柯莱特作此安排的意图，读者难免会有所不解，而柯莱特之所以作出了如此奇特的安排，显然是十分有意识地要避开流浪女伶性自由、性独立的这个方面。她是为了勒内的"道德上的纯洁"，也是为了自己的"道德上的纯洁"。然而，她是白白地这样做了，直到她逝世，教会仍没有忘记她离家出走后在巴黎"红磨坊"这个红灯区当歌舞演员时自由不羁的生活，而拒绝为她举行宗教葬礼。如果柯莱特以她的叛逆精神来对待性道德的问题，她倒很可能使得她的勒内另具一番女性复杂性与人性深度。

入文学殿堂居高位的"小偷"
——让·惹内:《小偷日记》

他来自污泥般的社会底层,出污泥而不染,上升到了法兰西精神文化的高层次;他不讳言自己的卑污,不掩饰自己对卑污族的偏爱与赞赏;他这种旁若无人、漠视社会的态度似乎足以令人掩鼻、惊骇,或侧目而视;然而,他正以此成为"殉道者",成为"圣徒"。

这就是让·惹内和他的自传小说《小偷日记》。

社会泥沼里成长的灵魂

如果说人自然存在的荒诞是命定的,那么惹内的社会存在又多了一重命定性,他一开始就不由自主地被扔进了社会的污泥层。

1910 年 12 月 12 日生于巴黎,不知父母为何人,"关于母亲的身世,我一无所知,只知道她把我扔在摇篮里就撒手不管了",直到 21 岁,他才得知自己的生母是一个名叫加布里埃尔·惹内的女人。童年时代,他先后由公共救济局和农民家庭收养,是一个生性温良柔顺的好孩子。但在 10 岁时,他被冤枉有盗窃行为而进了少年犯教养所,从此就落进了社会的泥潭。自己蒙受的耻辱、大龄少年犯的轻蔑欺侮,使他成为一个藐视社会不公正与道德规范、不怕显现自己脱轨性的社会叛逆者。他从教养所逃出后,就与流浪汉、小偷、同性恋者为伍,到处浪荡,从法国到西班牙以至欧洲各国,以乞讨、行窃为生,曾经几次被捕入狱。

法国文学的殿堂里,早已有小偷、流浪汉撞入并居高位的先例。中世纪最杰出的抒情诗人法朗斯瓦·维庸就是一个职业惯窃,他的名作《小遗言集》竟是写在一次重大的作案之后,他的代表作《大遗言集》也是写于狱中,他是那样"不可救药",还曾被判过绞刑,但绞索并没有把他弄死,他的诗却使他永存。18世纪开一代风气之先的大思想家、大文豪卢梭,也是从充满了尘土与卑贱的流浪生活中走到科学、文艺的殿堂之中的,他虽然没有维庸那般积习难改,但小偷小摸也还是有的。让·惹内也属于这个"系列",他于1942年在狱中写出了处女作——长诗《死刑犯》,是由于他的天赋才情在卑贱的泥沼中难以泯灭,还是浪迹天涯的行程有助于奇思妙想的萌生?也许两者都有。此后,他一发不可收拾,纷纷出手的相继有诗歌《秘密之歌》(1945)、《诗集》(1948),小说《盛大的殡仪》(1944)、《布雷斯特的奎海勒》(1944)、《百花圣母院》(1946)、《玫瑰奇迹》(1947),剧本《女仆》(1947),等等。

千里马终遇伯乐

流浪汉走进文艺殿堂,往往总有救世主式的人物起了作用。如果没有路易十一的开释,维庸也许没有条件写出他的代表作《大遗言集》;如果没有华伦夫人的收养,卢梭也许永远迈不出文明化的第一步;同样,如果没有科克多,让·惹内肯定不会那么容易出道。科克多是20世纪法国文学中被誉为"巴黎才子"的一大家,多才多艺,名重一时,1955年被选入法兰西学院,成为文化领域里的40个"不朽者"之一。正是他,从监狱里发现了让·惹内。西蒙娜·德·波伏瓦在她的回忆录有一段这样的记载:"几个月以来,我们不断听到关于一个尚未出名的诗人的传闻,他是科克多从监狱里发现的,科克多坚持认为，此人乃我们时代最伟大的作家。"（《年富力强》第八章）这是 1944 年的事，就在这年的 5 月，让·惹内结识了萨特与波伏瓦。得到了这些文艺界名人的激赏，在他们的支持下，他的作品不断发表出版。著名导演路易·茹维又于 1947 年把他的荒诞戏剧《女仆》搬上舞台，于是，大家都认同了科克多的这个判断：一个伟大作家诞生了。1948 年，在萨特、科克多等一批著名作家的联名要求下，让·惹内免于被流放到矿井去服劳役。

让·惹内的文学创作之所以在当时得到普遍的赞赏，是因为他虽然靠自学成才，但却因接受了普鲁斯特与科克多的深刻影响，而显示出极佳的文学素养，而且，"只要选准对象，他就是一个出色的观察者，他就能找到最合适、最贴切的语言来描述它"。他的作品具有"文字的魔力"与"旁人难以模拟的风格"，能给人以"第一次应验到的新鲜感"（波伏瓦语）。而在让·惹内看来，"我的成功，全仗文字上的功夫，我把它归功于文辞藻丽"。当然，此话有点自谦，事实上，他的一些作品，特别是在当代前卫派戏剧中占有重要地位的剧作，不仅观察锐利，内容深刻，而且结构严谨，笔触犀利，其高度的艺术成就是举世公认的。

邪恶之花怒放

在让·惹内的文学生涯中，1949 年出版的《小偷日记》是一个重要事件。这是一本自传体小说，以非编年史式的散文形式写成，涉及让·惹内的出生、少年时代、监狱生活、流浪经历，主要则是回忆了他早年在欧洲各国，特别是在西班牙的故事：流浪、乞讨、偷窃、诈骗、荒淫、同性恋……就作品的题材内容而言，它几乎是一本可能使爱好卫生的读者掩鼻而过的书。然而，这部书却引起了萨特的高度重视，得到他的热烈赞扬，于 1949 年为此书写了前言，1950 年又在

《现代》杂志上连续发表了六篇论惹内的文章,1952年,更写出了一部数百页分析惹内生活道德的巨著《圣徒日内,殉道者或逢场作戏的角色》,对惹内作了高度的评价。他甚至在晚年发表的《七十岁自述》中,还把赞扬惹内的这部著作列为他最为重要的五部作品之一。

把社会底层的污泥与脏垢带进文学艺术的高雅殿堂,而且获得了巨大的成功,成为让·惹内的代表作或他存在的一个重要标志,这是可能的吗?其奥妙何在?

君不见巴尔扎克笔下伏脱冷被捕的一场,一个罪行累累的要犯在那一瞬间的惊恐、狂怒、狰狞、强悍、狡诈与自制力,竟然仿佛被地狱的火焰照亮而成了"一幅极美的画"、一首恶魔的诗;君不见丑陋异常、不堪入目的老妓女在罗丹的造型里成为不朽的名作《曾经美艳一时的欧米叶尔》;君不见世间的恶在波德莱尔那里成了瑰丽的诗章。如今,让·惹内在他的自传中一开始就宣称:"如果让我真诚地选择我热衷的世界,我将选择囚衣的天地,如果让我描绘一个苦役犯或者刑事犯,我会用无数的鲜花打扮他,让他为百花簇拥,化为一朵硕大无朋、另具一格的花王。"这是"恶之花"的艺术,它往往比"善之花"的艺术更为深邃,它在法兰西文学中可说是根深蒂固、硕果累累的了。

坦诚之后的升华

这种赞恶、颂恶的精神倾向无疑是惊世骇俗的,然而却别具一种坦诚的力量,而在自传作品中,坦诚正是一种熠熠生辉的东西,卢梭的《忏悔录》就是以坦诚而成为不朽的传记之作。对让·惹内来说,社会既然把他扔进了污泥层,对他宣布"你是个小偷",那么,他就只能按照这一境况给他规定的角色逢场作戏,于是就有了出逃、乞讨,就有了为生计所迫而偷盗、卖淫。在如此这般的生涯中,细枝末节上的卑劣、肮脏、猥琐、尴尬都不会少有。惹内以他这本书、以他对把他拒之门外的社会及其价值标准的藐视，坦诚地表示自己对种种卑污负担责任，这种敢于认领自己的丑陋、不遮掩、不粉饰、不作假的勇气，敢于对自己脱轨的存在状态负责，敢于对自己定会遭世人唾弃鄙视的行为举止、意念情绪负责的勇气，在这个世界上并不是很多见的。在这里，有一种对自我个性的忠诚执着，有一种对写作中绝对自由的殉道献身。他在这本书里，把自己的不光彩物化为白纸黑字，把自己钉在耻辱柱上，他在殉绝对忠实之道。然而，正是与此同时，他也就净化了，达到绝对忠于个性自由主义的几乎是圣洁的高度，成为自我选择绝对自由主义的圣徒。

何况，不仅仅是卑劣与肮脏而已，在这个污泥层里挣扎的，是一个有灵魂、有柔情、有美感的人，当他在暮色里那么渴望偶然遇见的那个与己无关的老女贼就是他的生母的时候，当他在原野上以惆怅的情怀想象自己是路旁的小花或者是匍匐在地的菌藻的时候，当他为抵御周围的鄙夷而竭力保持孤傲以进行自我拯救的时候，他不使你感到有点凄然吗？

现实与超现实之间

——鲍里斯·维昂:《岁月的泡沫》

在法国 20 世纪文学中,这本小说被认为是一本奇书。

奇在何处?

既然人们无不认定它是一本小说,而小说的显著标志,一般地说来,就是有一定的故事性,那么我们不妨将与故事性有关的小说成分,分为故事框架、故事情节与故事行文这样三个层次来加以审视。

小说的故事框架,也就是小说的主要故事内容,小说中的主要事件。这是人们一般地谈论一部小说时最常涉及的范畴,这个范畴只包括时代环境总背景、事件的概略、人物的主要作为与经历以及人物关系的格局,而不包括细节与场景。在这部小说里,故事框架就是战后年代里两对青年情侣都死于贫困的悲剧,前一对情侣因女方患病而陷入穷困,后一对本来就过着清贫的生活,后又因男方盲目地购置书籍而沦于破产。在这样一个框架中,我们看不出有什么奇;这几乎就是一个在社会现实中屡见不鲜的故事,甚至就是一个充满了现实性的通俗化的故事,只不过,克洛埃的病是胸中长了一朵"睡莲"、阿丽丝最后因情人破产而杀人放火,显得有点不寻常,不像是现实生活中常能见到的。

小说的故事情节也就是小说中事件的主要进程、发展与变化,是组合为全景的"分镜头",是构成整体的部件。在这部小说里,大部分故事情节都是符合生活常态的,甚至有些是平淡无奇的,毫无怪异:如高兰请希克吃饭、高兰与克洛埃恋爱、结婚与旅行、几对青年情侣之间的交往、克洛埃的生病、高兰的贫穷化与不得不到处谋职等章节,这些章节所展现出来的完全是现代社会的日常图景。小说中与这些符合自然常态的情节同时并存的,也有一部分不符合生活常态的滑稽夸张情节,这类情节中,大的有:阿丽丝因为希克爱购书而破产就去杀作家、杀书商、烧书店,希克因为区区税款就死于枪口之下,高兰与克洛埃婚礼上不近情理的场面等等。至于小说情节中滑稽夸张的"小动作",则更较为多,如高兰吸一口气,他的背带就啪啦作响;他陷入恋爱后,他的头就热烫得像火炉;滑冰者高速滑行所产生的气流把旁边的人掀起好几米高;人物的袖里破了,就用钉子钉上;兵工厂29岁的职员完全像一个老头子,等等。这些情节都具有一定的现实性因素,但明显夸张,使小说具有一种卡通片式的滑稽不经的风格。除此以外,小说中还有一部分情节,则又超出了滑稽夸张的界线而成为明显的荒诞,如有人把铁丝鸟笼套在脖子上当围巾;阿丽丝拍拍希克的背,竟发出敲铜锣的声音;在克洛埃的葬礼上,高兰与耶稣雕像进行对话;大门在身后关上发出的是拍屁股与亲吻的声音;一朵花在作者描写中是一种颜色,而到人物眼里却变成了另一种颜色;著名作家保特(影射萨特)作演讲是坐着装甲车来的,车上每个角都有手持斧钺的神射手;狂想的听众有人乘柩车前来,有人则是坐飞机让人空投下来的;报告会的假票竟有几万张之多,等等。这些情节中的矛盾与悖谬,使人很容易想起荒诞派戏剧中的场景。这样,我们就在小说的故事情节、事件行动、故事进程这一个层面,清楚地看到了非生活常态、非日常生活真实的成分,也就感到了这部作品的奇特性。

这部小说的奇特性主要还是表现在故事行文这个层面上。何谓故事行文?我指的是服务于表现小说整个故事这一总目的的那些文字语言,它们或为描绘性的,或为叙述性的,或为对白性的。如果一部作品的组成往往是以章节为单位的话,那么故事行文的单位往往就是一两个文句,甚至只是片言只语,它们的内涵不足以构成一个情节,而往往只构成某个具体事物的表征,或某个具体人物的动作,或某种情景、某种境况的态势。在这部小说里,气象万千的奇观,正是出现在这一个层面上。

小说行文上引人注意的奇观,最明显的一部分是直接体现于文字语言上的文字游戏、双关语。在这里,教堂的执事成了"执食";萨特的《存在与虚无》(*L'être et Néant*)因谐音而被影射为《字母与霓虹》(*Lettre et Néon*);人物想躲到一个角落里去,因"角落"一词与"木瓜"一词同音(Coin-Coing)而成为了"想躲到木瓜里去";描写一个人态度的稳重,因"稳重"一词(Aplomb)来自"铅"(Plomb)而引出了"稳重被软化"这样的状语,等等。这些双关语、文字游戏可说是法文中的"相声",在作品中明显地起了两种作用,一是对客观对象的幽默讽刺,如"执食"就是对教会人物饱食终日的影射,二是增添作品的风趣诙谐。这两者都显示了作者鲍里斯·维昂那种轻松顽皮的创作个性,正如缪塞的诗歌名句"钟楼上明月正圆,就像字母 i 上的一点"那样显示出他作为"浪漫主义顽皮孩子"的特点一样。

在小说行文中,构成气象万千的奇观的,还是通感、象征与超现实这三大成分,正是它们使作品发出了奇特的异彩。

这是我所见到的通感最为丰富的一部作品,作者对世界万物的各种不同的感受浑然一体,视感、听感、嗅感、触感与"心感"互相连通,这种对客观世界的连通感受,在小说里几乎是俯拾皆是:思想不仅是"蓝色的",而且"在血管中流动";太阳光投射在龙头上,可以"发出撞击声";镜子也可以"把芬芳的气息引进室内";电铃不是响起,而是鼓起;人可以"把太阳光滴进"打火机里;红色的晚霞中"有一股甜味";有的脚步是"潮湿的",有的目光是"恶臭难闻的",杏仁膏是"雄性的",金戒指的形状是"恶心形的";房间一充满了音乐就"变成了圆形的",人们交谈时"词语的撞击就发出了闪光"。小说中作者最奇特的通感杰作要算是那架"鸡尾酒钢琴":"每个琴键联通一种烧酒、甜酒或香料。左脚踏板通打好的鸡蛋,右脚踏板则联结冰块。如果要苏打水,那就必须有一个高音音域的颤音。注入量的多少直接取决于声音的长短。六十四分音符相当于十六分之一个单位,四分音符相当于一个单位,全音符则给四个单位。如果演奏的曲子是慢板,那就用另一套音栓,以免剂量增大,否则,给你的鸡尾酒量就太大了,而且是酒精的含量大。单位量是可以改变的,你要是愿意,可以按照曲调长短,通过侧面的调节装置,把它减到比如说为百分之一,因为还得把所有的和声也考虑进去。这样,最后你便能得到一种与此相应的饮料。"这是诗歌中的通感与工艺学中的机械设计相结合的奇妙想象,只有鲍里斯·维昂这样一个既是具有丰富灵敏的通感的诗人,又是具有杰出才能的工程师的两栖才人,才能构想得出来,如果说兰波在《元音》一诗中早就树立了通感艺术的范例的话,那么,鲍里斯·维昂则进一步把这种通感艺术发挥得淋漓尽致。

通感总是走向象征。诗人有了通感,就可以轻而易举运用象征的手段,有了通感的形容与比喻,就很容易引发出象征的意象,而通感发达的诗人,往往都是象征的高手。

在这部小说里,既然通感俯拾皆是,象征也就随时可见了:伊西斯给高兰与克洛埃端来花色蛋糕,象征着司婚姻的女神祝福他们建立美满温暖的家庭;克洛埃开始发病时,最先有象征着忧虑的金盏花越积越多,挤得喘不过气来,而后又有玻璃走廊变成了冷杉木走廊,丧失了光明,预兆着死亡,随着克洛埃病情日益加重,她的房间日益萎缩、她家的楼梯渐渐变得狭窄,象征着生活在走向悲剧,而鲜嫩的康乃馨一放在她胸上,就变成了灰白色,很快地萎缩、干枯,即刻化成了细细的灰末,象征着她胸中的那个病魔即将毁灭她整个生命;在希克供职的那个工厂里，每台机器面前都有一个人在奋力挣扎、搏斗，以免被机器吞掉，他们脚上钉有沉重的铁环，一天只松开两次，象征着现代化劳动中人的异化悲剧；而在高兰劳动的那个兵工厂里，工人躺在一堆泥土上释放出自己的热量以制造出枪炮，象征着这种非人劳动的残酷性；高兰所制造出来的枪支上都绽出一朵美丽的白玫瑰，则象征着他对克洛埃的爱情足以使"金石为开"。如果在这部小说的象征与通感有什么差别的话，那就是通感像一闪而过的灵光，甚至是藏于只言片语之中，而象征则是完整的意象，它往往是靠较为充分并闪烁着灵光的描述来显示的。

自从波德莱尔提出了应和说的通感创作论后，象征主义诗人为通感提供了艺术的范例，而超现实主义又把通感创作论发展为连通器创作论，把诗人喻为"连通的容器"。诗人这个连通器以其通感既可以走向象征，也可以走向超现实。这种走向与其结果如果是可以理解的、可以领会的，往往就是象征，而这种走向与其结果如果是难以理解的、难以领会的，往往就是超现实。象征的意象看起来是脱离客观本体、游离于眼前的现实，但终归是有本体依据的，是有现实性的，因为它是以一个客观的现实事物为其所指，为其暗示隐喻的对象，而超现实的形象则不仅看起来是缺乏现实性的，而且它是否有现实的归依与根据也往往是晦暗不明、模糊不清的，因此，超现实往往带有某种神秘色彩，在这部小说里，鲍里斯·维昂显然很有意识地追求这种效果，以至如果我们不说他的超现实的笔墨比象征的笔墨更多，至少一点也不较少。在这里，打开自来水管，鳗鱼从其中游出；一个女溜冰者，因为作了一个鹞子翻身的动作，就生出了一个鹞蛋；切开蛋糕，其中有希克与高兰分别要得到的一本书和一张约会纸条；冰冻使花朵钻出了地面；领带有生命，能够活动并咬人；眼前一片景物有四个季节，冰雪、绿茵、鲜花、枯叶在一个空间里同时存在；被打破的玻璃又可以自己生长出来；墙壁可以合拢；人用手指可以捏住一束阳光；包着丝绒的把手也冰冷得使人打寒战；人的涎水汇成了小溪流；作家保特的心脏被挖出后并没有死，还能看清楚自己的心脏是一个四面体；书商被杀后，心脏也可以着火，等等。这些超现实、超自然的笔墨与内容，使作品中充满了神秘但又滑稽的色彩，之所以神秘，是因为不符合自然常态，难以理解；之所以滑稽，是因为作者写来并不认真，并没有让这些超现实、超自然的零星成分再煞有介事地演绎、铺陈下去，似乎他只是在随口胡诌。

我们从小说的故事框架、故事情节与故事行文三个层次作了以上的考察，这其实是一种逆自然阅读方向的解析。如果按自己阅读的方向，人们将先接触到小说的行文，而后才逐渐了解故事的情节发展，最后才总结出故事框架。但是，我们逆自然方向的解析却有助于我们进一步把这部小说与其他种类同样也具有真实与怪诞、现实与超现实两种成分的小说进行比较，而在20世纪文学中，这种类型的小说主要就是卡夫卡式的荒诞小说。在卡夫卡的《变形记》与《诉讼》中，人们在逆自然阅读方向的解析中，可以清理出小说的故事行文，甚至故事的部分情节都是真实的、合乎生活常态的，然而故事的框架却是超自然的、怪异的：在前一篇小说中，人变成了虫子，在后一篇小说中，人平白无故地遭遇到莫名其妙的灾难。面对卡夫卡这样的小说，人们在自然阅读的方向中，先是接触到栩栩如生、酷似日常生活的真实细节，被作者带进了一个完全客观的现实生活世界，然而却在真实自然的生活图景与进程中，突然被扔进了一个像噩梦一样可怕的境界，由此，小说引起的效果是惊异、恐怖、不安、毛骨悚然、心情沉重的，作者正是在其间使其寓意以最强烈的方式震撼读者。而在鲍里斯·维昂的这部小说里，读者在自然阅读中，通过荒诞古怪与奇观异景令人应接不暇的过程，最后却走到了一个自己所熟知、所理解的现实世界，看到了一桩在现实生活中屡见不鲜的事件，由此，小说在读者身上引起的效果是释然与松弛,是观赏艺术奇观时的怡然自得,是体验幻景奇遇的那种尝新美感。因此,如果说具有超现实、超自然成分的荒诞小说中存在着不同类型、不同种类的话,至少鲍里斯·维昂的这部小说与卡夫卡的《变形记》是两种不同的代表作。

在这里,也许有的研究者会来告诫说,不要给这部作品贴任何标签,制造新词、文字游戏、荒诞、黑色幽默、存在主义、象征、超现实等等,在这里都应有尽有,此作是法国20世纪文学各种流派的方法、特色、成分的大汇集。情况的确如此。但正如20世纪法国文学中种种新流派新方法都莫不与超现实主义有关一样,鲍里斯·维昂这部作品的一个重要特征也是超现实主义的,这倒不仅仅因为小说中有大量的超现实主义的笔法与形象,而且更主要是因为作者在这部作品里真正实践了超现实主义关于诗人是连通器的创作主张。连通器是四通八达的,不受理性的约束,自由的连通、自动的连通也就可以超越时间界线,可以超越存无界线,可以超越现实与梦幻的界线,可以超越一切艺术部类的界线,当然也可以超越一切语言规则与习惯的界线,这就是这部作品中各种形象表现、各种形象成分几乎无所不有的原因。

在文学史上,有的作品企图证明文学是载道说教,有的作品企图证明文学是再现生活,有的作品企图证明文学是唯艺术,而鲍里斯·维昂这部小说似乎是在证明文学就是一种精神游戏。显然,作者并不企图在小说里进行我们中国批评界特别重视的那种"揭露与批判",除了高兰的婚礼、克洛埃的葬礼以及工厂劳动的某些情景外,作品里就几乎别无现实讽嘲的内容了。作者在具体描述与行文中那些奇观与妙喻,不论是四季并存的景物还是鸡尾酒钢琴,等等,都是分散的,各不相干的,作者无意将它们连成一片构成一个完整的意象,以说明某种东西,以显示某种寓意,作者似乎仅仅满足于展示自己一个个连通的奇思妙想,仅仅满足于超然地、无任何功利目的地在进行连通器的精神游戏,不论是政治功利目的、道德宗教功利目的,或者是艺术功利目的。

超现实主义是20世纪影响最大的文学思潮流派,然而,它在文学中却没有留下真正属于自己的传世杰作。人们经常为此感到惋惜。这是这个思潮流派的"悲剧"。对此悲剧的原因作出分析,不是本文的任务,在这里,我只想指出,如果以上的解析还不是牵强附会的,那么是否可以说鲍里斯·维昂这部小说可算是超现实主义在法国20世纪文学中滋润的一朵奇花?

变位法的奇效

——埃梅:《变貌记》

马德里的一个大学生,无意之中把封锁在瓶子里的魔鬼放了出来,魔鬼为了报答他,带他飞到市区的上空,揭开一家家的屋顶,让他看到房子里所发生的一切,于是,人世间种种只见于密室的隐情尽收眼底。法国 18 世纪现实主义作家勒萨日在他著名的小说《瘸腿魔鬼》中叙述了这样一个故事。

这个故事,对我们理解文学创作与文学阅读倒不无启迪的、象征的意义。在文学创作、文学阅读中,作者读者的关系,何尝不像瘸腿魔鬼与马德里大学生的关系一样?作者在作品里搬演一个个场景,无异于瘸腿魔鬼在马德里上空揭开一家家的屋顶,如果说,瘸腿魔鬼的法力确令人惊奇的话,那么,作者在自己的作品里的神道却是浩大无迹的,他是无所不能的上帝,他能阅尽人世间的隐情,他能窥视内心的活动,他能上天,他能入地。若干世纪以来,作家就一直享有着这种上帝般的无所不能的自由,至少是当他采用旁叙的方法时,他这种绝对自由是不折不扣的。

当作者采取自叙的方法时,情况有所不同。第一人称自我的叙述方法,显然使这种自由打了很大的折扣,它把叙述的角度固定在一个位置上,很难随作者之意而转动,更难任意向其他的时间与空间跳跃或延伸,因此,人世间的种种隐私与天上地下的奇观尽收眼底的妙处就没有了,只不过,在有所失的时候也有所得,那就是在深入揭示内心秘密与真切陈述主观感受方面得到了优势。在 20 世纪文学中,由于对真实性更严格的要求,也由于对精神世界复杂幽深的更大兴趣,这种自我的叙述方法颇有蔚然成风的趋势,至少,它的运用比在 19 世纪的文学里更经常、更多见。仅以 20 世纪的法国文学而言,这种方法就带来了一连串的经典性的名著:《寻找失去的时间》《盘缠在一起的毒蛇》《背德者》《窄门》《茫茫黑夜漫游》《阿德里安回忆录》《毒蛇在握》等等。

这种自我叙述方法的局限性,当然不会不被惯于享受上帝般的绝对自由的作家所感受到。固定的第一人称,固定的一种眼光、一个角度、一种身份、一重空间,这似乎是将造成叙述单调一色的绝境。是否可以绝处逢生,出现"山重水复疑无路,柳暗花明又一村"的意境呢?真正的艺术家从来都不承认,也不安于绝境,艺术发展从来都是绝处逢生的。要从这个固定角度的束缚中解脱出来,看来只能寄希望于固定角度中意想不到的变位。

变位是生活中的常情,变换一个位置就可以看到万物与场景的更多更新的部分,这本来是再简单不过的事。但最复杂、最辉煌的事理,往往就是建立在普通的常情之上,"欲穷千里目,更上一层楼"这样精辟隽永的诗句,只不过是道出了从下到上的变位或位移所能带来的奇妙意境而已。而西方 20 世纪文学中一个特别令人注意的现象:自我变形,也正是建立在这种常情的基础上。

当然,文学中人的变形,古已有之,而且是泛欧的现象,像史诗《奥德赛》中那种人变成动物的例子,我们就不必去说了,仅以《变形记》为名的作品就比比皆是。最早,公元前 3 世纪至前 2 世纪的古希腊作家科罗丰的尼刚德罗斯就写有《变形记》一书,而后,罗马作家奥维德的长诗《变形记》成为经典性的名著。此后,公元 2 世纪的罗马作家安托尼乌斯·利贝拉里斯与玛多拉的阿普列尤斯、15 世纪的意大利作家阿约诺·菲伦佐罗拉,均有以《变形记》为名的作品问世。18世纪奥地利作曲家迪特洛·封·迪特斯多夫又曾把奥维德的《变形记》改编为交响乐。到20世纪,最有名的则是德语作家卡夫卡发表于1916年的小说《变形记》,变形的题材又再一次进入音乐领域,德国作曲家理查德·斯特劳斯(1864~1949)的交响乐《变形记》亦甚为著名。如果把奥维德与卡夫卡的两部经典性的《变形记》加以比较,不难发现古典文学与20世纪文学的差异。奥维德的长诗《变形记》以人由于某种原因而变成动物、植物、石头、星星的幻想作为贯穿全书的线索,表现了来源于古希腊哲学家毕达哥拉斯的"灵魂轮回"理论,而卡夫卡的《变形记》以"自我"的叙述方法,虚构了自我的变形,表现出现代关于人异化的哲理,并且在扩大与深化自我感受方面获得了奇特、怪诞的惊人效果。

埃梅的这部小说属于卡夫卡《变形记》的这一个类别,其书名直译可为《美貌》,意译则可为《变貌记》。

广告经纪人拉乌尔·塞吕兹耶在事业上颇为顺利,拥有一家小小的公司,家庭生活也和美安逸,妻子漂亮柔顺,安于家室,两个儿女也稚气可爱,他过得很心满意足,唯一不尽善尽美的只是他容貌丑陋。一天,他突然发现自己的容貌变成了一副年轻漂亮的面孔,这可使他大为惊恐,这一张漂亮的新面孔马上"像一堵无形的墙",把他与他原来全部的生命分隔开来,使他在这个城市里、在他的公司中、在他的家庭里,都成为一个谁也不予承认的陌生人,这无异置他于绝境。他赶紧采取了应变的措施,用蒙混的办法总算提取了他的一笔存款,又制造了拉乌尔要到布加勒斯特去两三个星期谈生意的假象,然后,在自己家的那一幢楼里,以罗兰·科尔贝尔的化名租了一套公寓住了下来,设法慢慢渡过难关,以恢复自己原来的社会地位与家庭权利。他像一个外星来客一样感到孤立,只好寄希望于亲戚好友,把自己变貌的原委与苦衷向他们倾诉,哀求他们的承认与帮助。安托南舅舅是个纯朴忠厚的人,马上就相信了他的遭遇;他的好友朱利安·戈蒂埃却是一个头脑复杂的现代人,他可不相信这个有一张漂亮面孔的青年人的倾诉,不论这个自称原来就是拉乌尔的陌生人如何提供各种实质性的证据,他倒反认为,他的朋友拉乌尔肯定已经不在人世,很可能就是被这个深知其一切情况的罗兰谋害掉的,而现在,罗兰正利用自己对拉乌尔的无所不知、无所不晓,要取代拉乌尔的一切,包括占有拉乌尔的妻子勒内。他出于对拉乌尔的友谊开始行动起来。于是,这个有了一张新面孔、化名为罗兰·科尔贝尔的可怜的拉乌尔,就开始陷于现代社会法网的威胁之中,他很可能被当作谋杀拉乌尔的嫌疑犯被捕,或者被当作一个妄想自己是拉乌尔的精神病患者关进疯人院。他总算逃避掉了这种可怕的命运,而且利用了这张新面孔,很快就被勒内当作一个漂亮的情夫接纳了。最后,奇迹又再一次出现,一天,他的容貌又突然变了回去,于是,他又恢复了他作为广告经纪人所拥有的一切,他的妻子也告别了与罗兰·科尔贝尔的那一段私情,恢复了原状。经过这次变貌,拉乌尔至少有了两种深切的亲身体验,一是体会到了面孔的重要,二是见识了自己贞节妻子的不贞。

这部小说构思奇特,叙述流畅,描写真切,读起来甚有引人入胜、轻松愉快之感,然而,在读的过程中,你同时又有不轻松之感,你常常要停下来思索思索,总觉得在这个故事里、在那些细节里,有一些意蕴需要你费点力去挖掘、去细察,因为埃梅显然要通过他的故事来表现一些关于面孔的哲理。

如果没有埃梅的这部作品,我们也许不会对面孔与容貌在现代社会里的作用产生如此多的思考。面孔容貌,本来只是人的一部分外在特征,是人最醒目的外观。毫无疑问,它在社会生活中具有重要的作用,它是某个人社会关系总和的标志,是他全部价值与素质的标志,当然只是一个标志,而不是唯一的标志,而它之所以成为标志,也并不在于它本身的价值内容,而仅仅在于它是最易于辨识的。然而,在人类社会里，这样一个外部特征，这样一种外观，其作用有时大得令人可怕。相传在法国路易十四时期，有个古堡里囚禁着一个终身被戴上了一个铁面具、无法窥见其真面目的要犯，据说是国王路易十四的孪生兄弟，他因为面目与路易十四完全一样而遭此悲惨命运。这是面孔容貌在人类社会中的政治效应的突出一例。如果这个传闻属实，那么，这个铁面人在当时显露真面目，就足以在法国引起一场政治内乱，因此，他必须成为自己孪生兄弟的不得露面的死囚。这显然是封建专制时代政治生活中的荒悖。

埃梅在自己这部小说里着力揭示的则是现代社会的异化与荒悖。在他的笔下，容貌面孔具有毫不含糊、无可取代的法律效应，他把主人公的变貌安排在办理证书的办公室里（这是现代社会的一个基因），安排在验证照片的时候，就是要从这最初级的法律程序开始，一步一步考察面孔容貌在现代社会里的法律效应。正如我们在小说里所看到的，这种效应可谓大矣！虽然拉乌尔仍保存了他原有的一切社会本质与其他特征，保持了他原有的声音、笔迹、思维方式、认知能力、生活经验等等，但面孔容貌一变，他的全部生活、全部存在条件都立即崩垮。他不能再自己出面提取存款，因而就有无法支付最必要的生活需要的危险；他成了一无所有的人，再也不能指挥与支配他的秘书与下属，他的公司、他的事业已经成为与他无关的存在，他带着新的容貌要在自己的公司找个小小的位置，就得苦苦哀求，声泪俱下；他的家庭近在咫尺，他却无权跨入，他的妻子与儿女就在眼前，他却无权相认；更严重的是，在法律与公共秩序的意义上，他成了一个重大的嫌疑犯、危险分子，一个永远也找不到自己的身份、自己的历史、自己的根据的怪物，现代社会的法网将不容许他继续存在。总之，困顿与危机都来自一张面孔，面孔容貌代替了一切，取消了一切，统治着一切，它具有一种暴虐的作用与力量，它不仅仅使拉乌尔感到了整个社会现实对他不予承认的沉重压力，而且也使他感到了自己的生存成为了一个十分危急的问题。这是一种何等可怕的荒诞！而且是在现代社会里完全无法摆脱、无法逃离的荒诞！

这种荒诞性，只有在拉乌尔发生了变位、发生了位移之后，也就是说，从拉乌尔变成罗兰，从原来的承受位置、原来的观察角度转变到另一种承受位置、另一个观察角度之后，才能感受到，才能显示得出，正像在卡夫卡的《变形记》中，人的异化、人的悲剧性的荒诞的状况只是在作者假想主人公发生了可怕的变化、可怕的位移、由人变成了甲虫之后，才能淋漓尽致地加以表现一样。因此，不论是卡夫卡的"变形"还是埃梅的"变貌"，都是20世纪文学中为深入挖掘主题，使主题具有触目惊心之效果而采取的一种艺术变位法，与有的人所批评的20世纪西方文学中的"反现实主义逆流"风马牛不相及。

在卡夫卡的《变形记》中，变位法还有另一妙用，那就是在自我叙述的方法中，从第一人称自我的角度表现了主人公对家庭关系的冷酷更尖锐、更凄厉的感受，这种感受只可能在改变了承受的位置与观察的角度之后才能取得。同样，埃梅在《变貌记》中也是如此，他让拉乌尔亲自感受到了自己的妻子在罗兰·科尔贝尔这张面孔前由动情到迅速委身的过程，让他亲自感受到了妻子不贞行为的每一个细节以及她从未给过丈夫，而只献给了情夫的全部热情。当拉乌尔作为丈夫拉乌尔的时候，他感到自己的家庭异常稳固、无懈可击，他与勒内的夫妻关系不存在任何危机与潜在的暗礁，他的妻子完全是安于本分、贤良贞节的，然而，罗兰·科尔贝尔这张面孔一出现在妻子的面前，从她惯常那种矜持庄重的外表下，马上就暴露出她那种包法利夫人式的向往与不计后果的欲情，从她以往忠实贞淑的外表下，马上就倾泻出深藏多年的对自己丈夫的嫌恶与怨恨。所有这些戏剧性的反差，都是变换了身份、变换了位置、变换了角度之后带来的。再也没有什么比埃梅的变位法更能真切地揭示中产阶级家庭的危机与婚姻的虚伪性了，而且他是绝妙地让这个中产者本人见证了其中全部的真切性。具有讽刺意味的是，当拉乌尔又恢复了自己原来的面孔容貌之后，他的家庭就恢复了原状，他的妻子也恢复了常态，他本人更是恢复了原来的自得感与心满意足感，比起他平淡的中产者的生活，他变貌之后那段不平凡的经历倒显得有些光彩。而对他的妻子来说，委身于罗兰·科尔贝尔，将是一桩永不会磨灭的浪漫艳情，只要拉乌尔曾变成罗兰·科尔贝尔的奇迹不为她所知，她将永远在心理上是一个曾有外遇的主妇，她将永远难以摆脱思乡怀旧的情愫，永远再也不会有贞淑的宁静了。所有这些，就是埃梅变过来又变过去的变位法给中产阶级家庭婚姻的老题材所带来的别开生面的奇效。

马塞尔·埃梅，成名于第二次世界大战以前，是法国现代文学中一个多产的作家，他在长篇小说、短篇小说、戏剧、童话等方面均有建树，尤以短篇小说的成就更令人瞩目。如果要指出他文学创作的主要特色的话，那就是构思上超自然的怪异、描写上求实的真切与思想上的哲理寓意三位一体的结合。这种特殊的风格，我们从他这部中篇小说中已略见一斑，更将在他的短篇小说里有进一步的领略。

自传文学中的探索

——玛格丽特·杜拉斯:《悠悠此情》

这是一部怀旧之作,出自一个71岁高龄的女作家之手,记叙了自己尚未完全成年时与一个华裔青年的一段恋爱私情。

怀旧,一般都是老年人的感情;怀旧之作,一般都是已入老境的作家的精神产物。当一个作家已经基本上写尽了自己对社会现实的认识与感受,或者说已经把自己几乎所有的对社会现实的认识与感受,都以生活的形象图景表现完了的时候,或者说已经对他的生活经验与生活视野所能提供的现实生活题材作了最大限度地挖掘之后,他往往容易把注意力转移到他最后的一所矿藏——我,而又开始新的采掘。当然,也还有另一种情况,那就是,当一个作家已经取得了杰出的创作成就,当他已经是读者与公众瞩目的对象,并自信将在文学史上占有一席地位、将为后人所研读的时候,他也可能要为自己留下一幅自我肖像或一份自我的历史材料。以上这两种情况,不论哪一种,都有可能促使一个作家去回忆、去追述。历史上、现实中一些追怀之作、自述之作不就是这样应运而生?

这种情况在最近两三年的法国文学中又一次得到令人印象异常深刻的验证,三个同属先锋派潮流的老作家相继发表出版了他们的自传性的作品。现年83岁的娜塔丽·夏洛特在1983年发表了名为《童年》的回忆录;现年63岁的阿兰·罗伯-葛利叶在1984年出版了自传体小说《重现的镜子》;而在他们之后,就是玛格丽特·杜拉斯的

《悠悠此情》了。这种情况表明了这样一个事实：这一批曾在法国文坛上显赫一时的才人，已经名副其实地在文学上进入了他们的老境，他们把自己在思想上与在艺术上的内容基本上快展示尽了的时候，自然转向了自己最后的财富——自我，他们身上都产生了怀旧之情，似乎已经在准备给自己的创作生涯作结。

"夕阳无限好，只是近黄昏。"但也许正因为是近黄昏，夕阳才另具自己的某种魅力，夏洛特的《童年》出版后被视为"又一次证实了这位作家在法国当代文学中所占据的优势地位"之作；阿兰·罗伯-葛利叶的《重现的镜子》在手法上一反作者的过去而使人有柳暗花明又一村之感；而玛格丽特·杜拉斯的《悠悠此情》，似乎更有一片灿烂的余晖，它出版后当年即获龚古尔文学奖，成为法国最畅销的书籍，并很快译成不止一种文字在国外出版。

玛格丽特·杜拉斯是一个追求艺术创新的作家，独创性是她的一个标志，也许，她有时有些过分，可能走得太远。

法国电影研讨会的放映厅里。银幕上，一间宽敞而雅致的房间，桌旁有两个人的交谈，玛格丽特·杜拉斯正向杰拉·德帕迪欧讲解她的电影剧本《卡车》。她穿着深色的便装，端庄而高雅，尽管已经高龄，但满头青丝，面容丰润，气派大方，举止沉着而自然。显然，让任何一个大演员来扮演都不会像她自己这样现身出场的效果来得好，即使是体格伟壮、以表演风格豪放不羁而著称的名演员杰拉·德帕迪欧就坐在她旁边，但她的形象、她的语言、她的动作仍然镇住了场面。她讲解说，这是一部意义丰富的影片，无所不包，地球、宇宙、政治斗争、爱情、人生、哲理……应有尽有。它有人物吗？有。男女主人公同坐在一辆卡车中，男主人公就是司机。观众预感到，德帕迪欧将要扮演这个角色，为此，他正在倾听杜拉斯的讲解。随着她的讲解，镜头转向了卡车，它在平原上行驶，平原上景色宜人……然后，镜头又回到了客厅，杜拉斯继续讲解着。影片有故事吗？两个男女邂近在一辆卡车里，他们肯定会产生爱情……镜头又转向了卡车，观众期待着卡车上出现这两个男女主人公的形象，然而没有出现，卡车静静地行驶在公路上，两旁的村镇缓缓而过……镜头又转向客厅，杜拉斯仍继续在讲，她的语音很好听。偶尔，德帕迪欧也提一两个问题，不用急，他的戏还没有开始呢……然后，又是卡车，这次男女主人公总该在车上露面了吧？没有。卡车只是静静地行驶着，仍不见座舱里的人，似乎是一辆无人驾驶的汽车，它穿过丛林，越过旷野，在暮色里行驶，远处的灯光点点……然后，又是客厅里的对话，接着又是卡车在静静地行驶……如此反复，男女主人公仍不出现，而杜拉斯的讲解又老不进入故事，始终在外围打转，或者是议论，或者是分析，或者是哲理……到这时，影片已经放映将近一小时之久了！

于是，观众感到双重的绝望：肯定看不到一个西方故事在银幕上搬演了，也休想听到这位声音徐缓而沉静的夫人讲一个有意思的故事作为弥补。咳嗽声、擤鼻涕声、坐椅撞碰声愈来愈多，足以与银幕上杜拉斯的声音抗衡，表明了观众已经不耐烦到了什么程度。放映机戛然而停。放映员宣布，应观众要求，《卡车》不再放映下去了，改映另一部影片。一部分观众却喊叫起来，对此表示反对，要求继续把《卡车》放映完，也许，这些都是现代派文艺的知音与爱好者，或者是一些爱好研究的人。但是，停映仍受到大多数人的支持。两种要求相持了一阵以后，终于还是拥有传统趣味的观众占了上风，否决了具有先锋派趣味的观众的要求，《卡车》的后半部被"禁"掉了。

当时，我为此颇感遗憾，倒不是因为我从这样一部影片里看出了多少了不起的妙处，舍不得和它告别，而只是因为我有些好奇，想知道它最后将如何收场。不过，据在场的看完过这部影片的人介绍说，直到最后，反正还是这辆卡车，没有主人公，没有故事。

的确，她有时可能走得太远，她自编自导自演的《卡车》就是她走得稍远的一个例子。我在研讨会上的发言里，曾把它称为"反电影"的一个标本。在这里,她是在进行电影艺术创作,然而,她却使用了"反电影"的方法,即看来显然是不符合电影艺术特点的方法。她摒弃了电影应诉之于人的视觉这条电影艺术规律,而在影片中以语言来代替视觉形象,实际上就是把电影这一特殊的艺术形式加以文学化。而且,她所运用的语言还不是文学叙述的语言,既不叙述某一完整的生活过程,也不表现人物的形象与言行,而是散文的语言,说明的语言,甚至只是议论的语言,只表达某些思想、见解与哲理,每段之间并无联系,又有点像纪德的《地粮》那样。她这种"反电影"的电影究竟有多少价值?是否就完全没有价值?这似乎是一个不宜于一时就下断语的问题。当罗伯-葛利叶"反小说"的小说、荒诞派"反戏剧"的戏剧、马尔罗"反回忆录"的回忆录刚刚出现的时候,谁能预计它们日后将具有那样出人意料的艺术参考价值?

《悠悠此情》出自这样一个刻意求新的作家之手,虽然她创新的努力并不一定都是合理而成功的,但她那种追求创新、敢于探索的勇气,对文学艺术的创作来说,毕竟难能可贵。因为,谁都知道,没有创新,文学艺术就没有发展。也许率先探索创新之道可能误入迷途,但"我不入地狱谁入地狱"?在《悠悠此情》里,我们再一次见到了作者这种追求创新的努力。不过,在这里,她有一种合理的节制,不像在《卡车》里那样冒进。

"春城何处不飞花",若着意创新,似乎每一个地方都大可施展。这里,正在进行"我"的平铺直叙的回忆,平铺直叙的回忆有什么创新的余地?回忆突然中断了,"我"完全退隐,一个"她"出来代替了"我","她"的种种一切都由另一个看不见的人来描述,这个人就是易位了的"我",这种由显身的第一者所进行的主观回忆变为由不显身的第三者的客观叙述有什么讲究?是为了防止"自我"在显身时经常有的某种自我陶醉的感情?杜绝某种自我感情的泛滥与扩张?或者是为了有意地超脱出来，保持一段距离以便能更清楚地认识与表现"自我"的处境？或者是为了改换一个角度以便开拓对自我的认识？可能这些作用都有一点……这里正在进行对某一生活场景的勾画（不是描绘，她几乎很少进行描绘）或对某一生活过程的叙述，勾画者与叙述者并不是自传作品中的"我"，而是一个不显身的藏在作品后的"上帝"。这是历来的叙述性作品所惯用的方法？它怎么进入了自传与回忆之中？然而，勾画与叙述突然停止了，"我"的回忆又继续下去，并且与以上的勾画与叙述吻合衔接起来，"我"、与"我"有关的人又一一进入上述生活场景与生活过程中的角色。为什么客观的勾画与叙述不继续下去？仅仅是为了完成一种角度与方式上的复归以保持自述与回忆的基本面貌？或者是为了在关键性的地方更便于以自述的方式挖掘自我内心中的私人感情、隐秘的愿望与心理活动？或者是为避免这样一类指责：你有什么权力、你凭什么本事能钻进这个人物的内心里知悉了其中的一切？你真是无所不能、无所不晓的上帝？你这种描写方法是绝对真实的、自然的吗？而这类指责正是新派作家曾经加在巴尔扎克式的小说家头上的……

当然，这里还有意识流手法。本来，一个70多岁高龄的人回顾过去，本身就不可能不是一种意识流的活动，因为，回顾中有此时此地所忆及的当时的事实与过程，也有此时此地所忆及的当时的情绪、愿望与想象，如果再加上严格属于此时此地的种种愿望与想象，那么，这"流"中的成分就更复杂了，这就必然形成虚与实的交错、重叠，必然形成几度空间的交错，重叠以及不同时间的交错、重叠。整个作品里，时空的界限、壁垒都不存在了，作者的意识像水流一样溢过了界限与壁垒。

此外，这里还有同一人称下不同人物身份的取代变换……这里还有……

凡此种种，都是《悠悠此情》中一些会使我们的读者感到新鲜的东西,但所有这一切似乎还不是最主要的、整体性的,而足以使读者产生一种整体性的新鲜感的,看来还是它作为回忆作品所具有的那种"爬藤"式的脉络线索,零星碎片的集装型结构,闪烁、模糊、朦胧的回忆以及由此而形成的整个作品的点染型的风貌。

从来的回忆与自传都讲究把事情原原本本、有条不紊、清楚具体地叙述出来,玛格丽特·杜拉斯有意打破这种既定的格局。她似乎是漫不经心、毫无创作准备地坐在稿纸面前,思绪就像轻柔的蒲公英一样漫无目的地飘荡,它偶尔落在一个点上,这个点就成为了回忆的源头,从这里生出一枝"爬藤",它蔓延、伸展,没有固定方位,不导向任何既定的目标。先是落在"容颜"这个点上,由此,伸延到18岁、17岁、15岁半时的容貌以及与此有关的印度支那的气候环境、家庭的饮食条件、经济状况以及家庭关系、个人心情;而后,又落在另一个点上:自己的打扮与帽子,从这里又生出另一枝"爬藤",它也向四处蔓延:母亲替自己买了这顶帽子、买帽的母亲、母女关系、自己的打扮的趣味、早熟的性格、性心理的觉醒、殖民地上流社会白人妇女的命运……然后,又落在另一个点上:湄公河上的渡口,又一枝"爬藤"从这里静静地伸延:与渡口有关的生活习惯、与渡河有关的心情……一时,这枝"爬藤"隐没了,被覆盖在其他"爬藤"的枝叶之下,但不久,它又出现了,又向前延伸:与渡河有关的种种印象、在渡河时与那位华裔青年的相遇……往后,这枝"爬藤"将再度隐没,但又将再度重现……就这样,从不同点伸出来的一枝又一枝"爬藤",以其繁茂的枝叶交织成了一大片绿意。

至于说它的结构是零星碎片集装型的,那是因为,在这里,回忆都是片断的、零碎的,作者从不以完整的章节介绍某一带有全局性的环境与情势,描绘某一广阔的生活场景,叙述某一完整事件的始末,说明某一思想情感的发展过程。她只以散文诗式的段落表述局部的印象、短暂的心绪、事件不完整的片段,而且,这些各自独立的段落似乎是漫不经心地散布在各处，些微有点零乱，但它们却被集装在一起，构成了一幅以半世纪前印度支那殖民地生活的浮光掠影、种族歧视与种族隔膜的气氛、白人冷酷家庭关系为背景的两个不同种族的青年男女私情故事的画面，构成了一个头脑聪明、感觉敏锐、性格不羁，以好奇的心情追求人生奥秘与爱情乐趣的少女的自我形象。这画面与这形象具有点染的风格。是的，它的每一个细部往往是粗略的、不精细、不清晰的，有点模糊、有点朦胧，但正是这一点上，它使我们想起印象派的绘画。是的，这幅画，这个形象各个细部之间的比例与秩序有时显得不大合理，不够顺畅，有点零乱，但正是在这一点上，它又有点像毕加索的名作《弹吉他的少女》。在这幅画上，少女的两臂并没有在正常的位置上，而她所弹的吉他也并不是被她的两臂怀抱，倒似乎是在她的脚下……

完整、统一、和谐、明晰，从来都是古典的、传统的文学艺术所追求的理想境界。现代派艺术往往反其道而行之，它不排斥对分割的、分解的、局部的、零碎的、不完整的美的追求。《悠悠此情》就是自传作品中属于这种美学思想范畴的一例。这种不完整的、不清晰的、断续零散的印象、回忆、场景、心情、思绪究竟是否"师出有名"，有理为本？也许，这样做可以使作者不陷入固定的、板结的构体中去，而给自己留下了更大的自由的空间，以便让自己此时此地的意象、情韵、灵智能在自由的空间里随意飘荡；也许，这样做可以使读者的思想情感也不至于陷入作者构设的固定围墙中，而能得到较广阔的余地，任自己的感受与情感自由地滋生与舒展……不论怎样，至少这样写回忆录比写那种原原本本、完整明确、具体清楚的传统的回忆录，更符合写回忆录时的精神活动状态。对于一个70多岁的人来说，回忆不正是由一些不断闪现又不断隐没的生活片断、零星印象所组成的吗？如果要评判这两种回忆自传之中哪一种更具有全面的、本质的真实性，那么就应该看到，是否具有真实性的标志并不在于其他,而在于是否具有卢梭式的坦率与勇气,即敢于面对与直望自己的过失甚至不德的坦率与勇气。在《悠悠此情》里,这种坦率与勇气倒是不缺少的,如像作者就敢于承认少女时代自己身上的某种"浪劲"以及一时的同性恋的冲动,等等。

  虽说是分解的、零散的,但所有这一切毕竟是集装在一个整体里,在同一本书里。靠什么呢?除了靠排字、页码、印刷、装订等物质条件把所有这一切集装起来外,是否总还有点什么内在的东西把它们维系、贯通、胶合在一起?情况究竟如何,得看一个作家像先锋一样冲得有多远。玛格丽特·杜拉斯在这一点上走得并不太远,她努力用一种东西把她那些碎片胶合在一起,那就是诗的韵味与格调。这绝不是说她所回忆的那段私情有什么诗意,她生活的殖民地环境与寒酸而充满敌意的家庭里有什么诗意,诗意不是来自她所回忆的过去的客观现象,而是来自她此时此地的怀旧之情。人,回忆起自己的青年时期,总不免带有深厚的感情(不论这感情是什么色彩),而只要是有感情的地方,就一定能生出诗意。有了诗意,就可能带来诗的韵味与格调。请看:

    十五岁半,在渡船上……
    十五岁半,渡河之际……
    十五岁半,腰身纤细……倚在渡船的舷樯上……[①]

  这样的段落结构,不是像诗歌中叠句的缩影吗?

---

① 本作品引文请见F·20丛书本。

一部可望获经典地位的作品

——玛格丽特·杜拉斯:《长别离》

无济于事,她的柔情、她的怜爱、她千方百计的提示与启发、她高声的近乎发狂的呼唤,都无济于事,都不能唤起这个男人的回忆。他在战争中因头部被法西斯毒打受伤而丧失了全部的记忆,面对着自己的妻子、面对着妻子深挚的爱与坚毅的努力,毫无反应,甚至像受惊的鸟一样又飞逃而去,无影无踪,她在那茫茫的黑夜里,只能喃喃独语……

她,眼见战争即将结束、和平生活即将来到,她即将与一个德国小伙子正式结为夫妻,然而,在河岸边,她却趴在他中了冷枪的身体旁,眼见着他躺在那里慢慢咽气,感受着一种撕裂肝肠的痛苦……

她,在冷漠无情的资产阶级家庭里得不到丝毫的爱,却与自己丈夫工厂里的一个工人产生爱情,但这爱情不可能有任何出路,最后只可能导致这样的结局:深爱着的情人亲手把心爱的情妇杀死而同归于尽,面临这种可能的结局,他们必须作出最后的抉择……

我在巴黎与克洛德·莫里亚克谈到玛格丽特·杜拉斯的时候,把《长别离》《广岛之恋》与《琴声如诉》这三部作品的内容,称为"绝望的爱情",我这样说:"她善于描写爱情,特别善于描写绝望的爱情。"[1]

绝望的爱情当然都是悲剧。杜拉斯总是在绝望的爱情故事里致力

---

[1] 请见拙著《巴黎对话录》第217页,1983年。

于表现悲。悲，本来就是人类文学的一大"支柱"，更是爱情文学的"第一要素"。过去文学史上喜剧题材的爱情文学作品固然不少，但悲剧题材的则更多，而人类爱情文学中那些动人心弦的名著杰作，往往也都是悲剧。因此，有志于感动世世代代读者的作家，也往往竞相写悲，这似乎已经成为文学中的一个传统。杜拉斯显然不甘居前人之后，即使文学史上已经有了那样多爱情悲剧的名篇。不过，要与那些名篇争艳斗妍，就非得有自己的独创性才行。如果说，杜拉斯在《广岛之恋》与《琴声如诉》等作品里都显示出了她的独创性的话，那么，她在《长别离》中的独创性似乎更值得注意，因为在这里，她所选择的是一个不知被多少作家、诗人描写过、歌唱过的传统主题：夫妇的忠贞之爱。不言而喻，要以这样的老题材谱写出感人至深的新颖的篇章，更需有独特的才情。

自从荷马的史诗歌唱过潘奈洛佩与奥德修斯的故事以后，妻子坚贞的等待就成为传统文学中夫妇之爱的经典式的格局。《长别离》显然与这种格局有所不合，重视绝对之纯洁与不折不扣之贞操的读者，一定早就会敏锐地发现了，黛莱丝有过一个情人，但这一点在杜拉斯看来显然不是问题的所在，何况，她又作了这样的安排：黛莱丝一旦发现了一直以为已经死去了的丈夫时，对情人的态度就有了改变。问题在于，黛莱丝发现这个褴褛不堪、以拾破烂为生的流浪人就是自己的丈夫后，她将采取什么态度，她内心的感情是什么状态，如果这个人还拥有社会所承认的一切价值——身份、地位、财产、能力，或者如果这个人还拥有最最基本的东西——健康的身心，那问题都很简单，不幸的是，这个人已经丧失了所有这一切，甚至丧失了他原来的真实的姓名，任何人都可以对他拒不承认，甚至他自己的姑母也不情愿认他。杜拉斯打破传统的格局，构思了这样一个悲惨的情势，把她的主人公放在这种情势下，检验她感情的性质与力量。这种情势的悲，不仅在于夫妇两人过去的长别离，更在于他们目前的相逢，这种相逢似乎否定了过去的长别离,然而这面对面的相逢,却仍然是相距万里,其中包含了一种更可怕的长别离,实际上是对相逢的更彻底的否定。杜拉斯打破了历来"悲"、"欢"、"离"、"合"的俗套,"悲离"、"欢合"的俗套,从"离"与"合"这种辩证的矛盾对立中,从"合"之"离"中,挖掘深刻的悲剧意义,使之达到一种刺心的程度。

在爱情文学作品中,重要的是人,是人的感情,是感情的情态与意境,而不是故事情节的始末,这也许是区分杰作与平庸之作的一个标志。杜拉斯很懂得这点,她的作品与过去好些着力于写故事情节的爱情作品不同,主要就是致力于写一定情况、一定情势下的人,人的感情与感情的意境与情态。在《长别离》中,她着力表现的就是黛莱丝那种令人绝望的遭遇与处境,她在绝望中的坚毅努力,她那种即使是绝望的,但仍然是不动摇的爱情以及这种爱情深挚的动人的力量。杜拉斯在作品几乎所有的画面与场景中,都渲染上来自夫妻近在咫尺而仍无法结束"长别离"的这种现实的悲怆的色调,而在这色调上,突出在我们眼前的,是作者以放大的比例所表现出来的黛莱丝清晰的悲剧形象。

作者对这个形象的描绘是高度集中的,即使是要倒叙黛莱丝与阿拜尔的关系、他们的家庭、历史以及阿拜尔因参加抗敌活动而遭逮捕摧残的过去,她也并不是通过历史的画面,而是通过黛莱丝启发流浪人回忆的现实的场面来完成的,通过黛莱丝那深情、专注、急切、似乎拴系着她全部命运的提示与启发来表现的。在这里,我们看到的仍然是黛莱丝的形象,而历史与现实这两度时间、两度空间的全部悲剧性,都蕴含在她那些作戏式的、启发性的话语中,蕴含在她的形象与表情中。

作者对这个形象的描绘是精细入微的,她不放过黛莱丝的每一个动作、每一个表情、每一句话语,尽可能加以细腻的呈现。她与姑妈关于流浪人是否就是她丈夫的争论、她邀请流浪人共进晚餐的对话、她在整个晚餐时与流浪人吃力的交谈,写得多么曲折有致,富有层次,像一条徐缓舒展的水流,展示了那么丰富的内心意境。她的描绘也是有节制的、自然的,绝不求助任何徒具表面价值、哗众取宠的东西。她从不让她的女主人公口出任何夸张的、浪漫的、信誓旦旦的语言,而力求让她的语言尽可能单纯、含蓄。然而,这朴素的语言蕴含着的深邃的感情,却具有多么不可思议的动人的力量!请看,在她启发流浪人回忆的那段话里,"黛莱丝一直没有改嫁"、"黛莱丝在巴黎"这两个简单朴素的句子,它们不断重复、排比、变换,就像诗歌中的叠句一样具有反复吟咏的韵味,而它们所传达出来的她那深沉的倾诉长别离的感情,又足以催人泪下。请看,在跳舞的时候,她两次重复的那句话:"感谢您光临。"如此普通,如此礼节性,如此有距离,然而却正表现了她对阿拜尔那无限的柔情,表现了她发现了他头上那可怕的伤疤后意识到他将永远与她"长别离",永远近在眼前而又永远相距万里的惨然的绝望,更有令人柔肠寸断的效果。

最后,还有回肠荡气的余韵。人们都是寄希望于春天,但黛莱丝在流浪人惊逃出走后,却期待着严冬的来到,这可不是浪漫主义诗人的冬天[①],这是"山穷水尽"的冬天,尽管冬天之后必然是春天,黛莱丝的春天却并不见得有希望,她很可能长久地处于"希望不来,苦死了等的人"的悲剧状态之中。

杜拉斯所表现的这种悲剧,显然与传统文学中的爱情悲剧有所不同。在传统的文学中,爱情悲剧大都以死为结束,不论是自杀、殉情或情杀,作者总乐于追求这种"生命诚可贵,爱情价更高"的理想境界与最悲惨的戏剧性的效果,特别是浪漫派作家或有浪漫主义色彩的作家更是如此。即使歌德对夏绿蒂·布芙无望的热恋并没有导致他自杀,然而,他把这段情感经历写成《少年维特之烦恼》时,却让主人公以手枪结束了自己年轻的生命。从悲剧美学的考虑来说,有什么

[①] 雪莱诗:"冬天来了,春天还会远吗?"

比宁愿舍弃生命的爱情悲剧更能引起美感的效果？更能引起读者的同情、共鸣与感动？这似乎很符合常情常理，看来，杜拉斯却不大信奉这种常情常理。她很少在自己的作品里写以死为结束的悲剧，这是因为她所见到的现代人的生活中殉情自杀的事例已经越来越少了？他们爱情上的伤痛往往在日益扩大的社会交往中、在现代生活使人应接不暇的迭变中得到冲淡、缓解以至愈合？或者因为她是要追求一种新的美感效果？不论怎样，她在自己的作品里，总是有意识地以感情上的伤痛来代替肉体上殉情的伤口，即使是在《广岛之恋》里，那个痛不欲生的少女，也并没有走上殉情的这一步。杜拉斯总是让她的人物能经得起悲惨事件的打击，总是把痛苦维持在她们所能承受的限度里而不至于使她们活不下去，但，人虽未死，伤痛在身上却隐隐可感，长年累月不消，甚至会伴随着此后的余生，这就构成了杜拉斯爱情作品中常有的哀伤惆怅的基调。这种对哀伤惆怅基调的美学追求，与传统文学中那种要悲到极点、悲到尽头、悲"满"的美学追求相比，究竟谁优谁劣，这得视读者的美学趣味而定。可以肯定的是，在杜拉斯的作品里，既然情人并没有一死了结，那么，痛苦也就没有死去，它将长久地缠扰着没有死去的情人，当然也就使读者随之得到一种悠长的感动，对人物产生一种持续的挂念，这在艺术效果上是否有点像"余音绕梁，三日不绝"？

《长别离》是一部现代型的爱情文学的杰作，它以其高超的意境、深挚感人的内容、新颖的构思、精细的描绘、散文诗般的格调，在20世纪的爱情文学中，可望获取经典性的地位，而它反法西斯的政治色彩与传统道德的倾向，则又使我们倍感亲切。

规范之外的伤痕爱情

——玛格丽特·杜拉斯:《广岛之恋》

在中国这样一个历来强调爱情的政治界线与道德准则的国度里,也许有必要首先指出:对我们来说,《广岛之恋》的故事原是一桩不足为训的私情。但是,在世界文库里,真正符合我们的道德规范的作品毕竟为数较少,而我们对世界文学、正面的道德的需求又只不过是我们的一种需求。除此以外,我们还有其他别的需求。认识生活的需求,艺术借鉴的需求,等等。因此,当我们民族以开放的眼光面对世界的时候,《广岛之恋》就不可避免地要进入我们的视野。

从剧本情节来看,这似乎是一个道德化之外的故事。女主人公的两次爱情,无一不是有违既定的规范。头一次,她作为一个被占领国的妇女,却爱上了一个德国占领军的士兵。第二次,她作为一个有夫之妇,又在广岛与一个异国男子难分难舍。对于男主人公,这个已有幸福家室的日本男人来说,则是一次不折不扣的艳遇。如果只着眼于情节,事情倒比较简单,我们很容易就可以对这部作品作出道德化的批判,然而,事情却远非这样简单。

在传统的文学中,完整的故事情节是作品不可或缺的"构件"、"骨架",是作家用来表现人物的性格、表明自己的道德倾向、传达作品的意义的重要手段,但在现代的文学中,尤其是在力图以非传统的方法进行创作的作家那里,故事情节已经大大丧失了它原来的那些重要性。这些作家对故事情节的重视甚至降低到这样的程度,或者不赋予它以完整性与连贯性,而自己随意安排,使它不可能成为对性格、意义、倾向提供统一说明的实在依据;或者只安排实在不能构成一个生活事件或一段生活过程的"故事情节",即所谓的"淡化的情节";或者干脆就把故事情节完全扔掉。玛格丽特·杜拉斯显然是一个不满足于传统方法的作家,她曾被视为法国"新小说"派中的一员,不论她是否属于这个流派,她在《广岛之恋》的构思上,肯定有她独特的所在。

她并不在意这个故事本身。在她看来,这类偶然的萍水相逢、露水之情,"世界上'到处都有'",她不关心这一对情人是如何相遇的,女的最终是否会待在广岛,她更无意于把这一切表现得清晰明了,因为很简单,"问题不在这里",她并不是要写一个桃色私情故事的过程始末。她所在意与她力求达到的是什么呢?——使男女主人公的话题"富有寓意",赋予他们的对白以一种"歌剧吟诵般"的格调,让那些构成情节的每个手势、每句话都带有一种特殊的光圈,具有超出字面意义的弦外之音,总之,她所要表现的是某种"超现实"的东西,超乎这一个具体艳遇故事之上的东西,带有某种升华性质的东西,或者说,带有某种象征意义的东西。

故事的始末细节并不重要,在这里,重要的是画面、图景、形象。作者特别着力加以描绘的,是两组居于中心地位的图景。一组是广岛被摧毁的景象,一组是"她"在自己家乡纳韦尔被伤害的景象。

广岛被毁的惨景:蘑菇云、一片片废墟、支离破碎的建筑、一根根扭曲的钢筋、一张张被烧焦的人皮、一堆烤煳的头发……还有浩劫后幸存者身上后遗的伤痕:独眼的儿童、双手扭曲的盲女、长期不能入睡的男子……还有核污染在整个生存环境中造成的种种可怕景象……即使广岛的浩劫是举世皆知的,但作品中的画面与情景,却仍足以令人猛然一惊,骇然不已。

纳韦尔的一系列画面与图景:她与一个德国兵的幽会,德国兵在战争结束时被枪杀、她撕裂肝肠的痛苦、她被剃光头被侮辱的形象、她在绝望之中的精神失常、她从自己的破手上尝到了自己的血……

广岛浩劫的图景具有明确的含义,它们是对战争残酷性的揭露,是对战争危害性的控诉,而且也是对核竞赛的强有力的警告,特别是女主人公明白地指出了:"这种惨剧还将重演","整个城市将被从地面上掀起,然后崩溃成灰烬"[①]。在这里,作者的感情与立场不是"阵营性"的,而带有人道主义的色彩。她关心的是人,是人的城市、人的物质生活、人的生命在战争盲目的毁灭力面前会变成什么样,她表示了一种泛人类的忧虑,一种超国度、超阵营、超集团的人道主义的忧虑,对于整个人类命运的忧虑。

纳韦尔的一系列图景蕴含的意义却要复杂得多。因为,一些读者观众自然会联想到观念、精神、界线、规范与气节等等问题,一个被占领国家的少女与一个占领军的士兵相爱,无论从上述哪个角度来看,都是一件不光彩的事,不值得称道的事。然而,作者显然并不想从这些社会政治的意义上去开掘,并不想向读者提供足够的信息以启迪这些方面的思考,她绝不把这两个人表现为两个营垒的代表,就像维尔高尔在《海的沉默》里把那个德国军官与那个法国老人和他的侄女,表现成两个正在交战的民族的精神力量、文化传统、气节尊严的代表一样,甚至她竭力避免赋予这个德国士兵与这个法国少女以任何社会的、阵营的色彩,而力图让他们只以人的形象、只以两个热恋着的人的形象出现在观众面前。在现实生活中,这种游离了社会政治意识的人与人的亲善关系,不是不可能、也不是不可理解的。在莫泊桑的短篇小说里,就有一个缺乏战争观念与民族意识的乡下老婆婆,与住在她家的四个普鲁士侵略军士兵相处得非常融洽,后来,她儿子阵亡的消息才使她产生了民族与个人复仇的感情,使她成为了一个抗战杀敌的英雄。在我们面前的这两个人,一个是偏僻、闭塞、灰暗、

---

① 本作品引文请见F·20丛书本。

死气沉沉的小城镇上不谙世事的少女，青春的活力使她渴望爱情，推动她盲目地感情用事；另一个是被作为炮灰征集来的、单纯的德国小伙子，他同样陷入了真诚严肃的热恋，他们的天地狭小，没有渗入其他社会内容的恋情，无疑是深挚而狂热的。然而，战争与民族对立不仅使他们的恋爱是一件见不得人的事，而且使他们付出了最沉重的代价，一个被民族仇恨的冷枪所杀，而且是在战争实际上已经结束的时候；一个则遭到了莫大的歧视与凌辱，精神上受到了锐厉的打击，心灵里留下了一个深深的伤痕。这是民族与国家大对抗、大斗争中的小个人的悲剧与伤痕。在作者的笔下，这是人的悲剧，是人的伤痕。

于是，作者就构成了两个居于作品中心地位的被伤害的形象：广岛与女主人公"她"。他们同是战争中的受伤者，一个是实体上的受伤，一个是精神上的受伤，两者各自的锐痛厉苦互相对照衬托、类比渗透，很有助于读者对人类与个人不同的痛苦，形成一种"通感"式的感受。而且，他们两者都是同一场大灾难中无辜的受伤者，按他们的地位、处境、性格与作用，他们之中哪一个都不应该遭到如此残酷的命运，而他们之所以遭到了这种命运，并不是他们的过错，而都是由于有一场盲目的灾难——战争。试想，如果没有这样一场把所有人都卷入的战争，一个法国少女与德国青年的相爱不是正常而合理的吗？作者把这两个受伤的形象加以对比、映照、重叠，从而赋予了作品一种深沉的人类的意义，而在这两个伤痕的背景上，表现了一个哀婉凄清、荡气回肠的爱情悲剧。

这两个人物，法国少妇与日本男子，即使他们已经不止一次共宿，但彼此都不知道对方的姓名，"你的名字是广岛"，"你的名字叫纳韦尔，法国的纳韦尔"，直到剧本的最后，他们还这样以自己心目中的代号相称。然而，他们的关系的心理基础正好是建立在这两个代号上。作者让她的男主人公最后这样作结论："我们的关系只不过是在这一层意义上而已，我们将永远停留在这个程度上。"这就清楚地标明了两人邂逅之情的基本性质。白居易遇琵琶女后有诗曰:"同是天涯沦落人,相逢何必曾相识。"这与我们面前的这个故事在很多方面虽然不一样,但却颇有相似之处。同是受伤害者,这就是这一对情人关系的实质,这决定了他们的关系具有一些超乎于情欲之上的其他内容,使他们不同于资本主义欲海横流条件下逢场作戏、随意苟合、寻欢作乐的"狗男女",使他们的私情也不同于低级的艳情故事。在这里,有对人类重大课题的思考,有对笼罩在和平世界之上的阴云的忧虑,有人群与个人对过去浩劫留下的伤痕的痛楚,有伤逝与缅怀,有寻觅慰藉与补偿的复杂心理,有剪不断、理还乱的离愁别绪,有对世俗道德规范的顾虑,有玩世不恭的自嘲与轻淡的现代人的颓废情调,有出自灵魂深处的呼喊与独白,有像凄凄"琵琶声"一样如怨如诉的基调。而表达这一切的对白与语言,比一般的口语更简洁但却像散文诗一样具有抒情的风格⋯⋯

当然有人也许会指责杜拉斯写了肉欲,但是,你怎么可能以道德的禁令制止一个现代西方作家进入这个对他们来说绝非"禁区"的"禁区"?何况她写的故事毕竟是邂逅相遇,更何况肉欲毕竟是人类生活中一种人所共知的现实,在医学与生理学看来,是一个很坦率并无任何神秘性可言的范畴,不论是津津乐道、绘声绘色者,还是讳莫如深、视谈及为不德者,其实都有点反常。在文学中,则有一个发展过程,在浪漫主义文学时期,作家只写"灵"、只写"情",面对"肉"从来都视而不见,这种情况甚至在巴尔扎克、梅里美、司汤达的作品里也没有根本改变。自然主义把"肉"与"欲"带进了文学,从此,"肉"与"欲"不再是西方作家视而不见、避而不谈的领域。在现代20世纪文学中,这已经是读者司空见惯、习以为常的现象,如果要完全与"肉"或"肉"的影子绝缘,那么,20世纪文学很大一部分必然要关进"禁区"。不过,我们倒是应该作这样一个区分:一个作家是完全抛弃了社会道德的意识,脱离严肃的艺术追求,仅以绘声绘色为乐；还是在表现社会现实，进行严肃的艺术创作时并不对此完全回避，而把它置于一个合理的地位，使之从属于严肃的意图与艺术创作的整体。这是区分一个作家是格调低还是格调高的标志，区分他是污染者还是严肃艺术家的标志。玛格丽特·杜拉斯是法国一位有世界声望的女作家，她对自己女性尊严与文笔格调的珍视与爱护，绝不会亚于侧目而视的有德之士。她并没有回避肉体之爱，然而，她对自然主义文学来了一个"否定之否定"，她在不回避肉体爱的基础上，致力于"提炼"与"升华"，她着力描写与表现的是人的感情、情绪、内心的沉吟与呼喊，以致在她的作品里，肉体爱只是一个隐约的、模糊的地平线或背景。

《广岛之恋》是一个与我们的规范颇有距离的作品，在我们看来，是一个规范之外的伤痕爱情的悲剧。它将有助于我们了解西方现代人的感情与生活，有助于我们体验玛格丽特·杜拉斯那使得世界各国很多观众读者陶醉神往的现代的、灵致的抒情风格，特别因为与我们有距离，它也就更能成为磨炼我们的开阔而富有钻探性的艺术理解力的砺石。看来，在一个开放的时代里，这种理解力对我们是很必要的。

西西弗式的奋斗

——玛格丽特·杜拉斯:《抵挡太平洋的堤坝》

这是"法国二十世纪文学丛书"第三次推出玛格丽特·杜拉斯的作品。第一次是她的电影小说《长别离》与《广岛之恋》,第二次是她的自传小说《悠悠此情》。上两次所推出的,都是杜拉斯的后期作品,前者使她在全世界赢得了千万读者与观众,大大有助于她盛誉的形成,后者则在她的晚年锦上添花,更增光彩。而第三次,即现在的这一次,所推出的《抵挡太平洋的堤坝》,则是她早期的作品,而且是她的成名作。

于是,这三次,基本上也就展示了杜拉斯文学创作的起点与终结,如果我们可以说,杜拉斯在1984年的《悠悠此情》之后,事实上并没有写出突破性的作品的话,如果我们也可以说,现已将近80高龄的杜拉斯今后也绝不可能再写出突破性的作品的话。

杜拉斯曾经被划在法国"新小说"派的行列中,对此,我以为应该有所分析。从她的创作历程来说,她于20世纪40年代开始发表小说,那个时期的几部作品《轻率的人》(1942)、《平静的生活》(1944)、《抵挡太平洋的堤坝》(1950)以及《直布罗陀的水手》(1952),从技巧到风格都是传统性的、现实主义式的,基本上不存在新小说技巧的运用。

杜拉斯1953年、1955年相继问世的《塔基尼亚的小马群》与《街心公园》,倒是一个转折,标志着杜拉斯创作的一个新的时期。情节的淡化、心理内容的加重、叙述角度随内心活动而转移、情节变化带着内心活动的色彩、语言成为内心倾诉、内心呼号直接的外在形态以及文学的电影化等等特点,形成了一种新颖独特的艺术风格。这种风格在这个时期的代表作《琴声如诉》(1958)、《广岛之恋》(1959)、《长别离》(1961)中,表现得特具魅力,十分动人,也正是由于这种风格,这些代表作才得以赢得千万读者与观众的喜爱,成为法国20世纪文学中的杰作。但是,她这种创新的风格与法国"新小说"派那些实验性的小说创作技巧,还是大相径庭的。只是到60年代以后,杜拉斯才进一步向实验性的艺术创作靠拢,在人物、情节、叙述方法、文体、文艺形式的界线以及作者与读者、观众的关系上,有了更大胆、更鲜明的反传统式的处理,她这个时期引起注意的作品有:《洛尔·维·斯坦的沉醉》(1964)、《副领事》(1965)、《她说,要毁灭》(1969)与《卡车》等。她这个时期的发展,使她得到了"新小说"派作家的称谓,与此同时,她从写电影小说而发展到进入电影领域,自编自导自演,成为法国当代电影中著名的"左岸派"(作家电影派)的重要成员,而法国"新小说"派的主将罗伯-葛利叶也正是这个著名电影流派中的重要人物,并与杜拉斯具有相同的艺术倾向,这种共同的吻合点,也有助于杜拉斯的"新小说"作家名声之形成。

到了20世纪80年代,在她的自传体小说里,杜拉斯又从她那先锋式的立场上后撤了一步,对她已经有了的实验性的艺术方法大加节制,在相当大的程度上可以说是基本采用了传统的叙述方法,虽然在此限度内,她仍然进行了若干超越传统的创新努力。但杜拉斯在艺术方法上的这一变化,就足以引人注意了,以至在中国,视现实主义传统为亘古不移的真理与法规、视反传统的新潮为邪道的论者均以此为例,欣喜地宣称,在当代法国文学中又出现了现实主义的回归,当然,在这些论者看来,这又再一次证明了现代派艺术的穷途末路。其实,杜拉斯的这一变化,与其说是创作思想、创作方法的转向,不如说是自传体小说这种文学形式要求相对确实、相对确定的生活内容这一点所决定的,是自传体小说这种形式不容许有非确定性的、多义性的、浮动性的、虚幻性的生活内容这个规律所决定的。

这就是至今为止杜拉斯创作历程的大致轨迹。这条轨迹表明了她的灵活性、多样性与丰富性。现在我们面前的这部小说《抵挡太平洋的堤坝》,就是她第一阶段的代表作。这就是这部小说在这条轨迹上的坐标。

作为杜拉斯第一阶段的代表作,《抵挡太平洋的堤坝》完全是一部写实性的作品。它以本世纪早期法属印度支那殖民地为背景,描写了移居到殖民地来的一个法国普通家庭的生活,其中心人物是这个家庭的母亲,她的经历、她的奋斗故事、她的形象,就是小说的基本内容。这个出身农家的品学兼优的少女,大学毕业后在本国农村教了两年书,深受了法国官方的"到殖民地去发财"的宣传的影响,婚后与丈夫一道移居印度支那殖民地。丈夫去世时,两个孩子还很年幼,母亲就一个人艰难地挑起了全家的重担,她靠长期教法文、教钢琴,甚至到娱乐场所当钢琴师来维持几口人的生计,含辛茹苦,勤劳节俭,熬了多年,最后用长期的积蓄向殖民当局购买了一块土地进行耕种。然而,这块地几乎无异于一块废地,它每年都受海潮之害,庄稼被淹,收成贫薄,她10年的血汗收入就这样被太平洋的潮水卷走。她又重新奋斗,进行新的长征:为抵挡海潮而修筑荒地的堤坝,同样,命运又一次给她沉重的打击,堤坝在涨潮之时也被海水冲毁。这时的母亲已衰老疲弱,身心交瘁,经济破产,终于郁郁地死去。

这不是一部想象的虚构之作,而是一本带有自传性的写实的书,小说中的母亲,就是作者自己的母亲,小说中的故事情节,基本上就是作者母亲的经历、作者家庭的际遇以及作者本人在青年时期的亲身见闻与体验。这种写实性给作品带来了不可忽视的价值,在中国翻译与介绍这部作品,首先就有一种"历史生活资料"的意义。在中国读者与观众的心目中,殖民地的生活似乎已经有了固定的模式:凶狠的白人种植园主或农庄主、奢侈享乐的生活、在一个地区之内无法无天的淫威、对有色人种的残酷压榨,等等。这部小说的"历史生活资料"意义,就在于它真实形象地反映了印度支那殖民地白人移民的生活,展现出他们的生存环境,严峻的自然环境与腐败的社会环境;他们的生存条件,对他们的生存发展构成机遇或构成束缚与阻碍的种种条件;他们的生存状态,在清贫、困顿、烦扰、尴尬的境况中生存的状态;他们的生存愿望,在灰色现实中的色彩绚烂的愿望,从苏珊期望有朝一日门前停下一辆汽车、走下来一个"白马王子"的梦、约瑟夫期望有一天某个有钱的女郎给他带来好运的梦,到他们的母亲在海潮威胁前期望得到丰收的梦;还有他们的生存意志,那种朝着只存在于自己理想中、浪漫性十足的目标而激励、而奋发的主观意志与拼搏精神。在这种对普通移民生存状况的写实性的形象图景面前,我们对那个时期、那个社会现实,就会有比较切实、比较深刻的了解。

是否就是为了记述法属殖民地普通移民的生活,杜拉斯才写作这样一部小说?她是否就像很多现实主义、自然主义作家那样,是为了作"历史的书记",给某种生活留下一个形象样本?当然,一个作家从事一部自传性小说的写作,往往的确存在着为过去的生活留下一份记录、一个复制品这一类的意图,这是否就是杜拉斯的主要意图?她灵感的主要源泉,她进行创作的主要原动力?

看来,并非如此。

小说的中心形象、主要形象是母亲,而在这个形象中,最为突出的东西,就是某种客观的命定性与对这种命定性的抗争。这种命定性似乎是连锁反应的。首先是这个携带着两个孩子的普通妇女,处于艰困的殖民地的境况中,陷在营私舞弊、贪污受贿的殖民当局所控制的现存秩序的迷宫里。这里就开始有了命定性,它决定了这个妇女虽然花掉多年的积蓄,但仅仅因为没有贿赂当局因而只能从当局那里得到一块每年都要被潮水淹没的荒地。这样,社会现存秩序的荒诞,就将她孤零零地扔在太平洋海潮的面前。这种社会的荒诞命定性又带来了自然的荒诞命定性,它以更不可抗拒的力量威胁着她全部的生存努力,那势不可当的海潮要像一个无底的黑洞吞没掉她所有的财富与血汗。对于这两种命定性,母亲都不甘心屈从,她以自己微弱的力量进行抗争,她作出种种努力要改变这两种命定性。然而,她越是进行奋斗,她在这两种命定性里就陷得更深。对于前一种社会现实的荒诞命定性,不论是她在经济上谋求贷款,还是从行政上进行投诉,全都无济于事,只会使当局对她更有敌意,只会使她自己更加牢牢地被钉在这块海潮不断淹没的不毛之地的上面,更朝破产的方面滑落;而她对自然的荒诞命定性的抗争,她对太平洋潮水为害的抗争,她修筑堤坝的全部努力,显而易见,更是悲剧性的,更要归于惨败,更要导致自己的毁灭。尽管悲惨的结局是可以预见的,母亲的抗争仍然进行到了最后,直到她作为普通劳动者多年的积蓄、她作为人的意志力与顽强性、她作为一个小人物所能利用的一切,甚至是她女儿从情人那里接受的一个钻石,等等,全部消耗殆尽的时候。

于是,母亲这种对必然的悲剧命运的抗争,也就带有了西西弗的色彩,她的全部抗争就像西西弗的推石上山,她修筑的那道用来抵挡太平洋海潮的可怜的堤坝,就是她全部抗争的缩影,它体现着抗争的艰难性、奋斗的无效性、人的命运的悲怆性。

然而,尽管母亲惨遭失败,但在见证者看来,她终究是进行了奋斗,她在奋斗中显示了她作为人的勤劳、坚毅、顽强与活力以及悲怆性的精神痛苦,而所有这些,正是真正人的素质,是真正人的生命力的发挥,是真正的人生,西西弗式的人生。

正是在这个意义上,这个可怜的小人物母亲是值得见证者杜拉斯以一本小说来加以缅怀的,这也许就是小说灵感的源泉,也是小说深情之所在。

说到深情,我们还不妨补充几句:深情,对人物的深情,对某个故事的深情,实为杜拉斯全部文学创作的一大要素,从《抵挡太平洋的堤坝》,到《琴声如诉》《广岛之恋》《长别离》,直到《悠悠此情》,皆莫不如此。这种深情,使她的文学语言具有一种内心的高度张力,使她的作品具有一种心灵倾诉、心灵呼号的基调,因而往往也就达到回肠荡气的效果。

忧愁的情调与浪子的灵魂

——萨冈的小说三种

正如每个画家都有自己独特的色调一样,每个作家也有自己所喜欢采取的情调。而她,弗朗索瓦兹·萨冈,则喜欢忧愁。

在她笔下,常出现"忧愁"这个字眼,或者是"忧愁"的同义词:"忧郁"、"忧伤"、"痛苦"、"哀婉",等等。

她在一本小说的最后,用这样一句话结束全书:"我呼唤着它的名字,对它表示欢迎:你好,忧愁[①]。"

她在又一本小说里多次赋予女主人公一种对忧愁的特殊爱好:"我喜欢像一些年轻的姑娘那样有一双忧郁[②]的眼睛";"我只喜欢忧郁[③]的聪明人";这个女子带着忧郁的色镜看外在世界。在她眼里,"窗外的天空带有一种美妙的地狱般的忧郁[④]",她有时还有故意追求忧郁的雅兴,情愿花几个钱去买得这种感受:"我在唱机盒里投入20法郎,点那支在夏纳听过的乐曲,平添5分钟的忧郁[⑤]。"

她在另一本小说里,安排她所赞赏的男主人公一上场就是一副"愁眉苦脸[⑥]",她所同情的女主人公则是"非常柔媚,有点憔悴,举

[①] 原文为:Tristesse,《你好,忧愁》,第188页,Julliard版。
[②] 原文为:Sombre,《某种微笑》,第62页,Julliard版。
[③] 原文为:Triste,同上书,第141页。
[④] 原文为:Tristesse,同上书,第141页。
[⑤] 原文为:Spleen,同上书,第166页。
[⑥] 原文为:Tristerment,《您喜欢勃拉姆斯吗》,第22页,Julliard版。

止不凡,但内心愁苦[1]",男女主人公在音乐会上所听到的那支勃拉姆斯的乐曲也是有点哀婉,"有几处过于哀婉[2]"。这支乐曲在小说里是带有某种象征意味的,小说的标题就是从这支乐曲而来。而在小说的最后,当男主人公感到失恋的痛苦与忧伤时,致使他产生这种忧伤的女主人公"再次用双臂搂着扶住他,护持他的忧伤[3],如同当初护持他的幸福",更有甚者,"她情不自禁地羡慕他有如此深痛的忧伤[4],这种令人神往的忧伤"。好一个"令人神往的忧伤",如果对忧愁、忧郁、忧伤这一类感情不怀有某种程度的拜物教,一个作家是写不出这种文句来的。

在文学中,"忧"像"悲"一样,也是一个美学的范畴,它的程度比"悲"浅,但也染上了淡淡的"悲"。它不像"悲"那样给读者以巨大的震撼、强烈的感动,却也颇能撩动人的情怀。而对它的爱好,则也是一种由来已久的传统趣味:

"我已经有太多的忧愁重压在我的心头,你对我表示的同情,徒然使我在太多的忧愁之上再加一重忧愁。"[5]罗密欧第一次出场就这样说。"为什么愁云依然笼罩在你的身上。"[6]哈姆雷特一开始出现就有人这样问他。当然,在文学史上,把忧愁赋予自己心爱的主人公的作家,远远不止莎士比亚。在近代文学中,一些著名的格调不凡、聪明俊秀的青年主人公,几乎都怀着几分愁绪,都带有几分抑郁的情调,仅以19世纪上半期的法国文学而言,这种"忧愁王子"几乎成批地出现,塞南古的奥倍曼、诺缔埃的沙尔、夏多布里昂的勒内、缪塞的沃达夫、司汤达的奥克塔夫等等,人数之众,简直构成了"忧愁

---

[1] 原文为:Souffrant,《您喜欢勃拉姆斯吗》,第30页。
[2] 原文为:Pathétique,同上书,第67页。
[3] 原文为:Chagrin,同上书,第178页。
[4] 原文为:Chagrin,同上书,第178页。
[5] 莎士比亚:《罗密欧与朱丽叶》第一幕第一场。
[6] 莎士比亚:《哈姆雷特》第一幕第二场。

的一代"[1]。

到20世纪,忧愁也并没有因为时序的演进而黯然失色,渗透着现代主义精神的诗人艾吕雅在自己的诗里就指出:"忧愁有美的面容。"如果只说对忧愁的喜爱是法国文学中或者是欧洲文学中超时代的现象,那还是远远不够的,似乎全人类的文学对这种情调都有所追求,中国古人曰:"少年不识愁滋味,爱上层楼,爱上层楼,为赋新词强说愁。"既然没有真正体验过忧愁而仍要去"强说",由此就可见忧愁的魅力之大、魅力之广了。

然而,忧愁毕竟只是一种外在的情状,一种"色调",一种"衣装",在它之下有着千殊万类种种不同的具体根由与具体内涵,这便是世界上的愁总是写不完、文学中对愁的追求也永无止境的原因。而作品中的愁与人物身上的愁其感人的程度,往往也就取决于它是否具有人性善的根由,取决于它内涵是否深刻,是否合理。弗朗索瓦兹·萨冈喜欢写愁,或者说喜欢给自己的人物抹上愁的色彩,她究竟写出了一种什么愁呢?

放在我们面前的三部作品可算是她的代表作:一部是她18岁时写出来的,一部是她20岁时的作品,另一部也不过是写于她24岁的时候,基本上都是她少女时代之作。这个少女,出身于工程师家庭,家境富裕,生活平稳,既没有珂赛特[2]式的苦难的童年,也没有"小东西"[3]式的忧愁的少年时代,只在两家教会中学里念过几年书,进大学预科还不到一年,没有经历过社会的不平,没有品尝过人间的辛酸,没有体验过世道的艰难,她要写愁,看来就难以避免"少年不识愁滋味,为赋新词强说愁"的危险了。

在她的《你好,忧愁》里,究竟有多少愁而这种愁又是什么性

---

[1] 请参看《奥克塔夫与人物形象的类型化》一文,拙著《采石集》第373~381页,人民文学出版社,1985年。
[2] 雨果小说《悲惨世界》中的女主人公,童年多遭苦难。
[3] 都德小说《小东西》中的主人公,因家庭破产未成年即外出谋生。

质,那是很值得加以辨析的。赛茜尔这个17岁的少女能有什么忧愁呢?家里非常有钱,毫无衣食与前程之忧;单身的父亲放荡成性,对女儿从不加管束,任其放纵,赛茜尔还未成年,就已经为所欲为,除了学校里的考试与哲学课中艰深的柏格森偶尔带给她一点烦恼外,她过得简直是无忧无虑、逍遥自在了。倒霉的安娜闯进了这一对父女的生活,父亲雷蒙将与她结婚,她即将结束他与女儿的浪荡,而带来正常的家庭秩序与规范,她当然就遇到了赛茜尔激烈而诡诈的反抗。她中了这个少女设下的圈套,成为可怜的受害者,由此遇祸身亡。只是在这之后,当这个女孩偶尔回忆起她的被害者时她才感到了忧愁。然而,这种忧愁,不论是因为她对自己过去所设下的那个坏透了的圈套感到内疚而产生的,还是由于她对那个自己深知其价值的才貌出众的妇女的死有了理解、同情与伤悼而产生的,都只是这个女孩在浪荡的生活里沉沦日久、如鱼得水、自得其乐之暇的余绪,毕竟只不过是一个"浪子"、一个浪荡者的闲愁。

  的确,赛茜尔与雷蒙都是"浪子"、浪荡者。这个女孩颇有自知之明,在小说中,她就曾把她与自己的父亲比喻为 nomade[①]。至于我们把这种人称为"浪子"或浪荡者,不仅因为他们在个人生活方式上不愿意过正规的家庭生活,在情感上"定居",而要过单身男人或单身女人的放荡不羁的享乐生活,游乐人间,在人生中、在情场上像流浪者一样行踪不定,更主要的是因为,在他们的精神世界里没有规范,没有严肃神圣的东西,没有令他们执着的东西,甚至没有使自己内心激动不已的东西,他们以游戏的态度对待人生,以不在乎的无所谓的态度对待一切,这就是资产阶级社会中"浪子"精神、"浪子"性格的内核。少女赛茜尔对那个身上体现着理性、规范、事业心与上进心,重视家庭、声誉、自尊、体面、风度、教养与优越感的安娜的反抗进击,正是浪子对本阶级中正派人士的反抗进击。而且,即使这

[①] 意为:游牧者,流浪者,见《你好,忧愁》第164页,Julliard版。

个少女最后感到了忧愁，感到了这种也许包含了一定内疚、同情、良知与惋惜等善的因素的感情，然而，她可并没有像传统文学中忧愁的主人公一样被忧愁压倒，被忧愁缠绕得痛苦不堪，你看，她多么不在乎，多么无所谓，多么超脱，她朝忧愁迎了上去，向它问候：你好，忧愁。本来，对她这样一个人来说，能感到一点痛苦与忧愁倒是件好事，那表示在她那流浪者冷漠的灵魂里还有些许人生温情的余烬，可惜这星点余烬并没有再燃起来而几乎是马上又陷于她那冷漠灵魂的不在乎的大海，对于这样一个"浪子"，谁还能期待她身上会产生"浪子悔悟"、"浪子回头"的奇迹？

同样，在《某种微笑》中，男女主人公身上的忧愁底下，也是浪子情调。看起来，吕克似乎全身都散发出忧愁的气息，连他那双"灰色眼睛"与"疲倦的神色"都显得很忧愁，正是这股子劲一下就吸引住了年轻的女大学生多米妮克。然而，他职业稳定，手头阔绰，妻子温柔随和，个人境况中实无忧患而言，而他又并不是心里装着社会与世界的爱好思考的人，并没有因为发现了"丹麦王国里真有些坏事"而感到痛苦，他的忧愁从何而来？仅仅从他那股对一切都无所谓、对一切都冷漠，而对中产阶级富裕但平庸的生活又颇为厌倦的劲头，是否可以推想或许在他看来"人世间的一切是多么可厌、陈腐、乏味而无聊"？萨冈不容许你去这样推想，她不向你提供作这种推想的任何启示，她根本无意于对人物的精神世界作更深广的开拓，这正是她的作品缺乏思想深度的所在。于是，我们看到的吕克就只是一个因为某种厌倦与无聊而在不断的旅行中、在婚外的露水姻缘中，打发日子、消耗生命的流浪者，在他的身上，流浪者的情调远远盖过了那隐隐约约的"忧郁王子"的色彩。

女主人公多米妮克的忧愁倒有点实质性的内容，因为她感到"生活就像一个阴森森的旋涡"，她在生活中没有任何可靠的东西，在"平淡乏味"的生活中，"既没有时间、也没有力量与愿望"去干什么事。这是一个与现实生活有点格格不入、与生活脱了节的人物,她的忧愁即由此而来,不仅成为她的情调,而且成为她的爱好,自然也就成为她与吕克一拍即合的基础。一个青春年少的女大学生,自己已经有了一个忠于自己的青年恋人,怎么会弃而他顾,竟对一个已有妻室的中年人产生一种真心实意、多少还有些牵肠挂肚的爱情?用吕克的妻子弗朗索瓦兹的话来说,就因为她与吕克是"同一类人","生性都有点忧愁"。当然,她的忧愁,深度也是很有限的,它除了使她在生活中"感到无聊"、振作不起来(她这样反问:"为什么要振作呢?")、"对任何人、甚至对自己也漠不关心"、"对一切都不在乎"以及"没有基本的道德观念"外,就别无其他了,而她的"看破红尘"、"麻木不仁"、颓废冷漠与某种程度的浪荡,又正是"浪子"性格的一种表现。虽然她在与吕克的关系中也确实产生了一点对她来说可算是"真正的激情"的东西,然而,她最后冲着镜子那个满不在乎的"某种微笑",却又把仅有的这点"激情"也送走了,以至她自己也感到了"我身上某种最重要、最有活力的东西已经消失"。她这一"情不自禁"的对一切都无所谓地一笑,倒笑出了她灵魂中的浪子情调,而且还标志着她的"浪子"精神将会进一步泛滥。

在《您喜欢勃拉姆斯吗》中,罗捷像《你好,忧愁》中的父亲雷蒙一样,是人生场上一个十足的浪人,不断驱使肉体投入新的享乐已成为他生活中一种难以改变的惯性,在这种放浪的生活中,他的感情虽然不能说是已经完全死亡,但也已麻木不仁而对自己既定的生活方式不起丝毫作用。他这种"流浪人"的习性,使那个在感情上与生活上都渴求"定居"与人生温热的半老徐娘宝珥不堪其苦,由此而形成了小说中戏剧性的矛盾。与萨冈笔下那些浪人形象似乎有所不同的,是这部小说的男主人公西蒙。他年轻俊美,但却并不凭仗这种优越性而在人生场上纵情游乐、放荡不羁,而难能可贵地保持着一些纯正的品德。在他身上,不存在罗捷与雷蒙的那种赤裸裸的肉欲享乐主义,也不存在《某种微笑》中多米妮克那种对一切、甚至对自己的感情也满不在乎的虚无主义色彩，他有一种感情至上主义的东西，他对宝珥的爱情纯正而真挚，其中包含着同情、惋惜、怜爱、尊重、温情、体贴与照顾，保持了一种天真、优雅而高尚的风度，当然，其中也不乏一定程度的感伤。在肉欲主义、浪人习气泛滥的现代生活里，似乎显得有点老派、保守、过时，属于古典的范畴，就像勃拉姆斯的作品是古典音乐一样。请看第十二章《他们的第一夜》中，这里丝毫没有肉欲的影子，而只有西蒙"像贞女守护圣火一样守护宝珥的睡眠"，这简直就有点像都德优美动人的短篇《繁星》中那个情操纯真的牧童"坐怀不乱"的故事。然而，在人情不古、人性不古的现代生活里，您喜欢勃拉姆斯吗？这个问题既是向宝珥提出来的，也是带有一定的哲理意味向更广泛的范围提出来的。不幸的是，最后西蒙被打发走了，宝珥又回到江山易改、本性难移的罗捷的身边，不论宝珥这样做是因为自己与西蒙年龄上的差距或是与罗捷的关系的惯性，小说最后残酷的结局毕竟是古典式爱情的失败与浪子精神的得势。是的，西蒙与放荡的浪人的确显得很不同，但是，在更深一层意义上，他也并没有超出中产阶级浪子的范畴。他有点愤世嫉俗，上司"布置得完美无缺"的办公室也"令他憎恶"，他身上有明显的吊儿郎当的情调，言谈态度有时有点玩世不恭，对自己的前程与见习律师的工作漠不关心，没有什么进取心与干劲，甚至也没有多少严肃正经的态度，因为他感到在生活中"有什么东西捆住他，越勒越紧，使他窒息，使他毙命"，他想反其道而行之，他想干点什么，但又不知道要干什么。于是，他一旦爱上宝珥后，就沉溺日深，不能自拔，以致无所事事，带上几分颓废的情调。这种茫然若失，在生活中看不见目标、找不到方位的精神状态，正是浪子性格的又一个方面。

这就是萨冈在忧愁外衣装点下的"浪子"性格，这种性格就其本质而言，并不属于人性恶的范畴，而是一种被磨损、被腐蚀的消极、沉沦、颓废的人性反应，这种性格，不论是肆无忌惮、放浪形骸的也好，还是找不到方位、无所事事的也好，都反映了现实生活本身的问题，是资本主义条件下不愁温饱但生活无聊的中产阶级的产物。它并非个别现象，而是大量地存在于现实生活之中，甚至可以说"巴黎就是属于那些放浪不羁，无拘无束的人们的"。因此，作为一种客观存在的现实，它当然可以在文学中占有一个地位。萨冈专注地描写了它，展示出了这种"浪子"性格的若干面影与内涵，她为法国当代文学做了这件事，这是她在20世纪法国文学中的一个份额。而且，她的描写是通过细腻深刻的心理剖析、聪颖洒脱的笔致与洗练清新的文风来实现的，很有艺术魅力。特别是她精细的心理描绘，更构成了她小说的主要内容，也是她文学创作的一个特点。由此，曾经有批评家把她与心理分析小说的先驱拉法耶特夫人相提并论。虽然文学发展的过程将不难证明她在文坛上的地位未必能与17世纪那位才女相比，但她那种主要不是通过戏剧性的事件与大幅度的动作，而是经常通过细小的举止、微妙的表情、日常的言谈，甚至是片言只语，就把人物的精神状态与心理活动揭示得那么清澈见底的艺术，却无疑是别具一格的，对传统的心理描写未尝不是一种发展。

1954年，法国文坛上出现了一件引人注意的事：一个18岁的女学生写出了她第一本篇幅不长的小说，它不仅得以出版，而且轰动一时，其印数达到84万册之多，获得了这一年的文学批评奖。对此，当时不少人认为，法国当代文学中出现了一个"神童"式的人物，一个罕见的才女。这就是弗朗索瓦兹·萨冈和她的处女作《你好，忧愁》。

30多年过去了，这个早熟的才女走过了一条什么路？她达到了一种什么境界？她今年52岁，虽然不到盖棺论定的时候，但至少有两点是可以肯定的：第一，她写得不少，至今已有二十多部小说，还有好几个剧本，她在当代法国文坛取得了不容忽视的地位，而且，由于她的作品已被译成多种文字而具有一定的国际影响。然而，第二，她并没有进入法国20世纪第一流大家的行列,而且今后也未必能进入这个行列,这倒不是因为她缺少艺术才能,而主要是因为她的视野过于狭窄,她的精神境界远非高远。这些年来,她始终对中产阶级的男女关系与感情纠葛太感兴趣,她的观察与感受基本上局限于这一领域。她总习惯于从这里面去汲取创作的灵感与题材,这对一个作家来说,不能不说是一大局限,以致有人过于尖刻地讥讽她为"老围着床打转"的作家。

基于这两方面的事实,本书理应给萨冈一定的篇幅,但又不准备再给她更多的篇幅。

两种文化差异背景下的标题风波

11月中旬,北京一家以青年人为阅读对象的报纸,首先爆出一条十分惊人的消息:巴黎的华人社团状告法国律师弗朗索瓦·齐博将其小说搬上舞台,以《华人与狗不得入内》为剧名,伤害了华裔族群的尊严与感情,要求巴黎高等法院以紧急程序受理此案,判决立即撤除该剧的剧名与相关的广告。

一般读者看到这则消息,很容易就会有两种反应,一是认为法国巴黎居然还出现这种殖民主义、帝国主义辱华反华的咄咄怪事,岂不令人"愤怒"?二是期待着在巴黎有一场轰轰烈烈的华人爱国主义正剧上演,既然已经闹到法庭上去了,媒体肯定会追踪报道,让读者看到一场国际官司的始末,只不过一般读者会有点纳闷,为什么这么一场严正的斗争,只要求赔偿一个法郎?

我们这些对齐博其人其作有所了解的人,读到这则轰动一时的消息,则是另外一番感受。首先,是深感意外与忧虑,同时希望这件事能迅速平息下去,不要愈演愈烈,像滚雪球那样愈滚愈大,造成两败俱伤的后果,因为,据我们所知,齐博不仅不是反华的殖民主义者,而恰巧是一位对华友好的国际友人,他引起官司的这部作品不仅没有丝毫反华内容,而且不失为一部有一定积极思想意义之作。

齐博先生在巴黎无疑要算是上层社会的一位闻人。他是鼎鼎有名的大律师,曾经多次受理过轰动一时的大案,并获胜诉,在法律界声望颇高,曾作为法律顾问随法国政府代表团访华,为中法有关事务的合作出过力,对华很友好,他曾经这样写道:"我不仅对中国文明和文化有着异乎寻常的迷恋,而且对中国人民深怀敬意:中国人民在尊重自己几千年传统的同时,勇敢地以自己的方式开创着21世纪。"

齐博在法国文化学术界也甚为活跃,并有业绩建树。他是法国塞利纳学会的会长,塞利纳是法国20世纪文学中的一位大师级的人物,影响很大,他的长篇小说名著《茫茫黑夜漫游》在我国已有两个译本,颇受读者欢迎。齐博是塞利纳研究的权威,他的三卷本《塞利纳传》至今仍是塞利纳学的奠基之作。前几年,他又开始小说创作,其处女作便是发表于《世界文学》1999年第2期上的《去他妈的戒律》。这次在巴黎引起官司的剧本就是根据这部小说改编后搬上舞台的。

这是一部语调复合,风格令人眼花缭乱的作品,基本上由前后两个截然不同的板块组成。前一个板块是主观倾泻的散文篇章,相当充分地显示了大手笔的气派,以卢梭式的坦诚与力量宣泄内心,倾倒肺腑,是没有后顾之忧的内心独白,是旁若无人的喃喃自语,是严酷无情的自我审视与深思凝练的自我鉴定,表现出倾泻者"我"那种极为复杂的精神特点:独立不羁,天马行空的个性,从《吉尔·布拉斯》到《茫茫黑夜漫游》中流浪汉主人公的厚颜、自嘲,甚至自虐,尼采式的冷峻无情的超人意识以及现代人欲横流中大鳄般的凶猛与狡黠……你不能说这里写的就是作者的自我精神,最多只能说他采取了马尔罗《反回忆录》的做法,把自己的某些精神基因写得虚虚实实,甚为夸张,真伪难辨而已。因此,最多也只能说它是一部独特的"反精神自传"。

作品的第二大板块则是对少年时期生活的回忆,完全是客观事实的记叙,其中,儿童时代跟同伴的顽劣行径,以及在清凉小河旁静观细枝从远处漂来又向远处漂去的闲适时刻,写得甚为生动有趣;自己的长辈亲友在"二战"期间的民族感情与爱国精神,如婶母因法国战败而自杀,全家因诺曼底反攻而欢庆等等回忆,则很感人。不过,在作者的回忆中,真正构成一大情结的,还是"敬父情结",回忆的大部分几乎都是记述自己父亲独特的、为一般人所难以理解的思维方式与行为方式,特别是重点记述父亲对儿女的教育思想与教育方式。作为亲情回忆,作品的这部分使人想起法国20世纪文学中的一部著名的自传性散文式小说,帕尼奥尔的《我父亲的光荣》,作品重点部分对自己父亲教育方式的记述,则明显地与卢梭的《爱弥儿》颇为相像,其父那种返璞归真、增强磨难、"必先苦其筋骨"的教育方式,几乎可说是卢梭教育思想在本世纪的具体运用。

至于作品的"虚"与"实"这两部分,如果要说它们还有什么内在联系的话,那么可以说正是这种顺乎自然、"必先苦其筋骨"的父训父教,才培育、造就了那个现代生活中的"强者"与芸芸众生中的"超人",而"我"那种藐视戒律,对社会文明规范有所逆反、有所冒犯的言行方式,正是与其父那种反传统教育戒律而行之的家教接轨的。

实事求是说,作品这两大部分都没有任何涉及中国的内容与词句,那么为什么作者要采用《华人与狗不得入内》这个刺激性的标题呢?对此,作者在小说的前面明确作过这样的说明:"我1976年第一次访华时在上海得知,从前外国租界一个公园的入口有过一块牌子,上面写着'华人与狗不得入内',我义愤填膺。"可见,作者对这块殖民主义的牌子抱有明确的憎恶之情,看来,他把这告示视为世上最为典型、最荒唐可恶的一条"禁令"、"戒律",于是把它当作了他这部具有反禁令、反戒律精神的处女作的标题,就其本意来说,既不存在辱华的动机,也不存在以此开玩笑、开涮之意。

不论齐博先生当初是怎么考虑的,他采用这样一个标题,必然会引起曾饱受殖民主义之苦的中国人的痛楚,使人有刺眼之感,因此,这部小说的中译本在《世界文学》上发表时,我因受托撰文作评,不得不建议译者与编辑部将标题改译为《去他妈的戒律》,既突出原著那种反清规戒律的逆反精神,又隐含作者采取此标题的初衷原意,至于用了粗词,则是为了和原著中那种骂骂咧咧的语调一致。《世界文学》编辑部采用了这一建议,只不过为了求雅,删去了我建议中的一个"妈"字,如此将原作的标题一加迻译,译本在《世界文学》上公开发表也就平静无事了。

而在巴黎,作品的原标题原封不动见于街头巷尾,自然就会刺激华人的感情,在20世纪90年代中国人扬眉吐气、民族主义大为高扬的背景下,不愉快的碰撞与冲突,也就势在难免了。

所幸事情最后得到了妥善的解决,从巴黎传来的消息说,双方经庭外协商:齐博仍保留了那个他自有其特别心得的标题,但在后面要加上括弧作出必要的说明,华人社团则从法院撤诉。似乎可以说这是一个"双赢"的结果。人们在庆幸危机得到化解之余,肯定会发现有一个问题尚待冷静深思:不同民族、不同文化的差异是否会引发带有一定悲剧性的问题,以及当问题出现时该如何明智对待,如何妥善处理。

五、五彩缤纷的寓言哲理

一个特定精神过程的神话

——图尔尼埃：《礼拜五或太平洋上的虚无缥缈境》

在米歇尔·图尔尼埃文学创作的特点中，"旧瓶装新酒"，要算是较为明显的一个。他往往借用以往文学中既有的故事题材、内容成分与人物符号，加以创造性的艺术处理，注入自己独特的哲理寓意，使旧题材、旧成分、旧人物焕然一新，不，说焕然一新还不够，应该说是另外获得了新的生命。

如，在《夜的秘密》中，一首在法国家喻户晓的儿歌《月光照耀下》，竟然成为一个三角故事的一部分，于情节发展上，有某种关键性的作用，于主题阐发上，表达仁爱宽厚、融洽亲和的思想，于情趣上，带来了对人物的某种揶揄意味，它完全具有了一种新的生命，而作者却幽默诙谐地把这首古老的儿歌说成是来源于他这个充满了现代意趣的故事！又如，在《小大拇指的出走》中，他显然又借用了法国著名儿童故事《小大拇指》中的小主人公，暗喻这个家喻户晓的儿童人物的故事。

当然，最突出、最著名的例子，还是这本书。这本书的主人公是鲁滨逊·克鲁索，内容是他漂流到一个渺无人迹的荒岛上的故事。这岂非英国18世纪作家笛福（1660～1731）的《鲁滨逊漂流记》的"旧瓶陈酒"？自从笛福这部著名的小说于1719年问世以后，鲁滨逊征服荒岛的故事在全世界几乎已经家喻户晓，难怪有读者曾经向米歇尔·图尔尼埃提出这样一个问题：为什么不把这本书题献给丹尼尔·笛福？这本书出版后当年即获得了法兰西学院大奖，其非凡的独创性与高度的文学价值是无可置疑的。

图尔尼埃的鲁滨逊从笛福的鲁滨逊而来，笛福的鲁滨逊则从塞尔柯克的真人真事而来，但不论是笛福的鲁滨逊还是图尔尼埃的鲁滨逊，两者都是神话，是资本主义的神话，不过，根本的不同在于，一个是物质进程的神话，一个是精神进程的神话。

1704年，一个名叫塞尔柯克的苏格兰水手，由于与船长不和，被抛弃在距智利海岸约500海里的于安·菲南德岛上，人们只给他留下一支步枪、一些弹药、一本《圣经》与他自己的衣物，就像在凡尔纳的小说《格兰特船长的儿女》（1868）中，邓肯号为了惩罚坏蛋艾尔通，把他抛弃在太平洋上的达抱荒岛上一样。塞尔柯克在荒岛上居然存活了下来，过了4年4个月，最后被当时有名的航海家渥地士·罗吉斯的船队发现，根据罗吉斯在《环球巡航》中的记载，塞尔柯克被发现的时候，"披着羊皮，神气看上去比羊皮最初的主人还要狂野"，"他赤着脚，跑得比狗还快"[①]。

塞尔柯克一个人在荒无人烟的岛上，靠自己的生存能力与艰苦劳作活了好几年，这确实要算是一个奇迹，他的事迹在英国引起了一些轰动，他1711年回国后，有一位作家理查·斯梯尔会见了他，并在《英国人》杂志1713年12月3日的那一期上报道了他的故事。也正是以塞尔柯克的故事为题材，笛福创作了《鲁滨逊漂流记》，其问世的时间是在斯梯尔作了首次报道6年之后，那时，塞尔柯克尚健在人间，直到1723年才逝世，他在世的时候，笛福是否会见过自己小说主人公的这个原型，就不得而知了。

---

① 转引自梅克洛斯：《鲁滨逊·克鲁索的真实原型》第92、94页，见杨耀民：《鲁滨逊漂流记》译本序，"外国文学名著丛书"本，1982年。

同一个塞尔柯克进入文学后,却成为不同的形象,具有不同的意义。在斯梯尔的眼里,在荒岛上像野人一样的塞尔柯克是世界上"最快乐的人",因为他的"要求仅限于生活必需品",因此,斯梯尔笔下的塞尔柯克是一个具有"知足常乐"含义的形象,他引述了塞尔柯克回到英国后的这样一句话:"我现在有800镑钱,但我永远也不会像我在岛上一文不名时那么快乐了。"

塞尔柯克在笛福那里,有了根本性的变化,变化与差异不在于他们两者的生存能力,而在于野蛮化与文明化。如果说,塞尔柯克表现出了惊人的存活能力的话,那么应该说这种存活能力是野蛮化与动物化的存活能力,他变得比狗跑得还快,这固然使他具有了非凡的捕食能力,但也标志着他已经异化于18世纪文明社会的常人,而向蒙昧时期的原始人靠近。笛福的鲁滨逊则不同,他在荒岛上存活了下来,而且存活了28年之久,比塞尔柯克的4年4个月多出了六七倍,这固然要靠他自己非凡的体能,但主要并不是靠"跑得比狗还快"的野蛮化的本领,而是靠他文明化的本领。他以艰苦的劳动与坚毅的意志,运用他从文明社会里曾经学到的一切知识与技能,创造出劳动的奇迹,他修建房屋、造船、耕种、开辟种植园与牧场,使得他的生活除了某些小用品与衣服以外,并不低于文明社会中的一般水平,在这种劳动创造生活的过程中,他完全保持了文明人的状态,并未有任何退化,相反,他运用文明社会中经验与文化知识的程度,甚至还要高于文明社会中一般的常人。他不仅在荒岛上建立起他的文明生活的"窝",而且,还建立了文明社会的关系、秩序、法权、地位与等级一应俱全的一个小小的文明社会王国,他划定自己的领土,发布自己的命令,明确自己的所有权,制定法规,用基督教作为自己的精神武器对付他所奴役的对象,不论是当他长期滞留在荒岛上,还是离开荒岛回到了英国,他俨然都是这个荒岛的总督,是掌握着这个小岛全部文明化秩序机制的君主。显而易见,笛福笔下的鲁滨逊是一个奋斗、开拓、进取、扩张的形象,是一个即使在远离人世的蛮荒条件下仍执着入世的形象,毫无疑问,鲁滨逊的故事,是一个近代社会的神话,是一个以劳动、毅力、智慧与知识创造物质生活与现实关系的神话,它反映了 18 世纪新兴资产阶级创业、开拓、殖民、占有的狂热。

图尔尼埃的鲁滨逊在某些基本方面是沿袭了笛福的鲁滨逊,他仍然是一个以艰苦劳作与聪明才智创造物质生活的英雄。他耕种荒地、生产口粮,他开创畜牧饲养业,驯养野山羊、养蜂、养鱼,他不断扩大自己的劳动经营的范围,直到制糖、制果酱、果脯蜜饯等等,达到了一个完备的农场的水平与规模。他建筑房屋,为自己提供的不只是一个栖身的"窝",而且俨然是一座舒适的别墅。

这个鲁滨逊同样也是文明社会疆界的拓展者与能干的治理者。他对荒岛作了全面的勘察,绘制出了地图,把它当作归他所有的领土,然后,他又制定了小岛的"宪章",明确规定自己是这个小岛的总督,制定了刑法,进行自律,以使自己虽然身处于蛮荒原始的环境中,仍然按文明社会的规范来生活,如严禁随地大小便,等等。图尔尼埃的鲁滨逊在这一阶段与笛福的鲁滨逊一样,都是隔着远不可逾越的海洋空间,执着地要维系着自己与文明社会在精神上与生活模式上的那根脐带,不要忘记,他在岛上建立起自己的生活之前,就建造了一艘要逃离荒岛的船,把它取名为"越狱号",他的荒岛则被命名为"希望岛",意为他在这里仍热切地抱有重返文明社会的希望,不论这个小岛被他治理得如何井井有条,但在内心深处,这里仍然是他不愿永远安身的"异地"。总而言之,这时,他和笛福的鲁滨逊是一类人,仍然是人类文明社会的忠实成员。

当然,这时的他,与笛福的鲁滨逊多少也有些不同,在劳动创造现代式的生活上,他显然要比 18 世纪的那个感情乎实、态度冷静如同一个劳动机器的前身更有灵性,更有热情,更带有那么一点点诗

情,且看他身上那种田园诗人式的倾向,这种玩意儿是笛福的鲁滨逊所没有的:

>   ……大麦和小麦长得十分茂盛,当鲁滨逊亲手抚摩着淡绿中透着微青的嫩旺的茎秆时,他感受到了希望岛给予的第一阵喜悦——然而,这喜悦是多么甜美,多么深厚!他费了好大的努力,才抑制住自己清除杂草的内心冲动,那些四处疯长的野草已然玷污了庄稼地上那美丽的青纱帐,但是,他不能违背福音书上的告诫,在收获之前就分清谷粮和莠草。他幻想着,用不了多久,他就可以从岩洞中质地较酥松的西面石壁上挖出的黑洞洞的烤炉中,烤出金黄色的面包来,心中感到一阵欣喜。一个短暂的雨季使他提心吊胆了好几天,担心他的谷穗喝足了雨水之后会增加分量,从而成片地倒伏。所幸的是,阳光又普照大地,庄稼又挺直了腰杆,麦芒儿在微风中来回摇荡,好似一大队脑袋上竖插着羽毛的小马。

诗人气质,还不是他最突出的特点,他与笛福的鲁滨逊更为明显的不同,则是他的哲人倾向。应该承认,18世纪的鲁滨逊绝非思想迟钝、心绪单调的人,他除了经常有分析谋划自省反思的习惯外,还不时发出"人生是怎样一个光怪陆离的东西啊,人类的感情在不同的环境中是怎么变幻无常啊"之类的感慨,尽管他的感慨只是一种没有什么独特性的大众化的感慨,总不失为一种感慨吧,但他却绝对没有图尔尼埃的鲁滨逊身上那些深奥的思辨与抽象的玄学。图尔尼埃的鲁滨逊喜欢常写点"航海日记",那可是只有学过哲学的人在书斋里才能写得出来的玩意儿,而绝非一个只"上过乡村义务小学"的英国水手弄得出来的。请看这么一段就够了:

每个人都在自己身上——犹如超越于自身之上——承担着一大堆既脆弱又复杂的东西：自然习惯，心理反应，条件反射，生理机制，固有成见，梦想，以及已经形成的、并在与同类的反复接触中继续变化着的种种牵连。由于缺乏生命的汁液，已然微妙地开放的鲜花也萎黄了、凋谢了。他人，我的世界的主要支配因素……每一天，我都要衡量我应把什么归于他人，我都记录下在我个人的建筑中出现的新裂缝。我知道，在失去话语功用的同时，我会遭遇什么样的危险，我怀着万分的忧虑，以全部的热情与这种极端的衰弱搏斗。但是，我与万物的关系本身已被我的孤独所改变。当一位画家或一位木刻家要在一片景色中，或在一个建筑物的近处引入一个人物时，他并非出于对附属物的兴趣，这些人物提供了比例，而且更为重要的是，他们构成了一些可能的视点，为具有不可或缺的潜在性的观察者现实的视点增添了新东西。

诗人气质与哲人倾向，这两点足以构成变异的基因，构成图尔尼埃的鲁滨逊与笛福的鲁滨逊分道扬镳的基础，当礼拜五一出现，分道扬镳就正式开始了。

在笛福那里，鲁滨逊与礼拜五的关系，是主仆关系、统治者与被统治者的关系、教化者与被教化者的关系，鲁滨逊开拓文明社会生活领地的成功，殖民的成功，扩充所有制法权的成功，在相当一部分意义上是体现在他对礼拜五的制服、驯化、调教的成功上。在笛福的心目中，他们两人的关系的象征性很清楚，很简单，那就是文明战胜了野蛮，秩序战胜原始。到了图尔尼埃这里，开始的一阶段，事情也是如此，鲁滨逊对礼拜五而言，是居高临下的主人，是拥有管辖权的总督，是发号施令的将军，是训诫开导的大祭司。然而这个礼拜五始终江山不改、野性未驯，他不止一次行为出轨，扰乱了鲁滨逊在岛上井并有条的文明生活的秩序,最后闯下大祸,引起爆炸,把鲁滨逊从文明社会那里带来的一切,以及模仿文明社会的方式创造起来的一切都炸为乌有,这一炸,非同小可,炸断了鲁滨逊与文明社会的一切联系与脐带,迫使鲁滨逊完全还原到了原始状态,而与原始人礼拜五完全处于一种平等的地位。一旦如此,戏剧性的变化就发生了,原始的礼拜五变成了教化者,文明的鲁滨逊变成了被教化者,礼拜五恣意地展示与发挥他自我的原始性,而鲁滨逊则急转直下地放弃了、遗舍了、抹杀了自我的文明性,他朝着礼拜五进行原始化的自我异化,就像笛福的礼拜五曾经朝着鲁滨逊进行文明化的自我异化一样。于是,他令人惊奇地成为了礼拜五式的原始人,他追求与大自然的融合,他也达到了与大自然的融合,逐渐成为大自然中的一个部分,成为大自然中能与太阳直接交流的一个元素,最后,更令人难以置信的是,当一只英国船来到荒岛本可以把他带回故土的时候,他却拒绝搭船回国,放弃了他原来要从荒岛上"越狱"而逃、要回归故土、重整家业的渴望,而决心永远待在这个荒岛上,在这里享受既无过去、也无将来的现时绵延,在这里品味原始野蛮生活的幸福,在这里仅仅作为一个元素与大自然融合为一体。至此,图尔尼埃完成了他对笛福的鲁滨逊的逆向处理,使得一个迥异、崭新的鲁滨逊在他笔下脱颖而出,这个新的鲁滨逊所具有的另一番意义与象征性,正如20世纪完全不同于18世纪一样。

尽管卢梭早就把原始人的生活描写得十分美满幸福,富于诗情画意,图尔尼埃也尽力表现他的礼拜五对鲁滨逊的影响,人们大可不必到原始人、礼拜五身上去挖掘无穷的魅力,原始人毕竟是原始人,礼拜五毕竟是礼拜五,他们身上远没有那么多值得文明社会的人去效法的习性。事实上,即使是在图尔尼埃的鲁滨逊传奇里,鲁滨逊最后的"改宗",与其说是礼拜五的魅力所致,不如说是鲁滨逊内心世界发生了大裂变、大倾覆的结果,说得简单一点,那就是他知道并见识过

"文明世界"里的种种弊端与矛盾，他不愿意再回到充满了灰尘、耗损与破坏的"文明世界"中去进行种种选择，而这种内心的大裂变、大倾覆，正是从他那诗人气质与哲人倾向中滋生出来、扩展膨胀而成的。他最后的改宗，自始至终是精神过程的逻辑发展的结果，而不是物质现实生活的逻辑运作的产物。至于礼拜五，他最后却投靠了那个英国船长，他倒是向往文明社会里的生活，因为，他还没有像那个从船上逃下来的小孩礼拜四那样，尝过被捆绑与挨皮鞭的滋味。

我们已经说过，这两个鲁滨逊都是神话。如果说，笛福的鲁滨逊是一个特定的物质生活过程的神话的话，那么，图尔尼埃的鲁滨逊则是一个特定的精神生活过程的神话。前一个神话的结果，是在几乎不可能的条件下产生了现代物质生活的复制品，产生了一块殖民地以及相关的法规、关系与所有制；后一个神话的结果，是产生了精神上的一种主义，即对现代文明的厌弃主义。

两者同为神话，如果把它们放在18世纪到20世纪的历史发展与现实关系的背景上，彼此之间的差异还是相当明显的。虽然就笛福笔下的鲁滨逊在荒岛上所处的具体条件而言，他在那里要创造出所有那一切，其不可能几乎近于天方夜谭，然而，就18世纪以来的世界进程与现实发展的实际情形来说，鲁滨逊传奇并非是完全没有现实性的一种幻想虚构。令人不能不深思的是，从鲁滨逊以来，世界上几乎所有的荒岛都被人一个一个开发了，以致今天世界上已经几乎不再有无人的"净土"了，而这些荒岛被一一开发出来的历史，其传奇性都可能在一定程度上带有鲁滨逊的色彩，笛福的鲁滨逊故事，只不过是以后人类开拓、殖民、向世界每一个角落进军的大规模活动在文化上的一种预感，就像凡尔纳的《神秘岛》中尼摩船长的故事是对20世纪潜水艇的预想一样，因此，我们不妨把笛福的鲁滨逊传奇称为有现实基因的神话，有可实现性因素的神话。

图尔尼埃的鲁滨逊传奇则不同，它是一则主观畅想的神话，是幻想性的神话，是一个没有现实基因的神话，没有可实现因素的神话。理由很简单，第一，鲁滨逊作为一个18世纪的人，他不可能断然拒绝搭船回国而执意待在荒岛上，离开荒岛对他来说，明显意味着获救，拒绝离开荒岛，则明显地意味着难以生存下去，他在荒岛上只靠自己的诗情与哲理，只靠与太阳的对话，显然是活不下去的，只要鲁滨逊还有起码的理智与正常的判断力，他就不可能采取这种悖谬的态度。第二，即使鲁滨逊在荒岛上能活下去，18世纪以来人类在全世界范围里的扩张与开拓，也不会再留给他这样一个世外桃源，他不可能在这里继续过体验诗情画意与进行哲理冥思的日子。事理再清楚不过，矛盾显而易见。图尔尼埃很明白这个事理，他清醒地意识到了这个矛盾，他与其让别人指出来，不如自己来彻底道破。于是，《礼拜五或太平洋上的虚无缥缈境》问世之后好几年，他又写出了被收入短篇集《大松鸡》中的一个名为《鲁滨逊·克鲁索的结局》的短篇小说，向世人交代了他的鲁滨逊的结局：在荒岛上的世外桃源美梦彻底破灭了，他不得不回到了他的故土，虽然他又曾出去寻找他那个荒岛，但过了一些年后，又更为穷极潦倒地回来了，疲惫不已，颓废不堪，半截子泡在酒里，只落得不停地唠叨他那个世外桃源，成为人们的笑料。

作家往往不喜欢评论家，如果评论家靠僵硬的推理与逻辑把一部作品推到一个荒诞、尴尬难堪的境地的话。我们以上的评论是否有这种气味？如果照以上所述，鲁滨逊的追求纯系主观幻想，作者满怀了激情谱写了鲁滨逊"改宗"的浪漫剧，岂非多此一举？是的，图尔尼埃的鲁滨逊"改宗"故事，是一个幻想性的神话，是一个精神过程的产物。但是，如果说这个神话本身是幻想性的话，这个精神过程却并不是虚幻的，没有现实性的。它正是现实历史的派生物，它正好是伴随着笛福的鲁滨逊开拓式的物质生活过程而产生的，正好是伴随着近代资本主义开拓扩张式的物质生活过程而产生的,这一精神过程就是人类对近代物质文明的反思潮流的兴起。

这一潮流的源头可以上溯到18世纪的卢梭。卢梭曾对原始时代作过热烈的赞颂,对当时18世纪的阶级文明作过强烈的否定。他对原始时代的理想主义的向往,无疑是一种浪漫主义的遐想,一种天真的诗情,而他对当代文明惊世骇俗的指责与厌弃,虽然深刻犀利,振聋发聩,但显然有过激过火的成分,连文学艺术的成果也给否定了,大有把孩子与脏水一起倒掉之势,即使在当时的先进思想家的阵营中也引起过不同的意见。卢梭,这位在思想领域各个方面开一代潮流风尚的大哲人,他诸多的思想建树对后世影响之大是怎么估量也不会过分的,同样,他对原始时代与对阶级社会文明的思想与论述在后世也常闪耀出动人的光辉与魅力,特别是近代社会的发展带来的某些负面效果,引起人们的反思与诘问的时候。在20世纪,物质文明发展到空前的高度,人与自然的关系等一系列问题,也更加尖锐地摆在人类的面前,在这种条件下,卢梭主义思潮的重新泛起,也就是必然的了,至少在法国是如此。

一个世纪太久,且说半个世纪。仅60年以来,在法国就出现了三部明显带有卢梭主义色彩的长篇小说名著,而且三部分别都是出自当代文学名家之手。图尔尼埃的《礼拜五》是其中之一,其他的两部,则是勒·克莱齐奥出版于1963年的《诉讼笔录》与巴赞出版于1981年的《绿色教会》。这三部作品不论在题材上与背景上有什么不同,但都有一个厌弃文明社会的主人公。如果说图尔尼埃的鲁滨逊身上还有某种哲理睿智与浪漫诗情的话,那么,在《诉讼笔录》与《绿色教会》中,主人公对文明社会厌弃的方式则更加惊世骇俗、偏颇极端。勒·克莱齐奥给他的主人公取名为亚当,直喻为人,这个"人"不仅把自己家庭优裕的物质生活与本人精深的文化教养彻底抛得一干二净,不仅在现代文明高度发展的城市社会里,过着流浪汉简陋的几乎接近野蛮状态的生活,而且他还竭力放弃他作为人的思考力与认知力,甚至故意在感觉上使自己原始化、降格化、非人化、物化,表现出强烈摒拒与否定自己作为一个现代人的存在状态的极端心态。巴赞《绿色教会》中的主人公无名青年,也是这样的一个人物,他死也不透露自己的姓名与身世,遁入山林过原始的生活,要彻底割断自己身上所有一切社会纽带而把自己还原到原始人的状态,甚至他第一次出现时,就用力把自己的手表扔得远远的,他宁可利用树影与原始的方法来作息,他所扔掉的正是作为人类的时间意识的体现……这类人物在文学中不止一次出现,仅仅是由于作家对现代物质文明产生了卢梭式的厌弃倾向而凭空臆造出来的?这也是像蝙蝠侠那样的纯幻想人物?事情并不这样简单,据巴赞本人说,他之所以写出《绿色教会》中的无名青年这个人物,是因为从德国报纸上看到有一个人在原始森林里独自生活了10年的消息……因此,图尔尼埃笔下鲁滨逊的改宗,不仅是这个人物本身精神发展过程的结果,而且更是这两三个世纪以来,人类一个特定方面精神过程的产物。

  精神生活的过程是物质生活过程的产物,现实关系发展过程的产物,它一旦产生、完成,本身就构成了一种现实,何况这种精神生活的过程是社会性的,而不是纯粹个人性的、个别性的。这就是小说十分现实的现实意义。这类小说作为人类物质文明现实社会发展中的一种反思出现,它以惊世骇俗的、近乎极端的方式,对现代文明,表示了否定的态度,然而,这不过是事物永恒的规律"否定之否定"运作过程中的一环,它绝不会摧毁整个人类的文明成果,它否定的倾向肯定会引起严肃的关注,焦急的忧虑,激起深刻的思考,强烈的意愿,汇集为一种潮流,有助于人类文明在否定之否定的更高层面上,发展得更全面、更健康,成为自然化的文明、绿色的文明。

色彩缤纷的睿智

——"新寓言"派作家图尔尼埃及其短篇小说

随着20世纪走向终结,人们愈来愈需要对这个世纪的文学作出归类与划分,至今为止,已经有一些常见的归类与划分了。如"新小说"、"荒诞派戏剧"、"存在主义"文学、社会主义现实主义文学等等,这些类别早已成为文学批评界所公认而成为文学史论著中的专题范畴,但有的归类与划分,却似乎还没有得到普遍的认同,至少没有成为文学史论著中一个通行的专题范畴,我这里指的是新寓言派。

我是赞同把"新寓言"派划为文学作品的一个类别的,它包括图尔尼埃、莫迪亚诺、勒·克莱齐奥以及费尔南德斯与克拉克这样一批主要活动在20世纪六七十年代的作家,还算上早在20世纪二三十年代就已经蜚声文坛的尤瑟纳尔作为其先行者。1982年,我在巴黎拜会尤瑟纳尔的时候,对作为一个文学流派的"新寓言"派尚未有多少认识,没有就此问题征询尤瑟纳尔的意见,但1988年我再访巴黎时,已经对"新寓言"派有自己明确的见解了,因此,在访问图尔尼埃的时候,提出了这个问题。当时,图尔尼埃很高兴地回答说,他"同意并乐于把我们归在一起,称我们为'新寓言'派"。除了莫迪亚诺、勒·克莱齐奥、费尔南德斯与克拉克外,尤瑟纳尔就是他特别着重提名划归为这一流派的。从巴黎回来后,我把对于"新寓言"派的认识与访问图尔尼埃的情况,都写进了《铃兰空地上的哲人》[①]一文,1994

---

① 见《世界文学》1990年第一期。

年夏,我主编《世界小说流派经典文库》(十五卷)时,又把"新寓言"派作为当代西方小说领域里一个与"新小说"、"黑色幽默"小说、"魔幻现实主义小说"并列的小说类别。

把这些作家拢在一起构成一个流派是否有点勉强?把他们在当代文学中的地位强调得如此之高,将他们与举世公认的小说流派并列是否有点失衡?

众所周知,把一些作家归为一个流派,并不需要他们同出一个师门,就如同少林子弟,武当门派;也不需要他们有过结盟的聚会,即使是在法国当代文学中被公认为"派"性十分鲜明突出,且有一种"团体性"的"新小说"派,也不过在子夜出版社的门前有过一次合影;更无须作家们签署过一致的文学宣言与创作纲领。划分流派的唯一标准与根据就是共同的创作倾向。

被划归"新寓言"派的这些作家,的确既无一致的文学宣言,又无任何程度的结社性的联系与交往,他们是完全分散、彼此无关、各自"天马行空"的个体,但他们的创作倾向却不约而同,有某种相似的特点。顾名思义,他们共同的创作倾向与相似的特点,就是有意识地、自觉地在自己的作品中贯注一定的哲理与寓言,甚至有时是从某种哲理与寓意出发而建构出自己的作品。应该说,他们的哲理寓意都不构成某种明确的主义,也不形成完整的体系,像被划入"存在主义文学"的那些作家那样,甚至他们所涉及的方面与主题,也不尽专注集中,不带有某种执着性,而是零散分布,如天女散花、繁星闪烁。不过,他们也有某种相同的倾向,那便是对现代人生活的反思与忧虑以及对某些人文价值的理想与追求,如果从思想演变史的背景上来看,与精神文化传统联系起来加以分析的话,"新寓言"派中至少不止一位作家在不止一部作品中所表现的主要哲理寓意之一,颇有卢梭主义余绪的气息。至于"新寓言"派在艺术方法上的特点,他们大多数的作品都属于传统的古典风格,但有的作品也是非常现代派式的,勒·克莱齐奥的《诉讼笔录》就是这样一个典型。不论属于哪种风格，新寓言派作家都显示了高超的艺术水平，以完美的艺术形式蕴含隽永的意味，成为当代具有经典意义的文学现象。

现在我们所面对的是图尔尼埃。

在法国当代文学中，图尔尼埃不属于那种才华早熟、少年得志的类型，他大器晚成，经过了相当漫长的路才走到了法国当代文学的奥林匹斯山巅。他在大学里拿下了两个学位后，走执教鞭的道路不成，又到电台与出版社当编辑，直到已入中年良久的43岁时，才发表了他的处女作《礼拜五或太平洋上的虚无缥缈境》。图尔尼埃也不是那种多产的、著作等身的作家，至今为止，他全部的文学创作成果不过只有五六个中篇小说与一两个短篇小说集。中长篇小说是《礼拜五或太平洋上的虚无缥缈境》《礼拜五式原始生活》《桤木王》《流星》《吉尔与贞德》《金滴》等，其中《原始生活》是《虚无境》的改写本。短篇小说集是《大松鸡》与《七故事集》，而这两个集子中所收的短篇虽有不同，但有多篇重复。如此的创作量，应该说是相当小的，像他这样拥有一个规模不大的文库的作家在法国文学中几乎比比皆是，不足为奇，而且，图尔尼埃看来似乎又不是一个在创作生命力上特别"长寿"的作家，不像历史上那些有名的不衰翁如雨果、莫洛亚、莫里亚克等人那样，在七八十岁高龄，仍有硕果问世，而他，图尔尼埃，当他65岁（20世纪80年代末）以后，就几乎没有引人注意的新作出手了。

尽管图尔尼埃有以上这些非超常的纪录，在当代法国文学中却留下了不可磨灭的深深的痕迹。1967年，他的《礼拜五或太平洋上的虚无缥缈境》获得了法兰西文学大奖，而1970年，他第二部长篇又获龚古尔文学奖，他以自己可与莫泊桑比美的纯净的语言风格，完美自然、凝练利落的叙述与丰富隽永、发人深省的哲理寓意，在高手如林的当代文学中取得了经典性的地位，他是影响巨大的龚古尔文学院的院士，是闻名卓著的密特朗总统格外重视并经常拜访的关系密切的文友。

自从都德、莫泊桑之后，在20世纪文学中，很少有作家是以短篇集奠定自己持久的文学地位的，埃梅也许要算是一个，但他的地位却并不是第一流的。短篇小说似乎不是取得辉煌成功的有效之途，这大概已经成为20世纪的一条规律。也许这是因为已经见识并认知了世界复杂性与现实生活复杂性的现代人已经很难满足于短篇小说所提供的有限内容与相对单一性。"新寓言"派作家显然很懂得当代文学的这种常情常理，他们主要都致力于长、中篇小说的创作，短篇小说似乎只是他们的编外项目。他们无不有自己将传世不朽的中长篇，尤瑟纳尔的《阿德里安回忆录》与《苦炼》、图尔尼埃的《礼拜五》与《桤木王》、莫迪亚诺的《寻我记》与《魔圈》、勒·克莱齐奥的《诉讼笔录》与《沙漠》……但与此同时，"新寓言"派作家又几乎都毫无例外地不放弃，甚至还相当重视短篇小说的创作。他们的这一共同的特点，与"存在"文学的作家颇为相似，众所周知，"存在"文学的大师萨特、加缪与西蒙娜·德·波伏瓦，不仅都有中长篇小说奠定自己不朽的文学地位，而且几乎都在短篇小说创作中献出了自己的名篇。这两个流派在这一点上的相似是有别于其他小说流派如"新小说"派的。不难理解，这种相似，是因为这两个流派的作家都有意要在一定的形象图景中贯注一定的哲理寓意，而短篇小说正是用来得心应手的一种文学样式，其方便的程度较中长篇小说有过之而无不及，要知道，古代的寓言，原本就是在一个个短篇的叙述形式即小故事里蕴藏着道理箴言、劝诫教条的。因此，正如萨特有他闻名遐迩的短篇小说集《墙》，加缪有他短篇小说集力作《流放与王国》一样，"新寓言"派作家，也有他们的短篇小说集精品，如尤瑟纳尔的《东方奇观》，图尔尼埃的《大松鸡》《七故事》，勒·克莱齐奥的《梦多及其他》等等，它们凝练完美的形式、隽永深刻的寓意，已使它们在当代法国文学的文库里占有了第一流的位置。如果说,"新寓言"派作家的长篇小说像是大型的启示录的话,那么,他们的短篇小说则更像是传统意义上的寓言,他们在这种形式里,就像古代的哲人伊索、拉封丹在自己短小的寓言故事里一样,不追求建立哲理体系与精神大厦,而只求在精悍的篇幅与灵活的形式里,道出一点点智慧,闪出一星星灵光,不过,智慧务求新颖,灵光务求新鲜。就"新寓言"派这个称谓来说,这些与古代寓言相近相似的短篇,对于"新寓言"派的每一个作家绝不是无足轻重的,它们在他们文学创作中的地位,绝不能小看,它们的代表性、表征性,也许并不下于他们那些启示录式的鸿篇巨制,正是从这个意义上,"法国二十世纪文学丛书"在不止一次给图尔尼埃的长篇名著以重大篇幅之后,又一次关注他的短篇精品。

表现哲理寓意的短篇小说,在法国文学中有久远的历史传统,早在18世纪,伏尔泰就曾为这种文学形式提供了经典性的范例,他的哲理小说在世界文库中一直保持着不朽的价值。如果把图尔尼埃的短篇寓意小说放在这样一个传统的背景上,它们居于一个什么样的地位,拥有什么样的特色?

人们可以注意到,伏尔泰在他的哲理小说里,清楚地显示出了一种使命感,他以启世人思想之蒙为己任,作为指点者、昭示者、宣扬者,用故事与形象来说明自己所认定为真理的社会哲理与生活哲理,在他那些小说里,他所要布播的哲理基本上是相当专一集中的,不外是说:眼前的世界已弊病丛生,惨无人道,满目疮痍,到处都是灾难,面对这个世界,除了嬉笑怒骂之外,实难以为力,不如耕耘自己的园地要紧。在这里,作者明确的启迪目的与专一集中的描述,使得内含的哲理通过故事与形象的表露,往往达到了最大的清晰度与明确度,绝不会有任何模糊与含混。

在图尔尼埃的寓言故事里,我们发现不了有社会使命感与明确的启导意图。图尔尼埃并不赋予自己这种任务，他在自己的寓言故事里，完全是另一副态势与风度。他不像伏尔泰那样因为感到身负重任、急切要达到目的而肃穆凝重、执着投入，大力陈词、慷慨激昂，他超然洒脱、风致休闲，表示出自己不过是一个观察者、体验者与感悟者而已，他只不过对他所见到的生活景象、人生景象体悟出了若干哲理，而且，他这种体悟似乎是自然地、自发地、缓缓地在一段长时间里进行的，而不是一时构想和思考出来的，特别不是为了要说明一个问题，暗示一个真理而构想和思考出来的。因此，他感悟出来的哲理寓意也就不如设计构思出来的哲理寓意那样专一集中，执着深入，而是遇事而生，随感而出，这种体验感悟虽然颇有点浅尝辄止，但却随遇而安，广为生发，丰富多彩。于是，我们在图尔尼埃的寓言小说里就可以看到哲理寓意的零散性与多样性，我们很难说他的短篇寓意小说是致力表述某一种社会真理，某一种人生箴言，某一种生活哲理，我们看到的是一片各个分散、点点闪烁的灵光，这些灵光的色调甚不一样，形态颇有差别，情致各有千秋，然而每一种无不清莹透亮，熠熠生辉。

在《阿芒迪娜或两个花园》里，是人的超越本能与向性意识的启示；在《夜的秘密》中，是关于人的价值取向标准与人所能有的奇异的亲和力的隐喻；在《金胡子》中，是关于人自身精神再生的寓意；在《少女与死亡》中，是康德式的感性先验形式的神秘主义倾向；在《圣诞老妈妈》中，是妙不可言的折中主义精神；在《鲁滨逊·克鲁索的结局》中，是对人世沧桑与鲁滨逊平庸化、猥琐化的感慨；在《特里斯丹·沃克斯》中，是对以假顶真、名实错位的荒诞性的揭示；在《愿欢乐常在》中，是对商业化的现实环境与人的天赋禀能之矛盾对立的嘲讽；在《铃兰空地》里，是对现代生活作为人自然状态之异化的悲叹；在《小布塞出走》里，是对现代城市生活的逃遁……

当然，如果说在图尔尼埃的寓意故事里，完全没有他更关注、更偏重的哲理寓言，完全没有他更经常涉及的某种主题、他更为喜爱的某种基调，那也是不符合实际的。如果有的话，那么，是什么呢？是上面我们提到过的，卢梭主义的余韵。自从卢梭在18世纪发出了向往自然、返璞归真的强音之后，法国文学史、文化史上的响应之声就此起彼伏，不绝于耳，甚至扩大到了整个欧美。到了20世纪，由于物质主义的盛行，现代人的异化更为突出，在法国当代文学中，对现代物质文明的厌弃，对人远离自然之异化的焦虑，对自然的崇尚与向往，也就表现得格外突出。巴赞的《绿色教会》与勒·克莱齐奥的《诉讼笔录》就是这样的代表作，其中主人公要离弃现代文明，重返自然的强烈要求，已经发展到了惊世骇俗、几近难以理喻的超常的地步。倒是图尔尼埃的《礼拜五或太平洋上的虚无缥缈境》对20世纪的卢梭主义倾向作了充满了历史寓意与象征诗情的表述，他巧妙利用了《鲁滨逊漂流记》的题材与框架，对英国作家笛福这部名著的故事与精神作了逆向处理，改变了鲁滨逊形象，让他在荒岛上放弃了回到文明社会中的计划，而宁愿在大自然中继续过原始生活，使他从商业殖民主义的性质变为否文明、崇自然的卢梭主义的性质。图尔尼埃开始于自己第一部小说的这种精神倾向，到后来的短篇小说里又有了不止一次的流露，在《金胡子》中，与自然的接近使得拉布拉萨尔获得了重生式的复兴；在《铃兰空地》中，他竭力在代表着现代文明高速公路安排了一小块象征着自然的长着铃兰的空地，讲述现代人对自然的那种可怜、却又难以实现的向往；在《鲁滨逊·克鲁索》的结局中，他对现代人重返自然的企图与努力，表示了一种深深的悲观绝望：因为这个世界上已经没有了自然的净土了……所有这些使我们可以说，图尔尼埃是当代法国文学中卢梭主义余绪的一个深刻的、富有特色的表述者，卢梭主义要算是他哲理寓意中的核心与精髓了，虽然，他作品中的哲理寓言色调并不单一，而是丰富多彩的。

图尔尼埃的小说在哲理寓意上的另一个特点，是它的含混性与模糊性。从来的哲理小说与寓言作品由于都是作者出自某个具体的说教目的，根据某个明确的宣道意图写作出来的，因而，在哲理与寓意上无不具有明确性与清晰性，伏尔泰在《如此世界》里，虚构波斯大帝与印度大帝的残酷战争，是为了极为明确地让巴蒲克进行这样的指责："他们是人还是野兽？"在《老实人》中，他花了不少篇幅，写老实人一桩又一桩悲惨的经历，就是为了让他明明白白地道出："地球上满目疮痍，到处都是灾祸啊！"这时，巴蒲克与老实人都是伏尔泰的传声筒。在寓言作品里，不论是伊索寓言还是拉封丹寓言，几乎都由作者直接出面点题，每篇伊索寓言，结尾都有"这故事是说……"这样的明示，如："这故事是说，患难见知己"，"这故事是说，坏人即使穿上最华丽的服装，他们的本性也不会改变"等等。拉封丹寓言诗虽然不像这样直露简单，但也总是努力克服诗体写作上比散文更多的困难，而在诗的最后一节点出该篇的寓意。图尔尼埃与哲理寓言作品的传统不同，他既不在自己的作品里点题说明，也不依靠传声筒与代言人的传音暗示，他只靠自己的故事与人物，他深藏不露，远远躲在最里层，让外层的形象发出信息，任读者自己去捉摸体会，他自己却像一个打谜人。这就带来了他小说中哲理寓意的含糊性与模糊性。我们只能说他的某一个小说故事可能带有某种寓意，而很难说就是那么一种寓意。这种寓意的含混与模糊，特别在《金胡子》《阿芒迪娜或两个花园》《夜的秘密》《少女与死神》里表现得尤为突出。应该指出，图尔尼埃与传统哲理寓意的不同，并不简单地就是一个直露与隐含的区别，这里实际上存在着一个艺术思维的差异。在传统的哲理寓意作品里，我们看到的是一种理性思维在征集形象与图景，并使它们附着于自身之上，使自己成为披挂着形象与图景的性质分明的思维本体，在这里，作者所操作的是一种二元组合式的艺术方式。而在图尔尼埃的小说里，我们看到的都是哲理寓意已经融合在形象与图景之中,而不再有自己清晰的形态,或者是,从形象与图景中隐现出来的东西并不是某种成型的意识形态,而只是一定程度的意识寓意的色彩,在这里,作者所运用的是一种一元化合式的艺术方式。这两种不同的方式不仅出现在作品成型之时,而且,早在作品酝酿孕育的阶段就已经存在了,在传统的方式里,是思维与图解,在图尔尼埃的方式里,是生活与感受,他这里的寓意,不是从主观出发想出来的,而是从客观中悟出来的,它带着原有的生活形态朦胧地呈现出来,不像传统哲理小说、寓言作品中的哲理寓意那样急切地要诉诸读者,非攫住读者不可,竭力要叫他们达到认同。

明确清晰的思想意识,对于哲理体系是件好事,但对文学作品却未必是件好事。表现了明确清晰哲理的作品,不可能是多义性的作品,因为明确清晰的哲理给读者的思维限定了活动的空间。图尔尼埃是学哲学出身的,他能违反他固有的职业习惯,在文学中避免追求明确清晰的哲理,实乃明智之举,也殊非易事,这样,他小说中哲理寓意的含混性与模糊性,就给他的小说带来了一个意想不到、刻意难求的妙处:哲理寓意的多重含义,他的作品往往可以使人感受到不止一种哲理寓意,就像读者面对着一颗菱形多面的钻石,它的每一面都发射出不同的色泽光彩。以《夜的秘密》为例,这里,既有本体论的色彩,也有关于实在价值与虚华价值对照的价值观哲理;既有人类超偏狭的、亲和的和平主义启示,也有两性关系上歌德式的"永恒的女性领导我们走"的理想化倾向。《阿芒迪娜》更是以寓意的多重性而闻名遐迩的作品,关于这篇作品,图尔尼埃曾经告诉我,仅其中那个10多岁小女孩爬梯子看墙外的[①]这个情节,就曾引起种种评说与分析,有人从社会学角度认为这有妇女解放的寓意,有人从心理学角度认为这表现了性的压抑与对墙外的性关注,有人从哲学角度把它视为超越

---

① 见拙文《〈铃兰空地〉上的哲人——图尔尼埃印象记》,《世界文学》1990年第一期。

的象征,还有人从政治学角度,认为可以理解为从东方看西方或者从西方看东方,等等。在图尔尼埃的作品里,这种寓意的多重性,无疑已经构成了一种魅力,它产生了内涵空灵飘忽的艺术效果,绝无传声与刻意雕琢之嫌,反倒更足以引发读者悠长的遐想,也许正是因为《阿芒迪娜》的故事与形象,具有更大、更广、更活、更为空灵飘忽的涵括力,所以图尔尼埃曾经明确地表示:"它是我最好的作品之一。"①

在艺术形象性上,图尔尼埃的小说也有其独创的特色。在以往的哲理寓言作品中,作者为了表述、阐明自己的哲理含义,往往要构设出非同一般的故事情节与人物形象,它(他)多少总要带有一定程度的不同寻常、夸大与荒诞,甚至调集非人的动物来进行演义,这就在形象表述上构成了童话性、幻想传奇性。图尔尼埃与此不同,他不求助于这种非常性,他总是选用最日常生活化的故事情节与人物形象来蕴藏他的寓意,在《夜的秘密》中是刷房子与烤面包,在《阿芒迪娜》中是一个普通小女孩的爬墙外出,在《铃兰空地》是灰色的高速公路与平凡的汽车司机,在《圣诞妈妈》中是一个女教师的喂奶情节,在《鲁滨逊的结局》中是一个糟老头子泡在小酒店里,只有在少数作品中,图尔尼埃才动用童话式与传奇式的故事与人物,如《金胡子》。因此,图尔尼埃的小说故事,绝大多数都像是一幅幅简约的日常生活图景。当然,这也不仅是一个形象选择与形象表述的结果,而是扎根于图尔尼埃艺术思维与艺术创作的整个过程之中,因为,归根说来,图尔尼埃是从日常的现实生活中领悟出了哲理意蕴,然后再将生活形象蕴藉着的哲理和盘托出,而不是思考先出哲理,然后再调用非同一般的形象加以突现。

在传统的哲理寓言作品里,既然寓意往往是从出自明显主观意图的故事中突现出来的,故事的变化与发展,往往也就是来自叙述上帝

---

① 见拙文《〈铃兰空地〉上的哲人——图尔尼埃印象记》,《世界文学》1990年第一期。

从外而内的人工安排，于是，在那里，所有的事情都带上了人为的印记，而在图尔尼埃的寓意作品里，既然往往没有多少不平常的故事情节，因此，寓意的流露以至故事情节的演绎，似乎往往也就无须叙述上帝从外而内的人工安排与刻意造作，在这里，事情只是像一条河一样自然流淌，在这种自然流淌中，其中的人物自内而外的作用也就明显了，他们的心理感受、体验、变化以及对事情所起的影响与作用也就明显了。故事的发展演绎往往以内部的机制特别是人物的性格与心理变化为契机，阿芒迪娜的突破性的被人们视为有重大意义的越墙行动，仅仅出于她少年的好奇心，葛娜芯对皮埃罗那种可以引申为各种象征含义的背弃行为，最初只是萌动于对五颜六色的注意。因此，不妨说，图尔尼埃的短篇故事都多少带有心理表现的色彩。即使在《金胡子》这样一个明显由叙述上帝来构设一切、童话色彩极为强烈的故事里，作者也十分有意识地把发挥作用的空间留下相当一大片给人物自己的心理机制，让拉布拉萨尔在蓄胡子、金胡子、白胡子以及胡子消失等问题上的心理活动，成为事情向前演绎，甚至是神话般地演绎的契机。

每个作家都有自己喜爱运用、善于运用的艺术表现手段，图尔尼埃既不靠传统文学中常有的非凡的故事与独特的人物形象取胜，也不靠现代派文学中新的叙述花样张本，他要以自己简约的形式风格引起读者的丰富的感受，靠的是什么？色彩。他像一个善于用颜料，铺陈色彩的画家。他的人物、他的景象、他的物体往往都具有鲜明的丰富的色彩，构成了五光十色的图景，"蓝色的眼睛"、"鲜红的嘴唇"、"玫瑰色的脸蛋"、"黄橙色的卡米夏"、"左眼还有一大块白色"，金胡子中夹杂着白须，雪白的葛娜芯，五颜六色的阿尔勒坎，苍白的皮埃罗，"彩色菱形图案的袍子"，蔚蓝色的夜，金黄色的烤炉，"褪了色的衣衫"，"有毒的普鲁士蓝"，"灰色的混凝土的高速公路"，"色彩鲜艳的铃兰空地"，少女通过看外界的不同颜色的玻璃窗……所有这些色彩有时似乎超出了故事叙述与人物描写的要求,而另闪烁着某种深意,因而成了具有了某种象征性的信息与符号。在造型艺术中,简约的线条配鲜明的色彩,是一种典型的现代风格。在这个意义上,图尔尼埃的小说故事是具有现代性的,而他作品中的色彩又构成了一个五光十色的形象世界。如果说,图尔尼埃小说故事里的寓意是丰富多彩的话,那么他用来表述寓意的艺术形象也是五彩缤纷的,因此,可以说:

他的小说故事,就是五彩缤纷的睿智。

对现代西方文明的极端厌弃

——勒·克莱齐奥:《诉讼笔录》

这是一部颇为奇特,甚至有点惊世骇俗的小说,不论从内容到形式都是如此。

对这样一部小说,与其把它当作现实生活的一种模仿、社会事件的一种复制、人物性格的一种塑造来加以分析,远不如把它作为作者的一种寓意、一种启示、一种抒情、一种奇思妙想、一种一鸣惊人的意图来加以感受,更为适当。

既然是主观色彩浓重的奇思妙想之作,就不妨对这一"主观"作些推想。

它是勒·克莱齐奥的"第一部小说"。这个23岁的年轻人,过去肯定尝试过文艺创作,但尚未崭露头角,他显然想一鸣惊人,而要在巴黎文坛上一鸣惊人,惊世骇俗又无疑是一条可行的途径,甚至是一种最佳选择。

惊世骇俗,就是要打破人们认识上的惯性。对一部小说来说,在什么问题上来打破人认识的惯性最能引起惊骇?就小说所要表述的内容而言,那就莫过于人自身的存在问题、人类的存在问题了,勒·克莱齐奥在小说首卷的第三行原文中,就指出他的主人公叫亚当,而且重复了一次,一开始就叫伊甸园中那个人祖的名字,明确了他的意向,他要写的是人,是大写的人,是人的象征。

如果就亚当·波洛的行径表现、生活方式、外形特征来说,他是一个流浪汉：从家里出走，独自栖身于一所被荒置的空屋之中，整天无所事事，不是光着身子晒太阳就是到处闲逛、抽烟、喝啤酒，一身破衣，皮肤上一层汗泥……流浪汉，在巴黎街头、在地铁里，都可以碰见不少，他们蓬头垢面、衣服褴褛，往往没有提携任何行装，倒常有酒瓶或饮料罐在手，不是眼光呆滞、表情冷漠地呆着，就是高声嚷那么几声，或者像醉汉那样咕哝自语。行人都避开他们，怕惹麻烦，但肯定有很多人都对他们为什么选择了这种生活方式深感奇怪，对他们脑子里转悠些什么有些好奇。选择这样一个人物做主人公，至少可以获得两个为一般人感到陌生而又感到新奇的文学描写领域，一是这种人物的生活真相与生活内情，二是这种人物的精神世界。这两个文学描写领域之易于带给作品以某种轰动效应是不言而喻的，似乎也已有先例，雨果在《巴黎圣母院》中描写了巴黎流民的生活真相、乞丐王国的组织内幕，不是给小说增添了不少奇特的成分、浪漫的色彩、吸引人的魅力？让·惹内在他的《小偷日记》（1949）中揭示了自己作为流浪汉的精神世界，不是特别引人注意，甚至萨特由于他那种敢于对自己行径负责的精神而把他称之为"圣徒日内"（《圣徒日内，殉道者或逢场作戏的角色》，1952）？

勒·克莱齐奥没有在这两个令读者感兴趣的文学描写领域朝流民生活的社会性方面、现实性方面全力以赴，例如，他不去写流民生活在整个社会背景上的意义、它作为一种社会现象的根由，他也不去写这一个流民的经历、遭遇与他跟社会生活中各种人物的关系及其始末。他要在已使读者很感陌生、很感惊奇的流民生活方式与流民人物的精神世界中，注入他自己的一些思考与寓意，他这些寓意与思考肯定是不同凡俗、惊世骇俗的，于是，内容与形式的两结合，就使作品的惊世骇俗几乎达到了振聋发聩的程度。

要在一个人物身上注入惊世骇俗的内容，或者要把一个人物表现为惊世骇俗的形象，该采取什么样的方式？

自从有了小说以来，人物各种各样奇特的经历已经无所不有了，人物各种各样古怪的性格也相当齐备了，写经历与塑造性格，似乎已成为古典的方式，新的能引起惊世骇俗效果的方式是什么？这时，也许勒·克莱齐奥想起了萨特的《恶心》。萨特在他这部著名的小说里，不从经历写，不从性格写，而采取了一种全新的写法：从感觉写。主人公洛根丁的对客观事物、对社会生活的反应，几乎都只是一种感觉，一种恶心感。通过视觉、嗅觉、听觉、触觉的感官，恶心感进入他的认知领域，并成为理性思维过程中与精神世界结构中的基本内容，成为他世界观、社会观的基本成分。于是，一个惊世骇俗的人物形象洛根丁在人类小说里出现了，正是通过他，萨特表现了自己惊世骇俗的"恶心感"的世界图景，为自己的存在主义哲理奠定了一块基石。

勒·克莱齐奥也下决心从感觉写起，首先靠亚当·波洛那种奇特的感觉方式来使他成为一个惊世骇俗的形象。

亚当·波洛的感觉方式之一：原始化。

原始，是近代文明中一个令人感兴趣的课题，原始生活，甚至成为一部分思想家、文化人用来对抗近代文明的一种理想，18世纪的卢梭在《人类不平等的起源与基础》里，就从各种角度把原始人的生活赞颂为人类理想的生活，这成为近代一个思想传统的源头。亚当·波洛作为一个小说人物，似乃这个思想传统的产物。他住在山上荒弃的屋子里，城市中、海滩上的尘世生活就在他俯视的范围之内，他丝毫也不关心社会、城市、海滩的种种消息与动静，他也从不思索自己的过去，回忆自己的亲人，考虑自己的将来，似乎与现代社会斩断了一切联系。他唯一关心的现实问题，只是自己吃喝拉撒睡这几个从原始人的时代起就存在着的，可说是人类最古老、最基本、最原始的问题。如果他比原始人多点什么的话，那就是抽烟与吃巧克力，仅仅这两点才使他带有现代社会人的色彩。除此之外，现代人的政治、社会交往、文化、娱乐、信息、知识等等其他的需求，对他都是不存在的。在这个意义上，亚当·波洛是原始化的。他是现代社会中的一个原始人，在现代社会里按原始方式生活的人，与米歇尔·图尔尼埃笔下的鲁滨逊①、埃尔韦·巴赞笔下的无名青年②同属一类，可说是现代文明的化外之民。

亚当·波洛的原始化，更重要的是在于他的感觉方式。关于原始人的精神状态，浪漫派诗人雨果有过这样的想象与描写："他自由自在，听其自然，他的思想如同他的生活一样，像天空的云彩，随风而变幻而飘荡。"③这是形容与比喻，既不具体也不尽准确，但有关原始人"野性思维"的人类学研究告诉人们，自由自在倒的确是原始人的精神状态，这种自由自在，既是指他还没有受到后来文明社会里各种规范与知识的限制与束缚，更重要的是指他几乎只有纯感觉的内容，而没有多少理性的内容，是指他只有关于自身原始需要的内容、自我感官所能及的范围里种种具体事物的内容，而没有超乎于原始需要之上的道德内容、没有超出感觉范围之外的抽象内容。亚当·波洛正是保持着这种感觉方式，他解决了生存所必需的吃喝睡问题外，就是躺在露天，脑子里空空的，观看太阳、观看天空与大海，或者极目远眺，猜想大路上松树之后的松树，电线杆之后的电线杆，进行着一种儿童似的简单思维活动；面对着客观景象，他往往只注意事物的形状、直线、曲线与物质的反光；即使他被关进了疯人院，他所考虑的不是他的处境、不是这个机构将如何对待他、他该如何说明情况、如何解脱、他的前途将会怎样等等，甚至他对把自己关进疯人院的这种荒诞的误解、这种暴力的强制也毫无所感，无动于衷。他脑子里活动的内容都是与他眼前所见的具体事物有关，如他的床、他的房间、他

---

① 见米歇尔·图尔尼埃的长篇小说《礼拜五或太平洋上的虚无缥缈境》。
② 见埃尔韦·巴赞的长篇小说《绿色教会》。
③ 见拙译《雨果文学论文选》第23页，上海译文社，1980年。

的睡衣、他房间的窗户上的窗条，而且几乎都是关于这些事物的可感性方面，如触感、线条、色彩、亮度、音响，似乎他只是一个纯感觉的机器，除了接受可感事物的具体信息外，从不将这些感觉加工、提炼、概括、联想。亚当·波洛就这样在自己的感觉方式中摒弃了任何复杂的人类内容与社会内容，并且始终保持着一种直感的方式，而拒绝将直感朝理性的、思维的方向提升。这就是我所说的原始化的感觉方式。

亚当·波洛的感觉方式之二：降格化、非人化。

谁都知道，人是动物变的，当类人猿开始完全直立起来、利用工具进行求生存的活动，人类就出现于这个世界。在传统的思想观念中，人是万物之灵长、宇宙的主人。世界上的一切都以人的规范、人的观念定位，都被人赋予了各种意义。人按照自己的想象创造了神，人实际上神化了自己，使自己成为这个世界上的真正的神。人脱离人猿的动物状态而开始升格为世界之神的过程，也就是人类创造文化的过程。人与动物的区别就在于文化与本能的区别。在现代思维中，人对人自身的这种神的地位、人的文化的绝对意义与绝对价值，有了愈来愈多的反思。亚当·波洛既然力求把文明从他的脑子里排除出去，既然他力求保持自己简单的原始的思维，只要他愿意，他未尝不可以再还原一步、降格以求，使自己的感觉非人化、动物化。你看，他在夜里一动不动地待着，"为再没有多少人气而自豪，等待着首群夜蝶向他飞来"，就像自然界中一头安静的动物。你看，他在城市的街道上不止一次毫无目的地紧跟着一条狗，模仿狗的动作，找作为狗的感觉。作为一个人，他完全迷失了，即使是在人群熙攘的闹市之中，他"什么也看不见，任何东西对他都没有任何意义"，他只感受着自己在行走时的生理感觉，就像跟在一条狗后面的另一条狗。这一番经历使他觉得"他已经不是完全属于行人们那个可恨的种类，也证明了他可以像他的朋友狗一样，在市区的街道上自由行走，到商店里去乱窜,而没有任何人发现。也许,不久他也可以像狗一样冲着美国汽车的车轴或者禁止停放汽车的标牌,安安静静地撒尿,或者在光天化日之下,在漫天的灰尘中做爱"。在动物园里,他想象自己"奇妙地变成狮子家族的一员",又想象自己"加入了笼中那些最微不足道的部落,与蜥蜴、老鼠、鞘翅目动物或鹈鹕打成一片"。

他这种感觉方式很可能遭到从人文主义观念出发的思想理论以及一般的常理常情的责难,但是,小说中似乎存在这样一个隐喻:亚当·波洛既然是亚当,他只不过是回到了伊甸园而已,在上帝安排的那个乐园里,本来是先有鱼虫、飞鸟、牲畜、野兽,而后才有了人,人与动物和平共处,互为良伴,交流对话。

亚当·波洛的感觉方式之三:物化。

他不仅在感觉中力图把自己从20世纪的文明人还原为原始时期的初民,把自己倒退降格为非人,而且还力图物化自己,使自己消散融化为宇宙中的一点物质。他不想让人相信"我是个活人",有时,他愿意掩埋在碎石堆里,"占据物质、灰烬、卵石的中心,渐渐地化为一尊雕塑"。有时,他只要"做二十四小时的树",甚至感到"我刚才已达到植物境界,成了青苔,成了地衣,差不多就要成为细菌与化石"。有时,他想象自己不再是此人,也不再是他人,他"最终的结局不是美、丑、理想、幸福,而是忘形、虚无","消亡在矿物的冻结之中",成为了"自生不灭,死而复生,在无穷中重复几百次、几百万次、几十亿次"的物质,化为大自然的一部分,他觉得如此化为宇宙的一部分就"不懈地、永久地占据了宇宙的中心,任何力量都无法拉开与宇宙的拥抱,将他从宇宙的怀中夺走,哪怕在日后的哪一年哪一日,死神将在第四纪的两片木条中拍摄了他的人体形状"。

亚当·波洛的这三种方式,构成了他的怪异性与惊世骇俗性,在这两方面,他比萨特笔下的洛根丁有过之而无不及。在现代社会中的常人眼里,他这三种感觉方式几乎等于神经不正常。亚当·波洛是个精神病患者？然而，从他与女友的哲理性谈话中，从他在街头那一番演讲中，从他被关进精神病院后与医疗小组那一番广泛的针锋相对的交谈中，人们一眼就看出他是一个头脑正常、性格纯良、智力高超、思辨能力惊人的青年，他在自然科学、社会科学、人文科学等等领域里所拥有的丰富知识与深刻见解，足以使人深感惊奇，于是，亚当·波洛就以一个哲人、一个寓言家、一个信徒的形象站立在小说里了，而他那三种感觉方式也都显示着哲理。第一种方式是体现了卢梭推崇原始，回到大自然中去的思想传统。第二种方式隐含着圣经中对伊甸园那纯净世界的理想，用现在流行的话来说，就是生态平衡的理想。至于亚当·波洛的第三种人与物同化的感觉方式，我们中国人是似曾相识的，庄子就说过："天地与我并生，而万物与我为一。"[①]还说过："故其好之也一，其弗好之也一，其不一也一。其一与天为徒，其不一与天为徒。天与人不相胜也，是为谓真人。"[②]两相对照，亚当·波洛又颇有认知了"万物与我为一"之真谛的"真人"气味了。是的，作者勒·克莱齐奥也的确把他当作一个"真人"，他这样明确地指出："亚当·波洛无疑是世界上唯一一个活人。"他还指出过，"亚当·波洛无疑是他所属种类的最后一位幸存者，的确如此，因为这个种类已近末日。"

为什么？

不难看出，亚当·波洛所选择、所追求的感觉方式带有明显的针对性，包含着强烈的逆反心理，他的这三种感觉方式的关键与核心，都是对现代文明的摒拒、排斥与否定。亚当·波洛否定、对抗西方现代文明的思想立场明确表述为语言，是在他的街头演说词与他对精神病院一组医生的辩驳之中。

[①] 庄子：《齐物论》《大宗师》。
[②] 同上。

亚当·波洛在街头的那番演说，是他对整个现代人类、整个工业化社会的活动方式与生活方式的一种反思性的宏观认知、一股偏激的否定情绪、一篇尖刻抨击的檄文。他提出一个根本问题，人类控制了地球，成为地球的主人，按自己的意志来安排一切，按自己的形象来改造一切，创造了青烟、河流、城市，在大地上到处竖起了电线杆，制造了炸弹，征服空间，无时无处不在利用与榨取这个圆圆的小小的地球，拿它来作交易，所有这一切是合理的吗？亚当·波洛的答复是否定的，而且他否定得极为彻底、极为偏激。在他看来，人类在地球上"没有做过任何有益的事"，人类活动的结果就是现代化的社会，在这个社会里，人都成为电气化的奴隶："我是电视，你们是电视，电视在我们身上。"当然，亚当·波洛这篇街头演说，仅仅是他的思想纲领，实际上他对现代工业社会的反感与否定要比这具体得多、深入得多，几乎无处不有、无时不有。在他眼里，现代化的城市只不过"由水泥、硬拐角、窗门与铰链组成"，到处只剩下这种那种直线曲线、这种那种角度，"全部是一个模样，丑陋极了"；人们的生活也都千篇一律，"好似千万册书放在一起"；人们的语言，"就其音调而言，明显是单音"，每个人全都丧失了自己的个性，他们实际上"从未曾存在过"；最后，人类"只有一个男人，一个女人"。亚当·波洛所向往的，就是摆脱这种现代文明的社会与生活，回到原始的自由自在的状态中去。他认为人的本性是要"寻找与大自然的某种交流"，"顺从某种纯粹以自我为中心的人格化的需要"，而他只不过是"顺从了自己的这种需要"、过起了我们在小说里所见到的那种奇特的生活而已，但这却使他成为一个惊世骇俗的怪人。

如果亚当·波洛在街头的演说是对人类现代化的活动状态提出了指责的话，那么他在与一组医生进行辩驳中则对现代人类的文明与文化提出了诘难。他以自己一个聪明同学的遭遇为例，指出现代人认知感受能力的严重缺陷，根本不能理解真正智者的精神境界，有很多事物实际上都是在现代人的悟性之外的，对此，现代人不仅不认识自己的局限，反而把这种局限与偏狭视为当然的真理与谬误的分界线，把自己悟性之外的事物斥为荒唐。他还指出现代人"令人讨厌的分析系统"的弊病，特别是心理学价值系统与语言表达系统的局限。他指责现代人"浪费时间搞他妈的烂电影……搞戏剧、搞心理小说"，以致"再也没有多少简单明了的东西"。他对作为现代人一个标志的"文化教养"不屑一顾，称之为沾在现代人的背上、沾在身子每一个部位的"一件湿淋淋的外套"，尽管在这次辩驳中他自己表现出了非凡的文化修养。在这里，他不是作为现代文明社会中一个不开化者、一个粗俗无知者、一个野蛮人来盲目反对现代文明的，而是作为现代文明的掌握者、富有者来对现代文明进行诘难的，正因为他是从现代文明中叛逆而出、转身一枪，他的诘难也就十分有力，颇有振聋发聩的作用。

亚当·波洛的惊世骇俗，就是作者勒·克莱齐奥的惊世骇俗。亚当·波洛只是他臆造出来的一个人物，在现实世界里很难找到，即使在神奇的乞丐王国、在奇特的流浪汉群中也很难找到。这个人物只是他的工具，他寓意的表达工具。当然，他的寓意范围要比亚当·波洛的思想观点、行为方式、感觉方式所构成的范畴要更为广泛，他不仅让亚当·波洛成为他寓意的形象载体，而且在这形象载体之外的形象描写中，也填进了自己的寓意。他在第 K 章中，以一个人被淹死的场面为由，虚拟人在"状若空美发油瓶的美人鱼、被折去脑袋的沙丁鱼、手提式油箱、宛如百合花的韭葱，全都用沙哑的声音唱着圣歌、发出呼唤"的情况下，如何葬身海底，充满了对以人为中心、将万物拟人化的人类自我中心主义的讽嘲；他在第 L 章中，把对死者的议论与哀悼死者的场面描写得那样可笑，是要在这场面里注入人世乃一场滑稽戏的寓意，他对于死者经历的叙述，蕴含着现代人生活无意义、因而"他从未曾存在过"的含义；他在第 M 章中对社会生活各种浮光掠影的描绘，是要展示现代文明社会的脓疮：色情、毒品与流浪行乞……他对打电话一场的描写，是在揭示现代人交往语言的程式化与虚伪，形容现代人"差不多把整个脑袋伸进那酚醛电木隔音壳里、里面一股温乎乎的电热、必须等着吱吱声停止、响起火花的撞击声、等待着从一个深渊的深处升腾起一个不真实的声音，发出的谎言将你团团围住"这种交流方式的可笑与荒诞；他还把夜总会描写得令人生厌，像噩梦一样可怕，把精神病院里的医生描写得那样主观武断，以概念与臆测来代替眼前确切的客观事实。作者笔下的所有这一切，加上了他通过亚当这个人物所见所闻、所思所感、所行所止而表现出来的寓意，构成了他对现代文明社会中人类异化的全面揭示，表现了他对人类工业化文明所同时带来的严重后果的忧虑，他对人将失去大自然、失去自己的个性与生气，甚至在高度规范化的社会活动中将失去自己真正存在意义的忧虑，却是事出有因，发人深省的，他把自己的寓意推到了惊世骇俗的极端，也许正是为了向世人敲一次警钟。

在艺术形式上，这部小说无疑也会引起一些惊世骇俗的效果，如果在它面前是一群习惯于传统小说的读者的话。首先，它不大像小说，它没有完整严密的故事，甚至连贯的情节也没有，其中的一个个场景几乎都是松散地堆在一起，它们像一段段的散文，很少具有叙事的功能，与中心人物形象也往往并无关系，各自所蕴含的寓意，也无逻辑的联系，甚至它们往往突如其来，使人莫名其妙，如第 N 章中"马蒂亚斯写侦探小说"的一段就是一例。这种零星、分割的形象描写之凑集，就像是一幅现代派的静物画或实物拼贴，一些杂乱而毫无内在联系的物件就凑成了一个画面。小说的各章以字母而不是以数字为序。某些未完成的文句以及被删改的段落与字句，也都排印在小说里，就像作者手稿的复印件。有时，还有象形图样、化学方程式以及一张张报纸的版面，原封不动地出现在行文里。所有这些都给小说带来了新奇的风貌，但它们明显带有纯粹的形式主义的性质，完全是一个新潮派作家所能摆弄出来的一些时髦的廉价的新玩意儿，就像一个标新立异的青年穿上了一件色彩奇特、图形怪异的衬衣。

值得重视的倒是小说中一些比较内在、新颖却又似曾相识的艺术成分。作者对客观物件的形状、线条、色彩、细部的冷静描写，使人感到有"新小说"派的"物主义"的痕迹；他笔下亚当·波洛那种非理性的"向性"式的精神反应，使人想起娜塔丽·夏洛特作品中的阿米巴虫式的心理活动；他小说中那些行人与旁观者不连贯的无意义的对话，与荒诞派戏剧中的对话颇有相像之处；他描绘文字中那种隐晦、难以理解的联想完全是超现实主义的，而他那些跳跃性极大的比喻则是象征主义式的。的确，本世纪文学中这些先行者都是勒·克莱齐奥这个青年人所熟知的，他在自己这部小说里几乎汇集了那些反传统的先锋人物所提供给他的乳汁，这使他超越了纯粹形式主义的玩意儿而获得了虽说是反传统，但却不失某种艺术哲理的美学价值，他以这部作品获得了1963年的勒诺多文学奖，一举成名，并非偶然。

我深知，这部作品在中国不会引起一般小说读者的兴味，它不可能畅销，但它作为一份思想研究的材料与作为一份艺术研究的材料都具有一定的意义，会引起爱好思索与研究的读者的关注，而且，它已成为勒·克莱齐奥这位"新寓言"派的主要人物的代表作之一，而"新寓言"派在当代法国文学中的重要地位，现在是愈来愈清楚了。

卢梭风致的精灵

——勒·克莱齐奥:《梦多》及其他

我记得在大学二年级的时候,读到了卢梭《忏悔录》的部分原文,其中有的段落是写他少年时期的漫游与流浪,当时就给我以极大的感染,此后往往还不自觉地回想起它们,余味不尽。

卢梭是法国文学中徒步邀游之乐的发明者,这种乐趣之美被他写到极致的境界,特别令人欣赏的是,《忏悔录》中他在漫游中自由自在、尽情享受、陶然忘饥、酣畅满足的精神状态:忘了一时的疲劳,忘了一时的饥饿,忘了自己衣食无着的生存状态,忘了现实的生计利害;城门要关了无所谓,饭碗要丢了没关系,只要是在星空下听夜莺的鸣叫,就可以在一块石板上过夜;只要能欣赏洛桑的美丽湖面,就不惜绕道而行,长途跋涉,不辞辛苦。

何等自由自在、潇洒脱俗的风致!比"明朝散发弄扁舟"还多几分洒脱而少一些骚怨。

我常想,对于文明的程度远比卢梭要高的现代人来说,此种风致反倒有点可望而不可即。我等若要远足或者旅行,就要考虑带什么饮料罐头,要安排交通工具,要考虑行止时间,出门时别忘了把窗户关好,以免刮风时玻璃被打碎,等等。更重要、更需仔细认真、更需费些脑筋的是,要作出一个能承受得了的经济预算。比起卢梭那种无牵无挂、随兴之所至的邀游,实在是差多矣!

曾经有一次,我似乎也略略接近了这种自由自在的漫游之乐,那是10多年前在尼斯第一次见到大海的时候。

尼斯,这个美丽的、阳光灿烂的城市,就像蓝色海岸上一颗白色的珍珠。下了火车,在一家雅致幽静的旅馆里消除了旅途的劳顿。早餐是丰盛可口的。精神十足一下就来到了那令人心旷神怡的海滨大道。蓝色的大海,第一次见到的大海。伸入海中的防波堤引人遐想。美丽的充满浪漫情调的海滩。往空中抛一些面包屑,就有一大群白色的海鸥在你头上空飞舞。整洁得几乎是一尘不染的大道,大道旁一座座漂亮的建筑与一个个郁郁葱葱的苗圃、花园。散落在海滨、面对着远方天水合一的座椅上,稀稀落落几个人或眺望或晒太阳或看报纸。空气中弥漫着一片闲适的情调……所有这一切,不能不使一个长期在熙攘拥挤、头碰头、充满了现实牵扯与世俗制约的环境里度日的人,突生涤荡超脱、怡然自得之感,至少在那么一两个小时里,我觉得脑子里无半点负荷,似乎进入了陶然忘饥、化为尼斯美景中一物的境界,如果不是与米歇尔·布托先生已约定了会面的时间,也许我那次能乐而忘返,充分感受卢梭的那种洒脱。

由于以上两个方面的原因,我对勒·克莱齐奥的《梦多》倍感亲切。

勒·克莱齐奥先生也住在尼斯,他笔下小梦多漫游的环境,带给我对尼斯那个海滨城市美好亲切的回忆,而梦多的故事,则使我想起了卢梭的洒脱。

梦多是一个卢梭式的漫游者形象,也是一个卢梭式的自由自在精神的形象。勒·克莱齐奥几乎是以整个小说的篇幅来渲染这个少年流浪者身上的卢梭色彩。

他到处流浪,四海为家,自由自在,随遇而安,似乎哪里都是他的栖身之处,哪里都是他的家。他无忧无虑,无牵无挂,每到一个地方,每停在一处,都尽情地观赏着、感受着、体验着、享受着,有卢梭在漫游中那种浓烈的兴趣,全身心的投入。他在海滩上喂海鸥,在防波堤上沉思遐想,在花园里观赏星星,在月光下杂草丛中睡大觉,在马路上看工人洒水,在电梯里体验升降,在海边放风筝,在林子里听鸟儿啁啾,在山冈上踽踽独行,无不兴致盎然,意趣酣畅,有卢梭的那种洒脱。他敏感、淳朴、天真、善良、友好、热情充沛,每遇上一个人,就交上一个朋友,不论是对卖菜人、面包店老板娘、坐在公园里的退休者、打渔人约尔丹、街头卖艺人"茨冈"、饲养鸽子的老人达帝、高楼里的少妇、孤独的小妇人蒂琴、偶然相遇的画家、教识字的老者,他都有一种非凡的亲和力,三言两语,就建立了一种亲切友善、朴实动人的关系,就造成一种融洽和美的人际氛围,自有一种自然的人性人情美。

写的是漫游,但漫游何尝不是人生的缩影?人生即一大漫游。梦多是一个漫游者的形象,但更是一种漫游风致的精灵,是自然人性人情的一掬精粹。他萍踪飘忽,行踪不定,是从什么地方来?有过什么经历?何以为生?谁也不知道。他身上带有一种空灵神秘的色彩。他逢人便问的那句话:"您想不想收养我",则带有一种悠深的象征意味,似乎是向人们提出一个严肃的问题,一个关系到对方的存在状态、存在风格、存在情趣的问题。而当他最后被现代化的管理机制逼迫从这个城市消失的时候,这里的一切都变了。一切都黯然失色,失去了梦多在时的明亮;一切都变得丑恶了,失去了梦多在时的淳朴与自然;一切都发蔫了,就像得不到雨水浇灌的枝叶,失去了梦多在时的生机。于是,梦多的漫游故事,在勒·克莱齐奥笔下,就成了一则寓言。这寓言与我们常见的古典寓言不同,它的意蕴是淡淡的,使人不易察觉,它的意蕴借以表现的形象也是淡淡的,往往不触动人们的注意。它就像一杯洒了几片龙井的清茶,但却沁人心脾,足以启示人们在人生漫游中摆脱种种困扰、局促、计较、造作、鸡毛蒜皮般的烦琐、鸡零狗碎式的得失，而采取一种超脱、潇洒、自然、纯朴的风度。

就像梦多一样，这个短篇集中其他小说的主人公也都是漫游者、追寻自由者的形象。如果说，梦多就是自然、本性、潇洒、超脱的精灵，那么其他小说的主人公则是生活中追求自然、人性与洒脱的现实人的形象。在《露拉比》中，主人公力求从"人群像枯叶一样飘落，男男女女像磁场中的铁屑一样麇集"的现实生活中，从围着铁丝网的学校中解脱出来，她向往辽阔的蓝天与大海，她怀着对广大空间与自由自在状态的躁动式的追求，独自在海边冒险地过了几天。在《神仙居住的高山》中，少年主人公日翁在登山远足中，尽情享受着登临攀高之乐，他完全成为了空寂山野中的一个自然人，就像卢梭曾经描写得颇有诗意的原始时代的初民那样。他把自己的衣服脱得精光在湿漉漉土地上打滚，用身体摩擦苔藓，流露出一种要摆脱一切束缚羁绊、返回大自然的不自觉的渴望；他不畏艰险，沿岩石攀登到高耸入云的山巅，表现出了一种超脱现实的潜在意志。在《从未见过大海的人》中，主人公丹尼尔梦想着大海的自由与辽阔，抛弃了家庭与学业，成了一个流浪者，他终于体验到了面临着大海的狂喜与化为大海之一部分的洒脱（他居然与章鱼友好相处）！《旋转水车》中的主人公小尤巴在灰暗贫穷的生活中，也借助水车旋转的单调声与牛推水车的喘息声而物我浑然一体，忘掉了现实生活而进入了美妙的梦幻。

这些短篇都只有最简单的故事框架，最平淡不过的情节，然而却有细致入微、优美如画的动人描写，对主人公陶醉于其中的大自然的描写，对他们对大自然的精神向往、精神渴求的描写，对他们在大自然中的观赏之乐、洒脱之乐、陶然忘饥之乐、物我浑然一体之乐、交融升华之乐的描写。一个个短篇就像一首首诗情画意的散文诗，阅读着这些短篇，就有如同聆听着《田园交响曲》那样的艺术感受。

所有这些短篇，大都是以少年儿童为主人公，似乎是一本少儿读物。但它恰巧不是一本能为少年儿童所接受、所理解的读物，而完全是一本成人的书。书中的主人公们的追寻，正是现代人的需要与渴求，而且是具有较高层次的精神文化修养的人才会有的需要与渴求。在这些少年儿童、青年男女形象的背后，是作者一颗痛感现代生活的缺陷而焦虑地关心着人的自然本性之复归、关心着人对现实条件之超脱的心灵。正是在这个意蕴上，这些短篇与作者的成名作《诉讼笔录》是相通的，这些少年漫游者、追寻自由者与《诉讼笔录》中那个偏执地要实践人性复归的流浪人亚当·波洛是相通的。

莫迪亚诺的魅力

——《寻我记》《魔圈》《夜巡》及其他

伽里玛出版社的福利奥袖珍本丛书开本甚小，排印得也很疏朗，每一行大约有10个字，而莫迪亚诺收入这个丛书的几部小说，仅占一两行的文句居绝大多数，占三四行的文句已不多见，三四行以上的则极为稀罕了。这与法国20世纪文学中的"长句作家"的语言恰成鲜明的对照，那些"长句作家"，较远的有普鲁斯特，较近的有布托，往往一个文句就占一两页、两三页，而且还是"七星丛书"本排印得密密麻麻的一两页、两三页，或者是大开本的两三页，从句套从句，九曲十八弯。这种语言景象在莫迪亚诺的笔下是绝对没有的，他总是尽可能地避免从句，而经常用状语、补语与分词句，这就使他的文句几乎简练到最大限度。过分简练，就得防止平淡、单调与贫乏。莫迪亚诺可没有流于这种危险。他的语言很有含量，很有弹性，很有表现力，很是传神。

请看：

这是描写一个乐队极其糟糕的演奏："乐队正在折磨着一首克里奥尔的华尔兹"。好一个传神的动词"折磨"（Torturait）[1]！

这是写战争时期萧条的巴黎："街上空空荡荡，是没有巴黎的巴黎"，Paris absent 这一个只带有一个形容词的名词，意味何其丰富[2]！

---

[1] 《夜巡》第20页，Gallimard版folio丛书本。
[2] 《夜巡》第112页。

这是写疲劳时的感觉:"疲劳就像是一只老鼠,把我周围的一切都啃得模模糊糊"[①],原文只用了10多个字就把一种难以言状的感受,传达得如此生动!

这是写对城市的感情:"我喜欢这个城市。她是我的故乡。我的地狱。我年迈而脂粉满面的情妇。"[②]这三个简单的比喻,包含了一个人在这个城市里多么复杂的经历与感情!

这样的语言,既闪现着一种诗的才华,也体现出一种锤炼的功力。你读莫迪亚诺的时候,首先能感受到的,就是这种凝练的语言美!就是这种语言的魅力。

莫迪亚诺的小说还具有一种情趣的魅力,使你一拿起来就放不下。如果考究其因,那么,你也许会觉得是其中某种近似侦探小说的成分在起作用,至少在他最初几部使他名声大噪的重要小说里是如此。在《夜巡》里,一个青年人充当了双重间谍,同时为法国的盖世太保与地下抵抗组织效力,危险的差事使他的生活与精神无时不处于高度紧张的状态下,而读者也提心吊胆地看着他将有什么样的遭遇、他最终将如何解脱。在《魔圈》中,一个青年人打进一个形迹可疑、犯罪气息很浓的圈子,想要与陷入这个集团的父亲相认并了解他的过去,随着他的追踪,读者也一直想搞清楚这对父子的来龙去脉以及他们生活的隐衷。在《寻我记》中,主人公在一次劫难中丧失了全部对过去生活的记忆,一些年后,他当上了一个私人侦探,要在茫茫人海中找寻蛛丝马迹以求搞清楚已完全被遗忘了的自己前半生的真相,于是,读者也就被引入他艰难曲折的调查,关心着这个阿里阿德涅线团的每一个头绪。此外,在《户口簿》里,又有一个人的生平经历有待

---

① 原文比引文更简练得多:"Ma fatigue rongeait, comme un rat, tout ce qui m'entourait."《夜巡》第119页。

② 原文为:"Je l'aimais, cette ville, mon terroir. mon enfer, ma vieille maitresse trop fardée."《夜巡》第154页。

查清，在《星形广场》与《凄凉别墅》里，也有扣人心弦的逃亡与躲避。总之，在莫迪亚诺小说里，老有某桩不平常的事件、某种紧张的气氛与压力，老有一个与所有这一切有关的悬念在等着你，使你急于知道它的究竟与结果。

他的悬念显然与柯南道尔、克里斯蒂、西默农这些侦探小说大师的悬念不同，在侦探小说家那里，悬念是很具体的，只关系到一个具体事件与具体人物的某个行为真相，而莫迪亚诺的悬念却是巨大的、笼统的，往往是关系到一个人的生存状态的悬念（《星形广场》《夜巡》），或者是关于一个人的实在本质的悬念（《魔圈》），要不就是关于一个人整整一段生活的悬念、全部生活经历的悬念（《寻我记》《户口簿》）。在侦探小说家那里，导致悬念解决的，是一个个高度戏剧化、高度偶合的具体情节与行动，而在莫迪亚诺这里，导向悬念最后结果的，则总是一个个平常的细节、淡化的场景，绝不会有枪声、血迹、绳索、毒药瓶，倒是在这些平淡的场景细节中，充满了当事人自己即自我叙述者本人充满了感情色彩的思绪，甚至发自内心深处的呼声。这样，在他的小说里，就有了评论家所指出的那种"紧扣人心弦的音乐般的基调"，而到最后，与所有侦探小说中悬念都有具体答案的结局完全相反，莫迪亚诺小说的悬念答案仍是一个巨大的问号，《夜巡》中那个处于危急与困顿的双重间谍将如何结束他这种尴尬难堪的存在状态？《魔圈》中叙述者"我"所深情追踪的父亲仍是一个谜。《寻我记》中的"我"总算挖出了一段被埋葬的生活经历，然而对自己前半生绝大部分的回忆仍然是一片空白。莫迪亚诺小说的结局有一种强烈的揪心的效果，与读完侦探小说时的那种释然的感觉截然不同，而且，它还留下了好些耐人寻思的余韵。于是，你会非常明确地意识到，莫迪亚诺的作品与侦探小说实有天壤之别，而最大的区别在于它大有深意，如果说，莫迪亚诺有使你要一口气把作品读完的魅力的话，那么，他更具有使你在掩卷之后又情不自禁要加以深思的魅力，一种寓意的魅力。这对莫迪亚诺来说，是最具有实质意义的东西，显然也是他致力追求的一个主要目标。

莫迪亚诺迄今发表了近十部小说，奠定了他在法国当代文学中的重要地位，正是他最初的两组作品：《星形广场》《夜巡》《魔圈》与《凄凉别墅》《户口簿》《寻我记》。如果对这些作品进行综合观察的话，那就不难发现它们往往具有相似的成分、相似的格局、相似的矛盾，而从这些相似中，又闪现着相近的寓意的光辉，它构成了莫迪亚诺在当代法国文学中鲜明的标志与独特的魅力。

从作品的历史背景来说，这些小说的故事几乎都是发生在第二次世界大战中法国被德国法西斯占领的时期。在《寻我记》中，虽然主人公是在战后寻找自己的过去，但他所找到的那一段过去，那一段悲惨的、使他丧失了全部记忆的生活，正是发生在第二次世界大战初期阶段。对此，人们不能不感到奇怪：莫迪亚诺出生于第二次世界大战结束的1945年，他毫无第二次世界大战时期的生活经验，为什么他偏偏一而再、再而三选了这个时期的生活作为他小说的内容？显然，他没有任何直接的感受与第一手素材能写出像《海的沉默》《禁止的游戏》这样真切反映了大战时期生活的作品。他也无意于这样做。他在自己的小说里，很少对这个时期带历史标志的场景现象进行描写，只有《星形广场》有点例外，在它作为题词的小故事里，的确标明了"1942年6月"，还有"一个德国军官"也闪现了一下，小说的最后也有主人公在星形广场被处决的描写，这些总算带有明确的历史标记。在《夜巡》中，这种明确的历史标志有了淡化，除字里行间出现过"希特勒"这个名字外，几乎别无其他，在这里，身份明确的法国盖世太保也只是像一些模糊的阴影。到了《魔圈》与《寻我记》中，这种历史真实的淡化就更加明显，在《魔圈》中，只有一个反动文人关于检举出卖犹太人的只言片语与几个把"父亲"抓走的"穿风衣的人"，这几个人比影子还模糊不清；而在《寻我记》中，只有从主人公胆战心惊、惶恐不安的精神状态与他一心要逃到中立国去的愿望，我们才能断定故事是发生在什么时代。这一切清楚地表明，莫迪亚诺绝无从第二次世界大战时期摄取历史生活场景的意图，他只满足于借用这个时期的名称与这个时期所意味的那种沉重的压力，这种压力直到战后很久还像噩梦一样压在法兰西民族的记忆里。于是，第二次世界大战时期的背景，在莫迪亚诺小说里，所具有的意义就只是象征主义的、而不是现实主义的了，而象征，正是最能包含寓意的形式与框架。

从小说的人物形象来说，莫迪亚诺几部主要作品的主人公几乎都是犹太人（《星形广场》《环城大道》）、无国籍者（《寻我记》）与飘零的流浪者（《夜巡》），他们无一不承受着现实的巨大压力，莫迪亚诺从德国占领时期那里支取来的象征性的压力，就是压在他们的身上。《星形广场》中犹太人主人公拉法埃尔·施勒米洛维茨，在法西斯反犹太主义的阴影下，惶惶然从法国躲避到以色列，最后在幻觉中被处决在巴黎的凯旋门前；《魔圈》中的犹太人"父亲"，一直过着暗无天日、东躲西藏的生活，甚至不敢与自己的儿子相认，最后仍然落进了魔掌；《夜巡》中的青年主人公陷于法国特务的魔窟，在周围阴森恐怖的气氛下，他艰难的双重生涯使他的精神处于时时都有崩溃危险的边缘；《寻我记》中的彼德罗·麦克沃伊也无时不感到环境中危机四伏，夜晚，他经常灭了灯，躲在窗帘后面察看街上警察的动静。

在全面了解了莫迪亚诺笔下人物的存在状态之后，我们就逐渐接近莫迪亚诺的寓意。面对着黑沉沉的、看不见的压力与周围那种令人不安的气氛，面对着自己的存在难以摆脱魔影这一可怕的现实，这些人物无不感到自己缺少存在支撑点、存在栖息地的恐慌，无不具有一种寻求解脱、寻求慰藉、找寻支撑点与栖息处的迫切要求，无一不具有一种向往"母体"的精神倾向，似乎是尚未满月的婴儿忍受不了这个炎凉世界，仍然依恋着自己的胞衣。引人注意的是，母亲、父亲、祖国以及象征着母体祖国的护照与身份证,成为人物向往的方向、追求的目标,成为他们想要找到的支撑点,但他们的这种向往与追求无一不遭到悲惨的失败。《星形广场》中的犹太青年拉法埃尔·施勒米洛维茨怀着扎根的意图,到处寻找自己的栖息地,最后是以噩梦收场;《夜巡》中的"德·朗巴勒公主"在严酷可怕的环境下,唯一能感到慰藉的就是远在洛桑的妈妈,然而,要摆脱他所处的险境到那里去,却比登天还难,他最后只能以自己的生命去触犯死亡,走上了殉道者自我毁灭的绝路才结束他两难的存在状态;《魔圈》中的"我",怀着深情,不畏艰难去寻找自己的父亲,但父亲却是一个无"根"的人,他只拥有伪造的"身份证",他没有祖国,他还企望从儿子的一份中学毕业文凭中得到他的根基的确认,就像一个将溺死的人抓住一根稻草;《寻我记》中,不仅彼德罗是一个没有合法护照、没有正当身份的"黑人",而且,弗雷迪、盖伊、维尔德梅尔也都是持假护照者,在法国没有正当身份,他们只能躲在边境上,伺机逃到中立国去,而这种冒险带来的却又是更大的不幸。莫迪亚诺小说中这样一个个故事,都集中地揭示了人在现实中找不到自己的支撑点、自己的根基的状态,表现了人在现实中得不到确认的悲剧,或者说,现实不承认人的存在的悲剧。

不仅仅是得不到现实的确认,而且更惨的是得不到自己的确认。莫迪亚诺继续深化自己的主题,在表现人物寻求支撑点、栖息所的同时,又表现了人寻找自我的悲剧,从而使他的小说具有了又一个深刻的寓意,也许是20世纪文学中最耐人寻思的寓意之一。

在《夜巡》的结尾,那个双重间谍这样说:"我允许我的传记作者简单地把我称为'人',并希望他有足够的勇气写出我的传记。"这句话明确地标出了小说故事与人物的形而上学的意义,这个双重间谍身陷于两个对立营垒的夹缝之中,疲于应付两方面的压力,这种难堪的状态使他完全失去了自我,他甚至没有自己的真实姓名,对于法西斯组织来说，他名叫斯温·特鲁巴杜尔，对于地下抵抗组织来说，他名叫"德·朗巴勒公主"，他的自我究竟是可耻的特务还是潜伏的志士？他最后的选择似乎是为了确定自己的性质，然而，你掩卷之后能完全确定他自我的性质吗？寻找自我的悲剧，在这部小说里已初见端倪。同样，在《魔圈》里，"父亲"完全是一个在现实生活中丧失了自我的形象，他既无真名实姓，也没有清清楚楚的经历，他身上裹着一层暧昧的浓雾，而他这种自我的丧失，正是与他支撑点的丧失、栖息处的丧失紧密相关的。叙述者"我"力图替自己的父亲恢复自我、显现自我，却遭到了彻底的失败，而且，"我"本人在一定意义上也是一个丧失了自我的形象，人们称呼他的那个名字，仅仅是他在旅馆登记簿上的一个化名，他替父亲显现自我的努力归于失败，也就等于他寻根溯源、寻找自我那一个重要部分的努力纯系徒劳，他将永远也找不到自己的这一部分自我。不言而喻，到了《寻我记》[①]中，寻找自己的主题发展到更明确更清晰的程度，在这里，叙述者"我"几乎丧失了全部的自我：自己的真实姓名、生平经历、职业工作、社会关系，他成为一个无根无底的人，一个没有本质、没有联系的飘忽的影子，一个其内容已完全消失泯灭的符号，而"私人侦探居伊·罗朗"这个符号仅仅是他偶然得到的，他真实的一切都已经被深深埋藏在浩瀚无边的人海深处，他要到这大海中去搜寻一段段已经散落的零星线索，他所从事的这件事，其艰难似不下于俄底修斯为了返回家乡而在海上漂流10年的经历，在这个意义上，莫迪亚诺创造了一部现代人寻找自我的悲怆史诗。

寻找自我，是一个深邃的悲剧性的课题，它不仅摆在莫迪亚诺小说中那些具体人物的面前，而且也摆在所有的现代人的面前，何况，莫迪亚诺笔下的"德·朗巴勒公主"还曾要求把他视为一个普遍意义

[①] 书名原文直译应为《暗店街》，现根据小说的内容意译为《寻我记》。

上的"人",也正因为这是一个世人都面临的问题,所以,他才把为他写一部确定自我、寻找自我的传记视为一件需要"足够勇气"的事情。在莫迪亚诺的作品里,确认自我、显现自我、寻找自我之所以特别艰巨,就因为在现代社会里,人都经受着自我泯灭与自我消失。这种自我泯灭与自我消失,首先是发生在社会生活的过程中,发生在"流通过程"中,在这里,不仅有严峻的政治、经济、社会等等种种原因促使这种不以人的意志为转移的自我泯灭、自我消失,而且,复杂的社会流通过程、现代复杂的生活方式也促使自我的泯灭与消失,正像《寻我记》中的"我"所感受到的:"人们的生活相互隔离,他们的朋友也互相不认识。"于是,在开放性的现代社会里,纷繁复杂的社会交往实际上倒成为了这样一种情景:"千千万万的人,在巴黎纵横交错的街道上川流不息,就像无数的小弹丸在巨大的电动弹子台上滚动,有时两个就撞到一起。相撞之后,没有留下任何踪迹,还不如飞过的黄萤尚能留下一道闪光。"

也许是更主要的:自我消失、自我泯灭还取决于个人是否具有获得自我、确立自我、显现自我的主体意识,如果没有这种主体意识与相应的努力,自我的消失与泯灭也就是不言而喻的了。不幸,这恰巧是芸芸众生的常态。《寻我记》中有这样寓意深长的一大段:

> 经历很快烟消云散,我和于特经常谈起这些踪迹泯灭的人。忽有一天,他们走出虚无,只见衣饰闪几下光,便又复归沉寂。绝色佳人、美貌少年、轻浮的人。他们当中大多数人,即便在世的时候,也不过像一缕蒸汽,绝不会凝结成形。于特给我举出这样一个例子,即他所谓的"海滩人"。此公在海滩上、在游泳池旁度过了40个春秋……在成千上万张暑假照片里的一角或背景里,总能看到他穿着游泳裤,混迹在欢乐的人群中,但是谁也叫不上他的姓名,也不知道他为什么待在那里。有朝一日,他从照

片上消失了，同样不会引起任何人的注意。我不敢对于特明讲，我认为自己就是那种"海滩人"。况且，即便我向他承认了，他也不会感到惊奇，于特曾一再强调，其实我们都是"海滩人"，拿他的话来说："我们在沙滩上的脚印，只能保留几秒钟。"

这是莫迪亚诺又深一层的寓意，也是他在小说里多次加以阐释的寓意："也许我什么也不是，仅仅时强时弱的声波透过我的躯体，飘浮空间，渐渐凝聚，这便是我。""谁知道呢，也许我们最终会烟消云散。或者，我们完全变成一层水汽，牢牢附在车窗玻璃上。""他们几个人也渐渐丧失真实性，世间曾有过他们吗？"直到小说的最后，莫迪亚诺又用包含了这个寓意的一句话来结束全书："我们的一生，不是跟孩子这种伤心一样，倏忽间在暝色中消失吗？"

多么充满了悲怆性的小说！其悲怆性足以与马尔罗哲理中被判处了死刑的人[①]、加缪思想体系的西西弗[②]相比，这是莫迪亚诺力图描绘出来的又一幅人类状况的图景，在这图景中的寓意尽管不具有马尔罗哲理那种进取精神，也不像加缪的西西弗神话那样带有坚毅的色彩，而倒有几分茫然若失、悲凉虚幻的意味，但仍不失为一种醒世的寓意，它将有助于认识现代社会中种种导致自我泯灭、自我消失的现实，也将启迪那种打破"海滩人"存在状况的自觉要求与自为意识。在这个意义上，莫迪亚诺也具有他吸引人的思想魅力。

从20世纪60年代到70年代，当代法国文坛上相继有这样几个作家崭露头角，并获得极大的成功，先是米歇尔·图尔尼埃，而后是勒·克莱齐奥，再后就是巴特利克·莫迪亚诺，不论他们的题材、艺术形式、风格有什么不同，但他们都特别着力在形象中包含深邃的寓

[①] 见拙序：《超越于死亡之上》与《马尔罗哲理与中国革命》，见本丛书第二批书之一：《王家大道》与第三批书之三：《人的状况》。（漓江出版社，1987年，1990年）

[②] 见拙序：《从西西弗到正义者》，见本丛书第一批书之二：《正义者》。

意，于是，他们在法国当代文学中就有"新寓言"派之称，而且早已功成名就的老作家尤瑟纳尔也被划入了这个行列，还加上于连·克拉克与多米尼克·费尔南德斯等人，这就构成了一个不亚于"新小说"派的强大阵容，20世纪文学发展过程，已经证明了这个流派是20世纪下半叶法国最重要的文学现象之一。在我国，对于这个流派的译介尚零星不成系统，"法国二十世纪文学丛书"将在这方面作出自己的努力，莫迪亚诺的这个选集就算我们的一个开端。

莫迪亚诺在 20 世纪 80 年代的变奏

——《一度青春》《往事如烟》《凄凉别墅》

　　莫迪亚诺于 1968 年以他第一部小说《星形广场》在文坛崭露头角，至 70 年代末，又相继以《夜巡》（1969）、《魔圈》（1972）、《凄凉别墅》（1975）、《户口簿》《寻我记》（1976）这一系列颇有独特新意的作品，奠定了他在当代文学史上不会磨灭的地位。

　　1980 年，他还只有 33 岁，正当年富力强，在整个 20 世纪 80 年代里，他又做了些什么？他的创作有何发展？他的风格有何变化？他的寓意有何充实？这些问题，不仅是文学史实、批评家、研究者所关注的，也是一般读者都感兴趣的。

　　《一度青春》（1981）与《往事如烟》（1985）就是莫迪亚诺 20 世纪 80 年代为数不多的三五部作品中较为重要的两部。如果要谈它们的发展，那么，总的说来，我们在这里所看到的，是莫迪亚诺式的题材与寓意的某种巧妙的变奏。

　　寻找、查询、探求，这是莫迪亚诺小说题材中常见的"基因"。在《星形广场》《夜巡》《魔圈》《寻我记》中，不同的主人公或是在到处寻找自己的避难所，或是寻找自己的"母体"，或是寻找自己的血缘父亲，或是在寻找自己的过去、自己的历史、自己的"自我"。总之，他小说中的人物，就像漂泊的浮萍似的，都在寻求自己的根，自己的归依，自己的附着处，自己的支撑点。这些人物基本上都是存在于某种冷酷、阴暗、危机四伏的现实环境中，置身于某种异己的、带有敌意与邪恶意味的群体或社会团伙之中，因此，恐慌感与危机感，摆脱意识与追求意识，也就构成了这些人物存在状态的精神层面，他们的寻找与查询，正是他们的存在感与存在意识所促使出来的生存行为。

在 20 世纪 80 年代的这两部小说里，似乎也有查询寻找。在《往事如烟》中，主人公从美国回到离别了 20 年的巴黎，他情不自禁、不知不觉就一步一步进入了查询与寻找的状态。他要查询与寻找的是他青年时期一段特殊生活中至今尚未完全泯灭的故人与一切残存的东西，是他那段生活的痕迹。在这里，我们可以看到莫迪亚诺小说中常有的那种现代的查找方式、追溯方式：找电话号码、通话进行探询、寻访有关的人与有关的地址故里、查阅档案文件，等等。在《一度青春》中，主人公并没有追溯过去的要求，他 20 岁时那一段奇特的、混合着辛酸与污泥的生活，是由作者从旁替他寻找出来、替他和盘托出的。但是，在这里，我们也可以看到莫迪亚诺小说中常有的那种探找性的细节：主人公提着装有巨款的行囊过了海关，在错综复杂的社会关系中寻找接头人……不论这些情节带有多大程度的"寻求"性质，莫迪亚诺 80 年代小说中的寻求探找已经不再是人物生存中至关紧要的事了，不再是与其前途命运、自我价值、存在意义攸息相关的事了，不再是人物倾注了自己全部生活感情、怀着最急切的愿望非要完成不可的事了，它们只不过是一件可为亦可不为的事，它们在人物的生活中只具有一种追昔怀旧的意义。于是，我们就从莫迪亚诺 80 年代的小说里，看到了他原有的那种"追求"寓意的隐退，人物不再是寻根、寻源、寻找栖息地、寻找支撑点、寻找自我真实、自我价值的形象了，他们身上不再有追求意识，他们身上只有回忆的本能。

在莫迪亚诺的小说，包括他 80 年代创作的小说中，还有一种共同的"基因"，那便是人物的本源、人物的历史与往事、人物的生活陈迹。它们在小说中往往是若隐若现、朦朦胧胧、含混不清、难以捉摸,因此,莫迪亚诺的小说往往也就是对埋藏在时间厚土下的生活、经历、往事的追溯与挖掘。当人物具有上述那种强烈的寻找意识与追求意识的时候,这种对过去的追溯与挖掘,就成为作者埋藏"寻求"寓意的所在。到80年代,原来的那种对过去的"寻找"寓意没有了,作为一个一贯力求在自己作品里表达某种寓意的作家,莫迪亚诺还能在原有的"基因"中表达什么寓意?

尽管人物不再作那种牵肠挂肚的寻找与追求,但毕竟他现时的生活与历史的生活之间存在着明显的距离,现时的自我与历史的自我之间存在着相当的反差,于是,这就成为20世纪80年代莫迪亚诺寓意的落脚点。

在《一度青春》中,莫迪亚诺从男女主人公30岁的现时,从他们自足安适生活的现状,回溯到他们20岁时那一段贫穷、困顿的岁月,展示出他们过去所处的那个散发出诡秘、犯罪气息的社会圈子、人群团伙以及他们当时冒险、屈辱、几乎像噩梦一样的生存状况的真相。在《往事如烟》里,在英国成了名作家的主人公,回到阔别了20年的巴黎,旧地重游,点点滴滴都勾起了他对20岁时在巴黎那一段浑浑噩噩的岁月的回忆,在这回忆中,他过去所处的那个典型的巴黎式的腐化、堕落、花天酒地、颓废无聊、空虚迷乱的社会圈子又历历在目。如果说,20世纪70年代莫迪亚诺小说的主人公往往是在现时潜在危险的压力下,在目前巨大的恐惧感与危机意识中,或者是在当前茫然若失的状态下,迫切地去寻找自己的历史与过去,就像寻找一块避难的绿洲,那么,80年代这两部小说里的人物,却是在现时安稳轻松的状态中、在当前心满意足的心境里,不得已地回顾自己本想忘得一干二净的历史与过去,对过去那段生活,唯恐避之不及,就像躲避瘟疫。这样,在莫迪亚诺后来这两部小说里,现时与历史的反差,也就突出了一种现在"如释重负"的基调,一种"俱往矣"的基调。

"俱往矣",这是古今中外一个经常唤起文学灵感的"意思"。这种感受、这种情怀、这种慨叹,曾是文学史上好些名篇佳句的产婆,也是这些作品借以感人与传世的内在精粹。在外国文学中,华盛顿·欧文那篇闻名遐迩的小说《瑞普·凡·温克尔》可谓一典型的代表作,在小说里,瑞普一觉醒来,世上已过了20年,俱往矣,时代变了,"朝代"也换了,就连酒店招牌上原来画的手执玉笏的英王乔治,也成了手举宝剑、头戴三角帽的华盛顿将军。在中国文学里,这种"俱往矣"的情怀更留下了那么多俯拾皆是的佳句华章,如卢照邻的"节物风光不相待,桑田碧海须臾改。昔时金阶白玉堂,即今惟见青松在"(《长安古意》),陈子昂的"丘陵尽乔木,昭王安在哉"(《燕昭王》),刘禹锡的"朱雀桥边野草花,乌衣巷口夕阳斜,旧时王谢堂前燕,飞入寻常百姓家"(《乌衣巷》),辛弃疾的"英雄事,曹刘敌,被西风吹尽,了无尘迹"(《满江红》),苏轼的"百年兴衰更堪哀,悬知草莽化池台"(《法惠寺横翠阁》),柳永的"参差烟树灞陵桥,风物在前朝"(《少年游》),王勃的"闲云潭影日悠悠,物换星移几度秋,阁中帝子今何在,槛外长江空自流"(《滕王阁》),等等。一般说来,这种"俱往矣"的主题,大多是对物换星移、世事沧桑的历史感慨与悲凉凭吊,另有一部分则是南柯一梦、往事如烟的个人追怀,杜牧的"十年一觉扬州梦,赢得青楼薄幸名"与范成大的"一枕清风梦绿萝,人间随处是南柯",就是两例。

莫迪亚诺的这两部小说所表现出来的情怀,就属于"俱往矣"这一人类永恒的感慨,而且近乎"十年一觉"、"南柯一梦"的人生感慨,只不过,在这里,不是美梦的消失,而更多的是噩梦的消失,是主人公所经历过的一种现实、所交往过的一伙人群的消失,这一伙人群在巴黎曾经风光一时,喧嚣一时,纵情享乐一时,放浪形骸一时,而今安在哉?树倒猢狲散,他们都像幽灵一样消失了,像萤虫一样陨灭了。在这个意义上，莫迪亚诺20世纪80年代这两部代表作，是对巴黎红尘的点破，是对巴黎浮华的挽歌与凭吊。

莫迪亚诺这两部小说，还有较深一层的关于人的存在的寓意，这寓意是他在作品中更有意识、更为着力地加以表现的。他不止一次有意让读者感受到人存在的悲怆性与渺小性。这种悲怆性、渺小性有两个方面。一个方面是社会现实的。在《一度青春》中，人在肮脏泥沼一样的社会环境中受到政治关系、经济关系、法律关系等各种关系冷酷无情、尴尬难堪的束缚与挤压，其存在意义荡然无存，人的存在沦落到了极为悲惨可怜的境况。小说中那个早年成名的音乐家拜吕纳，就是在无形的看似宽松的社会罗网中被窒息得每况愈下，沦落成了一个跑街，由此逐渐丧失了起码的承受现实生活的能力而最后自杀。小说中男女主人公20岁年华的一度青春，都是极为卑贱的、人的价值全部沦丧的青春，路易从军队里出来后，为了有一口饭吃，就像哈巴狗一样跟在不清不白的人后面，听从经济犯罪集团的调遣，在污泥里打滚而不愿自拔；奥迪儿在生存奋斗中为了能灌唱片、当歌星、有出头之日，宁可出卖自己的肉体，她在制片商人面前听从吩咐摆姿势任对方玩弄的一场，是小说中对人格沦丧的富有怜悯之情的描写。在《往事如烟》中，一伙人过着行尸走肉的生活，完全无存在价值与存在意义可言，而他们这种生活方式与其说是由每个人的道德精神条件所决定，不如说是巴黎那种特殊社会生活像魔法一样的黏性与惯性所决定的。这种黏性使这伙人像着了魔一样黏胶在一起，形成了一种共同的魔力磁场，谁也无法摆脱这个磁场、这个魔圈；而特殊社会生活的惯性，则使得这一伙人像紧黏在一起的一个大雪团，沿着行尸走肉的下坡轨道而加速滚动，到了愈来愈疯狂崩溃的程度。

莫迪亚诺小说中人存在的悲怆性与渺小性另一个重要的方面，则是形而上的。在这两部作品里，不论是路易、奥迪儿还是让·德克尔,都终于毅然爬出了他们原来巴黎生活的泥沼,摆脱了那个具有魔力的磁场,然而,他们的改弦更张、重新生活,并没有从根本上改变他们存在的悲怆性与渺小性。《一度青春》中的路易与奥迪儿靠拐走了经济犯罪集团的巨款,隐居在山区,买下了一幢木屋,办起儿童膳宿公寓,生男育女,过起平静富足的小日子,在自己温馨家庭的小天地里自得其乐。15年过去了,当他们35岁生日来临时,他们对自己的一生别无他求,只愿不要再"从零开始",能眼见儿女长大成人后离开老年的父母。在这里,人全部的存在归结为平庸苟安的人生,人存在的意义与价值缩小到了这样一个可怜的地步,而且,若干年后,他们也会像过去千千万万在这个世界上活过一些年头而后就像幽灵一样消失的芸芸众生一样,从这个世界上消失。他们的存在的悲怆性与渺小性是命定的。

《往事如烟》中的让·德克尔的存在,显然要比路易与奥迪儿高两个层次,活得比他们有意思得多。他从巴黎出走到英国,从事写作,成为一个在不少国家都拥有读者的侦探小说家,当然,丰厚的收入、美貌的妻子、幸福的家庭、可爱的儿女、豪华的别墅,他都应有尽有。然而,当他回到巴黎,亲眼看到了原来那些同伙都一个个消失,一个个成为幽灵、幻影,"就像所有的黄萤和萤火虫",对此,谁也不会怀疑他自己也是"所有的黄萤和萤火虫"中的一只。在这里,又一次可以看到人的存在的悲怆性与渺小性。莫迪亚诺不仅让读者感受到这点,而且把对这种悲怆性与渺小性的明确感知赋予他的人物。《一度青春》中的路易就"感到在林荫大道的灰尘中,自己不过是一粒尘埃,然而,这在空气中毕竟是一种存在"。同样,在《往事如烟》中,正是让·德克尔也明确把世人比喻为生生死死的萤虫。

这个主题、这个寓意,我们也似曾相识,它在莫迪亚诺的小说中,可以说是由来已久了。在他20世纪六七十年代的小说里,我们就已经看到了他把人的存在视为水汽、尘粒、幻影的寓意,就已经看到了他关于"海滩人"的哲理。海滩照的背景中有一大堆人,其中的一个人影他是谁?他在世界上做过什么?他是否还存在?对于这个世界来说,这个海滩人只不过是一个匆匆的过客,一张曾经显露过的面孔,一个曾经出现过的影子,一只曾经闪烁一瞬的萤虫。

莫迪亚诺的寓意使人想起17世纪大思想家巴斯喀早已描述过的人的状况的图景:"请设想一下,戴着锁链的一大批人,他们每个人都被判处了死刑,每天,其中的一些人眼看着另一些人被处死,留下来的人,从他们同类的状况看到了自己的状况,痛苦而绝望地互相对视着……这就是人的状况的图景。"[①]在接触到了人存在的意义与价值这一点上,莫迪亚诺又使我们想到20世纪的大哲人马尔罗、萨特与加缪,所不同的是,莫迪亚诺没有这些哲人所提倡的人面对着命定的、悲剧性的状况要有所为的哲学,他没有马尔罗那种反抗人的状况与命运的超越哲学,没有加缪那种面对荒诞仍追求存在价值的哲学,也没有萨特那种在荒诞的状况中顽强奔突的自我选择哲学。莫迪亚诺仅仅是以悲天悯人的情怀在描述人存在的命定性、渺小性、短暂性、悲怆性。这是他的特点,也是他的局限。

在20世纪90年代,莫迪亚诺是否还会开拓他的文学领域,是否还会发展他原来作品中的一些寓意哲理,如果他不会再有重大的开拓与发展的话,那么,人们就可以说,莫迪亚诺这一条水流几乎可清澈见底了。

---

① 巴斯喀:《思想集》第二部第4章《结论》第341条,《巴斯喀全集》第1180页,Pléiade版。